微山湖畔

◎魏留勤 著

济南出版社

图书在版编目(CIP)数据

微山湖畔 / 魏留勤著. — 济南 : 济南出版社，
2024.2
ISBN 978-7-5488-6165-2

Ⅰ. ①微… Ⅱ. ①魏… Ⅲ. ①长篇小说 – 中国 – 当代
Ⅳ. ①I247.5

中国国家版本馆 CIP 数据核字(2024)第 030345 号

微山湖畔
WEISHANHU PAN
魏留勤 著

出 版 人 谢金岭
出版统筹 胡长粤
责任编辑 李 媛
封面题字 刘 霖
内文插图 卜凡亚
封面设计 王 祥

出版发行 济南出版社
地　　址 山东省济南市二环南路 1 号(250002)
总 编 室 0531-86131715
印　　刷 山东瀚林印务有限公司
版　　次 2024 年 4 月第 1 版
印　　次 2024 年 4 月第 1 次印刷
开　　本 170mm×240mm 16 开
印　　张 22.5
字　　数 370 千字
印　　数 1-1000 册
书　　号 ISBN 978-7-5488-6165-2
定　　价 68.00 元

如有印装质量问题 请与出版社出版部联系调换
电话:0531-86131736

魏留勤

魏留勤，山东微山人，农民工。中国作家协会会员，济宁市作家协会理事、济宁市首届签约作家、微山县作协主席。先后做过窑厂工人、泥瓦匠、开过出租车、当过村主任、私企工人。劳作之余从事文学创作，1998 年开始发表文学作品，先后在《雨花》《山东文学》《时代文学》《当代小说》《青海湖》《青年文学》《前卫文学》《陕西文学》《小说林》等文学杂志发表长篇、中篇、短篇小说 200 余万字。著有长篇小说《柳梢青》《大边前纪》《界殇》，小说集《魏留勤中短篇小说集》《四月还乡》。短篇小说《东洼村的歇后语》曾获 2016 年度《陕西文学》优秀小说奖，长篇小说《柳梢青》获济宁市第十二届“文艺精品工程奖”，获济宁市第一届、第三届、第四届、第五届“乔羽文学奖”最佳小说创作奖。

微山湖畔，梦里的故乡
（代　序）

五一假期回老家，魏留勤先生把他的新作《微山湖畔》给了我，请我提点修改意见并嘱我作序。一个“纯农民作家”，在沉重的生活压力下，却如此高产，着实让我感到惊讶和钦佩。

我和留勤的交往，应该从2019年11月7日算起。那天，我收到了他给我写来的一封信，随信寄来的还有他的小说《大边前纪》，他说看到了我的文章《微山湖西岸移民史略》，并通过我的一位朋友知道了我的联系方式，希望我给他写个序。在信中，他还告诉我，他是一个地道的农民，一个在私企打工的农民工，一天要工作十二个小时，且又苦又累，写作完全是在艰苦的条件下完成的。至今他已在省级文学杂志上发表了八部中篇小说、三十多部短篇小说，还创作并出版了三部长篇小说、两部小说集，即便是一个专业作家，能有如此成果也实属不易了，这样有毅力并成果斐然的“纯农民作家”，让我不由得肃然起敬。

于是我便给留勤打了个电话，聊了一会儿文学创作、风土人情。我忽然想起，六年前，我父亲去世，有一个自称家在西平村的文学爱好者，冒雨送去一个花圈，我还在大门外同他说了几句感谢的话。留勤说他就是那个送花圈的文学爱好者。这么说，我俩还曾见过面。

后来，我给留勤的《大边前纪》写了序，他也不时地给我寄来他主编的文学刊物《微山湖》，但我们一直没有见过面，直到今年五一。

拿到《微山湖畔》后，一个多月的时间，我利用出差的机会，在飞机上、高铁上反复阅读，不时翻看，常常心潮澎湃、感慨万千。近些年能让我对一部长篇小说如此爱不忍释的还不多。小说情节并不复杂，却很耐看、很好看，它以作者生于斯、长于斯、奋斗于斯的微山湖畔为背景，描述了二十世纪七八十年代一群年轻人的奋斗史、婚恋史。小说里没有“大人物”，没有“大事件”，主人公都是普普通通的青年农民。如果你看了小说，再到微山湖畔走一走，你会感觉碰到的每一个农民似乎都是作品里描写的主人公。他们触手可及，是如此真实、现实、朴实！更勾起我一个游子心中无限的乡愁。

小说中描写的微山湖畔的东洼大队，下辖三个自然村：东洼村、西洼村、南平村。一看故事背景，我就能推断出其原型是东明村、西平村、六营村。这三个村庄虽然离我小时候生活的王庄大队（村）有十几里，且不属于同一个公社（后来改成乡、镇），但于我并不陌生。从历史上看，我们都属于“唐团（tuàn）”，都是鲁西南移民的后代。更为重要的是，我外祖母家在东明村，姑母家在六营村。每年的春节、中秋节，我都要到这里“走亲戚”，平时也会去看望外祖母和姑母。从王庄村到东明村，一路上要经过南挖工庄西头、曹庄、丰乐村西头、安庄，穿过大屯，走冯桥西、六营村东，大约十五里，都是田间土路。当时几乎见不到自行车，更不要说机动车，人们都是步行。我每每早饭后出发，到了外祖母家，就快要到中午了。《微山湖畔》前几章有个故事情节，描写了江红霞和刘海锋有几次相会，都在南平村村口的大柳树下，在我的印象里，六营村东头就有几棵大柳树，它们紧靠着池塘，我还曾多次在那里乘凉。

现在回忆起童年时代，常常有隔世之感，但有些人和事还能清晰地浮现在眼前，至于确切时间，就记不清了。比如，我清楚地记得，小的时候，去东明村可以从大屯、冯桥之间直接过去，后来在六营村南边挖了港河，才不得不绕行到大屯街上。什么时候挖的港河？有人说是1976年，我总感觉这个时间有点问题，因为印象中几次看到挖河，在那之前我已经多次单独来往于外祖母家了，年龄不会太小。还有，我很少住亲戚家，只记得在外祖母家住过三两次，还在西平大队广场上看过一次露天电影，记得当时演的是自愿回乡务农的甘祖昌将军的故事。我在姑母家就住过一次。在某一年的冬天，似乎是放寒假了，大表哥要结婚，父亲去姑母家帮着做饭做菜，把我也带去了。晚饭后，表姐还带着我和邻居的一帮孩子在街上捉迷藏。我只记得当时自己好像是七八岁，但搞不清到底是哪一年。今年端午节期间，我特意到六营村去看大表哥。经过表哥、表嫂共同回忆，我终于搞清楚他俩是1974年1月14日（腊月二十二）结的婚，港河是1979年挖的。我要求到当年的那个院子里看了看，窄小的农家小院已经翻盖成一套宽敞的大院子，这让我很高兴，可一想到姑父、姑母已去世多年，没有享受到今天的幸福生活，不由得有些伤感。

《微山湖畔》描写的那个年代，现在常常被提起、被怀念，原因自然是多方面的。那是一个朝气蓬勃、充满希望的年代，也是出生于二十世纪六十年代的我和我的同辈人充满幻想、正青春的年代。正因为如此，每当想到那个年代里的人和事，我就非常激动，真想回到过去，重温青春岁月，再看一看那时的绿野碧水和至亲好友。可时光不能倒流，我再也回不去了。上个月，我约上留勤，专门去了六营村东头，去看当年那几棵柳树。四十多年过去了，柳树早就没了，那方池塘也被填平了，成了一条公路。留勤给我比画着那几棵柳树的位置，我感觉真是恍若隔世。

让人欣慰的是，《微山湖畔》用细腻的笔触给我们还原了那个年代，让我重温了我的年少时光，让我回到了梦里的故乡，激发出我难以割舍的乡愁。

俄国作家托尔斯泰说过："艺术不是技艺，它是艺术家体验了的感情的传达。”只有走进人民大众，走进生活深处，吃透生活底蕴，作家才能激发出创作灵感，才能塑造出动人的人物形象和故事情节。留勤一直生活在农村，在微山湖畔打拼，有着广博的生活体验。他对家乡的风土人情烂熟于心，对复杂的社会现象有自己独到的见解，这是很多乡土作家所不具备的。唯其如此，他才能创作出一部又一部真实的乡土作品，才会激起我们强烈的情感共鸣。毋庸置疑的是，《微山湖畔》是一部能打动人、能让人一口气读下去的好小说。

是为序。

侯仰军

2024年1月20日于北京

（侯仰军系中国民间文艺家协会分党组成员、副秘书长，历史学博士，教授，著名文化学者）

目　录

CONTENTS

第一章

1

一九七九年六月，居于微山湖畔的东洼大队弥漫着一层闷热和浮躁的气息。这是一个刚忙罢夏收夏种的夜晚，一整天都不安分的燥热还没有安稳下来的意思，大街上、胡同里依然游荡着热气。不过，晚上的天空却透出一种自然、淳朴的美，高高的天空就像平静时的微山湖，湛蓝、静谧。刚忙罢了夏收夏种的人们，吃罢了晚饭，或拿了板凳，或拿上苇席，或来到村街大树下，或去生产队的麦场上，或去村后的小河边纳凉扯闲话，并借此来舒缓一下农忙时的疲累和紧张。

冯玉贵走在去东洼大队部的路上。走在路上的冯玉贵虽然时不时地应承着乘凉的人们亲热地招呼“老支书”，自己也时不时地主动跟乘凉的人打招呼“凉快了您”，心里却是一直思考着全大队的工作。冯玉贵是先前被赶下台的老支书，继冯玉贵之后，东洼大队党支部书记刘兴社因为曾执行了“左”的错误路线，被撤了职。冯玉贵又被公社领导重新起用，担任东洼大队党支部书记。

几天前，在公社大礼堂召开的全公社三级干部大会上，上级领导传达了党的十一届三中全会《中共中央关于加快农业发展若干问题的决定（草案）》文件。领导在会上重点介绍了安徽凤阳小岗村实行家庭联产承包责任制的经验,并要求村级干部们把上级关于农村实行家庭联产承包责任制的政策,通过大队大喇叭、召开社员大会等形式及时传达下去。

多年沉寂在基层,又是有工作经验的老干部,冯玉贵对社员靠在一起吃大锅饭混日子的大集体生活中的弊端,看得是一清二楚。对上级关于农村发展的新政策及外地的做法,他是从心里拥护和赞成的。他知道,要想把农业生产搞上去,把亩产产量搞上去,让社员们丰衣足食,走联产承包的路子是唯一的选择。从报纸上、收音机里他了解到外面好多农村都已经行动起来了,临近的几个大队也都用大喇叭做了宣传,公社领导也不断地问询督促,东洼大队在联产承包的宣传上不能再拖了。

对于怎样把上级政策落到实处,怎样结合东洼大队的实际情况把家庭联产承包责任制执行下去,冯玉贵心里颇费思量。自己脱离大队领导组织好多年,对接手的大队、生产队的干部们是要有个相互磨合、相互适应的过程的。他知道在家庭联产承包责任制这件事上,干部们中间是有分歧的,甚至有些抵触。作为大队党支部书记,他务必要把大队、生产队干部们的思想做细、做好,并统一起来。于是,三夏刚忙完,凑晚上的时间,冯玉贵便召集大小队干部到大队部里开会,商讨研究联产承包的事。

随着人们陆陆续续到来,东洼大队的办公室里,不算明亮的电灯下,几个或抽烟袋或抽烟卷的人把屋子弄得烟雾缭绕。见几个生产队队长只闷头抽烟,都不言语,冯玉贵咳了两声,说道:“大家甭都闷头不吱声,都说说,咱这是民主会,说对说错又不犯法。”

见众人仍然都不言语,他便把目光投向了副支书张念学,张念学见老支书看向自己,知道冯玉贵是想让自己打个开头,先说下自己的意见。老支书这样的暗示,着实让他心里感到有些为难。因为他曾经是原支书刘兴社的副手,过去在刘兴社跟前一直算是陪衬,平时很少跟人犯争执,对人也谦和,很会调和矛盾,在以往这个那个的运动中,很少出头在前表现自己,所以无论是在大队干部中间,还是在群众中,张念学的人缘口碑不算太差。为了不让东洼大队因为撤掉了刘兴社而影响到生产，影响到大队正常工作，公社领导对副支书张念学考察了一番后，任命他代理东洼大队党支部书记一职，主持东洼大队的工作。后来，冯玉贵被公社领导重新起用，担任东洼大队党支部书记，张念学仍担任副支书职务，协助重新出山的老支书工作。

作为和一个被撤了职的书记共事过的张念学，心里多多少少是有些愧怍和不安的，这也使得他平时说话行事更加谨慎，从这些日子和大小队干部的接触中，他知道人们对联产承包政策是有分歧的，有些人对此甚至是抵触的，就是他自己对这一政策也不甚认同。此时老支书冯玉贵示意他先表态说话，他思量再三，觉得自己把话说左说右都不好，于是，他便朝东洼村第二生产队队长王巨才说道："要不老队长您先说说吧，刚忙完夏，大家也都蛮疲累的，咱们商量商量事情，也好早点回去休息。"

见副支书张念学让自己开头发言，东洼村第二生产队队长王巨才抽了两口烟，没有立刻搭话，其实他从心里对联产承包是抵触和抗拒的。什么联产承包？那还不是分田单干吗？到时候分了田各干各的，他这个队长还领导谁、管制谁去？一旦自己没有了队长的威风和权力，社员谁还会在乎他这个队长？社会主义就是"一大二公"，这家家户户分了田各干各的，这还叫社会主义吗？这不是又回到了解放前吗？不过，作为一个处世经验丰富的老队长，在这样的场合下他还是有分寸、懂深浅的，他见人们都看着自己，便清了下嗓子，说道："现在下面的社员群众对联产承包政策还都不咋了解，也都议论纷纷，说啥的都有。他们说联产承包就是分田单干，分田单干还叫社会主义吗？这不是辛辛苦苦几十年，一夜又回到解放前吗？对这一新政策，社员们在思想上怕是一时也拐不过弯来，俺的意见是东洼大队不可操之过急，咱们可以等等看看再说。"

对王巨才"等等看看"的说法，老支书冯玉贵虽然从心里不赞成，却也碍于他是多年的老队长，且刚解放时王巨才任区长，自己曾是他的下级，不想当着众人的面驳他的意见。冯玉贵知道南平村的三个队长是赞成联产承包政策的，这些队长也都参加了几天前在公社大礼堂召开的全公社三级干部大会，听取了领导在会上重点介绍外地土地联产承包的经验，于是冯玉贵就点了南平村的队长说说意见。南平村的队长说了许多大锅饭的弊端，又说了许多联产承包、包产到户的好处，并主张东洼大队要响应上级号召，尽快把联产承包政策落实下去，不要拖了全公社的后腿。

听了南平村三个队长的发言，东洼村除了老队长王巨才没再表态，另外两个生产队队长还有西洼村的两个队长的发言，跟王巨才的意见一样。于是，你说你的理，我说我的理，一时间争执不下。冯玉贵心里清楚，自己刚出山，任职时间不长，好多工作还要指靠几个队长，不好把关系搞僵，更不能把干部班子搞成一盘散沙。他打算会后再做做几个对联产承包有意见的队长的工作，凑空去公社找领导汇报一下，再决定下一步路子怎么走。见几个人争执不下，他便止住了几人的争论，说道："这段日子忙夏大家也都累得够呛了，今晚就商量到这儿，过一两天再议这事吧！"

2

六月，村后小河堤两岸边的垂柳苍翠碧绿，灿灿的阳光从飘摆摇曳的柳枝叶间透射下来，在地上印满了铜钱大小的粼粼光斑。知了不知疲倦地叫着，风儿带着微微的暖热吹着，时不时飞起一群麻雀，并发出一片叽叽喳喳的叫声，田野里庄稼茁壮，碧草青青。小河里，一小片一小片的芦苇和田间里盛开着的红的、白的、紫的、粉的、黄的野花，被天上的太阳蒸晒着，空气里到处充溢着甜醉的气息。蓝蓝的天空，悠悠的白云，热辣辣的太阳，似乎是在告诉人们，炎炎的夏日来了。麦已归囤，下了地的种子也成长茁壮、生机勃勃。人们松弛着心情，舒慵着因收种而疲惫了的身体，准备着进入下一段的劳作。说准确一点，人们都在为即将到来的农村新政策的实施存蓄着力气。

这天晚饭后，被毒毒的太阳蒸晒了一天的大地，在微风的吹拂下和黑夜的包裹中，依然有股热气在空气中肆意游荡。东洼村的人们或去村后的小河堤上聚在一起乘凉闲扯，或三五成群地去生产队打麦场上消热胡侃。此时，王凤国那破烂的院落里，却是黑灯瞎火、死气沉沉。

屋里，躺在床上的王凤国不时发出一声因翻身产生的痛楚所带出的呻吟。女人则靠在床头缩坐着，无言无声。因为是常年受监督改造的对象，他们一直生活在高度紧张和整日的提心吊胆之中。其实女人也听到了一些风声，说是上面开了大会，要去了成分，给地主富农去了帽子，不再挨斗挨打了。风声毕竟是风声，如传言一样，不可轻信。可是从当下没再挨斗，还有重新上台的老支书冯玉贵见了她面色和蔼地打问男人王凤国的情况，让她在心里多多少少看到了一种希望。可这种希望对他们来说依然是虚无渺茫的，毕竟上面没有开群众大会宣布，毕竟她听到的是些传言。

这时，他们听到有人推开了自家的烂大门，进了自家的院子，他们立马慌张得屏住了呼吸，心怦怦跳着，支棱着耳朵听着院子里的动静。接着，他们听到有人隔着窗户叫道："大、娘，恁开门，恁儿子小龙回来了。"

屋里沉寂一阵后，传出一声颤抖的声音："恁，恁谁？"

窗外的声音也颤了："娘啊！俺是恁儿子小龙啊！"

屋里女人忙起身，抖着手点亮了煤油灯，趿拉着鞋忙开了门。门刚一打开，一个高大壮实的男人一下跪在了女人跟前，哭声叫道："娘啊，恁儿子回来了。"

自从儿子出逃，投奔安家在东北的姑姑家，已经快五年了，为了保护儿子，不让人再抓回来，他们再怎么想儿子也一直没敢跟儿子联系。

女人有些发蒙，在灰黄的灯光下呆愣愣地看着跪着的满脸络腮胡子的男人，床上的王凤国也不知哪里来的力气，支起了半个身子，瞪大着眼看着地上的男子。女人有些迟缓地、唯恐碰碎了玻璃制品一般地小心，双手捧住那人的脸仔细端详了一阵后，突然，随着从喉咙里发出一阵"咯咯喽喽"的声音，两眼泪如雨下，软在地上。男子忙抱住母亲大声哭叫："娘，娘，娘。"女人听到儿子的叫声，一脸的惊恐，急促地说道："龙儿，小点声，小点声啊，儿子。"

王龙则声音越发高了起来:“娘,不怕,咱不怕了。中央已经开会发文件了,往后没有啥地主富农成分了,咱们也是社员了。”王龙说着闪开了一下身子,指着身后一个壮实、怀里抱着孩子的女子对母亲说:“娘,这是俺媳妇,她抱着的是恁孙子。”王龙转身对女子说:“快叫大叫娘吧!”

那女子便有些羞涩地、怯生生地、满口东北腔地叫了声:“大、娘,俺是恁儿媳妇慧琴。”说着便把怀里的孩子抱给婆婆看。王龙母亲忙接过孩子,一连声地叫着“亲乖乖”,满脸的欣喜和疼爱,床上的王凤国则张着大嘴“呃呃”地哭出声来……

3

马大民媳妇孙桂丽和几个要好的姊妹们在生产队打麦场上拉完话、乘罢凉,回到家洗罢脚,丈夫马大民才从大队窑厂回来。

自从东洼大队在离村子五六里地外的湖畔地里建起砖窑厂,马大民被当时的大队支部书记刘兴社委任为窑厂生产厂长,已经快五年了。马大民一心扑在窑厂,事无巨细、勤勤恳恳,早上他是第一个到窑厂的人,晚上也是最后一个回家的人。

见丈夫回来这么晚,孙桂丽就有些疼惜和抱怨,说:“一个半死不活的破窑厂,值得这样忙活啊!窑厂是公家的,你可是咱家的,弄得个好不好的,咱们家的日子还咋过。”

听媳妇这样说,马大民就咧嘴一笑说:“看来真是到了该分开的时候了,连老娘们都对集体‘离心离德’了。”

孙桂丽撇了一下嘴,说:“咱们现在的这个集体都啥样子了?累死的累死,闲死的闲死,出工不出力,聚在一起瞎胡混,这日子还有啥奔头?”见男人不说话,孙桂丽又接道,“听说外边都在搞联产承包了,咱们这里咋没啥动静啊?”

马大民说:“上边制定的政策都在下面的执行上,俺看,咱们这里没有开会宣传动员,十有八九是干部们思想上还没有转过弯来,像报纸上说的等、观、看那种人。”

从心里来说，马大民对集体是有很深的感情的，他十二岁、弟弟二民五岁的时候母亲就病殁了；他十五岁、弟弟八岁的时候，当饲养员的父亲又让生产队一匹受惊的马给踢死了。没了父母的兄弟俩，是大队、生产队两级组织给了他们关心和照顾。看兄弟俩是没有爹娘的苦孩子，大队、生产队出钱出力给兄弟二人翻盖了屋子，这让马大民有了一个像样的家，也让他娶上了一个称心的媳妇。他打心里感激共产党，感激社会主义。他铁下心来要一辈子听党的话、跟党走。从报纸上和收音机里，他对党的十一届三中全会的精神和内容有了一定的了解，再加上好多农村都在实行联产承包，他认识到农村的联产承包政策一定会被推广。虽然他从心里对社队大集体有很深的感情，可他也深信中国共产党是为人民谋福利的党，党中央制定的农村政策一定是为全国农民着想、把农民的利益放在第一位的。他也从心里对社员们合在一起出工不出力，一起混日子，一起混穷的集体生活感到忧愁和焦虑。

大队窑厂和生产队也是一个样，砖产量大了卖不出去，产量小了窑厂上干活的社员又磨蹭着混工分，社员们温饱都是个问题，谁有闲钱去买砖建屋呢？尽管对集体心有不舍，可马大民觉得，只要能把社员们搞生产的积极性调动起来，把地里的产量搞上去，真正让社员们过上丰衣足食的日子，农村实行联产承包，未尝不是一件好事。

孙桂丽给丈夫端了盆温水，让丈夫冲洗了下，准备关门休息，这时院里大门“吱呀”一声被人推开，走进一个人来。孙桂丽以为是小叔子二民从外边乘罢凉回家，便朝院里大声说：“二民，累了一天了，快点洗洗回屋睡去吧！灶屋大锅里有热水，要是热的话，你再兑点凉水。”不想那人没有应声，竟径直朝他们的住屋走来。孙桂丽感到奇怪，便抬眼细看，见一个高高大大的陌生男人朝她走来。她很是吃惊，这个黑天黑地的时间，一个陌生男人闯进家里，搁谁身上都会惊惧的，孙桂丽就大声问：“谁？你是谁？”

屋里的马大民听到妻子孙桂丽变了腔的喊声，忙走了过来，见一男人来到门前，便严声问道：“谁？”

那人没有回说自己是谁，来到马大民跟前扑腾一下跪在了地上，

"咚咚咚"磕了三个响头,一边磕一边说:"大民哥,俺是王龙啊!"

马大民听后赶紧把王龙从地上拉起来,把他拉进屋里,借着灯光仔细打量着面前一脸络腮胡子、带有东北口音的人,问:"你是王龙?王凤国家的王龙?"

王龙两眼湿润,点着头说:"俺是王龙,俺回来了,俺也敢叫恁一声大哥了!"

马大民一边赶紧让座,一边感慨地说:"真没想到是你啊!这才四五年的工夫,你竟从一个瘦瘦巴巴的孩子,一下子变成了一个又高又壮的男子汉了,还一脸的络腮胡。"

王龙说:"感谢大哥当年的救助之恩,那年要不是您冒着风险帮俺开了介绍信,俺真不知道还能不能活到现在呢。"

马大民说:"可不要这样说,你那时毕竟不大,还算个小孩子,大人的事大人担,硬是再往一个孩子头上压,咋能撑得住?咱们一起在生产队里干活,你的脾性俺还是了解的,俺知道你是个能吃苦、实诚的孩子,俺不忍心把你毁了。"

妻子孙桂丽端来茶,放在二人面前的小木桌上,问王龙道:"小龙,这几年在外面没少受苦吧?"

王龙就长叹了一声,说道:"俺一路胆战心惊,到了东北姑姑那里。姑姑那里也是农村,地多人稀。因为人少村子稀,哦,那里村子不叫村子,叫屯子。不过,俺姑姑、姑父还是担心俺让人看出马脚,露了破绽,怕被人遣返回家,俺姑父就托熟人把俺送进一个林场,进山当了伐木工,吃住都在山林里,成天伐木头、砍木头、抬木头,天天累得晚上躺在铺上,浑身像散架了一样,痛得不敢翻身。"王龙又轻轻叹了声,接着说道:"好在能吃得饱,有些老林工看俺年龄不大,身体瘦弱,也会照顾俺一下。一年下来,俺长个了,身子也壮了,力气也有了,也能挣下钱了。"听到这儿,马大民伸出手来,在王龙肩上拍了两下。王龙接着说道:"后来,俺姑姑给俺在本地找下一个媳妇。一年后,媳妇给俺生了个儿子。去年年底,那边的地主、富农、'右派'突然都摘帽了,说往后和社员们一样,都是人民群众了。再后来,俺了解到这件事是党中央在北京开大会定下来的，是有红头文件的。那边不光是给地主、富农、‘坏分子’、‘右派’摘帽子，还砸了大锅饭，分田到户。俺看现在新政策下来了，也没必要再在外边躲了，就带着媳妇、儿子回来了。”王龙说到这里，看了看马大民和孙桂丽，说：“没想到咱们这里还没啥动静，难不成中央文件没有下发到咱们这里？难不成中央制定的政策只对外地，不对咱们这里？”

马大民轻轻摇了摇头，说：“不会的，不会的，全国一盘棋，党中央制定的政策一定是经过全盘考虑的，一定不会是顾了这个、丢了那个，那样的话不乱套了吗？从党的十一届三中全会上对农村、农业特别重视来看，农村联产承包政策会是大势所趋。咱们这里还没啥动静，依俺看，一是干部思想上一时转不过弯来，二是再等等看看。党中央制定的政策不是谁能捂得住的，今天你不传达、不宣传，明天你不传达、不宣传，后天你还敢不传达、不宣传？上级领导能让你一拖再拖？再说《人民日报》白纸黑字在那摆着呢，你敢不让群众看《人民日报》？”马大民端起一碗茶递给王龙，看着王龙笑了一下，接着说：“你回家来了，对往后的日子有啥打算？”

王龙说：“俺大算是残废了，俺娘瘦瘦弱弱也是一身毛病，俺回家了，就哪里也不去了，要是土地联产承包了，俺要撑起这个家啊！”

马大民听王龙这样说，便点了点头。

二民从外边回家，见哥哥屋里有人说话，便走进哥哥屋里。二民见哥哥跟一个生人说话，就要转身出去。王龙见是二民进来，便一下站起身来，张开双臂一下紧紧抱住二民，口里叫了声：“二民！”

二民一时间竟然蒙了，硬硬地站着没动，一脸茫然地看着哥哥和嫂子。哥哥、嫂子则看着他没有言语，只是笑。这时，王龙松开双臂，摇着二民的手说：“二民，恁不认得俺了？俺是王龙啊，二民！”

二民打量了一阵面前这个壮实、比自己高半头、一脸络腮胡子的男人后，缓过神来，他往王龙胸前打了一拳，说道：“哎呀，这才几年，你变得都让人不敢认了，你要是不说，俺打死也认不出你啊！”

王龙说：“几年不见，你也开个儿长高了。”说着拍了拍二民的胳膊接道:“谢谢兄弟当年对俺的帮助,大民哥和你对俺的恩情,俺王龙会一辈子记在心里的。”

大民说:“都过去的事情了,就不要再提了。”

王龙便说:“好,好,不提了,俺搁心里边就行了。”王龙似乎是突然想起什么,问:“二民结婚了没有?”见马大民笑着对他摇了摇头,便接着说道:“俺只比二民大两岁,孩子都抱上了,该给他找媳妇了。”

嫂子孙桂丽就笑着说:“二民是该找媳妇了,俺这几天就去托媒人给俺兄弟说媳妇。”

王龙想问马大民孩子多大了,但他往床上扫了一眼,见床上并没有小孩,想说什么,终是没有张口。在农村,一对结婚多年的夫妇要是没生下个一儿半女的,算是一件很失面子的短处。王龙便说从东北回家一连坐了三天三夜的火车,一路奔波实在是累了,便告辞回家。

4

东洼大队部是一个坐北朝南的大院子,六间红砖青瓦的主房,一间办公室兼大喇叭广播室,两间民兵活动室,另外三间是会议室兼大队宣传队排练室。西面盖有三间厦棚房,作为大队拖拉机、铁犁、铁耙、抽水机等杂物的存放间。

王金昌在第二生产队是个难缠的主,全村都知道他是有名的“拧筋头”,有这样的外号,再加上农家把式搁哪样哪样都不中,快三十的人了连个媳妇也没有说下。父母东求媒人西求说合为儿子提亲说媳妇,无奈王金昌名声不好,不受女方打听,提一回散一回。更让王金昌深受打击的是,自己也跟姑娘相亲了,见面谈话了,郎有情,妾有意了,可隔了一夜人家女方又不愿意了。一回回的打击,让王金昌对自己的婚姻有些心灰意冷,意气消沉的他也便有些破罐子破摔,平日里谁要是跟他起了纠葛,他能在人家门上撒泼耍赖、要死要活闹个没完,直到那人在他面前服孬服软,好话说尽方才罢休。

王金昌在生产队是个难缠多事的社员,当生产队长的王巨才自然就不待见他。可这个难缠的主又是自家本家,管严了他跟你胡搅蛮缠、争争吵吵，闹到最后你还是缠不过他，徒让外人看笑话不说，也在社员中损了自家的威严；管松了，他牛气哄哄，对分派的农活挑肥拣瘦，若随了他的意，会让社员们认为队长是欺软怕硬，会闹的孩子有奶吃，就会滋生大家的怨气，怨气积多了，一旦爆发，那将很难收拾。这打也打不得、骂也骂不得的主，很是让队长王巨才感到头痛。

不过，毕竟王巨才不是一个一般的人物，他是一个老资格的干部了。一九四八年淮海战役的时候，当时二十来岁的王巨才是村里的武装民兵，参加了支前，冒着枪林弹雨，从战场上抬下来不少解放军伤病员。战后他被评为支前模范，受到政府嘉奖，并加入了中国共产党。中华人民共和国成立后，王巨才因为出身清苦、表现积极、受过嘉奖，又是入了党的农村青年，被上级领导看中，被任命为东洼区的区长。那时，东洼区也是由东洼村、西洼村、南平村三个村组成，后来随着时代的变迁，改叫东洼大队。

随着在区长位置上越来越如意顺手，加上身后又有一个人多势众的族群，王巨才慢慢地开始变得盛气凌人、专横霸道起来。对他布置的任务，下边村里有完不成的，他会对村里干部，轻则斥骂，重则扇耳刮子。如果有人冒犯了他，他就会让民兵把人抓起来，关起门来痛打，直到这人跪地求饶。终于有一天，王巨才犯下了一个不能饶恕的错误。那年东洼村里一个马姓人家的年轻媳妇偷了生产队里的一把玉米被发现了。那个时候，吃不饱的社员偷一把拿一把的现象很多，即使被队长发现了，也多是让交出来，或者睁一只眼闭一只眼，也就过去了。可这个马家人的媳妇曾拒绝过生产队长的调戏，让队长记恨在心，所以队长就把这个马姓人家的年轻媳妇偷玉米的事汇报给了王巨才。王巨才听了汇报，为了杀一儆百，让民兵打了这个马家年轻媳妇一顿。马姓在东洼村也是和王姓并肩的大姓，平常两姓阳和阴不和，互不服气，加上王巨才当区长太横、太偏袒王姓人，积下人怨，一下子把积压在人心里的怨恨和怒气给引爆了。以马姓人为首，聚起社员群众一起去了乡上、县里告状诉冤。上级领导很快对王巨才做出了处理，撤销区长职务。

被撤职后的王巨才痛定思痛，脾气改了许多。和早先相比，就像换了一个人，王巨才变得沉默寡言、谦和稳重。后来因为第二生产队情况复杂，生产一直抓不上去，队长换了一个又一个，却都不见起色，这时候公社领导就想起了王巨才，毕竟他是老干部，又有能力，虽说犯过错，可是之后人还是很稳重老实的，所以公社领导找了王巨才任东洼大队第二生产队队长。经验和能力摆在那里，王巨才一上任，很快就改变了第二生产队的落后面貌。

王巨才虽然也对王金昌这个“拧筋头”感到头痛，但因为自己跟王金昌同属一个宗族，又比他高了一个辈分，且王金昌遇事鲁莽有余、精细不足，经历过大风大浪的王巨才对制服王金昌这号人还是很有自信和把握的。王巨才明白，跟王金昌这号人打交道，一般情况下只可笼络安抚，不可戗茬儿捋毛，先把他笼住，让他觉得有恩于他，他便会听话服帖。

大队院晚上需要人看守，老支书冯玉贵召集几个生产队队长商量晚上看守大队院的人选。晚上看守大队院，那是要开工分的，晚上不误睡觉，白天不误出工，这一下就算是挣了两份工分，这样的差事谁都知道是份好差事，正因为是份人人都想争着干的差事，在用人方面，为了尽量做到公道公正，不让众人说闲话，冯玉贵召集几个生产队队长一起商量选用看守大队院的人选。

东洼大队共三个村，由东洼村、西洼村、南平村的九个生产队组成，哪个生产队没有几个老实可靠的人？哪个生产队没有几个队长亲近的人？所以，除了东洼村第二生产队队长王巨才只提出来一个人选，其他队长都提上来两三个人选，而且各个队长对自己提出的人选都说出了一大堆好话。一时间各个队长是王婆卖瓜——自卖自夸，都在叙说自家人选的各种优势。见几个队长争争嚷嚷，看护大队院的人选一时间难以定下来，老支书冯玉贵便先从人数上限定，每个生产队只能提出一人，而且在年龄上也设了限定，四十五岁以上的不用。这一下就去掉了四个人，还有五人备选。老支书冯玉贵又提出，人选要有文化，起码要初中毕业，以防半夜上边来电话有要紧的通知，也好抄写下来。老支书这话没毛病，几个队长也都默认了。这又去掉了两个人，还剩下三人备选,备选的三人就让老支书有些犯难了。虽说他心里对东洼村第二生产队队长王巨才提出的人选不甚满意,可他跟以前是东洼区区长的王巨才共过事,且王巨才还是他的上级,看在这份面子上,他实在不好说什么,毕竟王巨才提出的人选年龄有优势,还不到三十,文化程度上也是初中毕业,可要是让王巨才提出的这个人选看护大队院,冯玉贵心里还真是不情愿。

老支书冯玉贵思虑了一下,说道:“俺看这剩下的三人都还不错,难分好孬,咱们不妨就三个人选抓阄来定吧!”

见几个队长对老支书抓阄的提议没有言语,算是默认赞同了,王巨才就开口说话了:“俺的意见就甭抓这个阄了,依俺看就定俺队的王金昌吧!”

见王巨才这样说,就有几个队长不乐意、不服气,说凭什么就定第二生产队的王金昌呢?他比别的人选又好在哪里呢?他“拧筋头”的外号可是出了名的。

王巨才一脸的沉静,慢慢说道:“要说王金昌比别的人选好,俺也不承认,不过看在他都快三十的人了还没找上个媳妇,咱们也就算照顾他一下。再说他人这么大了没找上个媳妇,心里也是不好受,干活做事也就提不起精神。让他晚上看护大队院,一是让他感到大队对他的照顾,让他往后有上进心;二来他光棍一条,看护大队院会没有牵挂,尽心尽责。俺正是因为他条件差,出于照顾他的目的,才报了他的,如果这些报上来的人里面有比王金昌条件更差的,那就把这个差事给那个条件更差的。”

反正这看护大队院也不是什么大事,况且王巨才又是老资格的队长了,先前几个有意见的队长不再言语,也就做顺水人情同意了王巨才的人选。当然,过后王巨才给王金昌说起这事,把在大队商议看护大队院人选的过程说得是跌宕起伏、险象环生,说自己是如何舌战众人,如何一人力战八人才给他争取到这个差事的,直说得王金昌千恩万谢、感激涕零。

王金昌自从当了晚上看护大队院的人员,就感觉自己突然从一个矮子长成了一个大个,高了人一等。每当他吃罢晚饭,就迈着豪迈的步子,口里吹着口哨或者哼着歌曲来到大队部,掏出钥匙打开大队部的大门,跨进大队院时,他感觉自己也是一个大队干部一样,心里有种主人翁的豪情,这种感觉让他非常惬意和享受。王金昌对这份差事打心眼里满意,他心里除了感恩队长王巨才外,也对这份差事很是珍惜和看重。正因为珍惜和看重,所以他看护大队院很是尽心尽责,对大队干部们嘱咐安排自己的事情办起来那是一点儿也不含糊。比如,大队党支部书记冯玉贵曾嘱咐他,为了防止坏人进来,晚上没有他和大队干部的话,不能让任何人进入大队院。王金昌对这件事执行起来那可真是铁面无私、非常坚决。

有一天晚上,临近大队院的宋老三家的两只鸡没宿鸡窝,两口子便嘴里唤着“喽喽喽”四处寻鸡。他们寻到大队院门口,便听到大队院内有鸡“咕咕”的声音,两人便拍打大队院的大门朝里边喊叫。王金昌听到喊叫声,便在院子里问:“谁?”宋老三两口子就在大门外说了寻鸡的事。王金昌听罢,便说:“有鸡没鸡的大队院晚上是不能开门的,寻鸡的话等天明了再寻。”

宋老三两口子就说,听到院子里有鸡叫了,鸡一定在院子里。王金昌就说:“既然在院子里恁还有甚不放心的,俺又不吃了它。”宋老三两口子好说歹说让王金昌行个方便,让他们进去逮鸡,王金昌就说自己是职责所在、身不由己,不能破了大队的规定。任宋老三两口子好话软话说了一大堆,王金昌就是不开门。等到第二天天亮,宋老三两口子在大队院里寻到了家里的两只鸡,只不过寻到的是两只鸡架。鸡的确不是王金昌吃的,是晚上让黄鼠狼吃了,宋老三两口子气得咬着牙恨恨地骂了几声:“这个狗日的‘拧筋头’。”

还有一回晚上,南平村的一个队长来到大队部敲大门,说是他们生产队一个社员的褂子收工回家时掉在路上了,他要进去用大队大喇叭给那个社员喊一喊,看谁拾到了好给他送过去。王金昌拧着头想了一下,便想起来队长王巨才给他说过,在给他谋这份看护大队院的差事时,跟其他队长没少争气斗嘴,那其中也肯定包括这个队长了。于是，王金昌便摇着手说："恁想喊喇叭，俺可当不了这个家，恁要想喊大喇叭，除非老支书发话。"

南平村的队长就有点生气，说："过去队长喊大喇叭是常事，也很随便，你一看护大队院的咋就那么多事啊！"

王金昌见南平村队长口气有些不忿，便也冷冷地说："这大喇叭可是咱大队的喉舌，是宣传上级政策的机器，哪能随随便便让人喊，你说是喊褂子，要是你大喇叭跟前喊反动口号咋办？"

南平村队长见王金昌说出这样的话来，便急了，跟王金昌吵嚷起来。王金昌岂是善茬，最后两人由争吵升级为骂战。后来有人叫来了老支书冯玉贵，方才把两人摁了下来。待两人被老支书说得都不吱声了，南平村队长也没了喊喇叭的心情，窝着气走了。

第二章

1

下午，公社里的放映队来到东洼大队，在东洼中学操场上栽杆子、挂银幕，这消息立马就像一阵风一样在东洼大队的三个村庄传播开来。平日里人们盼望放映队来村里放场电影，就跟小孩子们盼望过新年一样。当听说公社放映队来到东洼大队，晚上能看上电影时，劳作在各个田间地头的人们都欢呼起来。于是，各个生产队把下午劳动的时间缩短了一个小时，为的是让大家伙早吃晚饭，去学校操场上看电影。

在电影场上，特别是在农村这样的露天电影场上，是很能提振人们的愉快情绪的。在人头攒动、人来人往的电影场上，人们都面带喜悦的笑容，或是和亲近的人闲聊，或是和认识的人打招呼，或是和不熟识的人相互和善地对望一眼。此时，电影好像是一种使人与人之间相互亲和的媒介，让人们比往日都多了份随和、温诚。同时，这样的露天电影场也是一个滋生和培育爱情的地方。有些有情却没勇气表达的男女，可以借着或许是有意推波助澜的人群打拥，好把写好的求爱信偷偷塞到自己心仪的人手里；或者一对相爱却还不敢公开的男女，借此机会拉一下手。即便是对情窦初开、还没遇到爱情的年轻人来说，这样的场合也是他们的最爱,因为在这样的场合可以看到好多姑娘、小伙子。在这样的场合下,他们觉得哪怕是对自己看顺眼的姑娘多看上一眼,能多瞟一眼让自己心动的小伙子,也是件让人快乐和幸福的事。

听放映员说今晚放映的电影是香港电影《巴士奇遇结良缘》,是谈恋爱的电影,这一下就勾起了年轻人的热情。哪个少男不多情,哪个少女不怀春?特别是年轻人对爱情的追求和渴望如田野里过火的野草,一旦春风掠过,又是红飞翠茂。年轻人对这部男女谈恋爱的电影充满了期望和好奇,人们早早吃过晚饭,或者相邀或者相伴纷纷往学校操场聚拢过去。

傍晚,王小飞匆匆扒拉了一碗饭,便推下饭碗先去了郑团结家。见郑团结正在吃晚饭,王小飞便问他是什么时候从公社中学回来的。郑团结说刚回家没多大会儿,王小飞就催他快点吃饭,吃过饭一起邀马二民,要是去操场晚了怕占不到好的位置。在一旁吃饭的郑团结父亲郑有礼就说:“再咋也要吃好饭啊!啥电影让你们这样急慌。”王小飞说:“放映员说是男女谈恋爱的电影,还是香港的呢。”

郑有礼就正色说道:“香港,那可是资本主义社会,他们的电影有啥好看的,你们年纪轻轻的可别学坏了哈!”

郑团结就说父亲:“要真是不好的电影,国家还准放?再说俺们又不是小孩子了,好的孬的能拎得清。”

等郑团结吃罢晚饭,王小飞就和他一起去了马二民家里。马大民和妻子孙桂丽刚吃罢晚饭,正拾掇碗筷,见二人来邀二民,便说二民已经出门一小会了,说不准也去邀他们了。二人出了院门,王小飞就说是不是他们跟二民走两岔道了,要不要返回家去找二民。郑团结想了想说:“算了,依俺看他怕是去西洼村邀他小姨去了。”

马二民还真是去了西洼村,去邀小姨谷薇薇。对于这个小姨,马二民从心里有种说不出的喜欢和亲近。两人在一起时,无论说什么话头、聊起什么事情,总是显得那么合拍、轻松,对事物、对集体、对劳动的认识和想法又是那么一致,话能说到一处,心能想到一处,还有比这更让人感到高兴、舒坦的吗?还有这个小姨对自己的细致和关心,给自己做鞋,把她心爱的日记本,还有她的照片,给了自己。最近一个人待着时,他总是会时不时地想起自己跟谷薇薇这个小姨的点点滴滴。他会想他们一起在学校读书时的情景,董大壮欺负她,他出头护她,被董大壮打得鼻子出血,她拿了纸让他擦血;还有在学校去南平村义务劳动,在玉米地里董大壮找碴打自己,是她扑上去咬了董大壮的胳膊;还有那年一个晚上,他们一起去双桥大队看电影,谷薇薇突然心口痛,是他把谷薇薇背着送回了家……过去他回想的多是一件件事情发生的经过,每当回想起这些事情,都会让他感到温暖。现在他更多的是在回想一件件事情发生时的细节,当时谷薇薇说过什么话,说话时什么表情,在什么场合下她是什么动作,她悲伤时什么模样,欢快时什么模样……这种回想,成了他一个人独处时的精神财富,他把这种回想当成自己最爱惜的一块宝贝,偷偷放在心里。

马二民记得,谷薇薇曾给他说过,她最怕看电影时电影场上人群打拥,那时,就会有不怀好意的男人借涌动的人群,偷抓一下或者偷摸一下年轻女子,出于怯懦和害羞,大部分女子会忍气吞声,吃下哑巴亏。所以,马二民就记下了,每当在本大队或者是去邻近的大队看电影,马二民都会去西洼村邀她,在电影场上做她的保护神。

马二民来到谷薇薇家,进了院子就叫:“小姨,吃罢饭没?”

屋里的谷薇薇一边应着:“二民吗?俺吃过了。”一边走出屋门,回头又朝屋里喊道:“大、娘,俺看电影去了。”

屋里传来父亲一声闷声闷气的声音:“看完电影赶紧回家哈!”

谷薇薇应了一声,跟马二民欢快地走出院子。

屋里,谷薇薇父亲对妻子说:“凑空说说薇薇,二民、薇薇都是大人了,不是小孩子了,两人常常在一起,会让外人说闲话的,男孩子没啥,女孩子招上闲言,找婆家都是个事。”

妻子说:“你甭有事无事拿草木灰往自家身上撒,外人还没怎么着,你就先打自己脸了。二民跟薇薇从小一起长大,咱们又有亲戚关系,二民成天小姨长小姨短地叫着薇薇,他们两人又不憨不傻的,能有啥事?”

谷薇薇父亲就嗡里嗡气地嘟囔了一句:“有事就晚了。”

看电影对农村社员来说无疑是一种节日,是一种娱乐。他们把看电影当成一种最大的精神文化享受,他们乐在其中、欢在其中。东洼大队的,还有外大队的社员,匆匆吃过晚饭,三五一群、四五一伙,纷纷朝东洼中学操场聚来。天还没有完全黑下来,东洼中学操场上已是挨肩擦背、人山人海。

尽管电影场上人挨人、人挤人,嘈杂喧嚣声就像一锅沸腾的水一样响成一片, 但王小飞和郑团结还是在人群中看到了马二民和谷薇薇。王小飞双手合成喇叭状要喊马二民,被郑团结给止住。见王小飞瞧着自己一脸的疑惑,郑团结就说道:“算了吧,让他们俩一起看吧,二民不在家等咱们,却去了西洼村邀谷薇薇,那就是他不希望跟咱们一起看,或是不希望咱们去掺和他们。”

王小飞就咧了一下嘴,坏笑道:“他们不会有啥事吧?”

郑团结也咧嘴一笑,说:“那能有啥事。”

随着人们的急切期待和暮色变得越来越暗,电影开始放映了。香港的电影的确跟平时放映的电影不一样, 特别是男女主人公之间的相遇、相恋、男追女爱的方式,让人们看到男女还能以这样直白的方式表达爱情,并且爱到浓处两个年轻人拥抱、接吻。看惯了样板戏、看惯了战斗片、看惯了没有男女爱情的电影的人们,面对这样的镜头,电影场上立马掀起了波澜。特别是年轻人,他们一边“嗷嗷”叫着,一边在人群中打拥。年长的人们则看不惯这样的电影,有的大声呵斥着打拥的年轻人,有的叫着自家闺女回家,不要看这样的电影。

人群中的马二民并没有随着人们喊叫,他不是不想喊,他也看得心情激荡,他也是真的想随着人们一起喊,来释放一下自己内心被电影情节所激发出的骚动和荡漾。不过他身边有小姨谷薇薇,他不想在这个小姨面前表现出随波逐流、粗鲁庸俗,他只是在人们的叫喊打拥之中,用尽力气护卫着谷薇薇。当银幕上出现男女主人公拥抱在一起的场景,人群中又打起了拥。在护着谷薇薇时,马二民的手无意中碰到了谷薇薇的手。正当他手一抖准备拿开时,谷薇薇却一下抓住了他的手,马二民有些惊慌地看向谷薇薇,谷薇薇则嘴角露出一丝微笑,一副春和景明、风平浪静的模样看着银幕,手却抓得更紧了。此时马二民把头朝向银幕,紧紧地把谷薇薇的手攥在自己的手心里……

随着电影放映完,意犹未尽的人们,或是一起谈论电影中有趣的情节,或是招前呼后,纷纷四散离去。

因为各村来操场看电影的人很多,散场后谷薇薇没有让马二民送自己,她是随着本村的人流回家的。回到家的谷薇薇躺在床上没有一点困意,此时的她被幸福和甜蜜缠绕着,心如春风里的微山湖,荡起层层碧波,漾起朵朵涟漪。虽然人在家里的床上,心却还是落在了电影场上。她一遍遍回想着电影场上她和马二民手抓手的情景,特别是二民把自己的手紧紧地攥在了他的手心里,尽管二民手劲有些大,有点攥痛了自己,可这样的痛让她感到一种无以言说的幸福和满足。她知道两人在电影场上的这一抓,两人的关系会由此变得更加亲密,这种亲密意味着什么,她心里非常清楚,那就是两人要成为亲密的恋人了,以往那种亲戚关系的关心和亲近,此刻在她心中全部化为了恋人间的相互爱护和温存。此时此刻,她内心坚定地认为,马二民就是自己认定了的、可以在一起生活一辈子的人。二民有男子汉的那种倔强、不惹事、遇事不怕事的气势,为人正直、憨厚、实诚、义气,却不失精灵机敏。跟这样的人相伴一生,一定会恩爱幸福,还有什么能比得上男女恩爱一生更幸福的呢?谷薇薇往远了想去,她想了和二民两人在人们的簇拥下喜结良缘,想了和二民一起出工、一起收工,想了一同勤俭持家过上好日子,想了生小孩……想到这,谷薇薇禁不住脸上发起烧来,她便翻了个身,把脸埋在枕头里,小声骂了自己一句"真不知道个羞臊"。

随着脸上的发烧退去,一丝忧虑爬上谷薇薇的心头。谷薇薇姊妹五个,她是老小。马二民的嫂子孙桂丽的母亲是谷薇薇的大姐,孙桂丽还比谷薇薇大八岁,自己是二民嫂子孙桂丽的亲小姨。要是自己跟二民结婚成家,自己也就跟外甥女孙桂丽成了妯娌,本来差了一层辈分的两个人,也就成了平辈。这样的话,父母那里会怎么样呢?凭自己对父母的了解，老思想的父亲是肯定不会同意的。自己跟母亲最贴心，母亲那里应该比父亲好说。再说，现如今是新社会，婚姻自主、恋爱自由，至于自己跟二民嫂子孙桂丽是小姨和外甥女的这层关系，也算不得什么，自己跟二民成了亲、结了婚，跟外甥女孙桂丽的辈分和称呼那是不能变的，跟二民哥哥大民这个大伯哥该咋称呼咋称呼，毕竟她跟二民他们兄弟又没有血缘关系。想想到时候一旦在父母面前把她跟二民的事挑明，父母定会反对，甚至会骂自己。若是父母反对一番、嚷骂一番后还能同意自己跟二民的事，她觉得即便父母打自己一顿，自己也是值得的。再想想比起自己一辈子的幸福，挨父母一顿骂、一顿打又算得了什么呢？尽管谷薇薇的心起起落落、好一阵歹一阵的，可有一点她没有丝毫动摇，那就是她铁了心认定了马二民这个人。她暗暗打定主意，为了自己的婚姻幸福，不管前面有多大的风雨，有多大的阻碍，自己都会毫不畏惧、勇敢面对。

2

西洼村的刘海锋高中毕业后，因为是大队里为数不多的高中生，钢笔字、毛笔字又写得好，被大队党支部书记刘兴社安排到东洼中学当老师。在农村，比起早出晚归、在田地里挥汗劳作的社员，当老师毕竟是个又体面、又轻省的差事，刘海锋打心里感恩刘兴社，他把刘兴社当成了《杜鹃山》里的党代表柯湘、《红色娘子军》里的党代表洪常青一样的人。

刘兴社知道刘海锋文章写得好、毛笔字写得好，便时常让他帮大队写“革命大字报”。刘海锋风华正茂、斗志旺盛，写起批判文章来思想尖锐、文笔犀利，很受支部书记刘兴社待见。随着世事的变化，刘兴社被撤职，刘海锋也受了牵连，他被说成是刘兴社的“狗腿子”，老师自然是当不成了。因为除了帮刘兴社写了大字报，刘海锋并没有做过什么错事，所以上面也没有揪住他不放，只是在大会上提了提他的名字，批判了一下，便没再难为他。

刘海锋回到生产队，去了又脏又累的大队窑厂。早先那个穿戴干净得体、青春焕发、志得意满的刘海锋不见了，一个顶着一头乱发，穿着烂衣裳、烂布鞋的刘海锋，整天闷头闷语地拉着地排车接了砖坯子往砖场上拉。冤家路窄，他跟自己当老师时最不待见的学生马二民、王小飞竟然成了一个战壕里的战友。这不由得让刘海锋生出“虎落平阳被犬欺，落魄凤凰不如鸡”的心境，他便也破罐子破摔，不梳头，也不爱干净了，衣服净拣烂的穿，给人赌气，也给自己赌气，任谁也不搭理，只是闷头干活。手磨破了，腿跑酸了，脚磨出泡了，他都咬着牙忍着，也不吱声。

毕竟曾经是自己的老师，如今落魄到如此境地，马二民、王小飞两人便心生恻隐，有时两人也帮着往场地上拉砖坯的刘海锋推一把、拉一把。作为砖厂厂长、又跟刘海锋是同学的马大民，也从心里对刘海锋的境遇感到同情，为了不让老同学就这样颓废下去，马大民便把刘海锋叫到砖厂办公室，对他进行了一番真诚的劝慰和开导。刘海锋毕竟是个有文化的人，通理明智，他把马大民劝自己的话听进去了，且心情豁然开朗，开始振作起来。

刘海锋曾经的学生、南平村的江红霞，因为在公社文艺会演时拿反了领袖像，被学校辞退，回到生产队劳动。正值情窦初开的年龄，她竟然在心里暗恋起自己曾经的老师刘海锋。在她情绪低落的时候，这种对刘海锋的暗恋成了慰藉、疏导自己的一道光，这道光的照射，让她感到了一种希冀和温暖。毕竟自己是个女孩子，且刘海锋又是自己的老师，江红霞虽然心里爱恋，却一直藏在心里。江红霞是一个有心机、有主见的姑娘，她需要一个好的茬口、好的机遇，去追求和表达自己的想法。师生关系加上年龄的差距，她清楚她所追求的爱情不会一帆风顺，她知道的是，自己要做的事、要追的人，自己不做便罢，要做就一定能成、一定要如愿。

当刘海锋被撤了老师的职务，去了大队砖窑厂出苦力的时候，江红霞亲手缝制了一副布手套。在一个晚上，在南洼村村口的大柳树下，她等来了从窑厂回家的刘海锋，并把手套硬是塞到对此事感到突兀的刘海锋手里。

多日后的一个晚上，还是在南平村村口的大柳树下，江红霞又等到了从窑厂回家的刘海锋。不过，这一回江红霞塞给刘海锋的不只有一双她亲手做的布鞋，还有塞在布鞋里的、写给老师刘海锋的一封情真意切的情书。这封学生江红霞写给自己的情书，一下子把刘海锋给弄蒙了。他没想到自己的学生江红霞竟然给自己写这样的信，这事对刘海锋来说实在是太突兀、太荒唐了。这怎么可能呢？先不说老师和学生这层关系，就年龄上说，自己比她大七八岁，尽管江红霞十八岁了，但在自己眼里她就是个孩子啊！这事要是捅开，那将会是怎样一个情景呢？自己一定会被当作诱骗女学生的流氓被人们所不齿，脊梁骨一定会被人们在背后戳烂。作为自己的学生，刘海锋对江红霞的性格还是很了解的。江红霞跟她同龄的同学相比，显出一种与她年龄不相符的成熟。同时，江红霞也是一个很有心机的女孩子，她表面柔和，其实自尊心很强，性格倔强，认准的事不达目的决不回头，让这样的一个女孩子缠上是件很麻烦的事。江红霞的这封信，把他们本来建立起来的良好师生关系推到了一个很尴尬的境地。于是，为了断了江红霞这一不切实际的念想，刘海锋不光把先前江红霞给他做的布手套、布鞋还了回去，让她死了这份心，还一回回避而不见，躲着江红霞对自己的纠缠。

江红霞却是横下了心，她见刘海锋躲着自己，便抹下了一个少女的脸面，不分黑天白天，也不管刘海锋在不在家，她说着各种借口去刘海锋家里。江红霞的行为让刘海锋很是烦心腻歪，就在刘海锋被江红霞缠得烦不胜烦，正为怎样摆脱江红霞的纠缠而发愁时，前街的吴婶给刘海锋提了门亲事，女方是双桥大队的。事情进展得很顺利，双方相了亲、对了话，并对对方很满意，男女双方便定下了定亲的日子。

听说此事的江红霞就凑人们正吃晚饭的光景，去了双桥那家要跟刘海锋定亲的女方家里。当着女方一家人，江红霞哭哭啼啼地说自己曾是刘海锋的学生，她跟刘海锋早就好上了，现在肚子里都怀上刘海锋的孩子了，刘海锋跟他们联姻，实在是迫于父母的压力违心应下的，她上门来就是求女方家能看在她肚子里的孩子的分上，别横插一杠子拆散她跟刘海锋这一对。女方家人听罢,连夜去西洼村找到媒人吴婶,去刘海锋家里推拒了这门亲事。

眼见得一门将成的亲事让南平村姓江的给戳黄了,刘海锋父母尽管都是淳厚和善、与人无争的人,此时也忍不下去了,他们连夜去了南平村江红霞的门上论理。事情就这样闹大了。

自家闺女竟做下这等羞人的事,并且还怀了孕,江红霞父母对女儿又骂又打,江红霞咬着牙就一句话"非刘海锋不嫁"。冷静下来的江红霞父母先是带闺女去了公社医院,检查结果是闺女并没有怀孕,虽然闺女没有怀孕,可闺女的名声是完了,这让江红霞父母不禁恨起了刘海锋。他们认为是刘海锋把自家闺女给毁了,他们反过来又去了西洼村刘海锋家里,堵着门口骂刘海锋为师不尊,骂他是披着羊皮的狼,骂他不得好死。刘海锋磨不开脸面当街去和江红霞父母理论,他知道这样的事就是出去理论也是论不清、说不明,自会越描越黑,徒让人看热闹、看笑话。刘海锋父母见儿子不敢出去理论,以为儿子真做下了亏心事,他们也便窝在家里不敢出去。

江红霞父母就把刘海锋告到了大队部,大队副支书张念学把这事交给了民兵队长来处理,民兵队长便把刘海锋叫到大队部。民兵队长问刘海锋跟江红霞有没有那回事,没有的事刘海锋当然不承认,并对天发誓他跟江红霞是清白的。江红霞的父母则对刘海锋不依不饶:"你说没事?俺闺女不憨不傻,她会拿屎盆子往自家头上扣?你把俺闺女的名誉毁了个一塌糊涂,一句清白就想抽身无事,门都没有!"民兵队长也说:"是呀!要是没那回事,一个女孩子家会做出这等自毁声誉的事吗?除非这个女孩疯了、傻了,男子汉做事敢作敢当,咱甭嘴硬,一旦事情查实,罪加一等。"刘海锋感觉真的是跳进黄河也洗不清了,如果江红霞父母纠缠不放,自己又没啥有力的证据证明自己是清白的,大队把自己送去派出所,定一个流氓罪或者强奸罪,自己可就吃不了兜着走了,刘海锋百口莫辩,欲哭无泪。

事情正僵着,江红霞来到大队部,她当着众人撂下一句话:"俺跟刘老师是有事情,责任全在俺,是俺引诱了刘老师。"江红霞的话让一屋子的人全愣愣愣地呆在那里。

刘海锋瞧着江红霞恨恨地说:“江红霞,你咋这样害我?”

江红霞就对着刘海锋浅浅一笑,轻声说:“谁说俺害您了?俺这不是救您来了吗?”尔后,江红霞瞧着刘海锋,意味深长地轻轻说了句:“毁你一句话,救你也是一句话。”

如果刘海锋坚持自己的说辞,说自己跟江红霞是清白的,江红霞翻脸说他诱奸了她,后果不用想刘海锋也知道,被公安判个十年八年那是轻的;如果自己默认了江红霞的说法,那也就是承认了自己跟江红霞的恋爱关系,也就认下了江红霞对自己的追求。面对江红霞灼灼的目光,一阵掂量后,刘海锋认下了他跟江红霞的恋人关系。

见自家闺女在人前把事情揽了过来,江红霞父母感到脸上很是无光,江红霞父亲气得哆嗦着嘴唇,指着闺女好一阵才说道:“咱回家再说。”说罢,他一把拉住江红霞母亲,气咻咻地走了。

民兵队长见状,也就在刘海锋跟前说:“既然是真的,何必脱了裤子放屁——自寻麻烦,弄这些玄轱辘干吗?婚姻自主、恋爱自由,有啥不敢承认的,有啥丢人的?”说罢朝他和江红霞摆了摆手说:“回吧,回吧。”

出了大队院,江红霞低着头从刘海锋身边走过去,刘海锋知道江红霞回家后一定少不了父母的一顿打骂,便心里有种不安和歉疚,轻声叫了一声:“江红霞。”

江红霞听到刘海锋叫自己,脚步略一停顿,也没回头,抬起胳膊往眼睛上蘸了蘸,便快步走去。刘海锋立在那里,看着江红霞远去的背影,呆了好一阵子方才转身回家。

3

在陈旧的传统思想还没有完全褪去、人们思想相对还比较保守的农村,一个女孩子还没结婚就跟男人睡觉,或者是未婚先孕,无疑是件让家人蒙羞的事,也是让当父母的最丢脸面的事。如今这样的事居然出在了自家闺女身上,并且这事还闹得沸沸扬扬、众人皆知,这如何不让人恼怒愤恨？尽管从小到大，江红霞父母都没舍得动过江红霞一根手指头，可这一回觉得受了耻辱的父亲，掂着一根柳条，狠狠地抽打了闺女一顿。

几天后，一直担心着江红霞的刘海锋找到马二民，让马二民去南平村找一下跟江红霞同一个村的同学苏兰朵，再让苏兰朵偷偷传话给江红霞，看能不能找个机会跟自己见一面。尽管上学时苏兰朵对江红霞好耍小心机、搬弄是非很是不待见，可对待这件事上她很是佩服江红霞的勇气和大胆，再说托自己办事的人又是曾经的老师刘海锋和好同学马二民，所以苏兰朵当起了刘海锋和江红霞的“地下联络员”。

在一个月光如水的晚上，刘海锋、江红霞两人在南平村村口的那棵大柳树下又见面了。两人面对面地站着，都没开口说话。江红霞没了先前的强势和泼辣，她不说话，只是低着头摆弄自己的衣角。刘海锋蠕动了一下喉咙，咽下了两口唾沫，轻声问道：“挨打了吧你？”

刘海锋的问话，如同一把打开情绪之门的钥匙，江红霞瞬间嘤嘤地哭出声来。面对江红霞的哭泣，刘海锋一时间竟手足无措。江红霞一边嘤嘤哭泣，一边撸起自己的袖子，白皙的胳膊上被柳条抽打的伤痕在月光下清清楚楚。一种抱愧和负疚涌上刘海锋心头，他不由得抓住江红霞的胳膊，张开手掌轻轻抚摸着江红霞胳膊上的伤痕，一边抚摸一边说道：“你受苦了，你受苦了。”江红霞顺势一下抱住刘海锋，把头依在刘海锋胸前，哭得更厉害了。

刘海锋有些慌张地往四下看了一眼，也把江红霞紧紧搂住，像哄小孩子一样，一边抚着江红霞的头发，一边轻轻说道：“没事了，没事了，甭哭了，甭哭了。”果然，江红霞就像一个听话的孩子，止住了哭声，偎在刘海锋怀里一动不动。隔了一会儿，刘海锋小声地问江红霞道：“往后的事儿你咋打算的？”

江红霞仰起脸来，瞧着刘海锋说：“俺的名声都毁了一地了，俺还能有啥打算？俺大说了，不管孬好，赶紧给俺找个婆家，像送瘟神一样把俺快点嫁出去。俺都这样了，你说俺还有啥可打算的。”说罢又嘤嘤哭了起来。

刘海锋抚了一下她的头，轻轻叹了一声，说道："我也不是一个木头疙瘩，不是一个不懂感情的人，我只是觉得我年龄比你大好几岁，你又曾经是我的学生，一是年龄上亏了你，二是咱们师生关系名声上有点说不过去。现在这事已经张扬开了，也就没啥可怕的了，你既然对我这么个真心情，让我还能说什么呢，我只是觉得咱俩结合是委屈了你。"

听刘海锋这样说，江红霞搂紧了刘海锋，仰起脸来似喜似嗔地说道："俺愿意，俺甘心，俺情愿。"说着，江红霞抽出胳膊，一下揽住了刘海锋的脖子，踮起脚尖，把含着一腔热诚的温软的嘴唇送了上去……

刘海锋托了前街的吴婶去了南平村江红霞家里提亲。江红霞父亲听说吴婶是受刘海锋家之托来提亲的，脸立马黑了下来，就嚷嚷着说，就是把闺女嫁给个瞎子、瘸子，也不会嫁给一个往自己老脸上泼了一盆骚尿的家伙。作为媒人的吴婶，什么难缠的老顽固没见过？什么样的姻缘没促成过？于是，她便一脸笑盈盈，话语不慌不忙、不高不低，劝说道："俺说老哥、老嫂子，先消消气，气坏了身子，罪那可是自己要受的，没谁能替的。要说呢，这事摊谁身上都会有气，虽然说现今提倡年轻人婚姻自主、恋爱自由，可这毕竟是终身大事，无论如何是要跟父母通气商量的。父母年龄大、经事多，看人看事要比年轻人准实透彻得多。老哥老嫂，气归气，可话说回来，哪家的父母不巴望着闺女能找下个好男人、好人家？这年轻人恋爱自己找对象是正当正常的事，是受国家政策赞成保护的。咱闺女不憨不傻，认准的男人自是不会太差。这刘海锋要个有个、要模样有模样，又有文化，当过老师，街坊上疼老爱幼的谁不夸赞？这样的人人品可着孬又能孬到哪里去？之前犯了点错，这不是啥事也没有了吗？人家虽然不教书了，这不是人家又在大队窑厂当了会计吗？年龄上是大咱们闺女几岁，可男人大几岁不是更会疼惜媳妇吗？咱闺女从小宝贝、娇生惯养，到了刘家只会更宝贝，那边父母正值能打能跳的年龄，给儿子儿媳拉起磨来还不跟老牛似的，从这点上就不用发愁闺女过去会过苦日子。”吴婶停下了，说口渴了，让给口凉水喝。江红霞母亲听罢，忙去倒了碗热水，双手递给了吴婶。吴婶接过碗，吹了吹，啜了一小口，接着说道：“这事呢，老哥说是臊了脸，咱们孩子一没偷，二没抢，三没犯法，人家一块谈恋爱，这又有啥臊的呢？依老哥说，在外人面前丢了面子，咱丢啥面子了？人家说咱闺女不能谈恋爱？人家说咱闺女谈恋爱犯法？人家说咱闺女就是不能跟姓刘的谈？都没有，有的只是看您老哥闹气置气，自己跟自己过不去。像老哥说的，宁愿把闺女嫁给瞎子、瘸子，也不愿意闺女嫁给姓刘的，难道这是您老哥的真心话？难道老哥您就能看着自家宝贝闺女愁苦一辈子？再说了，现在是社会主义社会，要是因为孩子的婚姻事把闺女逼个好歹，政府那里也不会愿意的。再比如，要是把孩子逼急了，他们一起私奔了，那时候老哥才真算是丢人了呢。现在既然孩子们的事大家伙也都知道了，大家伙也都觉得两个人还蛮般配，咱们当父母的何不顺了孩子们的意，皆大欢喜？”

母亲本就跟闺女贴心，闺女跟刘海锋谈恋爱，除了年龄这一点让她有点介意外，加上闺女的执拗，她心里也是向着闺女的。男人打骂闺女的做法她虽不赞同，却也不敢管，闺女挨打疼在身上，也疼在做母亲的心里，如今媒人的一番话让她听来很是入心合意。

见自己一通话把江红霞母亲说得心情舒展、眉开眼笑，江红霞父亲在一旁蹲着，吹着烟袋低头不语，吴婶便又说道：“老哥老嫂，依俺看孩子的事就这样定下来，既堵了外人的闲言碎语，又成就了一份好姻缘、好亲戚。”

蹲在地上的江红霞父亲狠狠抽了一口烟袋，又把烟袋锅在鞋帮上磕了磕，哀叹了一声，站起身，不言不语地去了屋里。吴婶见状便大声说：“老哥，这事是成还是不成，您给个话啊！俺也好回去跟刘家回话啊！”屋里江红霞父亲仍没回声。见男人不应声，江红霞母亲就往屋里喊道：“她大，咱不能为难人家帮忙跑腿的啊！闺女的事还得你发话啊！”

少顷，屋里便传出江红霞父亲瓮声瓮气的一句：“俺不管了，你看着办吧。”

江红霞父亲这句话虽然带有几分负气，可也明显是默许了闺女跟刘海锋的事。这时，躲在另一间屋里一直没有露面的江红霞满脸喜悦地走了出来，她走到吴婶面前深深鞠了一躬，说：“谢谢大婶了。”吴婶就说：“闺女，好事多磨，好缘分是恁自己争来的，俺一个老婆子只不过在当中传了句话。俺该回去了，刘家那边还等着俺回话呢。”

一番波折后，江红霞终是一番心思没有白费，一顿打骂没有白受，遂了自己的心愿，她和刘海锋的事正正当当地确定了下来。

虽然江红霞家里同意了她跟刘海锋的事，可毕竟因为这事闹过吵过，闹得三村四邻都知道，江红霞父亲的心里一时半会还是舒缓不过来，面子上还是觉得有点磨不开。他的心结没有完全打开，在家里也就没有多少好脸色。为了不让闺女再做出什么出格丢人的事来，父母把江红霞看管得很严，晚上更是不让她出门。家里成天闷气沉沉，如同一个牢笼，让江红霞很是压抑和烦躁，再加上她出门别人看她的那种眼神，还有她走过去背后人们对她的指指点点、窃窃私语，都让她觉得难以忍受。家对她来说已经恋无可恋，邻里百舍也让她觉得亲无可亲，她想快点飞出这个牢笼，离开这个让她感到压抑和不快的村庄。

江红霞通过苏兰朵给刘海锋传去两封信，信上她把自己的处境和苦恼告诉刘海锋，说她一刻也不想待在这个家里了，并嘱咐刘海锋吃好、喝好、保重好，不要为她担心。看过江红霞信的刘海锋又如何不担心呢？刘海锋思虑再三，觉得江红霞作为一个女孩子，在他们两人的事上承受得太多了。作为一个男子汉，他不能总是缩头缩尾、不能担当，毕竟通过过往的事和波折过后两个人的交往，他也爱上了江红霞。他打定主意，作为一个男子汉，作为恋人，他要爱护江红霞、保护江红霞，让她心安，让她快乐。

刘海锋给父母提出来，要跟江红霞结婚。对儿子提出要结婚，刘海锋的父母很是欢喜。儿子二十六了，在农村算得上大龄青年了，谁家父母不想早点抱孙子？刘海锋父母催促着赶紧去领结婚证。

第三章

1

天刚露明，太阳还没露脸，空气中到处弥漫着黎明时令人沉迷的凉爽。这个时段，在暑热的季节里，恐怕是最让人惬意、舒坦的了。

看护大队院的王金昌正打着呼噜沉浸在睡梦中，突然被人拍打醒了。混沌中的王金昌眯着睡眼瞧向床边，见一个满脸络腮胡子的男人站在床边冷冷地看着自己，王金昌立马惊坐起来，抖着声问："你，你是谁？"

那人没回王金昌的话，直瞪着王金昌，略带着点东北口音，沉着声说："把大喇叭屋里的钥匙拿出来，俺有事要广播。"

王金昌纵是一个不怕事的"拧筋头"，这个时候心里也有几分怯，他问："你，你是谁？你咋进来的？"

那人就显出不耐烦，一把把王金昌推到床上，自己开始翻找，他一下掀开床上的枕头，枕头下出现一串钥匙，不等王金昌护过来，他便一把抢在了手里。王金昌大声喊道："来人啊，有坏人！"

那人也不理会王金昌的喊叫，走出门去又带上屋门，一下把王金昌反锁在了屋里，任由他在屋里乱蹦乱嚎。

那人来到隔壁放有扩音器的房门前，拿着手中的一串钥匙试了几次，打开了门。他来到屋里，打开了扩音器的电源开关，深深地呼吸了一下，从口袋里掏出一份报纸，铺展在桌子上，然后对着话筒，略带一点东北口音说道："咱东洼大队的老少爷们儿，俺趁着大清早的时间，给大家拉拉话、说说事，俺说话没水平，有言语不妥的地方还希望咱们老少爷们儿多担待哈。"他清了下嗓子，然后对着话筒说道："不知道咱们老少爷们儿最近看过报纸、听过收音机没有，人家安徽、四川打破了大锅饭，实行了包产到户，人家粮食大丰收，麦子亩产八九百斤，家家交了公粮，还满屋堆的都是粮食。这是明眼瞧得见的好法子，上级开了大会，允许农民因时因地制宜，经营自主，鼓励赞同农村包产到户，这也是白纸黑字印在了报纸上的。外边都在执行这个包产到户的好政策，咱这里为啥没有动静呢？是大家伙还想着摽在一起受穷吃稀汤寡油的大锅饭，还是咱们的干部对上级政策有意见、有抵触？政策好不好，咱们可以开社员大会讨论。毛主席说过，群众是真正的英雄。咱就让社员群众来决定，少数服从多数，是分还是不分，是包还是不包，让社员群众决定，咱们干部捂着盖着不是个法子。"

这时，大队干部还有生产队的干部来到了大队院，跟进来的还有好多社员，他们要瞧一瞧是谁这么大胆，一大早就敢越过大队干部宣读上级文件，并鼓动大家包产到户。

老支书冯玉贵推开广播室的门，见一个满脸络腮胡子的男人站在扩音器前，问道："你是谁？咋没打招呼就进了大队院，进了广播室？"

那男子道："冯大叔，俺是王龙，俺大是王凤国。俺一大早来这里广播，是要告诉乡里乡亲、老少爷们儿，俺大不用再挨斗挨批了，俺往后也可以不必东躲西藏了，往后俺也是一个堂堂正正的社员了。"

外边的人群知道了这个大清早在大队广播室广播的人，原来是东洼村王凤国的儿子王龙。有人说："这富农的帽子还没摘净，就翻墙越脊进大队院，这么猖狂，是不是想搞破坏、想翻天？"这时，被王龙反锁在屋子里的王金昌，被东洼村第二生产队队长王巨才放了出来。当王金昌听说刚才拿走广播室钥匙，并把他反锁在屋子里的人是王凤国的儿子王龙，又见大队大小干部还有好多社员在场，便一蹦老高，指着王龙叫骂道："原来是你这个'富农羔子'，你躲了这么多年，今儿你跑不了了。”说着攥起拳头，举起胳膊大声喊道：“打倒‘富农羔子’王龙！”

见无人响应，王金昌便有些不忿地看着众人。

王龙走到门外，朝众人扫了一眼，口气平缓地说道：“老少爷们儿，俺王龙刚从东北回来，俺是知道了上级政策才敢归家的。”说着扬起手中的报纸晃了晃，接着说道：“俺王龙今天一早在大喇叭上说的每一句话，都是依了这报纸上说的。俺来广播就是告诉大家伙，上级给俺摘了富农帽子了，往后俺也是社员了，俺再也不用有家不能回了。有人说俺要搞破坏、想翻天，俺一没损害公物，二没扒房揭瓦，破坏什么了？说俺想翻天，俺是说反动话了，还是贬低社会主义了？俺要是不拥护共产党、不拥护社会主义，俺会在广播室宣读报纸、宣传中央文件？要是大家伙今早在大喇叭上听出俺一句反动的话，您尽可去公安告俺。”王龙说到这里停了下来，直朝王金昌走了过去。

王金昌见王龙朝自己走来，便满脸怯相，一边往后退，一边还硬着嘴说：“你，你想干吗？你想干吗？”

王龙走上前，一把拽住王金昌的衣领，怒道：“今儿俺就饶了你，往后你再敢叫俺‘富农羔子’，看俺不宰了你！你要不信，你就试试。”

王金昌嘴里呜呜噜噜，终是没敢说出话来。

王龙松开王金昌，来到冯玉贵面前鞠了一躬，说：“冯支书，冯大叔，俺王龙没通过大队，私自进大队广播室广播，是有点不妥，俺敢作敢当，愿意接受大队对俺的任何处罚。”说罢，朝院外走去。

待大队院里看热闹的社员们散去，只剩下大小队干部们时，冯玉贵把大家叫到屋里，商量眼下这件事该怎么圆和。几个生产队队长就你一言我一语地说包产到户的事，有同意的，有不同意的。同意的说现在社员摽在一起混日子，出工不出力，早出晚归地在地里劳动，产量却一直上不去，社员温饱仍是个问题，这样下去确实也不是个办法，不妨先试一试包产到户，看看到底怎么样。不同意的说，包产到户不就是分田单干吗？这不是辛辛苦苦几十年，一夜又回到解放前了吗？集体都没了，还是社会主义吗？几个人争争辩辩，都觉得自己有理。

冯玉贵见东洼村第二生产队队长王巨才一直没说话，便说道：“巨才，恁甭不吱声，恁说说意见。”

王巨才见老支书点了自己，便扫了大家一眼，说：“瞎争辩啥？事情得先捋个前后。‘富农分子’都这么嚣张、这么狂妄，下一步说不准就要动刀动枪、反攻倒算了，你们还不觉死鬼一样争啥分田单干。俺的意见是，先给派出所报案，把这个王龙抓起来再说。”

冯玉贵就说：“咱报案可以，可得有充实的理由啊！对王龙不打招呼，一大早翻墙进院用大喇叭广播，俺也是感到不妥，可这样的理由力度也忒弱了。咱说他嚣张狂妄，也需要有证据才行。”

王巨才说：“没见他要打革命群众、威胁革命群众吗？没见他说话的口气那么横吗？一个富农帽子还没摘净的东西，竟敢在社员们面前耍威风，这还不够严重啊？”

冯玉贵说道：“王龙对王金昌态度不好，也是因为王金昌在大庭广众之下说他‘富农羔子’引起的，再说他也没有动手。至于说他在社员面前耍威风、口气横，俺认为像他们这样一直被管制的家庭，平常谨小慎微，说话低声下气，今早不过是声音高了些，想想他也没说什么过头的话。依俺看，这报公安也就算了，别管咋说，中央有文件，这‘地富反坏右’的帽子是确定要摘的了，咱再‘富农分子’‘富农羔子’地叫也是不妥了。”

王巨才说：“这事要是不声不响地算了，啥人都能到大队院来闹腾，咱们这一班子人还有啥威信？大队院算啥了？”

冯玉贵思虑了一下，说：“那就罚他家里二十个工分吧。”

老支书这样说了，王巨才还想说些什么，嘴动了动终是没有再开口。

副支书张念学见没人再说什么，便开口道：“这包产到户的事让王龙这一宣扬，咱们最好不要再拖等观望了。要不就各生产队队长回去，召集社员开群众大会，按少数服从多数的原则，把社员群众对包产到户的意见拢一下报给大队，大队根据社员群众的意见来做决定。这样咱们对上对下都有个交代，免得咱们工作被动。”

冯玉贵对副支书张念学的意见很赞同，便问几个生产队队长有没有意见，几个生产队队长相互看了看，都没有说话。见几个队长没有意见，冯玉贵便给几个生产队队长分派了生产任务，大家一起出了大队院，各自回家。

至于给“地富反坏右”摘帽子的事，没过几天，那个曾经在公社供销社工作，后来因为被划成了“右派”分子，被削职回了农村老家东洼村劳动改造的林华玉，被平了反，恢复了工作。这时人们才确信，那天早上王龙在大队广播上所说的话是真话不是假话了。

2

因为王龙在大队广播室里的一番宣扬，东洼大队加快了对包产到户工作的落实。先是各个生产队召集本队社员开大会，宣传党中央关于对农村家庭联产承包责任制改革的指示精神，然后让社员们发表意见，对包产到户这一政策是赞成还是反对，是当下就包产下去还是再等一等、看一看。

各个生产队的情况几乎一样，除了少数人反对外，绝大部分社员都赞成土地包产到户。东洼村第二生产队开社员大会，尽管队长王巨才在宣传联产承包政策的同时，动情地赞扬社会主义集体“一大二公”的优越性，在话语的引导上，鼓动社员对包产到户政策抵制或者拖延，结果绝大多数社员还是毫不犹豫地举手赞成包产到户。一时间，联产承包、包产到户这个党中央为农村改革定制的大政方针，在东洼大队如风掠微山湖一般，水起涟漪，草起伏波，不可阻挡地动了起来。

联产承包、包产到户说起来轻快，真正施行起来还是很繁杂的。比如，生产队里的田块多，有好有孬，怎样掂量搭配，从哪个地块先分，哪个地块收尾。生产队里的骡马牲口、马车、铁犁、铁耙、扫帚、耙子、木叉、扬场锨，怎么划价，生产队里的树木该怎么处理，等等，都要进行细致的研究商量，尽可能地做到公平合理。

大队也和生产队一样，除了大队部，也要对大队的一些物件进行承包或者处理。比如拖拉机、铁犁子、铁耙、抽水机，是承包出去还是划出价来处理；还有大队窑厂怎么处理。

窑厂占的是集体的土地，即便是有价，谁也不敢做主出卖集体的土地。地上的窑厂可以划价出卖，不过窑厂上厂房、窑室、造砖机、变压器，一大堆的生产工具，那可不是一般的价格能拿下来的，也不是哪个人轻轻松松就能承包的。窑厂占的地面大，机械物件又多，就是承包，也不会是一个小数目。

经过一番商量研究，大队决定将砖窑厂承包给个人，大队也好收一些承包金作为公用。大队研究决定以公开招标的形式承包，起底价为每年承包费两千块，三年一个周期，须先把一年的承包费交给大队才能开机子制砖。大队干部先征求了大队窑厂厂长马大民的意见，说如果马大民要承包的话，在同等价格上可以优先承包。马大民说，自己哪有这么多钱承包，还是让别人承包吧。

于是，在各个生产队都忙着分田到户、处理生产队物产的时候，东洼大队砖窑厂也在实施承包。大队先在喇叭上广播了两天，但没人接招。两千块，对于在生产队劳动一年也挣不下一百块钱的社员来说，无疑是一笔大钱。再说社员们吃大锅饭温饱都是个问题，挣的工分能抵够分到手的粮食就很不错了，哪还能领上钱？即便有的社员家里劳力多、出工勤，挣下的工分多，年底生产队里结算，能领到手里三四十的那就很好了。社员手里没钱，就盖不起屋子，没人盖屋，砖就不好卖，砖不好卖的话，这钱就难挣，要是承包后挣不到钱，那可不砸了锅了？让人一下子拿出两千块钱承包窑厂，还真是没人有这个胆量。

当然也不是没有人要冒险一试，有两个想尝试承包的人见无人敢出头承包，便向大队提出了压价，还提出等年底砖厂挣了钱再上缴承包费的要求。大队没有答应他们的要求，他们便不再找大队接洽承包砖窑厂的事。他们想把事情拖一下，让大队知道除了他们，没人有胆量承包窑厂，期望达到压价、缓交承包费的目的。

面对这种情形，老支书冯玉贵还真是犯了愁。大队定下的两千块的承包底金，不是胡乱出的，而是通过细致的盘算，力求做到公家、个人两不亏才定下来的。窑厂占地四十来亩，这四十多亩地就是一年种上两季庄稼，打下粮食卖给国家，挣的钱也会是比这两千承包费要多好多。这个账大队干部会算，社员也会算。要是低于现在定下的这个两千承包费，社员群众那边不好说。有好多社员听说这事后，主张要是两千承包费包不下去，干脆把窑厂推倒平整好种庄稼。

大队窑厂承包的事，一时间僵在了那里。老支书冯玉贵为承包大队窑厂的事感到很是为难，便召集大小队干部开会进行商讨。会上有的人提议不行的话就下调一下承包价格，有的人提议不行就把窑厂推倒种庄稼，大家你一句我一言地说着自己的意见，终是统一不起来。

见商量不出个所以然来，冯玉贵就点名一直吐着烟雾的副支书张念学说："念学，恁一直没说话，恁也说说恁的意见。"

副支书张念学摁灭了手里的卷烟，说道："依俺看，窑厂不到万不得已毁不得。大队建这个窑厂容易吗？建窑厂大家都参与了，那是费了多大的劲啊！依俺的意见，咱们还是再找一下马大民，他毕竟从开始建窑厂一直到现在都主抓窑厂的工作，对窑厂里里外外都通晓熟悉。他接手承包窑厂，一是不存在隔行隔断，接手就能生产；二是大民的为人大家都知道，有损集体利益的事他不会做，不守信用、使奸耍滑坑人的事他不会做。他承包窑厂于公于私都有利。不过，要让他接手窑厂，还需要咱们大队去跟他做做工作。俺想，大民是个通情达理的人，他会考虑的。如果马大民不愿意接手，咱们即使去别的大队、别的地方招标，也别轻易毁了窑厂。"

副支书张念学的话得到一班人的赞同。于是，老支书冯玉贵决定凑晚上的时间，和副支书张念学一起去马大民家里，找他谈一谈。

晚饭后的时光应当是在暑日下劳作了一天的社员们最舒快、最惬意的时光，他们三人一伙、四人一团，或是坐在大树下，或是坐在通风的胡同口，或是坐在宽旷的麦场里，摇着蒲扇，东拉西扯，谈天说地。眼下他们说得最多的话题就是牵扯到每家每户切身利益的包产到户了。这个说他分到土地后打算怎样保墒，那个说他分到土地后怎样给庄稼追肥。

老支书冯玉贵匆匆吃了晚饭，叫上副支书张念学，就去了东洼村找马大民说承包大队窑厂的事。路上，乘凉的人们见大队正副支书走在一起，便有人朝老支书喊："支书啊，俺分了一块高台地，庄稼旱时，咱们大队的抽水机能不能给俺灌溉一下啊？"

老支书冯玉贵就答："咱是分田不分大队，大队的抽水机还是咱大家的。地旱的时候,大队抽水机不给大家用给谁用?”

两人身后一阵叫好声。

走近另一堆人时,有人朝两人喊:“支书啊,俺分到一块十年九淹的低洼地,这可咋办啊!您给俺出出主意吧!”

副支书张念学问:“恁咋分得这样孬啊?”

那人答:“俺抓阄分的。”

副支书张念学就说:“那你就认了吧,平时多出力拉土填填吧。”

两人身后传来一声哀叹。

两人来到马大民家里。马大民刚从窑厂回来,还没吃晚饭,正光着膀子洗身上。见大队正副支书来到家里,马大民忙穿上上衣。弟弟马二民见大队干部来到门上,便忙着拿过板凳让两人坐下。马大民妻子孙桂丽倒了两碗茶放在两人面前。马大民拿了板凳坐在两人对面,问:“大队窑厂包出去了?俺已经把窑厂的财产、生产工具都整理好了,让刘海锋都记在本子上,明天我就交给大队。”

老支书冯玉贵说:“大民,大队窑厂还没承包出去。”

马大民说:“这么多天了还没承包出去?咋回事啊?”

副支书张念学就把这些天承包大队窑厂的事给马大民说了一下,马大民听罢,对有人提出的要毁了窑厂种庄稼的想法坚决反对。他说:“咱们大队辛辛苦苦建起来的这个窑厂,说啥也不能毁了啊!当时全大队动用了多少人力、物力才建起来的。这个窑厂在咱们这一片,可是规模最大的、机械化程度最高的,现在收益不大,不代表往后没有好光景。现在人们都不富裕,手上没钱,待日后大家富了,手头宽裕了,谁不想扒旧屋,建新房,住上好房子?到那时效益自然就有了。”

老支书冯玉贵就说:“是啊,是啊!建窑厂几个月,要说毁它,几天的工夫。这总归是咱大队集体的家业啊!这么大的一份家业,要是在咱们手上毁了,社员们对咱咋个看法?好些人是只看眼前,不看长远。”

马大民说:“千家百口,主事一人。咱大队得有主意,不能任由人胡乱出主意。”

副支书张念学就说:“大队召集了大小干部专门开了个会,商量来商量去，还是觉得把窑厂承包给你最合适，也最让大队放心。一是从一开始建窑厂你就是窑厂负责人，一直干到现在，你对窑厂和集体有感情、有责任心，管理窑厂也井井有条，你承包窑厂接手就能生产，不存在摸索熟悉的过程；二是大队相信你的为人，把窑厂交给你，大队和社员都放心。”

马大民听罢，低头一阵沉默后，抬起头来说道：“谢谢大队领导对俺马大民的信任。张支书说俺对窑厂、对集体有感情，那还真不是假的。从开始建窑厂一直到现在，对大队交给俺的任务，俺虽然没干出来多大的业绩，可俺尽心尽力了。承包窑厂的事，俺比谁都想承包过来，俺也不止一回盘算过，大队承包窑厂的底金两千块，按窑厂的占地规模、机械设备、劳动工具等来算的话，的确不算太高。可这两千块钱，对哪一户社员来说都不是一个小数目，俺相信，现在绝大多数的农户拿不起这么多钱，俺也是一样。问题是，承包窑厂后的开支怕要比承包费还要高。现在分田到户了，社员们不再是一个生产队抓工分了，砖机一响，窑上用工要开工钱，用电要交电费，还要买煤，加上平常机械损坏的修理，都是钱啊！承包赢了，一切都好；承包输了，那可是摔碗砸锅都补不上的窟窿啊！现在砖的行情又不好，俺从心里想承包窑厂，可是越盘算越没有这个底气。”

老支书冯玉贵听罢，叹了一声，说：“你说的也是实情，要是实在不行的话，咱只有对外边的大队招标了。不过，咱东洼大队的窑厂对外招标，俺总觉得不是那么个事，好像咱这么一个大队，就没有一个能人似的。”

副支书张念学说：“大民，俺还是主张你承包窑厂。创业都不会容易，你年富力强，正是有闯劲的好时候，事情要是那么容易上手，窑厂也不会这么难承包了。俺想，凭你那股吃苦耐劳的干劲和事业心，窑厂在你手上，不会差到哪里去的。眼下你筹措一下承包金，先交上来，至于窑厂工人啥的开支，砖机只要开起来，就不愁资金。窑厂虽然承包给了个人，可所有权毕竟还是集体的，如果你遇到啥困难，只要大队能帮得上的，一定帮你。”

老支书冯玉贵也说道："是的，是的。你碰到啥困难，大队不会不管。"

话说到这个份上，马大民不好再说什么了。他沉默了一下，对二人说道："好吧，窑厂俺接过来，承包金的事还希望大队能宽限俺几天。"

见事情妥当，冯玉贵、张念学二人一边应着："没事，承包费十天八天地再交没事。"一边起身告辞。

入夜，马大民怎么也睡不着觉了，他觉得身上似乎一下子背了个大石磙，重得让他腿发颤、心发虚。自己轻轻松松一句话就把承包窑厂的事接过来了，可两千块钱的承包费去哪里弄啊……

3

马大民认为，一个男子汉在社会上立足，守信是很重要的一条，既然自己应承下承包窑厂的事，那是无论如何都不能反悔的。窑厂先前是大队的一个副业项目，一切进项和支出都算大队集体的，收益大家分，亏损大家摊，而自己只是大队委派的一个窑厂负责人，自己只管兢兢业业、尽心尽力地干好工作就行，思想上没有太重的负担。但如今自己承包了窑厂，一切盈亏都得自己担了。马大民觉得自己突然挑起了一副千斤重担，这副重担压在肩上，扔不出、放不下。经过一夜的思考，马大民最终横下心来，既然重担在肩，那就不要瞻前顾后，准备负重向前吧。他暗自给自己打气，毛主席不是说过吗，"世上无难事，只要肯登攀"，再难的事总会找到解决的办法。

眼下最要紧的事就是把两千块钱的承包费交上。马大民想，既然自己出头承包大队窑厂了，在承包费这件事上就不能拖拖拉拉，免得让人说闲话。马大民自己家里能拿出三百块钱，这三百块钱是妻子孙桂丽这些年持家省吃俭用节省下来的，是他们两口子准备给弟弟二民择一处地方盖新房娶媳妇用的。二民大了，快该说媳妇、娶媳妇了，总不能兄弟两家挤在一个院子里啊！

这笔钱马二民是知道的，因为前些天哥哥大民和嫂子孙桂丽给他说过，说等大队窑厂承包出去，哥哥大民不在窑厂干了，准备给弟弟建新房、说媳妇。现如今马大民自己接手了窑厂，要交承包费，给二民建房子的事只能往后推一推了。不过二民大了，这事得给二民说一下。于是，大民给弟弟二民说，因为上缴窑厂承包费，给他建房子的事只能推一推了。二民却不以为意，对哥哥说："留着青山在，还愁没柴烧？往后窑厂是咱们的了，烧出砖瓦来，咱想啥时候盖就啥时候盖。"

三百块钱，离两千块还差好大一截。孙桂丽去了娘家借钱，孙桂丽父母掏干家底也只能拿出六十块钱。孙桂丽母亲姊妹五个，孙桂丽母亲在几个姊妹中是老大。姊妹五个除了五妹谷薇薇还没出嫁，其他四姐妹都成了家。孙桂丽父母见闺女、女婿作难，便去了另三家连襟家里给闺女、女婿借钱。

等了三天，另三家连襟给凑了一百五十块钱，加上孙桂丽父母的六十块，一共二百一十块。马大民家里的三百块，加上孙桂丽父母给的二百一十块，才刚五百一十块，钱的缺口还是很大。

刘海锋听说马大民承包了大队窑厂，要交承包费两千块。这可不是一笔小数目啊！他知道马大民一定在为筹措承包费犯愁，便拿出家里准备给自己结婚用的二百块钱送到了马大民手上。马大民知道这是刘海锋准备在婚事上用的钱，说什么都不肯接，刘海锋便说："甭争执了，接过去吧，眼下交承包费应急要紧。"

马大民说："结婚是人生大事，俺再怎么难也不能用你这个钱啊！"

刘海锋便说："大民，咱们俩没必要客气，既然我给你，你就接过去，到时候我再想办法。"

见刘海锋态度坚决，执意给自己，马大民便不再推辞，把钱接了过来。

第五天吃晚饭的光景，马大民神情有些沮丧地从外面回到家。妻子孙桂丽一瞧便知道丈夫马大民一定是没有借到钱，便小声说道："要是实在不行，跟大队说一声，咱退出来吧。"

马大民说："男人说一句话砸一个坑，哪能说话不算话？"

一旁的二民一副感伤的模样对哥哥说："哥哥，恁这样作难，俺却帮不上恁。"

马大民对弟弟说道:“没你的事,这事不用你管。这事要是不难的话,窑厂早让人承包了,还能轮到咱们?实在不行的话,俺明天去公社信用社问问,看能不能贷些钱。”

正说话间,郑有礼从门外进了院子。郑有礼家和马大民家交好,要追溯到他们上一辈。在旧社会,郑有礼的父亲和马大民的父亲是一起光腚长大的。郑有礼的父亲比马大民的父亲大两岁,两个人曾一起要过饭,一起给大户人家做短工。郑有礼的父亲总是像个大哥一样关照着马大民的父亲,所以两个人一直亲如兄弟。到了郑有礼和马大民这一辈上,两人依然承袭了两家的交好,虽说郑有礼比马大民大了十多岁,两个人却亲密得很,马大民平时对这个外姓大哥很是尊重。

见郑有礼来到门上,马大民忙起身招呼:“大哥,恁坐。”郑有礼一边摆着手一边说:“不坐了,不坐了,俺说句话就走。”

马大民说:“大哥,有啥事恁说。”

郑有礼问道:“窑厂承包费筹措得咋样了?”

马大民便说道:“哪那么容易啊!这不俺跑了一天,手里也没借到一毛钱。”

郑有礼没有搭话,伸手从衣兜里掏出一卷钱来,递给马大民,说道:“兄弟,大忙哥帮不了你,这是俺积攒的三百块钱,你拿去应应急。”

马大民一边推拒着一边说:“团结正读书,没能挣工分,一家人靠你养家,攒下这些钱容易吗?家里油盐酱醋、人情礼节的都要花钱。大哥的心意俺领了,这钱俺说啥也不能收。”

郑有礼脸一沉,说道:“要是你拿俺当大哥看待,就甭啰唆,把钱接过去,你要是嫌大哥帮你的钱少,你看不到眼里就不收。”

郑有礼话说到这个份上,马大民不好再推拒,他口里叫了声“大哥”后没再言语,把钱接了过来。

郑有礼说:“这事你也甭心躁,躁没用,多想想办法。平时不是常说,只要思想不滑坡,办法总比困难多嘛。”他一边让马大民赶紧吃饭,一边往外走。马大民把郑有礼送到门外,回到院里,对弟弟二民说:“钱债好还,人情债难还。这个时候能伸手帮咱一把的,亲戚们自不用说了,像有礼大哥,还有刘海锋,咱啥时候都要记得人家的这份情。咱家的三百块,恁嫂子娘家给的二百一十块,刘海锋的二百块,加上有礼哥送来的这三百块,现在有一千块钱了。明天俺去一下公社信用社,看能不能从信用社贷一千块。"

第二天,马大民去了公社信用社,问了贷款的事情。他提出自己想贷款,信用社负责人问了马大民贷款的数目和用途后,说:"你贷款一千,这可不是个小数目。并且你贷款的事由是干自己承包的窑厂,你包赢了,啥都好说,你包输了,这贷款你咋还?你还不上贷款,那国家不就损失了吗?不过,这款倒是也可以贷给你,只不过你要有大队开具的担保证明才行。"

马大民回来,先去找了副支书张念学,把自己去公社信用社贷款的事给他说了。副支书张念学听罢,说道:"这个担保证明,大队怕是给你开不得。你想想,要是大队给你开具了这个担保证明,你个人还得上贷款便罢,要是你个人还不上,信用社凭担保证明,那是要让大队还的。这样的话,等于大队揽了一半的承包费。如果先前那几个想承包窑厂的社员知道大队给你作保贷款,他们一定会闹事的。"见马大民满脸失望,他又说道:"要不这件事俺给冯支书说说,开个干部会商量商量。"

听张念学这样说,马大民摇了摇头说:"是俺躁糊涂了,甭跟老支书说了,这事是不行。"

张念学就说道:"大民,筹钱的事你也不要太急躁,半月二十天的没事,大队知道你犯难,不会逼你太紧。"

马大民说:"大队越是这样,俺心里越是不安。一天交不上承包费,俺怀里就像揣了两块砖一样沉。没事,俺再想想办法。"

马二民见哥哥为筹措承包费的事,饭吃不好,觉睡不好,也就劝说哥哥:"哥,承包费真的不好张罗的话,也甭难为自己了。不行的话咱就转包出去,咱大队没人愿意接手,可以去别的大队找愿意承包的。这样恁给大队也算有个交代,咱也不用低声下气地求人借钱了。"

一旁的孙桂丽也说:"低声下气地求人,借到钱也好哇,钱借不到,还白低人三分。俺看不行算了吧,咱不承包窑厂,咱的日子也过不了别人眼下。”

马大民一阵沉默后，说道：“俺再想想办法吧，如果实在不行，再转包。”

晚上，二民正要睡觉，就听见有人敲大门。他赶忙出了屋门，来到大门前问：“谁？”

门外的人答道：“二民，是俺，王龙。”

马二民打开大门问：“你有啥事？”

王龙说：“俺找大民哥有事。”

二民让王龙进了院子。这时，听见动静的马大民也开了屋门，走了出来，问：“谁啊？”

二民答道：“王龙找恁有事。”

马大民忙把王龙让进屋里坐。王龙说：“恁也怕是劳累一天了，俺不坐了，说几句话就走。”他顿了一下接道：“大民哥，听说恁在为大队窑厂承包金的事犯难是吧？”

马大民说：“这毕竟不是一笔小数目，咱们社员都不富裕，哪那么好筹措啊！”

王龙问：“还差多少没凑够？”

马大民说：“该借的都借了，还差一个大数呢。”

王龙说：“恁打算咋张罗这一个大数啊？”

马大民就说道：“俺再张罗张罗，要是实在张罗不够，俺就转包出去。”

王龙便呵呵一笑，说道：“这窑厂该当大哥恁承包，俺正好有一个大数，听人说恁正为承包费的事忙活发愁，俺就过来了。”说着从衣裳口袋里掏出厚厚一沓钱，递给马大民。

马大民看着王龙递过来的钱，一副惊讶的模样问道：“王龙，你从哪弄的这么多钱？”

王龙说：“大民哥，俺一没偷，二没抢，三没骗。俺是凭力气得来的。”见马大民还是一副疑惑的样子瞧着自己，王龙接着说道：“俺这是在东北四年伐大树攒下的，准备用来翻盖新屋，给大人、孩子一个安乐窝。听说恁正操兑承包费,俺就跟大、娘商量了一下,屋子反正不漏不烂的,过个一年两年再翻盖也不迟,承包费不交不行,这不俺就过来了。”

马大民听罢,一边推辞一边说道:“这钱俺可收不得,这可是你的血汗钱啊!恁大恁娘身体不好,常年要吃药,恁孩子又小,也需要好好哺养,养家的担子都要你一个人挑。你的心意俺领了,这钱俺真的不能收。”

王龙见马大民推辞不收,说道:“前些年俺在家时,在生产队干活,恁明里暗里没少关照俺和俺大。因为俺,恁和二民还跟‘拧筋头’王金昌打了一架。一直到恁帮俺出走,恁都是冒着风险帮俺,这样的情谊俺会记一辈子的。恁现在遇到了难处,俺要是帮不上就罢了,俺现在能帮得上,这茬口俺要是不报一下恩,那还是人吗?”见马大民还是不收,王龙的脸色一下子难看起来,说道:“恁不会觉得俺还是富农成分,还是‘富农羔子’吧?怕自己缠上麻烦吧?”

听王龙这样说,马大民忙说道:“兄弟这样说话重了,俺知道你是在激俺。既然你这样说,钱俺收下。”

见马大民收下了钱,王龙称家里有事要回去,马大民一家人便一直把他送出大门外。

回屋后,马大民长长地吁了一口气,就像一个负重爬坡的人爬到坡顶,卸掉了重负一样,感到一种轻飘和虚浮。他喃喃道:“真想不到王龙给咱帮这么大忙。窑厂要是赚下钱,这份情谊咱一定得好好还上。”

二民对哥说:“过去没看出来,王龙倒是直筒子脾气,恁要是不收下钱的话,他真的会恼。”

马大民说:“这脾气也许跟他在外的经历有关,这样直脾气的人爱憎分明,是朋友他可以为你两肋插刀,是仇人他也敢捅你两刀。”

妻子孙桂丽说丈夫:“今晚能睡个安稳觉了吧?”

是夜,马大民头一挨枕头,只一会儿的光景,屋里就响起了恣肆畅舒的鼾声。

第四章

1

刘海锋跟江红霞要结婚了。

那天，领了结婚证，刘海锋约江红霞去了公社供销社。刘海锋找了在供销社当营业员的同学，通过这层关系，他和江红霞每人扯了一身当时最紧俏的“的确良”布，各人做了一身结婚当天准备穿的新衣。

因为刘海锋把准备结婚用的二百块钱给了马大民，交了窑厂承包费，他告诉江红霞，暂时委屈一下她，不能给她买更多的东西了，待过后手里宽裕了，再补偿她。江红霞表示，马大民是个好人，能帮他一下是对的，至于给自己买什么东西不买什么东西，自己不在乎，自己在乎的是他刘海锋这个人。江红霞的表态，让刘海锋内心一阵感慨，他想：江红霞真的是大人了，自己再不可拿过去的眼光看她了，再不可把她当作小女孩看待了。

作为刘海锋曾经的学生，现在又一起在大队窑厂干活的马二民、王小飞商量给刘海锋买个纪念品，表示一下心意。可贵的东西买不起，便宜的东西又拿不出手，两人商量来商量去，定不下来买什么东西合适。马二民就找哥哥大民，让哥哥给拿个主意。

马大民听了弟弟二民要自己给出主意，给要结婚的刘海锋买点什么纪念品合适时，马大民想了想说："给他买点经济实用的东西比较好，花钱不多，却能体现心意，比如搪瓷洗脸盆、暖水瓶啥的。"马大民说罢，给了弟弟五块钱，接着说道："要是买洗脸盆、暖水瓶的话这些钱也差不了多少了，小飞那里就让他少拿些吧。"

马二民依了哥哥的说法，和王小飞两人借了一辆自行车，一起去了公社供销社。他们在供销社选了一个盆底印着花好月圆图案的搪瓷洗脸盆，价格两块六毛钱；一个印有鸟语花香图案、红色铁皮的暖水壶，价格三块钱，总共五块六毛钱。马二民掏出哥哥给的五块钱，递给了营业员。

按说他俩要每人两块八毛钱均摊这个钱，可王小飞父亲只给了王小飞两块钱。王小飞觉得难为情，他把两块钱递给马二民说："俺大只给了俺两块钱。"

马二民没有接王小飞的钱，说："你把那六毛钱结了就行了。"

王小飞给了营业员一块钱，营业员找给他四毛钱。王小飞把自己剩下的一块四毛钱递给马二民，马二民伸手推了回去，说："俺的钱也是俺哥给的，给俺的时候就嘱咐过，先可着俺这五块钱花，剩下花多少是恁的。"

这毕竟是一个钱值钱的年代啊！集市上一个鸡蛋二分钱，一斤猪肉六毛五分钱，一斤羊肉七毛钱，这一下就让马二民垫了两块多钱，王小飞怎么好意思。

王小飞说："那咋行？就是俺的钱都给你，你也吃了八毛钱的亏。"

马二民说道："咱俩还计较个啥？这样计较的话就真没意思了。"

见马二民如此说，王小飞也就不再争持。路过公社大众饭店时，王小飞让马二民在外稍等一下，自己则进到饭店里面，花一块钱买了一斤卤猪头肉，又花四毛钱买了四个烧饼。出来后他塞了两个烧饼给马二民，又分了一半卤猪头肉给马二民，说道："你既然不要俺的钱，那咱就吃了它。"于是，两人蹲在一个角落里大口吃了起来。多年以后，每当两人回忆起一起在公社大街上大口吃猪头肉和烧饼的情景时，两人都会同时说出："猪头肉那个香啊！烧饼那个好吃啊！现在满世界也找不到那样好吃的猪头肉、那样好吃的烧饼了。”

马二民、王小飞两人吃罢晚饭，拿着白天在公社供销社给刘海锋买的洗脸盆、暖水瓶，去了西洼村刘海锋家里。

刘海锋刚吃过晚饭，正在收拾他结婚用的两间土房，往涂了面糨子的墙上贴报纸。见马二民、王小飞两人来家，刘海锋便停了下来。马二民、王小飞把手中的洗脸盆、暖水瓶放在了桌子上，马二民说：“刘老师，听说恁就要结婚了，俺跟小飞两人给恁买了两样纪念品，多少算俺们俩的一点心意。”

马二民、王小飞两人过来，还给自己买了纪念品，这让刘海锋的心里禁不住生出一番感慨来，真的是“世事茫茫难自料”啊！没想到过去自己最讨厌、最不可能处好的两个学生，却成了跟自己在一个窑厂干活的工人，且成了走得最近、关系最好的朋友。

刘海锋真诚地对二人说道：“你们来看看玩玩我就很高兴了，干吗还破费。再就是，我又不当老师了，往后你们俩不可再叫我老师，称呼大哥就行了。”

马二民说：“俺们还是不改口了，叫恁老师叫习惯了。”

刘海锋说：“我一直当老师的话，你们叫老师我坦然接受。我这不当老师了，你们再这样叫，我心里倒觉得别扭了。”

王小飞说：“那有啥别扭的，反正恁当过俺的老师，这不假吧，说不准哪一天恁还能当老师呢。”

马二民、王小飞两人一边跟刘海锋闲聊着，一边帮刘海锋抹糨子、贴报纸。这时，马大民和妻子孙桂丽也来到刘海锋家。他们进屋见弟弟二民和王小飞在给刘海锋忙活，便笑着对刘海锋说道：“两个学生都来给你帮忙，你这个老师当得可以哈！”

刘海锋不好意思地笑着说道：“在学校，他们俩还是经常受我敲打的学生呢！没承想这两个我最不待见的学生倒成了对我最好的。”

说话间，孙桂丽拿出两个绣有大红花朵的枕头和一面印有大红双喜的床单递给刘海锋，说：“这是俺们的一点心意，恁收下。”

刘海锋一边接过孙桂丽递过来的枕头和床单，一边说：“俺结婚恁都跟着破费，恁刚承包了窑厂，手头又紧得很，真是不好意思。这不，二民、小飞两个半大孩子也给俺买了洗脸盆、暖水壶。”

马大民就说：“既然到你家来，就是对你诚心诚意的人，你也就甭那么啰唆，爽爽落落地收下就是。”

马大民这样说，刘海锋也就不再客气。

几个人坐下来说了一阵子闲话，马大民几个便起身告辞。刘海锋和父母把几个人送出门外，刘海锋就邀请他们几个在自己结婚那日一起来家里热闹热闹。马大民就说，窑厂刚承包过来，好些事情要自己办理，如果那日自己忙、走不开的话，无论如何也会让二民、小飞他们两人来聚人气、帮人场的。

这天是刘海锋和江红霞结婚的日子。因为这些年上级一直提倡婚事移风易俗，简简单单办喜事，不准大操大办，不准用喇叭响器，不准摆酒席，不准影响革命生产，所以多年来人们都在执行这“四不准”，没人敢违背上级的指示。

当时自行车在农村还是稀罕物，一个村能有三辆两辆的就很不错了。刘海锋这边原打算，加上他本人，去三辆自行车到南平村接娶江红霞，这也是刘海锋跟江红霞那边商量好了的。为了给刘海锋壮一下面子，马大民东跑西颠借了两辆自行车，让弟弟二民和王小飞两人跟刘海锋一起去南平村迎娶江红霞。马二民、王小飞两人把马大民借来的自行车擦得干干净净、铮明瓦亮，又从窑厂拿了两杆红旗。吃过早饭，他们便一起去了西洼村刘海锋家里。

马二民、王小飞两人来到西洼村刘海锋家里，刘海锋一家刚刚吃罢早饭。刘海锋见马二民、王小飞两人骑着自行车，两辆自行车上各插了一杆红旗，又听说是马大民让两人来帮着去接亲的，很是高兴。刘海锋把两人让进家里，刘海锋父母很是热情，给两人递烟，两人推脱说不会吸烟，刘海锋就笑着说：“吸支烟没事，这可是喜烟。”马二民、王小飞两人一边笑着说“哪有老师教唆学生吸烟的”，一边接过烟来。

尽管刘海锋按上级“四不准”的要求简简单单办婚事，可是家里除了一起骑自行车接亲的小伙子、几位至亲的人，还有好多凑热闹的人。村里好些年没有这样热闹的娶亲场景了，以往办婚事，都是男方家里，包括新郎在内，也不过三四个人去女方家里接亲。把新娘接回家，门前放上一挂火鞭，结婚仪式就算完成了。很多时候都是上午新郎新娘结婚，下午他们就一起去生产队出工干活了。过去，人们都忙着挣工分，哪有时间凑热闹啊！再说，你想凑热闹，队长也不准啊！现在实行了包产到户，没有了整日的早出晚归，没有了队长的督促和指使，人们有了属于自己的时间和更多的自由。刘海锋家里门前，凑热闹的人进进出出，人们有的跟就要做新郎的刘海锋开着玩笑，有的跟刘海锋父母说着恭喜的话，有的几个人聚在一起说起刘海锋、江红霞两人能走到一起着实不易。刘海锋父母给人们分发着喜糖，因为没想到会有这么多人凑热闹，所以他们没买多少喜糖，喜糖很快就分发完了。刘海锋就让人再去大队代销店买糖块。不一会儿，去大队代销店买糖块的人拿了一小包糖块回来了，说是代销店就这些糖块了，都给卖光了。在物质贫乏的年代，人们能吃上一块糖，也是一种奢侈，没什么事的话，没人舍得买块糖吃。糖块销量小，大队代销店进货自然也就进得少。

跟刘海锋一个村的谷薇薇也来凑热闹了。她在人群里跟人说笑着，跟刘海锋走碰面时，便说些道喜的话。她时不时地朝马二民看去，马二民也时不时地看向她。两人走碰面的时候，马二民就把刘海锋父母给自己的糖块全都塞到了她的手里。

在结婚的日子，刘海锋又恢复了当老师时的潇洒俊逸，刚理过的头发被梳理成三七分头，他上身穿了一件当时最流行的“的确良”白衬衫，下身穿了一件蓝色“的确良”裤子。这身衣服是他托了一个在公社供销社当营业员的同学，花了三十块钱扯的布，又让本村一个会裁缝的社员给做的。刘海锋能狠下心来给自己做下这身衣裳，一是他骨子里就是一个注重仪表、喜欢干净、洒脱超逸的人；二是他想以清秀文雅的仪表去迎娶江红霞。他要让反对他跟江红霞婚事的江红霞父母，以及江红霞的亲戚们看到，自己除了年龄比江红霞大几岁，各方面他是完全能配得上江红霞的，他站在江红霞家门口是不会给江红霞丢面子的。

该去南平村接娶江红霞了。马二民、王小飞两人骑着两辆插着红旗的自行车在前,刘海锋骑着一辆自行车在中间,后面是另两个骑自行车帮忙迎亲的小伙子。五辆自行车一溜排开,就当时来说,也算是很够排场了。南平村、西洼村一前一后,相距二里地,他们骑着自行车很快便来到南平村江红霞家门前。

江红霞家也如刘海锋家里一样热闹。曾经给江红霞、刘海锋两人当过“地下联络员”的苏兰朵也在帮江红霞家里忙活。因为先前闹腾的那一出,本来和妻子一起招呼人的江红霞父亲见刘海锋带人来迎亲了,感到实在尴尬,便躲进了屋里。

刘海锋清秀洒脱的模样和得体的衣着,让凑热闹的人们禁不住三一群五一伙地一起小声夸赞。作为丈母娘的江红霞母亲听到人们对女婿的夸奖,自是满心喜悦、眉开眼笑。南平村、西洼村一前一后,刘海锋又当过大队中学的老师,虽然刘海锋和好多人没有一起说过话,但也是眼熟面花的,他大方地朝人们点头挥手,叫上一句相识的人的名字,人们也便对他投以温和、赞许的笑容。

刘海锋看到了苏兰朵,便走过去招呼:“苏兰朵,你也来了。”

苏兰朵笑着说道:“恭喜刘大哥,祝贺刘大哥。”

对苏兰朵在这样的场合下称呼自己“大哥”,而不是“刘老师”,刘海锋内心很是合意,甚至是很感激的。由此他在心里认为,苏兰朵虽然长得高高大大,说话行事像个男孩子,却是一个明察事理、虑事细心的姑娘。假如苏兰朵在这样的场合叫自己“刘老师”,无疑会让凑热闹的人一下子联想起他跟江红霞原本的关系,也会让人一下子想到今天的婚事原是老师娶学生,那一定会让敏感的刘海锋感到尴尬的。

今天的江红霞装扮得光彩照人,黑亮的一头齐耳短发衬得她那圆圆的、俊俏的脸更显秀美。江红霞上身穿红色“的确良”布料做的褂子,下身穿黑色“的确良”布料做的裤子,这身红黑搭配既协调又亮眼。

刘海锋进了屋,和坐在床沿上的江红霞两人相互打量了一下,都笑了笑。双方都明了,这笑里饱含了对对方的中意和欣赏,也饱含了掩饰不住的幸福和甜蜜。刘海锋走到江红霞面前,说:“咱们一起回家吧。”

江红霞站起身来,对身边的母亲说:“娘,那俺就走了。”

江红霞母亲的脸上露出了不舍,她抓住闺女的手,抹着泪说:“闺女,甭记恨先前大、娘那样待你,其实大、娘最疼的就是你。你今儿出门了,就是人家的人了。过去那边当了媳妇,不似在娘家当闺女,要勤快些,对待公公婆婆要恭敬孝顺。要跟海锋心拧在一处,好好过日子。”

见母亲这样说,江红霞也红了眼睛,对母亲说:“娘,俺知道恁跟俺大都是为俺好,俺咋能记恨恁跟大呢。娘说的话俺都记下了。”

江红霞母亲又拉过刘海锋的手说:“海锋,红霞小,不懂事,往后有做得不周到的地方,你可要多担待一些,多原宥一些。恁俩走到一起不容易,往后一起过日子,相互知道个照应,知道个冷热哈。”

刘海锋说道:“婶子,恁老人家放心,我比红霞大几岁,我会把她既当媳妇又当妹妹一样对待,我不会让她受委屈,也不会让她受苦的。”

江红霞和母亲、刘海锋出了屋门,来到院子里,母亲对着江红霞朝一旁的屋子努了努嘴,江红霞就对着那屋喊道:“大,俺走了。”

屋里传来一个男人沉闷哽咽的声音:“哦……”

2

江红霞为了争取自己想要的婚姻,经过一番抗争与周折,终于如愿以偿。江红霞的行为大大鼓舞了谷薇薇,让她看到了希望。谷薇薇相信,只要自己尽力争取,只要不怕艰难阻碍,江红霞能办到的,自己也能办得到,江红霞收获的结果,自己也能收获。

同样受到江红霞、刘海锋婚姻鼓舞的还有马二民。通过刘海锋、江红霞两人经历了一番磨难,终是修成了正果这一事例,马二民对自己跟谷薇薇的事充满了信心,也充满了期望。他相信“世上无难事,只要肯登攀”,只要自己足够奋力争取,足够有勇气坚持,足够有胆量一条路走到黑,黑的前面就一定是光明。

刘海锋、江红霞结婚没几天,马二民、谷薇薇两人便相约见面。

西洼村村后有条小河, 这是一条从东边微山湖引过来的小河,是为了方便浇灌微山湖西岸的田地而开挖的一条人工河。为了避人耳目,两人相约见面的地方就定在这条小河边。

马二民吃罢晚饭,给哥、嫂说去找王小飞,便匆匆走出家门,沿着村外的小河,直奔西洼村。

东洼村、西洼村相距不到二里地,很快马二民便来到了西洼村村外。他停下脚步,躲在一棵垂柳的阴影下,等待着谷薇薇的到来。

这是一个微风习习、明月高挂的夜晚。村外的小河,在亮如银盘的月亮映照下,就像一条缀满了白银的玉带,长长地、婉转地卧在那里。小河在微风中泛起一层层粼粼的皱波的同时,水面也闪烁着一片片碎银般的耀眼的亮光。小河两边的岸堤上,一行行的垂柳,就像一个个发丝及腰的少女,任由微风吹拂,摇曳着长长的头发,端庄地立在小河两边,隔河相对,相互诉说着心事。

约莫过了一个多小时的光景,借着明亮的月光,马二民看到一个熟悉的身影从西洼村走了出来。身影由远到近、由小到大,顺着河堤小心地四下张望着朝他走来。马二民从树的阴影处走了出来,小声唤了一声:“薇薇。”

谷薇薇看到马二民,忙跑了过来。她来到近前,拉着马二民,两人一下子钻进了一棵大垂柳的树冠下。有了长长密密的枝条遮掩,两人心里安定了许多。谷薇薇问马二民道:“你来多大会儿了?”

马二民说:“俺吃过晚饭就来了,估摸快等了两个钟头了。”

谷薇薇说:“晚上俺大俺娘不让俺出门,看俺看得紧得很。俺说去夏丽萍那里借书看,他们才让俺出来的。俺要是说去刘海锋家里找江红霞,俺大俺娘一定不会让俺去的。”

马二民问:“去刘海锋那里找江红霞,为啥就不行了?”

谷薇薇说:“俺大俺娘让俺少跟他们两人来往,说他们俩结婚是丢人现眼呢。跟他们来往,怕跟他们学坏。”

马二民说:“人家哪里丢人现眼了?人家自由恋爱、自由结婚,咋就坏了?”

谷薇薇说:“俺也是这样跟他们说的。俺不说还好,俺这样一说,俺大吹胡子瞪眼嚷俺呢。”

马二民说：“怕是恁大恁娘要比江红霞大、娘还要顽固呢。”

谷薇薇幽幽地说：“这两天俺大俺娘一直在唠叨，说是闺女大了不中留，要给俺找婆家呢。”

马二民听罢就有些慌，问谷薇薇道：“那，那你咋个打算啊？”

谷薇薇缓缓说道：“本来恋爱是件光明正大的事，咱们却这样偷偷摸摸，这样下去总归不是办法啊！”见马二民低着头没有搭话，她便问道：“你心里是咋个打算？”

马二民嗫嗫嚅嚅了一阵子，小声说道：“你，你要是顶不了父母的压力，俺也能理解你。”

谷薇薇见马二民这样说，便不满地嗔道：“谁顶不了压力了？俺觉得恁是大男人，能拿主意，不想恁是这个样子。”说罢生气地扭过身去。

见谷薇薇生了气，马二民就有些慌，忙说：“俺不是那个意思，俺是说如果咱们的事情摊开了，恁大恁娘要是打你骂你，不准咱们的事，俺又不能替你挨打挨骂，那时你可咋办啊！”

谷薇薇便倔强地说道：“这样的事俺想过了，俺认了的事，就算给俺灌辣椒水、坐老虎凳，俺也不会低头顺服的。”

马二民听谷薇薇这样说，便一下抓住她的手说：“有恁这句话，俺就放心了。俺马二民对着天上的月亮发誓，俺找爱人只认准了一人，那就是谷薇薇。谷薇薇就是俺一辈子的爱人，如果不是谷薇薇，俺宁愿去当和尚，宁愿去死。”

谷薇薇转过身嗔道：“说些啥呢，又死又活的。”

马二民一副坚毅的神情，说道：“这两天俺就先跟哥哥透透咱俩的事，看看他是咋个态度。他支持咱们便罢，要是反对的话，俺就先把他的思想做通，然后再让哥去做嫂子的工作。俺想，俺哥是个通情达理的人，他会支持咱们的。”马二民顿了一下，接着说道：“最让俺担心的就是恁那边了。”

谷薇薇一阵沉默后说道：“俺那边的事你不用管，你把你那边的事办好就中。俺凑个时机先跟俺娘透露一下咱们的事，会出现啥样的情

况俺都设想到了,俺有这个思想准备。”

这时,远处传来了谷薇薇母亲的呼喊声:“薇薇,薇薇……”

谷薇薇瞧着马二民说:“俺娘在找俺,俺得回去了。”

一种爱恋、不舍和担心涌上心头,马二民禁不住一把拉过谷薇薇,紧紧地拥在了怀里。谷薇薇把头伏在马二民胸口,如同一只温顺的小绵羊。少顷,她伸出双臂搂住马二民的脖子,仰起脸,把自己柔软温润的嘴唇送了上去。马二民有些慌乱地、不知所措地迎了过去,在一记浅浅的吻后,两人热切地吻在了一起。初吻,应该是男女之间由炽热的爱恋催发的冲动而产生的首次肌肤相亲,是走进神圣婚姻殿堂的第一步。它是初春的花蕾,是男女双方最沉醉、最甜蜜、最珍贵的人生体验。然而,马二民和谷薇薇的初吻却是短暂的,谷薇薇母亲一声声地呼喊,不允许他们尽情地享受初吻的美好。谷薇薇轻轻挪开了头,又轻轻推开了马二民,轻声说了句“俺回去了”,便走出树冠,顺着堤岸快步向村子走去。

马二民站在堤岸上,望着谷薇薇远去的身影,心里涌出一种不安和怅然……

谷薇薇是在村街上撵上母亲的。她走近正在呼喊她名字的母亲,在背后轻轻叫了声:“娘。”母亲回身一看,见是自家闺女,张嘴就骂:“死……”当谷薇薇母亲意识到这是在村街上时,忙把后面的话咽了回去,也不理闺女,只是不满地转回身气鼓鼓地朝前走。

谷薇薇随母亲来到家门口,见父亲站在大门外。父亲看到闺女随着她娘回来了,便重重地“哼”了两声,转身进了院子。

谷薇薇回了自己住的屋里,母亲也随即跟了进来,并顺手把门关上。母亲突然就在闺女肩上打了一巴掌,并骂道:“你个死妮子,黑天黑地的你干啥去了?”

谷薇薇就说道:“月亮明晃晃的,咋就黑天黑地了?俺不是跟恁说了吗,俺去同学夏丽萍那里借书去了。”

母亲指着闺女说道:“净是胡说,俺去夏家找你了,人家说你根本就没去那里。”

谷薇薇显出一副生气的样子，说："亮堂堂的月亮天，俺就不能走走遛遛吗？恁们管俺这么严，俺心里烦恁知不知道？"

母亲就说："俺们管你，还不是都为你好，要是女孩子坏了名声，找婆家都找不到好的，最后毁谁？还不是毁自己。"

谷薇薇一副不耐烦的样子说："好了，好了，恁睡去吧，成天絮叨这句话。俺又不是小孩子了，该咋做不该咋做，俺心里有数。"

听闺女这样说，母亲似乎气小了些，便嘴里嘟囔着走出了闺女的房间。

谷薇薇听到回到堂屋里的母亲似乎小声说了些什么，不一会儿她又听到父母声高声低地在争执着什么。她听清了父亲的嚷嚷声："无是无非地不能再让她跟二民来往了，都是大人了，再是亲戚也不中，不然惹人说闲话，说亲都不好说哩。女大不中留，赶紧给她说个婆家，嫁出去咱也省心了。"

3

东洼大队出了一件大喜事，东洼村老实巴交的老农民郑有礼的儿子郑团结考上大学了。公社中学高中学生中考上大学的，仅有两人，郑团结是其中的一个。

一个普普通通、老实本分的农民家庭，上没有有权势的亲戚，下没有有势力的房族，人家凭自个的本事考上了大学，从此跳出了"农门"。除了中华人民共和国成立后的 1957 年和 1963 年，东洼大队出了两个大学生，还有前几年东洼大队推荐了一名下乡知青上了大学之外，这可是东洼大队好多年来才出来的、真正能代表东洼农人的大学生。

世事的变化让人难以预料，对普通老百姓来说更是不可猜想。谁也想不到过去上大学需要公社领导往上推荐，上高中需要大队领导推荐的方式一下子被推倒，变成了考场上真刀真枪的拼杀，想上大学、想上高中要凭真本事了。只要你有真才实学，哪怕你是刚摘了帽子的地主子女，或是刚摘了帽子的富农子女，考分能过，谁也挡不了你上大学或者读高中。反过来，哪怕你再根正苗红，哪怕你祖宗八代都是贫雇农，只要过不了考卷子这一关，你就别想上大学、读高中。一时间，清代一个叫龚自珍写的诗经常出现在报纸上、广播上、学校里，那就是“九州生气恃风雷，万马齐喑究可哀。我劝天公重抖擞，不拘一格降人才”。

在东洼中学留级、一直盼着大队推荐读高中的夏丽萍，也凭自己的成绩考上了高中。东洼中学里和她一起考进公社高中的同学还有五个。东洼中学里能去公社中学读高中的学生看似比过去大队推荐的少了，可这几个学生都是凭真砍实砸的本事考上的。据说这次全公社各个大队中学考高中的成绩，东洼中学的名次不错，属于中上游。好几个大队只考上了两三个学生，有一个大队甚至一个学生都没有考上。在上级重视学生升学考试、重视真才实学的背景下，东洼大队出了一个大学生，东洼中学升高中名次又靠前，东洼大队得到了公社的奖状，东洼大队的干部也受到了公社领导的表扬。

郑团结考上了大学，街坊邻居、亲戚朋友、学校老师、大队干部纷纷前来道贺，郑团结家里就像过大年一样喜庆热闹。老实巴交的郑有礼这两天高兴得合不拢嘴，家里从来没有来过这么多的人。这样的场合，作为一个淳厚安分的庄稼人，郑有礼以农村人给儿子娶媳妇办喜事的礼数，在大队代销店里花两块钱买了一大包糖块，分发给来家里道贺的人们。

当然，这么大的喜事，这么热闹的场合，怎么能少得了好友马二民和王小飞呢？马二民、王小飞两人在为郑团结感到真心真意的高兴的同时，也不免有点失落。因为郑团结要去大城市里上大学，一年回不了几次家，这让常在一起的三个人说起这件事既高兴又有些怅然。郑团结说：“俺要是不能回家，你们有空闲的时候可以去大学找俺。”

马二民就说：“大城市不似从咱们家去公社这么近，哪能是说去就去的。”

王小飞对马二民说：“往后俺自己开始攒钱，攒够咱们俩去大学看团结的钱。咱们想他的时候，咱们就去。”

郑团结便说道：“等俺在那边摸熟了，你们过去时，俺领你们俩好好逛逛大城市。”

让他们三人没想到的是，曾在东洼中学一起上学、现在在县城体校打篮球的“大个子”董大壮，也从南平村来到郑团结家给郑团结道贺。俗话说，“张口不骂赔礼者，伸手不打笑脸人”，郑有礼并没有因为过去董大壮曾经打过儿子和自己而慢待董大壮，更何况后来儿子和马二民、王小飞三人狠揍了董大壮一顿，也算解恨扯直了。郑有礼热情地招呼董大壮，董大壮说自己是凑星期天回家看看，听说郑团结考上了大学，特意赶过来看看的。郑团结和马二民、王小飞也客气地礼待董大壮。

董大壮比过去长高了好些，差不多有一米九的身高，满嘴的城市人腔口，言谈举止完全一副城市人的派头，说话口音也跟家里人不一样了。尽管几个人从心里对董大壮这副做派很是不屑和不满，但面上还是给了他客气和尊重。马二民问他在县体校训练和生活的情况，董大壮就眉飞色舞地说起自己在县体校的事情。他说自己在县体校篮球队是绝对的主力前锋，以他为主力的县体校篮球队打遍县城无敌手。他们曾代表县篮球队，在全地区运动会上夺得过冠军；他本人也曾被抽调到地区篮球队，代表地区参加了全省运动会，并且取得了好成绩。他说市里篮球队教练看中了他，打算把他要过去，那样他就可以成为专业篮球队员了，将来自己很有可能就扎根在郑团结上大学的大城市。他气度豪爽地表示，到时候他会常去看望郑团结，并请郑团结下馆子吃肉喝酒。

董大壮更多的是在跟郑团结一个人说话，话题也多是县城的事情。他说：“县城的人穿得好、吃得好，白馍馍、大肉的哪个星期都能吃上两顿，哪像咱们家里杂面馍都吃不足，更是仨月俩月见不了一点肉腥。城里人住的砖瓦楼房、平顶房，那是又干净又宽敞，哪像家里的土屋子，又窄又矮又脏。还有县城的大公园，看山有山，看水有水，年长的在草地上闲步散心，年轻的在湖上划着小船谈个恋爱。人家城里人那日子过得才叫个恣呢。看看人家县城里的女孩，长得那个白净、水嫩，那个漂亮，啧啧，再看看咱们家里的女孩，唉，真的是一个是水仙，一个是湖草。”他停了一下，指了指自己身上穿的衣服，接着说道：“俺这一身衣裳不论是布料还是做工，还有穿搭，怕是在咱们家很少有吧？嗨，在县城依旧算是土不拉唧的。报纸、喇叭上成天说要缩小城乡差别，缩得了吗？依俺看，八辈子也缩不下去。”

董大壮的话，让马二民、王小飞听得心里很不是滋味，脸上也没了早先硬装出来的笑容。正在兴头上的董大壮没留意马二民、王小飞的表情，接着又对郑团结说道：“团结，俺真是佩服你，听说咱全公社就考上两个大学生，你是其中一个。据说另一个是校长的儿子。你能考上大学，可以说是一步登天了。往后你成了城里人你就知道了，城里和农村一比，那绝对是一个天一个地。等你在城里落了脚，俺在城里也就有老乡在了，俺也不孤单了，咱就常来往，有啥事相互照应一下，谁要是欺负你，你找俺。”

马二民对董大壮这一番言语忍不住了，他努力克制着自己窝在心里的那股火，语调虽然平淡却如石碓入臼一般铿锵有力：“无论团结去了哪里，他都是俺和小飞最要好的朋友和兄弟。他无论是在南京还是在北京，只要受了外人欺负，只要俺们听说，俺们俩会立马搭车过去，拼个鱼死网破，你信不信？”

王小飞在一旁也忍不住说道：“咱上辈人常说‘儿不嫌娘丑，狗不嫌家贫’，咱从老家出去的人，在城里混得再好，可老爹老娘、兄弟姐妹还在农村，还是农村人。你就是成了县里的领导，把老家褒贬来褒贬去，也让人觉得忒不地道了吧。”

董大壮听出了马二民、王小飞对自己的不满，便满脸尴尬地跟郑团结说家里还有事情要办，伸出手跟郑团结握了握，转身朝门外走去。

王小飞朝着董大壮的背影，嘴里“切”了一声，大着声说道：“啥鸟玩意，一个四肢发达、头脑简单的货在城里待了几天，就拽成这样，老家都盛不下他了。”

如果董大壮耳朵不聋的话，王小飞的话，他一定一字不落地都听到了。

郑团结也说道：“啥叫小人得志？他的做法就是。”

马二民半开玩笑半认真地对郑团结说：“到时候你可别学董大壮

这个样子哈,你要是也这个样子,甭说俺和小飞两人对你不客气。”

郑团结一副认真的模样说:“人们都常说‘美不美故乡的水,亲不亲故乡的人’,俺再怎么样也不会嫌弃家乡啊!俺念高中时,老师曾给俺们读过一个句子,‘小人得志扬其势,君子得志行其道’,意思是说:小人一旦得了势之后,会更加放纵,干小人干的事情;而君子得了势之后,依旧会坚持他君子般的为人处世之道,发扬他的君子作风。俺是君子,董大壮算个啥呀!拿俺跟董大壮比,这不是侮辱俺嘛。”

马二民就呵呵一笑说道:“言者无罪,闻者足戒。有则改之,无则加勉。”

几个人正说话间,西洼村的夏丽萍从外面走了进来,郑团结、马二民、王小飞三人就站起身来招呼。王小飞嬉皮笑脸地问夏丽萍:“夏丽萍同学,你不会是来找俺的吧?”

夏丽萍就眼一翻、小嘴一撇,说道:“找你?你还不够级别,滚一边去。”接着她跟郑团结说了道贺的话,并说明了自己的来意。夏丽萍一是来道贺,二是来跟郑团结要他高中读过的书,好在去公社念高中之前的假期里熟悉一下高中课本。郑团结便去屋里给夏丽萍找出自己读高中时的课本,连同一些复习资料,都给了夏丽萍。

马二民说道:“要是夏丽萍那个时候跟团结一起被推荐上高中的话,今天咱们东洼大队怕是要出两个大学生了。”

王小飞就“唉”了一声说道:“真是鲦鱼一伙鲶鱼一伙,瞎子找瘸子,聋子找哑巴,臭豆腐找面酱,念书的找读书的。”

夏丽萍便说道:“王小飞,你还别不服气,不然你也考个高中、大学的让人看看。”

王小飞就装出一副生气的样子,对夏丽萍说道:“夏丽萍,你也甭拿高中、大学的压人,要是哪一天来一次运动,把你这一号的人打成资产阶级的苗,到时候你挨斗挨批时可甭怪俺上台发你的言哈!”

夏丽萍也就笑着说:“好好,你现在就开始对着字典写发言稿吧,省得到时候你现写写不出来。”

拿了书和复习资料的夏丽萍要回去,马二民、王小飞、郑团结三个人便一起把夏丽萍送到大门外。

郑有礼家出了这么一桩大喜事，作为世交之好的马大民也是真心为郑有礼高兴。虽然窑厂上一摊子事让马大民成天忙得焦头烂额，但他还是抽空去了郑有礼家里庆贺道喜。因为两家交好，马大民就想着自己表达心意的方式要与别人不同。他想过给郑有礼一点钱，让团结去上大学时带上。可是上缴窑厂承包费把能借能用的都占上了，还有窑厂上的机械、工具需要修理，窑室也需要修整，还要添置些拉砖坯的车子，这些都需要钱。马大民都把一分钱掰成十瓣花，他最缺、最需要的就是钱，现在实在是拿不出钱来给郑有礼。既没钱表达心意、又不想失面子的马大民就想把窑厂的事情先搁一搁，给郑有礼个十块二十的。

马二民见大哥为了表达心意，想给郑团结送钱，把窑厂的事停下来，他便劝大哥说："哥啊，窑厂咱可停不得。窑厂可不是仨钱俩钱的小家业，那可是投入大、占地多，占用了几十号劳力的大厂子啊！如今咱们承包了，胜负输赢直接关联着咱全家今后的生活。干赢了自是没得说，干输了，哥恁算算，咱们全家勒紧肚子要几年才能还清账目啊？"见哥哥没说话，他接着说道："咱跟郑家关系好，如今团结考上大学，咱们再怎么表达心意也不为过，可咱也要量力而行，掂量掂量哪样事要紧才是。咱们的情况有礼哥和团结他们都清楚，无论怎样有礼哥都不会怪咱们的。"

弟弟二民的话，让一直犹豫着是不是暂停窑厂工作的马大民决定还是以窑厂为重，至于郑有礼那边，他再想别的办法。不过，马大民心里还是觉得有些过意不去，他对弟弟二民说："咱跟有礼哥家是世交，从小俺跟有礼哥也像亲兄弟一样。从老一辈到咱们这里，两家都是相互帮衬着，窑厂承包费难为俺的时候，有礼哥二话不说给俺送来了三百块。人跟人相处交往，都是逢到茬口的时候见真情。如今团结考上了大学，对有礼哥家来说是件大喜事，这个时候咱要是没啥表示，俺心里总觉得过意不去。"

马二民想了想说："哥，要不咱们给团结包一场电影吧。电影在中学操场上一放,既给团结扬了名声做了宣传,又给足了有礼哥家面子。"

马大民便说:"包一场电影怕是没个二十三十的下不来吧,咱要是能拿出这些钱的话,那还不如给有礼哥家实惠呢。"

马二民说:"这事要不恁先去老支书那里问问,看看能不能让大队以咱个人的名义,把公社放映队请来,为考上大学的团结放一场电影,以表示庆贺。至于包电影的钱,可以让大队先记下,待缴下一回承包金时一块算上。"

听了弟弟的话,马大民沉吟了一下,说:"嗯,这个主意倒不错。不过这样私人包场放电影的事还没有过,大队会不会应下来就不好说了。"

马二民就说道:"二十三十的对大队来说不算个大数目,再说这钱是算在咱身上的,上缴承包费时咱会还上的。哥去问问,行就行,不行咱也没啥损失不是?"

于是,马大民去了老支书冯玉贵家,把自己要包一场电影给郑团结庆贺的想法说给了老支书。老支书冯玉贵听罢,很是支持。老支书说这样包场放电影的事还没有人做过,是新生事物,这种做法既文明又有意义,对别的家庭也能起到激励作用。至于包电影的费用,就先按马二民说的办法办。

马大民随老支书冯玉贵去了公社放映队。除了学校、工厂包场放电影外,公社放映队还真没经历过私人包场放电影的事,见放映队不敢决定,老支书冯玉贵就直接找到公社老书记王思亮。公社书记王思亮听了冯玉贵的话,马上表了态,说:"咱们公社考上了两个大学生,是咱公社的光荣,用放电影的方式给他们庆贺,是件很新鲜很有意义的事,公社支持这样做。"并亲自嘱咐放映队,放映费用减半收取。

跟公社放映队说好了去东洼大队放电影的事,支书冯玉贵和马大民开始往回走。在回去的路上,冯玉贵对马大民说:"公社王书记指示放映队减半收费,公社做出了姿态,咱大队也不能没有态度,更何况大学生又是咱们大队的人。俺要说这放映的费用大队包了,怕是失去了你对郑有礼庆贺的那份心意。依俺看,这剩下的放映费大队和你本人各出一半,名义上还算是你一人包下的电影,放电影的时候俺在场上给你广播说明。”老支书的话让马大民很是感激,他知道老支书这样做是在为他着想,是在照顾他,让他既少花了钱,又壮足了面子。

马大民在感激老支书冯玉贵的同时,也想到了弟弟二民。此时的马大民认为,弟弟二民给出的这个主意实在是再好不过了,他甚至都有点佩服弟弟了。这也让他认识到,弟弟二民的确是个大人了,考虑起事情来也更细心周全了。这让马大民对自己所面对的未来充满了信心,他想,只要兄弟齐心合力,心往一处想,劲往一处使,还愁过不上好日子吗?

公社放映队来了东洼大队,带来的片子是豫剧电影《朝阳沟》。东洼中学操场上,幕布还没有扎好,就有好些人搬来了板凳占地儿。有人听说这场电影是马大民专门为郑团结上大学包的场,便夸马大民行事够仁义、办事够气派。

马二民吃罢晚饭,跟王小飞、郑团结说自己要去西洼村邀一下谷薇薇,让他们先去操场。王小飞、郑团结都明白马二民的心思,便一起撺掇他快去快回,别晚了看电影。

马二民打心里想去西洼村邀谷薇薇,可是他不明了谷薇薇有没有跟她父母说他们之间的事,在没有得到谷薇薇的口信之前,他不敢去谷薇薇门上邀她。再说,先前他去谷薇薇门上,明显感觉到了谷薇薇父母对他的冷淡和提防。马二民也想过让跟谷薇薇同住一村的夏丽萍帮忙传话,可他思来想去,觉得眼下他们俩的事还是不让别人知道的好。于是,马二民来到东洼村和西洼村交会处的一个大路口,躲在一个屋角处,等待着谷薇薇从此路口经过。正好角落处长有一蓬齐腰高的野草棵子,马二民或弯腰或蹲下,都可以很好地遮掩住自己。

此时,天色已经暗淡下来,白天留下来的余热依然排斥着凉意,微风掺和着热气在马二民身边回旋缠绕,草丛间有成群结队的蚊子在飞舞。马二民一边抹着脸上的汗水,一边挥着手臂驱赶蚊子,两眼却不敢错过从路口走过的人群。这时,一个熟悉的身影在人群中出现,谷薇薇,是谷薇薇。马二民心跳加快,薇薇两个字几乎就要呼出口了,他正想走出角落追过去,可是紧跟在谷薇薇身后的另一个人影,让马二民一颗激动热烈的心像被突然浇上了一盆凉水，一下子凉了下来。他看到，紧随在谷薇薇身后的是她母亲。他知道今晚想跟谷薇薇单独在一起互诉衷肠是不可能了，想到这里，马二民就像一只泄了气的皮球，一下子坐在了地上。

电影放映前，老支书冯玉贵特意在操场上用喇叭喊话，说今天晚上的电影，是东洼村的马大民个人专门为东洼村郑有礼的儿子郑团结包的场，以此来庆贺郑团结考上了大学。在农村，能看上一场电影，对庄稼人来说那可是跟过年一样欢乐热闹的事。能让几个村的人欢天喜地地聚在一起的事，不能说不算大事。平时放电影这样喜庆热闹的大事，只有大队集体才能办得起来，如今东洼村的马大民居然个人请来了放映队，这能力、这气魄，还有这情义，除了让人赞叹、佩服、夸奖，还能让人说什么呢？还有老支书郑重地说明，实实在在给足了郑有礼和马大民面子。

电影《朝阳沟》中，栓保和银环虽然经历曲折，但他们的爱情却充满美好。还有那字正腔圆、优美动听的唱腔，让人们沉浸在动人的曲调和婉转的剧情中，大家看得津津有味。出奇的是，平时看电影常出现的人群打拥现象，今夜却一回都没有出现。

这个让郑有礼、马大民挣足了面子，又让人们如此开心欢乐的夜晚，都没能让心情沮丧的马二民振作起来……

第五章

1

马大民承包了大队窑厂，经营权、自主权也就通归了自己。虽说马大民对窑厂的运作和管理早就熟谙了，可无论是他自己的心情，还是在窑厂干活的工人的心情，都有了与过去不同的变化。马大民感觉自己身上的担子更重了，过去窑厂属于大队集体，窑厂一切用度开销、盈亏折赚都属于大队这个大集体，跟个人无关，自己只要负起职责，管好窑厂生产运作就行了。可如今自己承包了窑厂，这一切都翻了个个儿，往后窑厂的一切开支收效、盈亏折赚都属于他个人了，跟大队集体无关了。这窑厂干好了便罢，要是干砸了，那可是倾家荡产、一时半会翻不了身的事。这事关一家人是过上好日子还是受穷受苦，怎么能不让他打起十二分的精神，去想去干？为了让窑厂早点开工点火，马大民没白没晚地在窑厂忙活。

在窑厂干活当工人的社员的心情也跟过去不一样了。过去窑厂归属大队集体，在窑厂干活赚的是工分，干多干少跟在生产队干活一样，混日子挣工分，干活懒散点，早来一会晚来一会大家都觉得没啥大不了的。如今窑厂承包给了马大民，并且是马大民东挪西借拿了两千块钱承包的。两千块钱，那可不是一笔小钱啊！要是干砸了，那可是老牛掉进烂泥窝里，一时半会别想爬上沿来。现在在窑厂干活不再是挣集体的工分，而是要马大民给他们发钱了。既然人家把身家都压在了窑厂，又发工资给自己，要是再像过去那样干活，也实在是对不起承包窑厂的马大民了。再说马大民为人厚道实诚，讲信用、重义气，跟着这样的人干，谁还会偷懒耍滑、不尽力气呢？

窑厂上的事多，窑厂要点火开工，买煤、买机械零件、买生产工具，窑厂工人劳动报酬的标准核算，还有生产出成品砖的定价，没有一个懂会计业务的人不行。这么大的一个摊子，只靠马大民一个人怎么能行呢？大队会计陈小军是个下乡知青，现在正忙着返城的事，根本帮不上忙。弟弟二民办个事情跑个腿还行，但窑厂会计这副担子他是挑不起来的。会计那可是一个很重要的职务，必须由有能力、自己信得过的人担任。马大民觉得把会计一职交给刘海锋最合适。一是他们是同学关系，刘海锋的业务能力没得说；二是两人一起在窑厂干了两年，这两年里两人无话不谈，相互信任、相互尊重，他人品上是可以信赖的。还有过去刘海锋就经常帮自己清点、核算窑厂账目。于是，马大民亲自找到刘海锋，让刘海锋做窑厂会计，帮自己管理窑厂上的一切来往账目。

经过十来天的机械修整，干活人员的确定，窑厂开工点火了。开工点火那日，马大民作为窑厂承包人，给全体窑厂工作人员开了个动员会。他在会上说了制定的一些规章制度、劳动报酬、生产安全上的事，并让大家好好干。他保证，即便自己再难，也不会拖发工人工资。于是，在两挂长长的火鞭炸响声中，马大民承包的窑厂正式开工运转了。

切砖车间里，后台给机器喂土的工作，由马二民负责带着工人装土倒土；前台往晾晒场拉砖坯子的人员，由王小飞带队并管理。添煤烧窑的，是马大民从湖东请过来的两位烧窑师傅。两位师傅有技术、懂火候，什么时间加煤添炭，什么时候需要火强，什么时候需要火弱，人家自有主张。装窑出窑工，算是窑厂最苦最累的活计了。装出工一般都是身强力壮、干活利落的劳力。装窑时，要从晾晒场上把晾晒干的砖坯子拉进窑室码高码好。一车砖坯子有上千斤，没有把子力气还真是拉不动车子。往外出砖时,刚烧好的砖又热又烫,整个窑室如同一个大烤箱,即便是大冬天,人在里面待一小会,也会热得大汗淋漓,浑身是水。这就要求装出工干活手脚麻利,赶紧装好砖拉出来。装出工苦是苦了点,可是工资高、工作时间短、自由度高。只要能及时装窑、及时出窑,余下的时间尽可自己支配,窑厂并不多问。

窑厂的各个工种、各道工序在一派忙碌中井然有序地运行着。无论是砖坯的生产量还是成品砖的产出量,都比没承包给个人的时候提高了很多。现在摆在马大民眼前最大的难题,是成品砖的销路问题。生产出来的砖,如果卖不出去,就没法换成现钱,没钱就没办法买煤,没办法上缴电费,没办法支付工人工资。这些钱要是没办法继续支付,也就没办法让窑厂正常运作。看着干得热火朝天的工人,看着窑室外一摞摞、一排排的成品砖,马大民不但高兴不起来,反而犯起愁来。现在人们都不富裕,除非屋子四面漏雨、八面漏风非盖屋不可,否则没谁愿意举债或者情愿不吃不喝饿着肚子扒屋盖屋。过去窑厂归属集体时,大队会让大队干部、生产队干部关心一下窑厂,帮着窑厂找一下销路。如今窑厂承包给了个人,大小队干部也就省了这份心事。特别是几个对包产到户政策有抵触情绪的生产队长,从心里巴望着马大民承包失败,破财败家,以此来证明这条路走不通。有这样的心态,他们即便有销售砖的门路,也不会帮马大民。

见马大民为砖的销路犯愁,刘海锋便对马大民说:"现在窑厂产量高了,咱们不能在窑厂干等,坐等着别人上门来买砖,咱得主动出去找销路。"

马大民说:"俺也一直在考虑这个事,一直在想该怎样去找销路,咱总不能到外边满街吆喝卖砖吧。"

刘海锋想了想说:"满街吆喝倒不至于,办法总会有的,办法总比困难多。要不我去跑跑,看看能不能找到销路。"

马大民对刘海锋的话,心里虽然不抱什么希望,可是刘海锋能这样替自己着想,让马大民心生感激。他拍了一下刘海锋的胳膊,说:"跑的路近便罢,跑的路远的话,外跑的一切花销算窑厂的。"

刘海锋说:“我先拣近处跑,不跑远。砖的价格上我怎么跟人说?”

马大民沉吟了一下说:“恁看情况处理,甭低于三分钱一块就中。”

关于成品砖的生产成本,刘海锋和马大民一起核算过,除了窑厂一切有关生产上的开支,这三分钱一块的价格,盈利几乎是很微薄了。

刘海锋并没有打算跑到远处去寻找买砖的主,他当过老师,知道每逢放暑假,趁着暑假时间长,有的学校需要对使用多年的危烂泥墙教室进行翻盖,有的学校也需要对教室进行修修补补。无论盖教室还是修补教室,砖是一定要用的。

这日刘海锋吃过早饭,便去了跟东洼大队相邻的双桥大队学校。

刘海锋来到双桥大队学校,就见几个人正围着两处土坯墙屋子一边转悠,一边指指点点。他朝那几个人走了过去。刘海锋当老师时就跟双桥大队学校的宋校长熟悉,宋校长见刘海锋来到学校,便依然按过去的称呼招呼道:“刘老师,恁咋来了?”

刘海锋说:“无事不登三宝殿,今儿我是专找恁来了。”他瞧了一下另外几个不认识的人接着问道:“你们在忙啥呢?这几位老师我没见过啊!”

宋校长就笑了一下,指了指那几个人说道:“这几位是盖屋的泥水匠师傅。”说着又指了一下那两处泥坯墙教室:“你看这两处屋子烂成啥样了,再不翻盖一下咋行啊!要是屋塌了,砸了学生,那可就不是塌屋,而是塌天了。我往大队支书家里跑了多少趟都记不得了,又把支书拉来学校看,最后大队才同意翻盖这两处教室。唉,也不怪支书抠抠搜搜,大队也是缺钱啊!”

刘海锋就问道:“算没算这两个教室建下来需要多少砖?”

宋校长说:“据泥水匠师傅计算,大约五万块吧。哎,刘老师,你不会是来推销砖的吧?”

五万块砖,不是个小数了。刘海锋呵呵一笑,说:“我还真是来卖砖的呢。”接着他就把马大民窑厂的情况说给了宋校长。

因为两个大队相邻,马大民曾是东洼大队最年轻的生产队队长,农村新政策下来,他又承包了大队窑厂,所以宋校长对马大民有所耳闻。宋校长寻思了一下,对刘海锋说道:“因为盖屋的钱全是大队出,学校建屋用料也是大队做主。听说大队支书已经安排人去联系石头砖瓦了,不知道定没定下来。”宋校长顿了一下,然后意味深长地对刘海锋小声说道:“你们不妨亲自去吴支书家里跑一趟,要是你们的价格合理的话,还是很有希望的。”

刘海锋明白宋校长对自己的好意提示,便谢过宋校长,忙回到窑厂。

刘海锋在窑厂找到马大民,把自己去双桥大队学校见过宋校长的事给他说了,马大民听罢很是高兴。双桥大队的吴支书名字叫吴长水,早先是双桥大队双桥村的一个生产队队长。吴长水不论是说话还是办事,能力都很强,也是一个出了名的干工作硬气的生产队队长。双桥大队原来的支书邵光明,因为犯了错误,被撤了职。后来经过公社领导考察,大队党员干部商议,最后把吴长水推举为双桥大队支部书记。过去马大民当生产队副队长时,曾在公社年底召开的三级干部大会上,跟吴长水打过招呼、说过话。

马大民、刘海锋两人商量,晚上一起到双桥大队吴支书家里一趟。两人在窑厂吃过晚饭,便一起离开,去了双桥村。

马大民、刘海锋两人来到双桥大队双桥村吴支书家里。双桥大队支书吴长水刚吃罢晚饭,正坐在院子里摇着蒲扇听收音机,见有人进了院子,便关了收音机。马大民开口叫:“吴支书。”吴长水认出是东洼大队东洼村的马大民,知道是有事情找他,便把两人往屋里让。

进了屋,等三人在屋里坐下,吴长水就让女人倒茶,马大民忙说道:“恁甭客气,俺刚吃罢晚饭,不渴呢。”

吴长水也就没有绕弯子,问马大民道:“咱们分属两个大队,又各忙各的,难得见上一面,你今儿来俺这里,一定有什么事吧?”

见吴长水这么直接,马大民也不兜圈子,说道:“吴支书,俺们大队窑厂承包给俺了。俺是打肿脸充胖子,拉了一屁股的债,缴了承包金,开了工、点了火。现在砖烧出来了,卖砖却成了问题。砖卖不了,工人工资不能发,煤也没法买,电费没法缴,实在没办法就只有停火停工。俺听说咱们双桥学校要翻盖教室,俺就求到恁门上来了,希望吴支书能伸手帮俺一下。”

吴长水听罢马大民的话，沉吟了一会，说道："你还是晚了一步，俺大队副支书的小舅子在他们高庄大队也承包了一个窑厂，学校用砖的事给他定下了。"

听了吴长水的话，马大民心里很是失落，可他仍语气平和地说："没事的，没事的。"

这时刘海锋开口问道："吴支书，他们窑厂给咱们开的价格是多少？"

吴长水就说："他们开的价格是一块砖四分钱。"

刘海锋说道："吴支书，看在咱们是近邻，恁又跟马厂长认识的分上，俺三分钱一块卖给恁。"

每一块砖的价格相差一分钱，这五万块砖就可以省下五百块钱。五百块，不是个小数啊！吴长水低头一阵盘算，抬起头来说道："三分钱一块的话，俺肯定要恁的砖。不过他那边要是肯跟你们一样价格的话，俺还是得要他的。总得有个先来后到吗，恁说是不是？要是三分一块他不卖的话，那就买恁的了。"

刘海锋想了想，说："吴支书，咱们说的是每一块砖的价格，恁想没想过运费这一块？要是现在没有联产承包，大队还能让各村、各生产队套马车，或者派社员用平车去运砖。现在集体的车马家什都分了，再让人去运砖，就得给人付运费了。高庄大队离咱们这里少说也有十多里地，东洼窑厂离这里五六里地，从高庄运砖跟从东洼运砖，运费也要相差一半，恁说是不是？"

吴长水思虑了一阵子，说道："那就这样吧，这事你们先等等，听俺口信再说。俺跟副支书去找一下他小舅子，看看他小舅子咋说。"

事情说到这里，马大民、刘海锋起身告辞，支书吴长水便把两人送到大门外。

三天后，双桥大队支书吴长水找到马大民，定下了学校用砖五万块的合同。

接着，马大民和刘海锋又跑了几个学校，和两个学校定下了用砖四万块的买卖合同。

2

谷薇薇父母托了常给人说媒搭线的吴婶去给自家闺女谷薇薇说媒,吴婶对此事很是热心。当然,谷薇薇父母也少不了嘱咐吴婶:“她吴婶,俺家薇薇那可是要模样有模样,要身材有身材,又聪慧又灵巧,恁可要给俺薇薇拣个好青年、好家庭的提亲才是,拉拉杂杂的人家恁可甭给俺提。”

吴婶也就说:“好马配好鞍,好车配风帆,绣球配牡丹,秤砣配秤杆,这叫‘一套配一套’,不用你们说俺也会掂量。就凭咱薇薇那个机灵劲儿,那个俊模样,那些拉拉杂杂的人家,恁就是让俺去说俺也不会去的。恁就擎好吧,俺说的保管让恁满意。”

吴婶的话让谷薇薇父母满心欢喜,他们说只要能给闺女薇薇说下个好人家,一定会好好谢她。

谷薇薇模样长得好,又聪慧又伶俐,吴婶不想肥水流到外人田,于是就在一个上午,吴婶回了娘家双桥大队双桥村。吴婶回到双桥村,没往自己娘家拐,而是直接去了本家兄弟吴长水家里。正巧吴长水媳妇在院子里洗衣服。吴长水媳妇见本家姐来了,便招呼:“姐,恁啥时候回来的,快坐。”说着拿过来一只板凳,递给吴婶。

吴婶也不客气,接过板凳坐下,问:“长水没在家?”

吴长水媳妇说:“他成天忙忙忙,过去没分田时忙,现今分田了,各忙各的了,还是忙。”

吴婶就说:“家有千口,主事一人。长水是支书,大事小事全得他拿主意呢,能不忙吗?”

吴长水媳妇说:“姐,恁要是有事情找长水,俺给恁去大队叫他。”

吴婶摆了下手说道:“俺不找长水,找恁就中。”

吴长水媳妇就说:“姐,只要俺能做到的,恁尽管说。”

吴婶便笑着说:“弟妹说得就像俺来借钱似的。俺今儿是专门为咱家小鱼提亲来的,不知道小鱼有对象了没有?”

听本家姐说是来给儿子提亲的,吴长水媳妇忙说:“小鱼还没找对象呢。也有媒人上门提过，但这孩子在学校当个代课老师，就眼光朝天，挑剔得很，嫌这个不中，嫌那个不行，一直也没定妥。唉，俺跟他大也都懒得问了。”

吴婶便说：“不能怨俺侄子挑三拣四，大是大队支书，自己又当老师，谁让咱家条件这么好。不过俺给小鱼说的这个姑娘，那可是要模样有模样，要身材有身材，要聪灵有聪灵。要是一般的姑娘，俺能给俺侄子提吗？”

说话间，吴长水的儿子吴小鱼进了家门，见本家姑姑来家里，便招呼：“姑姑来了。”

吴婶便笑着说：“真是山东地灵，说谁谁到。俺正说着你呢，你就进家了。”

吴小鱼就问：“姑姑说俺啥了？”

母亲跟他说，姑姑是专门来给他提亲的。吴小鱼问吴婶给自己说的姑娘姓啥叫啥，吴婶便给他说了姑娘叫谷薇薇。吴婶一说谷薇薇，吴小鱼就说他认识谷薇薇。吴婶就问他咋认识的谷薇薇，吴小鱼说，过去公社举办文艺会演，他曾代表双桥学校去公社参加了会演，他是在那次会演时认识谷薇薇的。不过他们没说过话，他认识谷薇薇，谷薇薇却不认识他。吴小鱼既然说认识谷薇薇，吴婶就问他觉得谷薇薇这个姑娘怎么样？吴小鱼就说：“姑姑，恁就说去吧。”

有了吴小鱼的这句话，吴婶很是高兴，她觉得这桩婚事十有八九能成。因为没有不成的道理啊！女方要拣好家庭、好青年，男方当老师，父亲是大队支书，这样的条件是多少人家想高攀都攀不上的呢。

吴婶回到西洼村，到了谷薇薇家，把去双桥村提亲的事给谷薇薇父母说了。谷薇薇父母听罢很是欢喜，谷薇薇母亲就对吴婶说：“恁费心给说了这么好的一个人家，咱这边也不拖拖拉拉。晚上俺跟薇薇说一下，这两天就让两个年轻人见见面、说说话，两个人没啥意见，咱就定下来。”吴婶对谷薇薇母亲的话很赞成，说：“这事拖不得，这样的好人家，想跟他们联姻的多的是，夜长梦多，好多好事情都是一拖沓就错过去了，再扳也扳不回了。”谷薇薇父母连连称是，忙说：“咱不拖，咱不拖。”

吃罢晚饭收拾停当，谷薇薇母亲便来到闺女谷薇薇的房间，说了吴婶给她说亲的事。谷薇薇母亲本以为闺女听了会爽快应允，不料闺女谷薇薇听后怔了一下，对母亲说道：“娘，俺还小呢，俺不想这么早就找婆家。”

谷薇薇母亲就说道：“小啥小，都快十九了，俺像你这么大都怀上了呢。再说这么好的一个头(指对象)，上哪里找去？好多人家都巴不得攀上这一家人呢，要不是吴婶跟人家是本家，人家怕还不让提呢。”

谷薇薇便说：“这么好的人家，那咱就别攀附人家了。俺也不想找这样高门台的人家，嫁过去低三下四地当用人。”

谷薇薇母亲说：“人家那边的男孩说了，他认识你。”见闺女一副疑惑的样子瞧着自己，便接着说道：“那男孩说，那年你们学校去公社大礼堂演节目时，他也代表他们学校演节目去了。他说那个时候他就看上了你，不知从谁那里知道了你的名字，就记住你了。”

谷薇薇便说：“还真是个公子王孙花花太岁，那个时候就有了歪心思，知道琢磨人家女孩子了。”

谷薇薇母亲没听出来闺女话里含有的讥讽，就说道：“要不说好姻缘天注定，不在一个大队，不在一个村，男孩子那时候就看中了你，现在人家谁都看不上，就看中了你，这不就是人们常说的缘分吗？”

看着母亲那副喜悦的模样，谷薇薇心里惴惴的、沉沉的。

见闺女不说话，谷薇薇母亲以为闺女让自己说妥帖了，便说：“吴婶说了，这事拖不得，一个拖沓错过，好姻缘就没了。明天就让男孩上咱们家里来相亲，你们在一起说说话，要是都没有意见的话，就把亲定下来。”

一霎时谷薇薇想把她跟马二民的事说出来，可转念一想，自己一旦说出来，父母是一定不会同意的，甚至会大声骂自己，这黑天黑地的闹得四邻不得安生。倒不如凑明天姓吴的来家里，自己给他说明自己在谈恋爱，心里已经有了人，让他另找别人。那时她再把事情给父母摊开，是祸躲不过，任由他们闹去吧。

母亲见闺女不言语，就嘱咐道：“明儿把你喜欢的衣裳穿上，再把屋子打扫干净,茶水啥的不用你管,俺弄就行。你也早点睡,睡晚了明儿不显精神。”说罢替闺女关上门,回了自己房间。

躺在床上的谷薇薇,翻来覆去睡不着。明天对她来说应该是一个很大的关口,她曾无数次想过,把她跟马二民的事情给父母摊开,父母会是一种什么样的反应,父母会怎样对待自己,街坊邻居又会怎么看待议论她和马二民。她也想过自己该怎样去对待这一切。可当这一切明天就要到来时,谷薇薇的心里还是有些惶然和紧张。不过,当她想到江红霞和刘海锋结婚后的那副幸福模样,她感到身上有了力量,心里有了支柱。她面对屋子里的黑暗,在心里默默呐喊:“俺做好准备了,该来的都来吧。”

第二天下午,双桥大队支书的儿子吴小鱼骑了一辆崭新的“永久”牌自行车,衣着大方、仪表翩翩地随吴婶来到谷薇薇家相亲。见到吴小鱼穿着齐整,长得精神,家庭又好,谷薇薇父母心里先有了十二分的满意和赞同。吴小鱼掏出一盒还没有开口的“大前门”香烟,把它撕开,给谷薇薇父母还有来谷薇薇家的几个街坊邻居一一让过烟后,便被吴婶引进了谷薇薇住的房间。

房间里的谷薇薇见有个青年进了屋,便大方地问道:“恁就是吴小鱼吧?”

吴小鱼就满脸灿烂,说:“俺就是吴小鱼,见到你很高兴。”

谷薇薇笑了笑,让过座,倒了茶,自己也坐下,问道:“就凭恁的条件,恁应该早就找妥了对象才是,或是人家追求恁、恁追求人家的自由恋爱,为啥拖到现在呢?”

听谷薇薇这样说,吴小鱼的优越感一下子上来了,说道:“俺要是想定自己终身大事的话,早就定下了。多了不敢说,俺门上每天三两个媒人是有的,给俺写字条、写情书的女孩子也有几个,可都没能让俺心动。”见谷薇薇没言语,吴小鱼便又笑容满面地接道:“不知道俺姑姑跟恁说没说,其实俺早就认识恁了。恁还记得那年全公社举办文艺会演吧?就是那次你们学校表演歌舞时,有一个女同学拿反了领袖像,那时俺就见过恁了。既然缘分到了,俺也就想安然接受了。”

吴小鱼语气中的那种自负和居高临下的姿态，让谷薇薇从心里感到反感。她想，既然自己没有跟人家相亲的意愿，也就不要浪费时间跟人家谈下去。于是，谷薇薇说道："其实恁的条件，无论是家庭还是恁个人，找一个门当户对的好姑娘是绝对不成问题的。至于咱们俩，是不可能的。"

谷薇薇的话，让吴小鱼认为她是觉得自己是寻常人家，配不上他这个家庭而产生了自卑，便忙说："现在都啥社会了，恁还有门当户对这样的想法？俺从来没这样想过。找对象最重要的是找人，俺看中的就是恁本人。"

谷薇薇说道："恁理解错了，俺是说俺心里已经有人了。"

吴小鱼就一副蒙蒙的样子连声问道："恁说啥，恁说啥？"

谷薇薇说道："俺心里已经有人了，俺在谈恋爱。"

吴小鱼听罢，脸一下子黑了下来，说道："恁开啥玩笑，恁啥意思？恁有对象了干吗还让俺来相亲？"

谷薇薇便说道："俺是不愿意相亲的，是俺大俺娘逼着俺相的。"

吴小鱼生气地站起身，说："恁就是被逼的，也不该拿俺开这样的玩笑啊！"

谷薇薇"对不起"三个字还没说出口，吴小鱼就气恼地走出门去。

等在大门外的吴婶见吴小鱼黑脸嗒丧地走了出来，知道事情可能出了岔子，忙问道："咋了小鱼？"

吴小鱼就抱怨道："姑姑，恁没弄清楚就跟俺提亲，让俺也忒没面子了。"说罢他一下跨上自行车，狠着劲蹬着走了。众人大眼瞪小眼，都蒙在了那里。

吴婶慌慌张张去了双桥村，到本家兄弟门上一问，才知道了事情的缘由，还落下了本家兄弟媳妇和侄子小鱼的一顿抱怨。吴婶也是一肚子的气，她回来就去了谷薇薇家里，逮住谷薇薇父母一阵数落，说："你们这不是玩人吗，闺女已经跟人谈恋爱了，还觍着脸让俺去给闺女找婆家，让俺落得个里外不是人。"

谷薇薇父母眼见这门可心意的亲事成了泡影，又听了吴婶这样说，便怒气冲冲地去了闺女屋里。谷薇薇父亲叉着腰、瞪着眼，一副气不过的样子，也不说话，母亲则压着怒气说："你个不知好歹的死妮子，这样打着灯笼都难找的头，你竟然不愿意，还跟人家说你有头了。你个死妮子你说，你有啥头了。"

见闺女低头不语，父亲声音不高却不失威严地说："咱现在回心转意，让吴婶圆和圆和，事情还有得说。"

谷薇薇咬了咬牙，抬起头来，对父母说道："俺心里有人了。"

父母赶紧问道："谁？"

谷薇薇说："马二民。"

"你说谁？你说谁？"谷薇薇父母以为他们听错了名字，连声问闺女。

谷薇薇横下心来便又说道："马二民。"

谷薇薇父母在愣了片刻后，便一起朝闺女谷薇薇扑过去。这对夫妇对从小就宠爱，从小到大都没舍得骂过一句、动过一根手指头的最小的闺女，抡起了巴掌和拳头。

一阵打骂过后，谷薇薇不叫也不喊，好像被打的人不是她似的，头发凌乱，嘴角出血，也不去擦。母亲哭骂道："造孽啊，造孽。你个死妮子，你不知道咱跟他是亲戚吗？你不知道他叫你姨吗？你不知道他嫂子是你外甥女吗？这样丧失人伦纲常的事叫你做你能做吗？你这样做还让不让俺在街面上做人？"

父亲则气咻咻地一边拍打着自己的脸，一边指着闺女怒骂道："俺这老脸不值钱，你把祖宗的脸也丢光了。人伦纲常咱要是不懂的话，那还叫人吗？"他见闺女把脸扭向一边，一副倔强的样子，便又大声嚷道："俺把你许给谁，也不会让你嫁给他的。"

谷薇薇家里这一闹腾，街坊邻居便都知道了谷薇薇和马二民的事……

3

嫁到西洼村的江红霞从去看热闹的婆婆嘴里，知道了谷薇薇因为马二民挨了父母的打骂。她对这样的事深有体会，知道此时谷薇薇的处境要比她当时的处境更艰难，比她受到的父母的责难打骂更厉害。她只是比刘海锋小几岁，而谷薇薇跟马二民不光是亲戚，更重要的是他们还差着辈分。这样的事不光是父母容不了，就是街坊邻居也不会认可的。她知道此时最受难的就是谷薇薇了，她也知道，如果谷薇薇至死不渝地追求自己想要的婚姻，那么这个时候的谷薇薇最需要的就是马二民的担当和鼓励。

一种同病相怜的情感在江红霞心头升起，她想第一时间把谷薇薇的处境告诉马二民，让马二民想想办法，减轻一下谷薇薇的苦痛和压力。于是，江红霞跟婆婆打了声招呼，说有事去办，便急匆匆去了东洼窑厂。

江红霞在窑厂见到了马二民，她把谷薇薇那边相亲出了岔子，谷薇薇说出了和他之间的事，受到了父母打骂，全部告诉了马二民；并对马二民说，谷薇薇一个姑娘家迈出这一步，那是横下心来了，就看谷薇薇最指望、最想托付的男人怎样保护她、怎样去做了。

王小飞见江红霞来到窑厂把马二民拉到一旁小声嘀咕些什么，又见马二民脸色阴郁下来，便对事情猜出了几分。待江红霞走后，王小飞便来到马二民近前问道："出事了吧？"

事情到了这个时候，便没有什么可隐瞒的了。凭王小飞的机灵劲儿，马二民和谷薇薇的事，他应该也能看得出个一二来。再说两人的关系又不同一般，于是马二民点了下头说："出事了，谷薇薇因为俺，挨她大、娘打了。"并把江红霞给自己说的话，也说给了王小飞。

王小飞听罢，说："你打算咋办呢？"

马二民有些无奈地说："要是能替她挨打挨骂的话，俺没二话。她在那边不好过，俺这心里也难受啊！"

王小飞就说："你光心里难受管啥用啊！"

马二民攥着拳头往自己的头上捶了两下，说："俺恼就恼在俺一个男子汉，却不能去保护她啊！"

王小飞想了想说："眼下最要紧的是，你得把这事赶紧给恁哥哥说，争取他的支持，慢慢磨磨，看这事能不能跟刘海锋、江红霞一样，最终落个圆满结局。”

凑傍黑窑厂工人收工回家的时候，马二民来到窑厂办公室。哥哥马大民正在收拾桌子上的账本，见弟弟进屋，便说：“你咋还没回家？”

马二民犹豫了一下，说：“哥，俺有事情给恁说。”

马大民说：“啥事，你说。”

马二民说：“哥哥，俺谈恋爱了。”

马大民听兄弟这样说，呵呵笑了，说：“好事，好事啊！俺要当大伯哥了。女方姓啥哪庄的？”

马二民嗫嚅了一下，说：“哥，是谷薇薇。”

马大民愣了一下，问：“你说的哪个谷薇薇？”

马二民就言语艰涩地说道：“是小、小姨谷薇薇。”

马大民听罢弟弟二民说出的话，惊得瞪着眼，好一会儿才说出话：“二民，你不是开玩笑吧？”

马二民说：“哥，是真的。下午江红霞来窑厂找俺，告诉俺说谷薇薇因为俺们俩的事，让她大、娘打了。”

马大民问弟弟：“你们是啥时候挑明这关系的？”

马二民想了想，又摇了下头说：“哥，俺还真说不上来。反正是谷薇薇把俺们俩的关系跟她父母挑明了。”

马大民闭目想了一下，然后问弟弟道：“二民，你是咋想的？”

马二民说：“哥，俺们相互对天起过誓，她非俺不嫁，俺非她不娶。这件事上俺想得到哥哥恁的支持。”

马大民听罢，轻轻叹了一声，说道：“谷薇薇确实是个好姑娘，要是她跟咱没有这层亲戚关系的话，哥哥会全心全意支持你。可是，兄弟，你想过没有？她毕竟是你嫂子的亲小姨。如果她是你嫂子远房的小姨，咱也好说，这可是你嫂子的亲小姨啊！就算你嫂子再开通再心宽，她也不会同意自家小叔子去娶自家亲小姨，跟自己做妯娌的。”见弟弟沉默不语，马大民接着说道：“兄弟，你们不同于江红霞和刘海锋。不管刘海锋比江红霞大几岁，还曾是江红霞的老师，但他们毕竟没有亲戚关系，也不差着辈分，人们还能接受他们结合。你和谷薇薇谈上了恋爱，人们会当有悖常理、荒唐离奇的笑话来说的。好事不出门,坏事传千里。你信不信,这事马上就会传得沸沸扬扬。兄弟,你想过没有?街坊邻居会怎样说咱们、看咱们?退一万步说,这件事上哥哥支持你,你嫂子也同意,谷薇薇父母能同意吗?老头子的脾气俺清楚,犟得很,封建得很。就怕是闺女一辈子不嫁人,他也不会答应你跟谷薇薇的事的。"

马二民仰脸想了一下,对哥哥说:"哥,虽然咱跟谷薇薇是亲戚关系,可咱毕竟跟她没有血亲关系。"

马大民便说道:"兄弟,好姑娘多的是,咱们何必自找烦恼?相信哥哥,只要咱不再跟谷薇薇纠葛,俺保准给你找个让你满意的好姑娘。"

马二民口气固执地说:"哥,俺说过了,非谷薇薇不娶。"

听了弟弟的话,马大民脸色沉郁,对弟弟说了一句:"天不早了,回家吧。"

果然是好事不出门,坏事传千里。谷薇薇和马二民两个人谈恋爱的事,一时间如大风掠过微山湖,传扬得三庄四村都知道了。马二民跟谷薇薇的事,成了人们茶余饭后最热门的谈资。外甥跟小姨谈恋爱,这种事实在是太稀罕了。人们凭着自己的猜测和想象,把马二民和谷薇薇的事描绘出好多个版本。总之是认可此事的不多,嘲笑讽刺此事的不少。

弟弟做了这么不靠谱的事,让街坊四邻在背后指指戳戳,闲言碎语地议论,让马大民很是没有颜面。妻子孙桂丽也觉得不光彩,就在丈夫面前抱怨:"二民不傻不憨的,咋做出这样让人耻笑的事呢?弄得咱们都不好人前站了呢。别的事上都能惯着他,这件事上你可不能惯他,让俺跟自家亲姨做妯娌,羞死俺去吧。"

马大民心里也很烦,他无法理解弟弟这样没谱的做法,难道弟弟一点儿也不懂人伦纲常吗?如果说弟弟鬼迷心窍了,那谷薇薇呢?也一点儿不懂人之常理吗?他当然不能去劝说谷薇薇,只能劝说自己的弟弟二民。他不再含糊,在弟弟面前明确表明了自己的态度,那就是他跟妻子孙桂丽不同意弟弟跟谷薇薇的荒唐做法。马大民对弟弟晓之以理、动之以情,好话歹话摆了一大堆,弟弟二民却一言不发,毫无回心之意。马大民知道弟弟从小脾气就要强、倔强，弟弟认准的事，牛也难拉回来。马大民便无奈地长叹一声，对弟弟说：“既然你不听俺说的话，俺也就不说你了。你大了，往后你的事你自己处理，俺不赞成支持，俺也不干涉，你好自为之吧。”

谷薇薇的处境更是不好。因为她始终不松口跟马二民了断，父亲抽她抽断了两条柳枝。母亲也撕扯着她哭骂，怒急了的父亲甚至抡起巴掌扇掴自己的脸，并愤怒地呵斥闺女谷薇薇：“你就是去死，俺也不会遂你意的。”听说了这事的几个姐姐，也轮番劝说这个最小的妹妹。谷薇薇却油盐不进，用无声来抗拒父母的打骂、姊妹们的好说歹说。

父母见谷薇薇犟着不服软，对她的看管更严了。母亲甚至搬到谷薇薇屋里和闺女一起住，一天到晚形影不离地看管着闺女，做饭的时候就把闺女锁在屋里。谷薇薇父母一边看紧闺女，一边找媒人给闺女说婆家。他们知道闺女因为马二民坏了名声，也不敢再跟媒人讲条件、提要求了，只是恳求媒人找个一般人家、老实肯干的青年就行。

马二民原本想着哥哥早晚会支持自己跟谷薇薇的事，也会帮着自己拿主意。但他没想到哥哥大民始终反对自己跟谷薇薇的事，而且因为自己的不妥协，让哥哥感到伤心失望，最终在这件事上对自己不管不问。面对眼前的这个形势，马二民感到一种无助和失措。除了哥哥，他没有可以信赖的人，如今哥哥在这件事上根本不会帮助自己，想到郑团结大学还没有开学，马二民便去找自己最要好的朋友王小飞、郑团结商量。

晚上，在村外的小河边，马二民、王小飞、郑团结三人聚到一起，马二民就把自己的处境和谷薇薇的处境和他俩说了。王小飞说道：“恋爱自由、婚姻自主，都啥年代了，还这么死脑筋。要不去公社找领导干部，让政府出面压制那些老顽固。”

郑团结说：“二民跟谷薇薇两人是亲戚之间谈恋爱，并且是差了辈分的，对绝大部分人来说，是不会接受他们这种做法的。就是去找政府帮忙，政府也未必肯帮。”

王小飞说：“这个不帮，那个不帮，人总不能让尿憋死，俺就不信没有法子。”

郑团结思忖了一下说道：“二民跟谷薇薇的事，不同于刘海锋跟江红霞。大民哥看待事情算是比较开通的了，对二民的疼爱也是没的说，哪怕是有一点可能通融的话，他也不会对二民的事撒手不管。这也说明二民的确是到了最危急的关头。”郑团结顿了一下，问马二民：“二民，如果回头的话，也算是一个好办法。”

马二民语气果决地说道：“俺是开弓没有回头箭了，俺是让你帮俺想办法的，不是让你劝俺回头的。”

郑团结问：“对待这件事，你能有多大的决心？”

马二民说：“俺是撞到南墙也不会回头的。”

郑团结就说道：“你有这样的决心就好。眼下谷薇薇的处境怕是比你要糟得多，现在你们两人最主要的是取得联系，相互通联一下各自的情况，相互鼓励，一同商量对策。”

马二民说：“俺何尝不想跟她联系？可这个节口上咋联系啊！俺要是硬去她家里，她大、她娘还不吃了俺？”

王小飞说道：“他们村上不是还有刘海锋、江红霞吗？让江红霞帮你联络谷薇薇不就行了吗？”

郑团结就笑说：“嗯，小飞这个想法不错，江红霞干这个中。”

王小飞就一副不屑的样子说：“三个臭皮匠，顶个诸葛亮。咱们三个不光不是臭皮匠，还有一个大学生，俺就不信咱们玩不过他们几个老脑筋。”

马二民听了郑团结和王小飞的建议，三人一起去了西洼村的刘海锋家里。

三人来到刘海锋家门前，王小飞便举手敲门。刘海锋听到门响，便打开大门，见是马二民、王小飞、郑团结三人，忙把他们让进了家。三人随刘海锋进了屋，跟江红霞打过招呼，没等三人开口，刘海锋就说道：“你们是来打听谷薇薇情况的吧？”

马二民说：“刘老师，俺知道谷薇薇的处境一定好过不了，俺想知道她现在到底是咋个处境。”

因为和谷薇薇同在一个村，两家又住得不太远，刘海锋和江红霞两人就把自己所知道的谷薇薇家的情况，相互补充着，给马二民说了：谷薇薇父母对她打骂、管束，几个姐姐轮番劝说，谷薇薇不屈从。谷薇薇父母正忙着找媒人，想快点把她嫁出去。见马二民低头不语，刘海锋说道："二民，你要有思想准备，你们俩的事不会那么容易的。"

江红霞说："二民，这件事上你可不要太拖泥带水了，要是她父母真的把她嫁给别人，你还真是不好办呢。"

马二民说："俺现在是没头绪、干着急，俺们三个商量，来找你们帮忙。"

刘海锋说："这件事上，只要我们能帮得上的，一定会帮。"

于是马二民就把想让江红霞帮他和谷薇薇传话的事说了。不想江红霞听罢却摇了摇头，说道："其实俺很想帮你们，可是这一段时间，谷薇薇父母见了俺都爱搭不理的，他们是不是觉得谷薇薇是学了俺的样子才这样的？俺去的话，怕是她父母更加提防。那样的话，不光帮不了你们，还会添了麻烦。"

见马二民失望的样子，江红霞便想了想说道："恁不妨去找一下夏丽萍，夏丽萍平时跟谷薇薇谈得来，谷薇薇父母也不反感夏丽萍，她要是肯帮忙的话一定行。"

郑团结说道："这黑天黑夜的，俺们几个男孩子去找夏丽萍，她家人咋想啊？根本不会让她出门的。"

刘海锋说："这样吧，我跟红霞一起去找夏丽萍，给她家人说我这些天一直在外边忙着推销砖，窑厂积了几天的账目没有核算，让夏丽萍帮着核算一下。让她来这里，咱们商量一下。"

不大一会儿，刘海锋、江红霞就把夏丽萍领进家里。马二民便请求夏丽萍帮忙给他和谷薇薇传递音信，夏丽萍答应马二民会尽力帮助他们。

4

从夏丽萍那里传过来的谷薇薇的情况是，谷薇薇瘦多了，父母看管她非常严，并且一直在忙着给她找婆家。因为夏丽萍和谷薇薇说话，谷薇薇母亲一直陪在跟前，所以夏丽萍没办法把马二民的话传给谷薇薇，谷薇薇也没办法捎话给马二民。

谷薇薇那边的状况让马二民觉得自己不能就这样耗着，是该做些什么了。晚上，马二民、王小飞、郑团结三人又来到刘海锋家里，刘海锋、江红霞把夏丽萍叫到家里来。马二民对夏丽萍、刘海峰、江红霞对自己的帮助表示了感谢，然后说道："俺不能再干看着谷薇薇一个人受揉磨了。事情反正就这个样子了，俺也没啥好顾忌的了，俺得拿出个男子汉的做派去保护谷薇薇了。"

江红霞就问马二民道："你拿定主意了？"

马二民很坚定地点了点头，说："俺打定主意了。"他略一停顿，接着问江红霞道："这事要是放在你身上，你咋办？"

江红霞就笑了笑，说："没别的办法，只有一条路可走——逃婚。"

马二民说："俺正是这样打算的。"

于是他们商定，由夏丽萍借口去给谷薇薇送书看，在书里夹上马二民的字条。字条上约好三天后的晚上，下半夜一点左右，让谷薇薇以上茅厕为借口出来，马二民在墙外搭一架木梯，接应谷薇薇翻墙一起逃婚。

为了把事情办得稳妥隐秘，王小飞、郑团结建议马二民不要跟哥哥提这件事，原因很简单，马大民是反对弟弟跟谷薇薇谈恋爱这件事的。马二民思量了两天，觉得还是应该把逃婚的事给哥哥说一下，毕竟哥哥是自己最亲的人，也是最疼爱自己的人，自己不能一声招呼不打就走了。

第三天的晚上，吃罢晚饭，马二民凑嫂子孙桂丽在院外跟邻居一起闲聊，走进哥哥的屋里。屋内，马大民正在灯下拿着记事本记着什么，他见弟弟进了屋，知道弟弟有事，便说道："二民，有事坐下慢慢说。"

马二民犹豫了一下，说："哥，恁是俺最亲近的人，不论恁对待俺跟谷薇薇这件事上反对也罢，不问也罢，不论别人怎样劝俺不必告诉恁，但俺考虑再三,觉得还是要给恁说一下。”

马大民见弟弟表情沉郁、语气凝重,便忙问道:“二民,出啥事了?”

马二民说:“哥哥,俺跟谷薇薇要走了。”

听弟弟这样说,马大民一刹那以为弟弟跟谷薇薇要殉情,忙问:“你们要干啥啊?”

马二民说:“逃婚。”

马大民松了一口气,说:“逃婚?逃到哪里去啊?外边有落脚的地方吗?”

马二民摇了摇头说:“没有,先走了再说。再不走,就没机会了。”

马大民问:“跟谷薇薇商量好了?”

马二民说:“俺们说好了。”

马大民问:“啥时候走?”

马二民说:“今儿晚上。”

马大民打了个愣,便从口袋里零零碎碎掏出一把钱来,递到弟弟手上,说:“俺身上就这七十多块钱,你拿上应应急。”他重重地叹了一声,接着说道:“这件事上既然你不听哥劝,哥也就不劝了。你大了,既然你认了这个门,前面的路是平还是坎,哥帮不了你了。”

就在马二民进了哥哥房间的同时,嫂子孙桂丽也正好进了院子。兄弟俩的谈话,孙桂丽听了个清清楚楚,孙桂丽没有进屋,而是蹑手蹑脚地走出大门,直奔西洼村……

这是一个没有月光的晚上,下半夜的夜色似乎比上半夜更昏黑了些。房屋、树木、草垛,像是蒙上了一层灰黑色的纱布,朦朦胧胧地沉寂在那里。从村外小河里传出的蛙鸣声和村里偶尔传出的狗吠声,并没有让黑夜显得喧腾,反而更衬出了这个昏黑之夜的寂静。

午夜刚过,马二民、王小飞、郑团结三人便悄悄来到西洼村。为了解救谷薇薇后不被人追上,王小飞、郑团结两人各牵着一辆白天借来的自行车;马二民则在肩上扛着用棍棒扎好的一架木梯。一旦把谷薇薇从院墙内拉出来,王小飞、郑团结就各自驮上马二民、谷薇薇快速离去。

三人蹑手蹑脚地来到谷薇薇家院墙外,把自行车放好。马二民在谷薇薇住房后墙上轻轻敲了两下,三人便蹲在院墙根,支棱着耳朵,听着墙内的动静。不一会儿,三人听到谷薇薇开房门的声音,随后就听到谷薇薇跟母亲说话:“恁在茅厕门口等俺就中。”马二民听到谷薇薇的声音,忙把木梯搭在谷薇薇家茅厕的墙上,又轻轻爬了上去。谷薇薇家的院墙并不高,马二民慢慢伸出头去,就见谷薇薇正抬头张望,马二民忙弯下腰向谷薇薇伸出了手。正当两人的手就要抓在一起时,谷薇薇母亲突然从身后一下子抱住了闺女,大声叫喊道:“你个死妮子,想跑?你以为俺不知道?俺看你咋跑。”谷薇薇张着手臂摇摆着身子,想挣脱母亲。这时,她父亲手里拿着一根木棒冲了出来,一边口里骂着:“狗日的,找死!”一边抡起木棒朝墙头上的马二民砸来。马二民慌忙下蹲躲闪,木棒擦着头皮,一下砸在马二民的肩膀上。马二民疼痛难忍,“哎哟”一声从梯子上摔了下去。这时,谷薇薇父亲打开大门,拖着木棒一边朝他们三人奔来,一边大声吆喝:“抓贼喽,抓贼喽!”王小飞、郑团结二人见此情景,架起自行车,王小飞驮上马二民,飞也似的奔进了黑黢黢的暗夜中……

王小飞驮着马二民,郑团结跟在后面一阵急蹬,三人来到东洼村村后的小河边方才停了下来。支好自行车,王小飞、郑团结两人蹲在地上大口喘气,马二民抱着膀子垂头丧气。事情出现这样的变故,让三人始料未及。一阵沉默后,王小飞开口说道:“一定是谁走漏了风声,不然不会这样。”

郑团结说:“没听见谷薇薇母亲喊吗?说谷薇薇‘你以为俺不知道’吗?出了内奸是肯定的,不然谷薇薇父母不会反应那么迅速的。”

王小飞说:“就咱们这几个人知道这事,谁会是内奸啊?”

郑团结一阵思忖,分析道:“就凭咱们跟刘海锋的关系,加上在这件事上他又是支持二民的,退一步说,他即便不帮二民,也不会去害二民的。而且咱们商量事情都是在他家里,他如果出卖二民的话,谷薇薇跑不出来便罢,要是跑了出来,事情是在他家商量的,他在谷薇薇父母面前无论怎么都会说不清的,刘海锋不会傻到这一步。江红霞巴不得二民跟谷薇薇逃婚成功,这样人们对她跟刘海锋结合的事和二民跟谷薇薇的事一比较,那就是小巫见大巫。到时候在人们眼里,她跟刘海锋的事根本就不算事,二民跟谷薇薇的事倒成了事。她这点小心思是一定会有的,再加上她跟刘海锋结婚后,对待咱们也不错,还有谷薇薇相亲推拒了男方,遭了父母的打骂,她第一时间跑到窑厂告诉二民,这也说明她是向着二民的,告密的事她也不会去做的。至于夏丽萍,咱们跟她的关系从在一个班级上学就不错,她为人不坏,也很有正义感,她能冒着被谷薇薇母亲发觉的风险帮二民,这说明她是真心实意帮二民,她是不会出卖二民的。”郑团结停了一下,看了看马二民,又看了看王小飞说:“咱们三个里面不会出内奸吧?”

王小飞听罢,生气地说道:“你这一阵子不是白说吗?咱们仨里面要是出内奸的话,一定是你。”

一直没吱声的马二民开口说道:“吃罢晚饭的时候,俺曾给俺哥说了这件事,不过俺说这事的时候嫂子没在。”

郑团结听罢,“哦”了一声说道:“那就啥也别说了。”

王小飞就责怪道:“跟你说甭告诉恁哥哥,恁不听,这下玩砸了吧。”

马二民喃喃道:“俺哥哥不会害他兄弟吧?”

郑团结说:“恁哥哥不会害你,但他会不会没留住嘴,告诉了恁嫂子孙桂丽?恁哥不去西洼村,谁能保证恁嫂子不会去?啥叫一着不慎、满盘皆输?这就是。”

马二民站在那里,呆呆地望着黑黝黝的天空默然无语。

第二天,当马大民看见弟弟二民时,露出一副惊异的样子问弟弟:“咋了?没走?”

马二民就对哥哥露出古怪的笑来,朝哥哥摇了摇头,一句话没说,走了出去。

谷薇薇逃婚失败,让她父母伤心后怕之余,也对她看管得更紧了,就是夏丽萍他们也不让闺女跟她来往了。他们觉得摆在眼前最紧要的事,就是赶紧把闺女嫁出去。他们所托的媒人也给闺女谷薇薇在周边大队说了几个青年人,可人家一打听谷薇薇这种情况,就都推拒了。不过媒人让谷薇薇父母别急,提亲的事慢慢来,两条腿的蛤蟆不好找,两条腿的人还愁找吗?媒人不急,但家里有这么一个不省心的闺女,当父母的不能不急。于是,谷薇薇父母把出嫁了的四个闺女叫回家里,一起商量五闺女谷薇薇的婚事。

谷薇薇四个姐姐一起回了娘家。父母就跟她们说了要不是外甥女孙桂丽通风报信,谷薇薇差一点就逃婚的事,又说了让几个闺女操操心,给妹妹谷薇薇赶紧找个婆家嫁出去。四个姊妹一阵合计,大姐对父母说道:"老五闹这一出,名声不好了,在这一片说亲,说不下好的了。再说在这一片恁给她说下个人家,结了婚她不好好跟人家过,你前脚把她嫁出去,她后脚跑了咋办?到那时人家男方跟恁要人,咱有啥话跟人家说?那不是更麻烦吗?依俺说,要么不说亲,要说就给她说得远远的,也好让她收了心,咱也省了心。"

父母对大闺女的说法很是赞成,说:"给她说远一点的人家好是好,可这样的咱上哪里去找啊?"

听父母这样说,三闺女就说道:"俺孩子他大在煤矿上下窑,有几个安徽的工友,其中有一个姓赵的工友曾经让俺孩子他大看看能不能在此地给自己在家的兄弟找个媳妇。俺孩子他大问姓赵的,他兄弟在家干吗,为啥不找本地女子。姓赵的说他兄弟在公社邮电所当邮递员,是个吃公家饭的,他兄弟在本地找过一个媳妇,结婚半年媳妇就跟人跑了,他兄弟从此恨起了当地的女子,发誓一辈子不娶也不会再找当地女子做媳妇了。这个姓赵的就想托人找此地的女子,给他兄弟当媳妇。"

听了三闺女的话,父母、几个姊妹都说这是一个好头,五妹能嫁一个吃公家饭的,月月领工资,缺不了钱花,这可不是谁都能有的福分。父母就让三闺女回家,赶紧跟男人说说这事,越快越好,力争促成这事。

事情进行得很顺利。第二天下午,谷薇薇的三姐夫就带着姓赵的工友来到谷薇薇家里。谷薇薇母亲让姓赵的看了看谷薇薇,姓赵的很是满意。出了谷薇薇的房间,谷薇薇三姐夫就把姓赵的工友领到岳父母的屋子里商量娶亲的事宜。

被锁在屋子里的谷薇薇凭直觉预感到一定会有不利于自己的事情发生，可父母不再让夏丽萍来家里了，她没办法跟马二民取得联系。紧张、无助，伴随着恐慌，时不时地袭上谷薇薇的心头，她开始在屋里大喊大叫："放俺出去，放俺出去。"她砸门、摔屋子里的东西。可任她怎样折腾，父母都不去理她。一个就要嫁到外地的闺女，过不了两天就要离开这个家了，尽她闹腾去吧。

谷薇薇父母给闺女说下了一个外地人的事，除了谷薇薇父母和几个姊妹，外人是不知道的。街坊邻居都知道谷薇薇父母一直在给闺女找婆家，却不知道谷薇薇父母竟把闺女许配给了一个外省人。刘海锋、江红霞、夏丽萍能提供给马二民的音信，只有谷薇薇父母在忙着给谷薇薇找婆家，谷薇薇一天到晚地闹腾。江红霞对马二民说，再不想法子搭救谷薇薇，他们俩怕是真的没戏了。马二民听后，心如火燎。

马二民、王小飞、郑团结又聚在一起商量这事。王小飞说："甭再磨磨蹭蹭的了，用绝招。要是这一招都不好使的话，那二民你就听天由命吧。"

郑团结问道："这时候了还卖啥关子，啥绝招？说啊！"

见马二民也瞪眼瞧着自己，王小飞说道："凿墙。晚上去谷薇薇住的屋子，从外面悄悄把墙凿个大窟窿，然后进去把谷薇薇拉出来。"

郑团结说："甭忘了谷薇薇屋里还有她母亲呢。"

王小飞就说："咱们几个老爷们还对付不了一个老婆子？进去先把老婆子的嘴堵上，再把她绑起来，然后咱们潇潇洒洒全身而退。"

马二民、郑团结听后，觉得这个主意可行。事不宜迟，几个人忙去集市上买快刀、铁铲，准备晚上行动。

就在马二民、王小飞、郑团结三人备好了凿墙工具，准备晚上搭救谷薇薇的这天下午，一辆箱式的小汽车停在了谷薇薇家门前，从车上下来四个男人进了谷薇薇家，有几个邻居围着汽车看稀奇。这时，从谷薇薇家里传来谷薇薇的哭号声："放开俺，放开俺。"接着就见几个男人架着谷薇薇走出大门外。谷薇薇一边苦叫挣扎着，一边向邻居们伸着手臂喊:“救救俺,救救俺。”见几个邻居想动,谷薇薇父母便大声呵斥道:“俺看谁敢动?俺嫁闺女,与恁何干?”邻居们眼睁睁地看着谷薇薇被架进车厢,看着谷薇薇喊叫着、折腾着被汽车拉走。

哭喊叫骂着的谷薇薇突然看到了从家里跑出来的江红霞,她便从自己头上一把扯下了一绺头发扔了出去,对着江红霞大声喊道:“红霞,交给二民,让二民等俺。”在谷薇薇的喊叫声中,小汽车扬起一路尘土飞驰而去……

第六章

1

马大民是从刘海锋那里知晓谷薇薇被父母强行嫁到外地这件事的。早先对于弟弟说好跟谷薇薇一起逃婚,最后却没有走,他曾在第二天问过弟弟二民,弟弟没跟自己说一句话,却露出一脸让人琢磨不透的笑,使他摸不着头脑。马大民本想凑空好好跟弟弟谈一谈,一是自己一直忙着窑厂上的事顾不上弟弟,二是他发觉弟弟二民好像在有意躲避自己,以至于兄弟两人没能好好聊一聊。他觉得谷薇薇被父母嫁到了外地,弟弟二民心里一定不会好过,现在是弟弟最需要安慰和开导的时候,作为哥哥,再忙也要跟弟弟说说话,劝慰疏导一下他。于是,他打算晚上回家跟弟弟好好聊一聊。

晚上马大民回到家,没见到弟弟二民,便问妻子孙桂丽:“二民呢?”

孙桂丽就说:“二民这两天苦着脸成了哑巴,叫他三声两声他都不搭理你,晚饭没吃就出去了。”

马大民吃罢晚饭,就去了弟弟二民屋里,坐等弟弟回来。马大民见弟弟的桌子上放着一个新的木制文具盒,他觉得这个木制文具盒非常别致,便顺手拿过来,打开一看,里面竟然装着一绺女人的头发。他带着奇怪和不解,把文具盒放了回去。

不知等了多久，妻子孙桂丽在院子里叫他："大民，都快半夜了，二民还没回来吗？"听了妻子的话，马大民知道时候不早了，他出了弟弟的房间，跟妻子孙桂丽说了声："俺去找找他。"便出了大门。

马大民知道弟弟二民最要好的两个朋友，一个是王小飞，一个是郑团结。弟弟二民跟他们俩就像一块掰不开的蒜疙瘩，弟弟出门不是去王小飞家，就是去郑团结家。于是马大民就去了郑团结家里，果不其然，弟弟二民还有王小飞都在这里。马大民就叫弟弟，说天不早了，该回家了。二民便嗡声拉气地回哥哥，说后天团结就要去大学报到了，今儿晚上不回家了，就在团结这儿歇了。听弟弟这样说，马大民不好再叫弟弟回家，便满腹怅然转身离去。

马大民想着第二天晚上再跟弟弟聊。这天他提早从窑厂回到家，弟弟二民仍然不在家。马大民便问妻子孙桂丽弟弟二民去哪里了，孙桂丽跟他说，明天郑团结就要去上大学了，傍黑二民被郑团结喊到家里喝酒去了。马大民听罢，便去了郑团结家。

马大民来到郑团结家，见弟弟二民和王小飞、郑团结三人正在屋里围着桌子喝酒。桌子上放了两瓶"微山湖大曲"，摆了一碟花生米、一碗炒茄子、一碗炒豆角。郑团结见马大民来了，就站起身来让座。马大民摆了摆手说："俺就不坐了，俺去堂屋跟有礼哥说话去。恁几个千万别喝多了哈。"说罢便去了堂屋。

郑有礼见马大民来家里，便招呼马大民坐下。马大民跟郑有礼两人聊了团结明天去上大学的事。马大民问该带的东西准备好了没，用不用送到学校。郑有礼就说，没啥可带的，大学学费不用缴，被子、褥子学校管，带两身替换衣裳就中了。两人说了一阵郑团结的事，接着郑有礼说到了二民的事："二民现在心里苦哇。他们三人在一起时，他都哭过两回了。"

马大民叹了一声说："跟谁好不行啊，偏偏跟谷薇薇！这让人嚼舌头、捣脊梁骨的事，让俺咋支持他呢？就算俺支持他，谷薇薇父母那边也决不会愿意的。这事还是成不了哇。"

郑有礼也叹了一声，说道："谷薇薇人走远了，这事再怎么说也是成不了了。你好好劝劝二民，婚姻事天注定，相好的两人不见得就能配成双，劝他想开。”两人说话间，就见王小飞、郑团结两人一人抱着二民的一只胳膊，把二民从屋里架了出来。马大民、郑有礼便起身问：“二民是不是喝多了酒。”王小飞就说：“他没喝多少。他心情不好，俺们没让他多喝，谁知道他喝得不多，反倒醉了。”

王小飞、郑团结把马二民送回家，帮他脱掉鞋子，扶他躺到床上方才离去。马大民瞧着躺在床上的弟弟，心里既可怜，又心疼弟弟。他走到床边，唤着弟弟：“二民，二民，没事吧兄弟？”马二民转过身去，嘴里嘟囔着：“哥，俺，俺不怪恁，全，全怨俺，是俺害，害了谷薇薇。”马大民想再跟弟弟说几句话，弟弟却在床上打起了呼噜。无论弟弟是真的睡了，还是假装睡着，马大民知道想跟弟弟好好聊聊的想法在今晚是没法完成了。

第二天一大早，马大民起床后喊弟弟二民一起去窑厂。马大民不见弟弟回应，却见弟弟的屋门敞开着，他便进了弟弟的屋里。见弟弟二民不在屋里，马大民以为弟弟早起先走了，当他转身往回走时，瞥见桌子上压着一张字条，便拿起来看。只见字条上写道：“哥，俺有事出去一段时间，不要担心，不要找俺。二民。”马大民看后忙攥着字条，打开大门跑了出去。

马大民先是来到郑团结家里。郑有礼、郑团结父子俩都没在家，郑有礼媳妇告诉马大民，郑有礼去车站送儿子郑团结去了。马大民又赶紧去了王小飞家。王小飞刚起床，正在院里洗脸，见马大民一副慌里慌张的模样，便问：“咋了？又出啥事了？”

马大民拿出二民留下的字条，让王小飞看。

王小飞看后，问马大民：“二民走，没跟恁当面说？”

马大民说：“俺喊他一起去窑厂，不见他答应，就去了他屋里，人没见着，却见到这张字条。二民去哪里，恁应该知道。”

王小飞说：“二民去找谷薇薇了。”

马大民一副吃惊的模样，说：“找谷薇薇去了？他知道谷薇薇嫁到了哪里？即便是找到了，人家男方会让他把人领走？他到人生地不熟的地方去拐人家媳妇，让人发觉会被打个半死的。他头昏了，去做傻事，你跟团结两人没头昏啊！你们咋就让他去干这种没头脑的事啊！”

王小飞见马大民抱怨他和郑团结，说道：“俺们一直在劝他，恁说的话俺们也这样给他说过了。二民的脾气恁不是不知道，他认下的事，谁能劝得动？”

马大民担忧地喃喃说道：“他身上没有钱，又一点儿目标没有，到哪里找去啊！”

王小飞说：“恁也甭太担心，二民不是小孩子了，就是要饭也饿不着他。他现在心里苦得很，让他出去走走跑跑，也许能缓解一下他心里的苦楚。”

马大民长叹了一声，问王小飞：“俺一直忙窑厂，二民也没给俺说，他跟谷薇薇不是说好一起逃婚的吗，咋没逃呢？”

王小飞听罢，就有些怨气地说：“二民跟谷薇薇两人没逃成，人家不知道，恁还能不知道？”

马大民听王小飞这样说，便疑惑道：“二民没给俺说过，你又没给俺提过，俺咋就知道了？”

王小飞说道：“那天晚上，不知道是谁提前给谷薇薇父母报了信，谷薇薇父母早做了防备，谷薇薇人不光没带出来，二民膀子上还挨了谷薇薇父亲一棍子。”

马大民问道：“是谁跟谷薇薇父母报的信？”

王小飞没有直接搭话，他瞧着马大民说：“那天晚上二民给恁说过这事是吧？”

马大民就瞪了眼，说：“你们不会怀疑是俺报的信吧？”

王小飞想了想，对马大民说：“知道这事的刘海锋、江红霞、夏丽萍是支持二民的，并且一直给二民出谋划策，他们不会找谷薇薇父母通风报信。俺跟团结更不会吧？”

马大民冷了脸说：“依你的意思，这个不会，那个不会，那只有俺了是吧？”

王小飞说：“依恁跟二民的兄弟感情，恁应该不会去报信坑弟弟的。那天晚上恁有没有跟媳妇提起过这事？”

马大民很坚定地摇了摇头，说：“没有，俺从来没有给孙桂丽提过半句。”

王小飞就仰着脸，喃喃道：“那这就不好说了，反正走漏风声的就在这几个人里面。”

马大民回到家里，把弟弟二民去外地寻找谷薇薇的事告诉了妻子孙桂丽。孙桂丽撇了一下嘴说：“还嫌不够丢人啊！又弄了这一出，让人知道了，又是一个笑话。早先要不是俺给姥爷姥娘报信，他跟小姨早跑远了。那样的话，姥爷姥娘真就没脸见人了，非跳河不可。”

马大民惊诧道：“二民跟谷薇薇要逃婚的事，是你去西洼报的信？”

孙桂丽说：“是俺报的信。”

马大民问道：“你咋知道他们要逃婚的？”

孙桂丽就笑了一下，说道：“那晚恁弟兄俩在堂屋说话，俺听到了。”

马大民听妻子这样说，数落她不是，不数落她也不是。他仰起脸来，重重地哀叹了一声，对妻子说道：“恁这一报信，维护了恁姥爷家的名誉，怕是也毁了俺们兄弟俩的信任。他找回来谷薇薇便罢，要是找不回来的话，他会怨咱们一辈子的。”

孙桂丽便说道：“是非曲直要讲个理情，人做事也要讲个礼义廉耻。大家伙都觉得丑的事他偏要做，这事咱是真的不能支持他。他不懂事做糊涂事，咱可不能随他一起糊涂。他怨咱让他怨去。”

马大民对妻子孙桂丽的话，不好说对，也不好说不对。他担心地说道：“人海茫茫的，二民到哪里找人去？他身上又没有钱，在外边咋吃咋住啊！”

孙桂丽说道：“甭说他漫无目标地去找，就是给他说是安……”孙桂丽嘴里刚要蹦出“徽”字来，发觉要说漏了嘴，便马上改了过来接着说道：“就是知道哪家哪户，外地那么大，能那么容易去找？恁也甭担心，二民是大人了，说不定他出去几天，受受苦、做下难，倒把事情想开了，就回来了。”

马大民哀叹一声，说道：“是好是歹，只能随他去了……”

2

马二民外出去找谷薇薇了，王小飞在窑厂干得也没了劲儿，三天打鱼，两天晒网。父亲王玉明看不过，就责备儿子王小飞懒惰。王小飞不是说自己肚子痛，就是说自己腿疼、胳膊疼，弄得父亲王玉明赶他去干活也不是，不赶他去干活也不是。王玉明认为当个庄稼人最让人看不起的就是懒惰，常言说人勤地不懒，你跟地懒一分，地就敢跟你懒两分。现在分田到户了，人人都摽着劲儿地鼓捣田地，就是为了能一分付出换来一分收获。儿子大了，到了该说媳妇的年龄了，要是落下个懒汉、二流子的名声，那可就难找媳妇了。

王玉明是一个纯粹的庄稼汉。在生产队里劳动时，无论别人怎样偷懒耍滑，他总是勤劳踏实，埋头做好自己的活。再累的活他从不说累，再苦的活他从不说苦。他认为庄稼汉干农活就不能说苦叫累，庄稼汉不受苦受累，粮食就不会丰收，人就不会得到温饱。王玉明对土地有种特殊的感情，他从没有感到过农活的枯燥和乏味，土地上春播一粒籽、秋收万担粮的神奇，让他对土地有种莫名的敬畏之心。他认为土地是有感情的，你对它厚爱，它也会对你友爱；你对它付出，它也会给你回报。现在实行包产到户，王玉明分到了四亩田地，他对分到的土地更看重了，施肥、除草、浇水、打药，把田地鼓捣得地肥苗壮。看到自己种的庄稼生长得旺盛茁壮，他心里不由得就涌出一股成就感和自豪感，他是真心地把种地当成他一生的乐趣和爱好了。他打算让儿子小飞跟自己一起种地，一是自己种地能有个帮手，二是儿子不是个省油的灯，在自己身边也能好好管束教育，免得走了弯道。

王玉明是一个闲不住的人。尽管王玉明有事没事就往地里去，可还是有大把的空闲时间无事可干，这些空闲时间让他有点无所适从，不知道怎么办才好。他觉得分到的四亩田地太少了，要是能再分到五亩六亩的就好了，那样自己就能有事干，也不会感到没趣和无聊了。从生产队那种一年四季日出而作、日落而归的生活状态，一下变成劳动时间自己可以支配，而且空闲的时间远远多于劳动的时间，这样的变化，让他一下子很不适应。可是不适应又有什么办法呢？让他忙完自家田地里的活，再替别人忙活，他肯定是不干的。不过天下无难事，只怕有心人，热爱种地的王玉明在一阵琢磨后便开始了他的拓地计划。

出东洼村往东五六里地就是微山湖，一条拦湖大堤由北向南横亘其间。大堤以西是万顷良田，大堤往东是草青水秀、碧波荡漾、一眼望不到边的微山湖，京杭大运河傍着大堤穿湖而过。大堤东坡下面，有一段筑堤时留下的土台子。这段土台子顺着大堤蜿蜒而走，土台子上不时有凸起的土堆。土堆有小有大，有低有高。微山湖水大时，水就漫了土台子和小土堆；水小时，土台子和小土堆上能种些庄稼。这样的土地，多是春天下种，到秋天多雨时节被淹。再说这段土地高低不平，犁耙起来也很费工夫，生产队没有哪个队长敢冒这个险在大堤东坡播种庄稼。王玉明去大堤上遛了几趟，他看中了大堤东土台子上的一个地方，并且心里有了自己的盘算。他不敢耽搁，生怕有人和他想到一处抢了先，便马上去了生产队队长王巨才家里。

这时正值中午饭后时光，吃过午饭的王巨才正躺在院子里一棵大梧桐树下的一个小床上乘凉。见本家王玉明来到门上，王巨才便从小床上坐了起来。现在田地都包产到户了，各家管各家的地，不用队长早喊上工、晚喊收工了。除了村上有婚丧嫁娶、队里的水渠修修整整需要队里派派人员外，没有多少事情要做了。过去生产队人多事杂，这个来家找，那个来家问，总得不了清闲。现在生产队事少了，王巨才也清闲了，十天半月家里见不到一个上门的人，这反而让他有了一种失落感。

王玉明一边往梧桐树下走，一边说："大哥，耽搁恁歇息了。"

王巨才问道："玉明，你有啥事？"

王玉明先掏出一支烟来递了过去，说："大哥，小飞不小了还不省心，本来在窑厂干得好好的，但现在三天打鱼两天晒网的，说不干就不好好干了。都到了说亲的年龄了，要是混成个懒汉、二流子，恁说可咋办？"

王巨才燃着了烟，吸了一口问道："小飞这样，你咋打算？"

王玉明便说道："俺想，他既然不想在窑厂干了，俺就让他跟俺一起种地，好好管管他，狠狠累累他，磨磨他的性子。”见王巨才没搭话，他接着说道：“可是俺那四亩地还不够俺一人侍弄呢，俺想拾点荒地、孬地种种，这样也好让他下下力气。”

王巨才说：“生产队大田小地都分了下去，哪里还有孬地、荒地啊！”

王玉明就说：“大哥，生产队大田小田俺都不想，俺想在大堤东边属于咱队的土台子那里开一片荒地种点作物。”

王巨才说：“咱队的土台子？那不是一个长满荒草的大土堆吗？你们爷俩在那开荒种地？那不是瞎折腾吗？”

王玉明就叹了一声说：“大哥，恁说对了，俺开荒种地，开好开孬、种好种孬俺不在乎，俺主要是想累累小飞，磨磨他的性子，也好让他做个正派人。”

王巨才就想了想，说：“小飞这孩子是该好好教导教导了，让他吃点苦也是好事。反正大堤下的土台子是荒地，你既然不怕花气力去侍弄，你去开荒就是了。”

王玉明听罢，谢过王巨才，便满心得意、精神抖擞地回了家。

王玉明回到家，对儿子王小飞说：“你不想在窑厂干了，就甭干了，来跟俺种地吧。”

王小飞听父亲说让他辞了窑厂的活计，跟父亲一起种地，心想家里分到的四亩地他们爷俩种，那倒是累不着，并且又比在窑厂自由得多，于是他应道：“好。”他去窑厂找到马大民，辞掉了窑厂的活计。

王玉明把分集体财产时抓阄抓来的一辆地排车修整了一遍，给车轱辘打足了气，用磨石磨了两张镰，又磨光磨利了两张铁锨。王小飞对父亲的忙活不明就里，就问父亲：“大，恁又是整车子又是磨锨的，这是要干啥去？”

王玉明说道：“你以为俺让你从窑厂下来跟俺种地，只种咱家这四亩地？那样一年干不了仨月的活，那还不把人闲出毛病来？”他瞧了儿子一眼，接着说道：“从明儿开始，跟俺去大湖边上开荒去。”

王小飞有些疑惑，问：“大湖边？开啥荒？”

王玉明便说：“俺已经跟生产队说好了，准许咱在生产队大堤东坡下面土台子上的大土堆上开荒种地。咱好好整治整治,种上作物,能有不少收获呢。”

王小飞听罢,心里暗暗叫苦,这大湖边上开荒岂是易事啊!他见过生产队大堤东坡下面的那个大土堆,在他看来,那哪是一个土堆啊,那简直就是一个土山,整治这个土山,爷俩还不累成个鬼?他眨巴了一下眼睛,说:“那么大的一个大土堆,咱们俩去整治,要整到何年何月?就是整治好了,人怕是也累出毛病来了。”

王玉明瞪了儿子一眼,说道:“学校没教你们‘老三篇’吗?‘愚公移山’不知道吗?人家愚公山都搬得动,咱这么一个小土堆算个啥呀!还累出毛病?庄稼人没有累死的,都是闲死的。”

王小飞想了一下说道:“恁光说生产队准许了咱开荒种地,立没立下字据?咱要是费了天大的力气整好了地,有人眼红去找大队、生产队的麻烦,生产队把地给咱们收回去,咱力气不是白下了吗?”

王小飞本意是想给父亲出道难题,好让父亲知难而退。不想王玉明听了儿子的话,抬手拍了一下自己的脑门,说道:“还是年轻人的脑子好使,想事情想得周全,俺这就去找队长立字据去。”说罢他走出院子,去大队代销店里买了包“大前门”烟,朝队长家里走去。

王玉明来到队长王巨才家里,见了王巨才先递上一根烟,说道:“大哥,俺这两天想了想,总觉得俺开荒种地这事还有不妥当的地方。”见王巨才看着自己不言语,便接着说道:“大哥,俺要是开了荒、种了地,有人眼热对恁提意见,说恁照顾本家兄弟,也要去开荒咋办?”

王巨才的眉头皱了一下,他想王玉明说得不无道理,要是有人提意见,说自己不商不量拿集体的土地让本家人去开荒,自己还真说不清楚。他一边心里盘算着,一边问王玉明道:“那,你说咋办?”

王玉明便说道:“为了不给大哥落下影响,俺想咱们以生产队跟个人的名义立一个字据,就像家家立的承包土地合同一样,定个年限啥的。”

王巨才说:“集体跟各户立的承包土地合同,那是有义务的,是要上缴公粮的。你要是立的话,也需要向集体上缴点承包费什么的,这样才能堵住别人的嘴。”

王玉明思忖了一下说：“大哥，恁看，俺开荒的那个大土堆，荒草湖棵，想整好种地，不出牛马力甭想弄好。即便是弄好了，地在土台子上，遇上湖里大水，啥都收不成。那种地方种地，就是靠天。风调雨顺了还好，风不调雨不顺时，那就是白搭种子、白搭力气。不过为了不给大哥恁落下影响，俺愿意给集体出点承包金，承包金上大哥恁酌量定一下就行。”

两人经过一阵商量，写下了如下承包合同：

土地承包合同

兹有我队社员王玉明，在我生产队地段，大堤东坡下面土台子上的大土堆上开荒种地，经研究，承包合同如下：

一、承包期限为十年。

二、因大土堆荒草遍坡，开荒难度大，免除头三年承包金。

三、三年后，双方以土地面积商定承包金额。

四、如果承包期间，因集体需要或者上级因公占用、运河治理等情况发生，承包方应无条件将土地归还集体，个人所受损失，经集体评估后，适当给予补偿。

甲方：第二生产队

乙方：王玉明

一九七九年八月十日

合同被写成两份，队长王巨才代表集体，王玉明代表个人，在合同上签了字、摁了手印。队长王巨才留了一份，王玉明留了一份，算是完成了土地承包合同的签订。对于这一份承包合同的签订，王巨才心里很高兴。大堤下的这个大土堆虽然属于生产队的地盘，可不属于生产队的大田小田范围，是作为荒滩野地存在的。如今王玉明承包了，三年后他就需要往生产队上缴承包费了，这样的闲荒之地，能给生产队创造些财富，岂不是好事？有了这份合同，王玉明心里也踏实下来。合同定了十年，并且前三年没有承包费，等三年后再商议承包费的事。只要王巨才还是生产队队长，承包费自然会照顾自己。想到这里，王玉明心里很舒坦、很称心。这份合同的签订，让王巨才、王玉明两人都很满意、高兴。

3

王玉明带着儿子王小飞开始了开荒造田行动。天不亮王玉明就让媳妇做好早饭，把儿子叫醒，两人吃过早饭，带上午饭和水，拉上地排车，装上镰刀、铁锨，就去大湖边开荒。

大土堆上长满了一人多高的臭棵草、毛苇子、野箐棵子，开荒种地要先把这些草棵子除掉，于是王玉明带着儿子王小飞拿起镰刀，先割除这些野草棵子。大伏天里在一人多高的野草丛中割草，实在是件让人难耐的事。清早那段时光还好受一些，当太阳从东边出来，由红慢慢变白，再由白变得炽白，风好像被白烈烈的日头给晒跑了，草丛中没有一丝的风。人在草丛中就如同在蒸笼里一样，满脸有擦不完的汗水，被汗水浸湿的衣裳贴在身上，难受极了。

王玉明光着被晒得黢黑的脊梁，脖子上搭了一条擦汗的破毛巾，草帽也不戴，挥舞着手中的镰刀，身后是一片片被割倒的野草棵子。这样炎热的天气，一点儿也没有影响王玉明的干劲，他似乎很是享受这种环境下的劳作。他挥着手里的镰刀割着野草棵子，有时直起腰擦一把脸上的汗水，然后弯下腰去继续割草，有时嘴里还会哼上两句“二呀嘛二郎山，高呀嘛高万丈，枯树荒草遍山野，巨石满山岗……”或者“困难吓不倒英雄汉，革命传统代代传……”

王小飞不敢跟父亲一样光膀子，他之前曾见过父亲因为在烈日下光膀子劳动，脊梁被晒爆皮，整个脊梁斑斑驳驳，起伏着一层层的白皮，难看得很。尽管他没停没歇，也没留力气，仍然被父亲撇在后面好长一段。汗水使得他攥镰把的手一个劲地打滑，这让他割起野草来很是不得劲。一阵子下来，他的手心里被磨出两个泡来。磨了两个泡的手攥起镰来既疼又碍事，于是他割了一截细苇子，用镰刀削了个尖，把两个泡戳烂了。随着从泡里流出的血水，一股钻心的疼使他嘴里不由得发出“吆吆”的疼痛声。

听到前面父亲在哼唱二郎山、英雄汉，王小飞却想张嘴大哭。他后悔自己早先咋就没跟二民一起去找谷薇薇呢，哪怕是要饭，也比在这里受这个罪强啊！想到二民，王小飞就忽略了手的疼痛。二民去找谷薇薇，身上几乎没带钱。没有目标，人海茫茫，哪那么容易找到啊！他跟郑团结两人曾极力劝二民，让二民不要急着去找谷薇薇，待打听清楚她嫁到哪里再找也不迟，可二民不听。怪精明的一个人，咋就为了一个女子变得这么傻了呢？唉……

王小飞和父亲早出晚归，顶着毒日头，带着午饭和水。带的水喝完了，他们就去大湖边上喝大湖的水，热得实在是受不了了，就光着身子跳进大湖里洗个爽快澡。爷儿俩在大堤下的土堆上忙了整整三天，才把土堆上的野草棵子割完。王玉明站在高高的光秃秃的土堆上，双手叉腰，面向大湖，看着大湖里一条条鼓着白帆的船或北上或南去，他的脸上表现出一副豪气，嘴里又哼出几句：“我坚决在农村干它一百年……”他转过脸来，指着满地被割倒的野棵子对身后的儿子说：“咱回家歇上两天，待这些野棵子晒干，咱再一把火点了烧荒，过后咱再开始削这个土堆。”

王小飞一脸愁容，说：“这么大一个土堆，啥时候能弄平啊！”

王玉明便说道：“人家愚公移山都能移，咱移个土堆移不了？”

王小飞就说：“那是神话传说，不是真的。”

王玉明说道：“愚公是传说，大寨不是传说吧？人家能把一座座山改造成梯田，这不假吧？毛主席都说了，‘世上无难事，只要肯登攀’。俺估摸把这个土堆弄平，少说也能弄出十来亩田来。咱们花它个一月俩月地弄出十来亩好田，你说咱是赔还是赚？”他顿了一下，很有气势地挥了一下手接道：“那可是大赚了。到时候咱在这里想种啥就种啥，吃不了、用不了，就卖余粮给国家，攒下钱来也好给你说个媳妇。”

王小飞就说：“大啊，等把这个土堆弄平，俺怕也累得没个人样了，哪个姑娘会看上俺呀！”

王玉明便说：“甭打怯，儿子。整土堆的时候，你累了就歇歇，干活的时候你留着点力气,啥事有你大俺呢。”

王小飞掰着手指头算,马二民出去十二三天了,他一直想着外出的马二民,也一直替马二民担心。最担心二民的还是他哥哥大民。马大民一有空就找到王小飞,问他有没有二民的消息。没有电话、没有发报机,哪里能有二民的消息啊!马大民担忧弟弟二民身上没钱,一人在外,咋吃咋喝咋睡;担忧弟弟碰上难处,一时想不开做下傻事;担忧弟弟如果找到谷薇薇,男方会不会把他当成拐人家媳妇的坏人,打他个半死。马大民有心去找弟弟,可是不知道弟弟现在在何处,到哪里去找?再说窑厂一大摊子事也离不了自己。

见马大民一副焦虑的模样,王小飞心里想,现在知道担心二民了,当初你干吗了?要不是你泄露了二民和谷薇薇逃婚的事情,怎么能出现如今的局面?不过这话只能在心里说,王小飞是万万说不出口的,能说出口的话,也只能是安慰的话:“二民也不是小孩子了,现在不似冬天,当下天气热,走哪里随便找个地方睡一觉,不会有事的。饿了走谁门上讨口饭吃,人家都会给的。至于找到谷薇薇,希望不大,等他找得灰心了,他自会回来。”

马大民虽然明白这是王小飞宽慰自己的话,可是你不接受这样的安慰,不去这样想,又有什么办法呢?

三天后,王玉明一把火把土堆上晒干了的野草棵子烧了个干净,然后开始带着儿子王小飞平整土堆。爷俩依旧是拉上地排车早出晚归,为了不耽误时间,多干点活,他们中午带饭带水,不回家吃饭。爷俩先从土堆顶上干起,一车一车地装土,一车一车地推着倒掉。王玉明知道,他们爷俩要削掉这个大土堆,整成一片好田,不是三天五天就能成的事。这事躁不得、急不得。要是把儿子累成个痨伤,那可是一辈子的事,怕是媳妇都说不上,那可就得不偿失,到时后悔也晚了。

装土倒土时,王玉明经常问一下儿子累不累,累就歇一会。即便是儿子说不累,他有时也会主动停下来招呼儿子一起歇上一歇。他跟儿子说:“咱不急,慢慢干,累了就歇歇,反正没人催咱们。一个月干不完咱干俩月,两个月干不完咱干仨月。”

王小飞随着父亲慢慢地适应了这种劳作,并且慢慢喜欢上了这种“愚公移山”的生活。虽然天天装土、推土、倒土,干得有点枯燥单调,可是最起码自己是感到自由的、无拘无束的。放眼望去,大湖上一眼望不到边的碧水,大片的芦苇荡,大片的藕荷,飞飞落落鸣叫着的湖鸟,飘扬着渔歌的帆船,这些都让自己感到一种心胸豁敞和愉悦。

随着土堆上的土被一点一点地运走,王小飞也就畅想着土堆被搬完、土地被整好的那一天。十来亩的田地,对一家一户来说,那可不是一块小田啊!到那个时候,在这么一块大田里,他要鼓动父亲多种些作物,不光种庄稼,还要种上芝麻、花生、红芋、西瓜。想到种西瓜,王小飞心里兴奋起来。他想着到时种上几亩西瓜,在地中央用棍棒高高架起一座草庵子,地上支上锅灶做饭,坐在草庵子里看瓜,饿了吃馍,渴了吃瓜,那该多么惬意啊!想到在瓜棚看瓜,王小飞不禁想起了鲁迅《故乡》中描写的少年闰土晚上看守瓜园时的情景。要是遇到一个月亮如盘的夜晚,自己看守瓜园,岂不是跟鲁迅笔下的看瓜少年闰土一样?同样是墨蓝的天空中,一轮圆月挂在上面,不同的是闰土的瓜园是在海边的沙地上,自己的瓜园是在大湖边上的土台子上。说不定自己还能遇上书上所说的趣事。想到这些,王小飞的心里有了向往和期待,对开辟这片土地也有了干劲。

王玉明和儿子王小飞在大堤下的土堆上干了一个多月,土堆被削掉了一大半。但是把土堆整成跟土台子一样高,估摸还需一个多月的时间。作为一个合格的庄稼人,王玉明对土地的治理和使用还是很有经验和心得的。王玉明不想把土堆整成和土台子一般高,他打算把自己整出来的地比土台子高出一些来,以防大湖里上水时淹了庄稼。至于上大水,把高出土台子的土地也淹了,那就听天由命、由不得人了。总之,留点余地没有差错。王玉明跟儿子说,再干上半月二十天地就成了,把整出来的土地留高一些,防着湖里水大淹庄稼。

这一日晌午,王小飞正和父亲在大堤下忙活着,就看见大堤上站着一个人朝他们这边看。王小飞仔细一打量,觉得那人像是马二民,他朝那人挥了挥手喊道:“二民。”那人没搭话,仍然站在那里。王小飞揉了揉眼睛，再打量。当他确定站在大堤上面的人就是马二民时，他扔下手中的铁锨，一边叫喊着“二民”，一边朝大堤上边跑去。

王小飞跑上大堤，在离马二民几米处站住了。此时站在王小飞对面的二民顶着一头蓬乱肮脏的头发，黑瘦的面容显出一副疲态，一身衣裳脏得已经看不出原来的颜色，脚上的鞋子都露出了脚指头。见二民这副模样，王小飞鼻子一酸掉下泪来，说：“二民，恁受罪了。”

马二民没有接王小飞的话茬，他轻轻摇了摇头，脸上表现出一种凄然，说道：“小飞，俺没能把谷薇薇找回来，俺真没用。”

王小飞说：“二民，这事不能再纠葛下去了，再这样下去就把自己毁了。你为了找谷薇薇把自己弄成这样，谷薇薇知道的话，她心里一定会感到欣慰的。”

马二民喃喃说道：“她上哪儿知道去啊！”

两人面朝大湖，在大堤上坐了下来。眼前宽阔的微山湖似乎让马二民的心情豁朗了些，他向王小飞问了一些家里的事，王小飞就向他说，自从他外出去找谷薇薇，自己便不想在窑厂干了，正好父亲承包了大堤下这个土堆，自己就随着父亲在这里整治土堆了。王小飞本想问马二民这一个多月在外面找人的情况，可他想了想，既然二民不说，还是别问的好。王小飞问马二民回家了没有，马二民摇了摇头说：“俺一回村就先去了你家，听恁娘说恁在这里开荒，俺就来这里了。”

王小飞说：“自从恁外出后，恁哥哥三天两头去问俺有没有恁的音信，恁哥哥是真担心了。事情反正就这样了，还是面对现实忘了谷薇薇吧。这件事上也甭太记恨恁哥、嫂了。”

这时，王玉明手里拿着盛馍的布包，拎着水罐子，从堤下走了上来。二民跟他打过招呼，他从布包里拿出一个馍来递到二民手上，说：“二民，饿了吧，先吃个馍吧。”见二民接过馍去大口大口地吃起来，王玉明便叹了一声，接着说道：“二民啊，想开些。姻缘本是前生定，不是姻缘莫强求。认命吧，好好干，好好做人，不愁找不下好媳妇。”说罢，他把盛馍的布包和水罐子放在了儿子和二民面前，一边往堤下走，一边对儿子小飞说：“你跟二民这么长时间没见了，今儿下午咱就不干了，你跟二民去湖里先洗个澡，回家带二民理个发、换身衣裳，两个人好好说说话。”

出去了一个多月的弟弟归了家，让马大民的心里宽松下来。下午他去公社大街上的熟食店里买了二斤猪头肉、二斤猪大肠。晚上，他又让妻子孙桂丽炒了一碗自己种的茄子、一碗豆角，凉拌了一个蒜泥黄瓜；又去大队代销店买了两瓶“微山湖大曲”，喊上刘海锋、王小飞一起来家里陪弟弟二民吃饭说话，借此一起开导开导弟弟。为防弟弟借酒消愁，马大民便提前嘱咐刘海锋、王小飞，千万不要让二民多喝酒。

晚上，在马大民家堂屋里，马大民、刘海锋、王小飞、马二民围在一起喝酒说话。作为哥哥，马大民说了这一个多月对弟弟的担忧和牵挂。刘海锋、王小飞则开导二民，既然事情不能回头，就一切向前看，该放下的事情就放下。对于这一个多月自己在外面的遭遇和寻找谷薇薇的过程，二民只字不提，即便哥哥和刘海锋问自己这些事，二民都以沉默或者转移话题避开。几个人见二民有意避开话题，便也不再触及这个话题。二民话很少，酒也不多喝。他们说些别的话，二民也很少搭腔，这就使得桌上的氛围显得有些尴尬和沉闷。刘海锋在桌子下偷偷地拍了一下王小飞后，说：“这么些天在外面吃不好睡不好，二民怕是也疲累了，就让二民早点歇息吧，反正往后咱们有的是时间说话。”说罢，他和王小飞两人便起身告辞。

刘海锋这样说了，马大民也就不再相留。待马大民、马二民把刘海锋、王小飞送出院子回来，马二民对哥哥说：“哥，天不早了，恁明儿还要早去窑厂，恁也早点歇息吧。”说着就往自己屋里走。马大民明白这是弟弟在躲避自己，不想跟自己深谈，便朝弟弟轻轻叫了声：“二民。”

马二民转过身来，问：“哥哥，恁有啥事？”

马大民犹豫了一下，说道：“二民，甭怨恁嫂子，都是哥哥不好，让你受苦了。”

马二民低头沉默了一会儿，淡淡说道：“俺谁都不怨，都怨俺自己。”说罢进了屋关了门。马大民瞧着弟弟二民关上的屋门，呆呆地站了好一会儿才回屋去。他知道弟弟二民对他和孙桂丽心里有疙瘩了，这疙瘩怕是一时半会难解开……

第七章

1

窑厂运行的情况比马大民预料的要好。万事都是开头难，原本担心烧出来的砖不好卖，马大民筹算的最好的结果就是，头一年的收益能把工人工资、窑厂开销抹平，自己不赚钱也不折钱就谢天谢地了。不过，就眼下窑厂的生产情况看，年底能盈利还是很有希望的。

刘海锋凭着自己早先当老师时认识的同行，帮马大民在周边几个学校推销了一些砖。因为马大民窑厂烧出来的砖质量好、价格低，周边几个村庄有修房子盖屋的，也都到马大民窑厂来买砖。尽管这样，窑厂生产出的砖的数量还是远大于砖的销量，砖的销路依然是件让人糟心的事。

让马大民糟心的还有弟弟二民。自从二民出去一个多月回了家，一直没有去窑厂。马大民觉得弟弟在外边一定吃了不少苦、受了不少罪，他在家愿意歇几天就歇几天吧。让马大民感到忧闷的是，归家的弟弟好像换了一个人似的。过去，兄弟俩常常说些窑厂生产、邻里交往、与人相处的事，几乎是无话不谈。现在二民却是整日沉默寡言，从不主动跟他和孙桂丽说话。跟二民说话，三五句换不来一句话。即便是二民答上一句，也是很不情愿、很敷衍。过去吃饭，一家人围在一起吃；现在吃饭，二民总是端起自己的碗去自己屋里吃。兄弟间这么明显的生分,让家里每一个人都觉得有些尴尬。这样的情形让马大民既感到伤心难过,又感到很是无奈。

这天晚上吃晚饭的时候,二民没有去自己屋里吃饭,马大民心里感到意外之余,知道弟弟是有话要跟自己说。弟弟要跟自己说什么呢?说自己在外找谷薇薇的事?还是窑厂上的事?他想,无论弟弟跟自己说什么,自己都要低声静气、心平气和地跟弟弟谈。果然,二民看了看哥哥,又瞧了一眼嫂子孙桂丽,开口说道:"哥、嫂,俺跟你们商量件事。"

马大民就满脸柔和,轻声说道:"二民,有事你就说,只要哥办得到。"

二民低头略一思忖,抬头说道:"哥、嫂,俺也不小了,俺考虑咱们总不能一个院子同住一辈子,俺想出去一个人过。"

马大民没想到弟弟二民会提出分出去一个人过,一时间犯了难,他不知道是答应弟弟好,还是不答应弟弟好。这时,一旁的孙桂丽说话了:"二民,依俺的意见,还是等你说上媳妇再出去也不迟。你现在就出去,街坊邻居知道的是你自己愿意出去,不知道的还以为是恁哥和俺把你撵出去的呢。"

因为自己跟谷薇薇的事,本就对嫂子有成见的二民听嫂子这样说,便说道:"嫂,恁咋就那么在乎街坊邻居的闲话胡说呢?哥、嫂,俺二民从心里感激你们把俺从小带大,也从心里感激你们一直对俺的照应和爱护,这些街坊邻居也都看在眼里,你们对兄弟的好,俺是一辈子也忘不了的。"二民顿了一下,接着说道:"你们对俺再好,咱们总有分家的时候,俺大了,也想一个人搬出去安静安静。"

马大民思虑了一下,说道:"二民,俺觉得恁嫂子说得还是有道理的。你大了,到了该说媳妇的年龄了,你现在搬出去一个人过,提亲说媳妇时怕是女方会挑剔,你现在出去俺也觉得不合适。你看这样中不中,等你提了亲说下媳妇再出去行吗?"

马二民就说道:"哥,俺个人的婚事,俺一时半会不考虑,恁跟嫂子都不要为俺操心。俺心里有道坎还过不去,俺想一个人出去想一想、静一静。哥,俺不要恁太费力费钱,给俺盖两间屋就中。"

马大民明白弟弟说的心里那道坎是什么,却不好说破。看样子弟弟二民是打定了主意要出去一个人单过,马大民便对弟弟说:"你既然执意要出去,俺就只好依了你。至于盖屋的事,不用你操心。这屋在哪儿选地盖,等明儿咱一起看看再定吧。"

夜里,马大民和妻子孙桂丽被弟弟二民出去单过的事搅得一时睡不着。马大民在床上长吁短叹,他担心弟弟二民出去一个人过,对弟弟说媳妇会有影响。弟弟跟谷薇薇的事,闹得旁村近庄的都知道了,弟弟又一个人外出漫无目标地找了人家一个多月,让本就传得沸沸扬扬、不合理情的恋情,更增添了人们茶余饭后的话由。一个农村未婚青年,没爹没娘就够让女方嫌的了,再加上名声不好,这提亲说亲肯定不顺当。马大民也有跟妻子孙桂丽一样的担心,那就是弟弟没有成家就一个人搬出去单过,外人会怎么看待自己跟妻子?人们会不会说哥哥和嫂子嫌弃弟弟,容不下弟弟,才把弟弟赶了出去?

孙桂丽见丈夫翻来覆去睡不着,便轻声说道:"大民,二民心里的那道坎,就是嫌俺坏了他跟小姨逃婚的事。从二民外出去找小姨,俺就在心里自问,在反对二民跟小姨好的这件事上,难道俺错了?大民,你说俺把他们逃婚的事告诉了姥爷姥娘,俺错了吗?"

听妻子这样问,马大民没有犹豫,说道:"恁没错,恁也甭去自责,这样也许是最好的结果。想想要是他们逃婚成功,他们、咱们,怕是一辈子都会成为外人的笑话去说去传。二民要是因为这件事记恨咱的话,那咱也是没办法。就让他恨去吧,是非曲直外人也会有个评断。"马大民轻叹了一声,接道:"二民毕竟比咱们小,脾气有点倔,有些事上甭跟他一般见识,咱对他做到问心无愧就行了。他也不憨不傻,咱怎样对他,让他品去吧。"

孙桂丽说道:"二民愿意出去就出去吧,他打定了主意,咱拦也拦不住。二民让咱给他简简单单地盖两间屋,那可不中。咱家开着窑厂,有的是砖,选个地儿,给他盖上三间堂屋,再盖上两间配房,垒上院墙,让这进院子在咱村都数一数二。让二民满意,他说媳妇时也好受人打听些,街坊邻居对咱也没话说。"

马大民听妻子这样说,便说道:“咱俩想一起去了,俺也是这样打算的。”

生产队实行包产到户时,村前村后有些旮旮旯旯的小块地,被当作自留地分给了社员,马大民兄弟也就在村后分到了三分自留地。马大民跟几个自留地相邻的邻居一番商量,把自家的三分自留地倒换成一块紧靠路边的方块地,来给弟弟二民盖屋垒院。

盖屋的地儿有了,马大民紧接着找泥瓦匠班。正巧本村在部队当工程兵的马洪光从部队复员回家,见土地包产到户了,村里闲散劳力变多,便自己挑头组建了一个十几人的泥瓦工建筑队。马二民要盖的房屋院落,是他们这个建筑队成立后接下的第一个活计。

在庄稼人都不富裕的年代,很少有人家盖新房、建新屋,即便有盖屋的人家,也多是盖砖泥混合的屋子,就是在地基上面砌上几行砖隔潮,砖上面全部用土坯或者是掺了碎草的泥培上去,屋顶也多是用湖里的茅草苫顶。对庄户人家来说,砖瓦都是稀罕物。手头宽绰一点的,就多买点砖,地基上面多砌几行砖;手头紧巴的,就少买一点砖,地基上面少砌几行砖。瓦也是两边山墙上用一点,用来压住苫顶的茅草不被风刮。马大民给弟弟二民盖院落,墙全部用砖,屋顶全部用瓦,这在东洼村应是头一家。并且马大民嘱咐了,砖瓦建材不是问题,房屋院落尽力往好处盖。

对建筑队成立后的头一桩活,建筑队队长马洪光很是看重。这头一桩活干好干孬,直接影响建筑队往后的声誉,所以这头一桩活只能干好,不能干孬。马洪光在部队干的是建房架桥的工程兵,对施工放线、识图、砌墙、粉刷样样熟悉,在农村盖一处房屋院落,对他来说算是小事一桩。让他忧虑的是,建筑队里的几个泥瓦匠多是和泥打墙、茅草苫顶出身,对砖瓦活计干得很少。他们对二五墙体砌法、三七墙体砌法、五〇墙体砌法都不懂,盖屋时就得马洪光手把手地教了。好在砌砖盖瓦的活计不复杂,他相信这一桩活计干下来,几个泥瓦匠就能学会砌砖上瓦了。

既然马大民嘱咐了，要把屋子、院子往好处盖，建屋的材料足着用，马洪光自然是要上心了。为了这头一桩活计能一炮打响，成为建筑队的一个门面活，见过世面的马洪光不想把这个院落建成村上千篇一律、没有美感的土房样式。他觉得，如果不把这个院落建成三村五庄都少见的屋院，也实在是对不住主家足着用的砖瓦和自己在部队学到的一身建筑本领。马洪光对主房怎样盖、配房怎样盖在纸上进行了设计。他把三间主房设计成明三暗五、外跨廊檐，留有两级台阶式的。为了更好地采光和通风，他一改农村房屋中常见的小窗窄门，设计成大窗户、大屋门。不过这样的设计，建屋费砖瓦、窗门费木料。

马洪光把画好的院子设计图拿给马大民两口子看，马大民和妻子孙桂丽对房屋明三暗五，还有外跨廊檐的设计非常满意，他们觉得这样既新颖又实用。马洪光见马大民两口子对自己的设计很满意，便说："恁俩对俺的设计要是没啥意见，俺就这样盖了哈。不过这样盖要费些砖瓦木料。"

马大民表现出一丝犹疑，说道："砖瓦木料的费些不要紧，不过这样的屋子、院子建起来，外人看是不是有些扎眼，说俺显摆招摇？"

一旁的孙桂丽便说道："咱们这是给弟弟二民盖院子，不是给自己盖。给弟弟盖院子就应该这样显摆招摇才好，这样对他说媳妇没坏处，外人也不会说咱慢待了弟弟。"

马大民听罢，便对马洪光说道："就按恁设计的样式去盖，缺啥俺备啥。"

盖屋、建院子对庄稼人来说毕竟是桩大事，备料找家什，事情烦琐得很，主家是离不得人的。马大民窑厂上事情多，离不开，而孙桂丽一个妇道人家家里地里忙，建房垒院备料找家什，这样跑腿的事她也不行。于是马大民就让弟弟二民什么也别干，专守在新宅基前，一来看护自家建材，二来服务建筑队。

马大民又请了木匠，把自家屋后的一棵大梧桐树伐了，下好方料做门窗。

因为这个院落是给马二民盖的，马洪光自然也把自己对房屋院落的设计拿给了马二民看。马二民看罢,便找到了哥哥大民,对哥哥大民说:“哥,窑厂算是刚起步,恁手里也没钱,恁不能浪费钱给俺这样盖屋。俺一个人住,两间主屋、一间厨屋足够了。”

马大民就对弟弟说道:“盖啥屋、垒啥院的事不用你管,你只管伺候着建筑队把屋子、院子建好就中。”

2

砖瓦门窗、梁架梁椽、水泥白灰一切准备齐全,一挂火鞭响过,马二民的院落建造开始了。

马洪光挑头组建的建筑队,是由东洼村三个生产队中十三个壮实能干的汉子组成的。这十几个庄稼汉都是建过屋、盖过房的,他们虽然很少砌砖弄瓦,可是对盖屋建房还是有技术底子的。屋墙全部采用二五墙的砌法,马洪光连示范加手把手地教,两天的工夫,就有五六个人能独自砌砖垒墙了。马洪光在教人砌砖的同时,一直给大家说,这样整个墙体全部用砖砌的屋子,在三村五庄也是少数,因为这是建筑队成立后的头一桩活,为了建筑队的声誉,干少干慢不要紧,务必用心干好,不出差错。

马二民的房子院落,马洪光是按照在部队施工的做法,先画好图纸,依图纸施工。房屋盖多高,门窗在什么位置、多少高度置放,廊檐外跨多少,外跨廊砖怎样砌,山墙的坡度多少,而且屋子是明三暗五的设计,内里山墙多,内里留置门多且有些复杂。为了施工方便,马洪光既画了正面图,又画了侧面图、剖面图,并且高度、宽度在图纸上都做了标注。

马洪光想把由一班子建茅草屋的庄稼汉组成的建筑队,打造成一班子建筑技术全面、施工规范、正规的建筑队,他给几个能拿起瓦刀砌砖的人,每人买了一把手卷尺,要求他们干活的时候必须按图纸施工。这些个庄稼人多是没有文化的汉子, 他们根本看不懂图纸上的侧面图、剖面图;就是有两三个读过两年书的汉子,面对马洪光标有数字尺寸的图纸,也是看不明白。马洪光在时还好说,如果马洪光有事离开或者去别的村联系活计，这班子庄稼汉们便蒙了头了。

看到几个庄稼汉对着图纸干瞪眼，马二民便也凑过去瞧图纸。马二民结合自己房屋的内外布局，再看看图纸上标注的数字尺寸，这些图纸在马二民眼里实在是不算复杂。这时，马二民接过图纸，指点着这些汉子该怎样砌砖垒墙，该怎样留门留窗。一开始几个人看马二民年龄不大，又没学过建筑，便疑疑惑惑信不过马二民。马二民看出来几个人对他的不信任，便对他们说："按俺说的干错不了，错了的话找俺。"见马二民这样说，几个人便依着马二民的指点去干。等马洪光从外面回来，查看一遍活路，还真是没出差错。几个人便在马洪光的面前夸马二民，说马二民如何心灵聪慧，画的房屋图纸一瞧就会。马洪光听罢几个人说马二民识得他画的图纸，也没感到惊奇。他觉得马二民毕竟念过初中，跟建筑队这帮不识字的庄稼汉比起来，算是有文化的人；再就是农家房舍院落的建造相对简单，马二民识得他画的图纸也不算稀奇。

马洪光几次去外村联系活计，都是马二民拿着图纸指点着建筑队干活，且没出过差错，马洪光便想故意难为一下马二民。于是，马洪光拿来自己复员时带回来的楼房图纸让马二民看。未承想，马二民接过图纸，低头默默看了一阵，除了图纸上一些代表建筑材料的符号他弄不明白，其他的什么基础墙的规格要求，楼房门窗的预留，楼层高度、宽度、长度，房间布局，马二民都能说出个八九不离十。马二民对图纸的感悟如此灵敏，让马洪光感到很是惊讶，他对马二民说："你是干建筑的料，你要是喜欢这一行，不嫌干建筑活苦累的话，去跟恁哥说说，就跟着我干吧。"

马二民打心里想学泥瓦工，想成为这个建筑队里的一员。与其说马二民想加入建筑队干泥瓦工的动机是心里喜欢，不如说让他真正喜欢的是建筑队这个集体的氛围。建筑队十几个汉子十几张嘴，一边干活一边你一句我一句地闲扯。说到兴处，就如家庭小喇叭里说相声似的，能让旁人听得哈哈大笑。说起东家长、西家短的事，你说你的看法，他说他的见解，能把一件事评说得妙趣横生。因为都是些汉子，所以他们荤话素话从不挡嘴，尽管汉子们粗野无忌的话会让马二民脸红，可是马二民对这样虽然粗野却又诙谐的话并不反感。这帮人即便相互抬杠，也能抬出滑稽诙谐的话语来引得人笑上一阵。

即使马洪光没提出让马二民加入建筑队，他也有了想加入的心思。他只是觉得能加入建筑队的人都是壮劳力，现在分了地，侍弄完地之后，人们有了大把的闲余时间，能在这个闲余的时间去挣钱，把日子过富裕，是每个庄稼汉的梦想和追求。想进这个建筑队的汉子很多，所以马洪光在众人当中挑了又挑，才组成了这个建筑队。自己年龄小，比力气，比不过这些壮汉；比技术，自己对摸砖砌墙、上瓦苫顶根本不懂。自己要是提出加入建筑队，马洪光推拒的话，两下都难堪。如今马洪光主动提出来让自己加入建筑队，马二民的心里自是十分欢喜。

其实加入建筑队真正吸引马二民的不是能挣钱，而是队里那种齐心合力、乐天开朗的氛围。能在这样的一个集体当中工作，什么样的烦恼都能慢慢驱走，什么样的忧愁也能慢慢缓解。马二民从心里觉得，这个建筑队正是当下适合自己的小集体。

在房屋院落快要完工的时候，马大民从窑厂来到给弟弟建的新院落。马大民对院落的布局、房屋的设计、新颖的建筑赞不绝口，他说过两年自己建房时，还是让马洪光给自己设计建造。马洪光就说："晚啥两年？何不凑弟弟建房的这个热乎劲儿，接着建得了。"

马大民就说："窑厂刚起步，还有账在身，现在还不中，等晚两年手上宽裕了再说。"

马洪光就感叹，说："自己手上一摊子事还没拉开栓，钱又这么艰窘，却给兄弟建这么一进亮鲜的院子，你大民这个做哥哥的做得真的可以。"

马大民便笑说："家有梧桐树，能引金凤凰。二民正是说媳妇的年龄，没个院落咋行？再说这院子建得亮鲜是你们建筑队的功劳，路人走过，夸这个院落建得别致大气，那还不是夸你们建筑队手艺高超？也把你们建筑队的名号打出去了。"

建筑队里就有人说："那可是，别的海口不敢夸，这个院子在咱们三村五庄的恁找去吧,要是有一家能比得上这个院落的,俺就倒着走。有这样一进院子,给二民提亲说媳妇,能增好大的光呢。"又一个人说:"就凭恁大民两口子的为人声誉,还有二民的人才长相、勤劳肯干,再加上这一进新院子,给二民提亲说媳妇,那还不是箩筐里选小鸡——拨拉着挑哇。"这话直说得大民仰脸哈哈大笑。毕竟盖这进新院子是要给弟弟说亲成家的,这样的话大民爱听。

半个月后,马二民的院落完工了。收工那日,建筑队里的汉子们就像新婚的日子打量跟自己配对的媳妇一样,对通过自己的手建造出的这个院落左打量、右打量,越看越耐看,越看越满意。有几个汉子就说:"啥时候咱自家也能住上这样一进院子,也就知足了。"马洪光就笑着对他们说:"跟着我好好干,就这样干,少则五年多则八年,我保证让你们都能住上新瓦房。"汉子们听后欢呼雀跃。

马洪光转身问马大民和二民对这进院子有没有不满意的地方,马大民对这进院子从心里感到十分满意,见马洪光这样问便说道:"真是没说的,真没啥可挑剔的。"

马洪光又问二民:"二民,你呢?"

马二民就笑了一下,说:"很好了,很好了。不过俺感觉要是外跨廊檐再能外来一点,那就更好了。"

马洪光闻言,呵呵一笑,说道:"要不我说你二民就是个干建筑的料吗。"马洪光顿了一下接着说道:"早先我是打算廊檐外跨五十公分的,为啥改成了现在外跨三十五公分?咱们是受条件所限啊!人家大地方造房建屋都是要用楼板的,毕竟砖的承重程度、连接强度都不如楼板,外跨多了容易脱砖脱瓦,所以我没敢多跨。"

马大民便说:"这已经很好了。"

马洪光说:"别的我不敢说,这进院子在咱们这一片,十年八年的也不会落后。"

建筑队临走时,马大民很真诚地对这一班汉子们说:"谢谢各位兄弟爷们了,咱们都上劲干,争取咱们自己盖屋时都用上楼板,要是晚几年俺大民还干窑厂,各位建房去买砖,俺便宜卖给各位。”

汉子们齐声叫好,说等二民娶媳妇的时候,一定来喝喜酒。

建筑队一班人走了,院子里只剩下马大民、马二民兄弟两人。热闹了一个多月的院子,一下子安静了下来,倒让马二民心里感到一种莫名的寂寥和孤单。马大民则一副兴意盎然的样子,他在院子里这里看看、那里瞧瞧。当他听到二民在身后轻声唤了一声“哥哥”时,他便停下步子回过身来,看着弟弟。他见弟弟二民一副欲言又止的模样,便说道:“这屋子刚盖起来,屋里还潮得很,现在住进去对人身体不好,等屋子里没了潮气,再搬过来也不迟。过两天俺跟你嫂子一起去集上给你置办些锅碗瓢盆,床、桌子、板凳啥的。”

马二民说道:“窑厂一大摊子事要恁操心,窑厂各处都用钱,恁现在手上又不宽裕,这进院子花了不少钱,恁就甭再在俺身上乱花钱了,俺一个人咋都好说。俺睡的床好好的,搬过来就中,何必再花那个钱买新的。”

马大民便说:“这院子新崭崭的,屋子新崭崭的,屋里放张又小又窄的旧床,也显得忒不协调了。眼下你是一个人住这进院子,毕竟往后你要成家,不再是一个人过,现在一步到位,等你结婚时就不用再买了。”马大民顿了一下,接着说道:“用得着的东西一样不能少,钱的事不用你操心,你好好干你的活就中。”

见哥哥这样说,马二民说道:“哥,恁跟嫂子对俺的好,俺会记住的。”

马大民脸一沉,对弟弟说道:“二民,俺咋感觉你越大越对哥客气起来了。一家人不说两家话,需要跟哥客气吗?俺可是你亲哥哥,你可是俺亲兄弟啊!甭管哥哥是穷是富,俺都会关照你一辈子。”

哥哥的话,让二民心里颇为感动。他对哥哥说:“哥,俺从小恁都是有好吃的紧着俺,有好用的紧着俺,有好穿的紧着俺。既然恁要对俺关照一辈子,俺不憨不傻,对哥、嫂的恩情俺也会记一辈子。”

马大民便说:“这一阵子你也够忙够累的,你在家里歇上两天再去窑厂吧。”

马二民迟疑了一下,对哥哥说道:“哥,俺想跟着马洪光的建筑队干。”

马大民闻言,愣了一下,说道:“你想跟马洪光的建筑队干?”

马二民很认真地回答哥哥:“俺想干建筑队。”

马大民说道:“建筑队成天爬高蹦低、和泥打墙的可不是轻省活,再说你年龄不大,力气上比不上那些壮劳力。”

马二民沉思了一下,说道:“哥,现在地都分开了,人们有了大把的空闲时间,鼓捣好了自家的地,都想方设法去挣钱,往后大家的日子会一天比一天好,到时候建房盖屋都会像恁给俺建的这进院子一样,全砖全瓦,谁还用泥打墙?俺也不算小了,力气都是摔打出来的,建筑队的活,俺能干得了。”马二民停顿了一下,接着说道:“哥,俺很喜欢建筑队里的那个氛围,俺觉得跟着马洪光的建筑队干活,会比在别处干活开心快乐。”

马大民一阵沉默后,说道:“既然你喜欢,那就去建筑队吧。俺去跟马洪光说一下。”

马二民说:“不用了哥,马洪光让俺去他的建筑队呢。”

马大民听罢,便“哦”了一声。马二民从哥哥的一声“哦”中,听出了几许落寞和无奈……

3

马二民加入了马洪光的建筑队。

农村相对落后,绝大部分庄户人也不富裕,庄稼人造屋建房,因为手上缺钱,除了屋子的底层基础用上少得可怜的几层砖隔潮,整个屋子还是以泥土为墙、茅草苫顶,能全砖全瓦建房盖屋的庄户人家很是稀少。为了使墙体结实,耐得住风雨,打墙用的泥必须要用黏性强的淤土。为了增加淤泥的粘连度,让整个泥墙混为一体,和泥的时候,淤泥里要掺些轧过的麦秸秆或者湖草。为了把这些麦秸秆、湖草均匀地掺和在泥土里,人们要一遍一遍地用铁锨、铁爪钩翻动。待把掺和了麦秸秆、湖草的淤泥和好,再用铁叉一叉一叉地培上墙。建造这样的房屋,和泥培墙是最耗力气、最劳累的活计了。农村汉子们中流传着一句话,

“和泥打墙,活见阎王”,把和泥打墙形容得跟去见阎王一样,让受惯了苦累的农村汉子们都生怯,很能说明建造泥土屋的劳累程度之高。

马二民年少,不像在生产队干惯了力气活的汉子们那样身强力壮,他的力气自然比不了这些壮劳力。有的汉子背地里跟马洪光抱怨,说马二民跟着建筑队干,年龄还是小了点,说马二民力气比不上他们,却还一样跟大家分工钱,让人心里觉得不均衡。马洪光听罢便劝说道:“二民现在力气是比不上你们,可你信不信过上个一年半载,他摔打出来,你们再跟他比力气,说不准你们会落下风呢。人不要只看眼前,要往远处看。现在庄稼人盖不起全砖全瓦的屋子,谁保得准晚个三年五年的还盖不起全砖全瓦的屋子?再往后呢?会不会盖楼的多呢?到那时放线、打点、识图、砌墙、粉墙,盖楼房甚至还要扎钢筋、打混凝土,力气是一方面,最主要的是技术了。我让二民进建筑队,就是看准他是个干建筑的料。将来建筑队要想走得远,还要靠二民这样的年轻人。别看二民年轻,他讲义气,你尊重他一分,他会敬重你两分的。”汉子们听马洪光如此说,便连连点头不再言语,再干起活来,对马二民也多有照顾。

庄户人家因为条件限制,建房盖屋多是用泥墙。一天干下来,浑身沾满泥土不说,还能把人累得像浑身散了架一般酸痛。马洪光就问马二民累不累,感觉累得很的话,就歇上一天两天的。马二民回说:“干活哪有不累的,别人不怕累给俺做样子,俺也不怕累。”

马洪光从心里喜见马二民这股不怕苦、不怕累、不服输的劲头,便和他说:“庄户人的日子会越来越好的,随着条件的好转,庄户人家的土墙屋子会逐渐被翻盖成砖瓦房。到时候家家户户都会往建砖瓦房上发展,有人建造楼房也不会是稀罕事,到那时就不会像现在这样耗磨体力了。为了长远打算,你是该多学学建筑方面的技术知识。我从部队带回来一些建筑方面的书,有空你拿去看看,有不懂的地方我给你说说。如果有一天咱们建筑队做大了,你可以施工放线当个技术员。”

马二民也就很郑重地点头应承道:“好。”

待给弟弟二民盖的新院落屋内干了墙皮、没了潮气,马大民便给弟弟买了锅碗瓢盆、桌椅木床。搬家那日,王小飞、刘海锋过来帮二民搬家。见二民就要搬去新家，马大民和妻子孙桂丽便有些伤感。马大民心里不好受，可他当着刘海锋、王小飞二人的面不好流露出内心的不快，只是话比平时少了许多。妻子孙桂丽却忍不住自己的情绪，两眼汪着泪水，不时背过身擦拭眼睛。真的就要离开哥、嫂、离开这个家了，马二民心里也不好受，又见哥、嫂一副感伤的模样，二民两眼也禁不住泛起泪花。刘海锋见状就说道："今天二民搬家，算是乔迁之喜，你们应该高兴才是。二民即便是再跟哥哥、嫂子过上个三年两年，总归还是要出去的。二民搬出去住，说明他长大了，该成家说媳妇了。再说二民搬去新家又不是远走高飞了，你们两个院子离得又不远，随时都能相互走动嘛。"

嫂子孙桂丽听罢，便展出笑脸，说道："是啊是啊！还是人家当过老师的会说话。"

马大民叮嘱弟弟二民说："你一个人乍一住进新院子，又在村子边上，你要是感到冷清害怕的话，就让小飞跟你做几天伴。"

马二民就笑了笑，对哥哥说："俺一个人不害怕。俺一个大男孩子有啥怕的。"

王小飞对马二民说道："要不俺就给你做几天伴。"

马二民就指了一下揣在怀里的木制文具盒，小声对王小飞说道："不用，有薇薇陪俺呢。"

王小飞轻轻哀叹了一声，摇了摇头。

一阵忙活后，马二民住进了属于自己的院落，跟哥、嫂算是分家另过了。

马二民的新院落因为全是砖瓦建成的，且房屋建造得很是别致，在这一片前后左右的村子里也是稀罕，又是建在村子边上，所以很是扎眼。本村的人、外村的人从旁路过，都会停下脚步，对这进建造别致、全砖瓦的院舍审量一番。附近三村五庄的人都知道东洼村的马大民给兄弟盖了一进新崭崭的、全砖瓦的院舍。

马大民和妻子孙桂丽两人的为人处世、性格品行，在东洼村是撑得住外人打听的。况且马大民又承包了大队窑厂，赚钱赔钱且不管，就凭这样的气魄，人们也知道这是个干大事的、有一定实力的人。且不说光承包费就是一笔大钱，管理窑厂上几十号人也不是一件省心的事，没有一定的财力和能力，想干好这么一个摊子，真是不行。马大民的弟弟马二民，年龄不算大，却是前后村都知道的名字，原因当然是他曾跟自己嫂子的小姨谷薇薇谈恋爱，结果闹得个轰动一时、沸沸扬扬，竹篮打水一场空。不过，事情的热乎劲儿一过，人们也便把这件事看淡了。人家年少不懂事，哪个少男不多情，哪个少女不怀春？谁还没年少过。尽管人们对这件事觉得有悖情理，但因为后来谷薇薇远嫁外地，他们终是没成正果，人们也便以宽容之心体谅了他们。

有媒人找到马大民和孙桂丽，要给二民提亲说媳妇，马大民、孙桂丽两口子自然满心欢喜，热情应承，答应媒人给自己兄弟二民提亲。很快媒人便给二民说了一个邻村的姑娘，因村子相邻，姑娘的父母马大民还是熟悉的，姑娘的父母都是老实厚道的庄稼人，这样的家庭养出的姑娘，脾性自然也差不到哪里去。据媒人说这个姑娘大眼睛、柳叶眉，模样那叫一个俊。农村提亲说媳妇，媒人牵线搭桥，双方都有这个意愿的话，就要两个年轻人见面相亲。若是两人见面相亲，双方互相看得上，双方家长再没有什么意见，这门亲事基本上就成了。所以男女双方见面相亲是很重要的一环，也是提亲必须要走的一步。

马大民跟妻子孙桂丽找到弟弟二民，把给他提亲说媳妇的事跟他说了。都是年轻人，又是邻村，马二民对邻村的那个姑娘还是熟悉的。那姑娘模样的确长得不差，可马二民从心里排斥和讨厌媒人给自己提亲，他甚至对哥、嫂找媒人给自己说媳妇也心生不满和抗拒。当然他对哥、嫂的这种不满和抗拒没有表露出来，他只是说自己还不算大，现在还不想说媳妇，想一个人自由两年再说媳妇也不迟。见弟弟这样说，哥哥大民便说道："人常说成家立业，人成了家才能好好创立事业。成家后你在外挣钱，媳妇守家管地，忙活一天回家有人递茶端饭，两人心往一处想、劲往一处使，那才是庄稼人的日子呢。在外人眼里，早成家早是大人，晚成家，再大别人也不把你当大人看待。"

哥哥的话刹那间勾起了二民对谷薇薇的想念,他想:这样的场景,正是俺要跟薇薇一起过的啊!这样的场景、这样的日子,俺也只有跟薇薇才能这样过啊!除了薇薇,俺不愿意跟任何一个女子一起过这样的日子。

见二民低头不语,嫂子孙桂丽以为小叔子被丈夫说动了心,便说道:"你都十八九了,不算小了。媒人说这闺女模样长得不赖,好多人家都上门求亲呢。咱这里自由两年,人家可不等咱。再等两年,好闺女都让人挑走了,再找这样的,可就没那么容易找了。"

哥哥、嫂子为自己的亲事这般操心,二民心里有些五味杂陈。他想:要是在他跟谷薇薇两人的事上,哥、嫂能这样热心支持自己该多好啊!你们这样操心俺的婚事,是不是想让俺快点忘了谷薇薇?对哥哥、嫂子对自己婚事的热心,马二民不但没有被打动,反而内心对哥、嫂产生出一种烦怨。不过他没有明着表露出来,他想以自己的方式去抗拒哥、嫂和媒人给自己提亲。

为了小叔子相亲的事情,嫂子孙桂丽专门去了公社供销社,花了十一块钱买了一件男式上衣,又把小叔子穿了没多久的一双布鞋刷得干干净净。孙桂丽嘱咐二民,相亲那天就别去建筑队干活了,梳头洗脸把自己拾掇得干干净净、利利爽爽的。

相亲定在了一个下午。那日下午,媒人和嫂子孙桂丽来到二民的新住处,就见大门上着锁,不见二民的踪影。孙桂丽忙去打问相近的邻居,有人说吃过午饭见二民去建筑队干活了。孙桂丽以为是二民忘记了相亲的事,便忙去建筑队找小叔子二民。果然,孙桂丽在建筑队找到了二民。见嫂子找来,马二民就跟嫂子说建筑队一忙活,就忘了相亲的事。孙桂丽催促着二民回家洗脸、洗头、换衣裳,二民却是说什么也不愿意回家换衣裳拾掇自己。媒人、嫂子,连马洪光都劝二民说:"相亲毕竟是件大事,你把自己拾掇得干干净净,是对人家女方的尊重,也是对自己的尊重。你满身泥土、灰头土脸地去相亲,有成功的可能性吗?这不是儿戏、开玩笑吗?"

马二民却说:"俺这样去相亲,说明俺勤劳能干,不怕脏、不怕累。

女方能看上俺这个模样则是缘分，看不上那是无缘。只要有缘，对方再脏再丑，也不会嫌弃。无缘的人再怎样装扮，也入不了对方的眼。”任人再怎么劝，把嫂子孙桂丽都气得掉泪了，马二民就是犟着不换衣裳拾掇一下自己。无奈，媒人只好带着满身泥土、灰头土脸的二民去邻村相亲。进村之前，马二民有意把自己的裤腿卷成一边高一边低。

相亲的结果在意料之中。女方人家虽然老实厚道，可也是要面子的庄稼人，况且人家闺女长得要个有个、要模样有模样，在一众看相亲的邻居面前，媒人居然带来这么一个邋邋遢遢的人，这不是羞辱人吗。女方父母当场就把媒人数说了一顿。

回去的路上，媒人对马二民这样对待相亲心有不满，便说道：“既然你不想说亲相亲，你何不在家就推拒，还让俺跑腿舍脸、遭人埋怨数落地来这一趟干啥呢？”

为了不再让这个媒人给自己提亲，马二民就说道：“俺一直就不愿意提亲，是俺哥、嫂硬要俺相亲的。俺三年两年的不会相亲的。”

媒人就斜楞了一眼马二民，摇了摇头。媒人回去见了二民嫂子孙桂丽，撂了一句：“恁这个小叔子俺可是陪随不起。”言罢，便头也不回地离去。

弟弟相亲不成，马大民跟妻子孙桂丽在抱怨弟弟二民的同时，也对弟弟二民相亲不拾掇自己，以此证明自己勤劳能干、不怕苦累，是个能过日子的人，心里有几分认可。对弟弟头一回相亲失败，他们虽然心里感到有些惋惜，却也没怎么责怪弟弟。马大民没有责怪弟弟的原因，也是农村相亲，头一回相亲就相成的很少，相个三回五回的多的是，相个七回八回还定不下亲事的也不稀罕。马大民乐观地认为，凭自家的条件，还有二民的勤劳肯干，弟弟是不至于相个四五回的。弟弟二民只要不是太挑剔，多说相个三回两回应该就能定下来。

这个媒人走，自有后来者，又有媒人上门来给二民说亲。哥哥大民在窑厂忙，嫂子孙桂丽就张罗这事。这回媒人给说的是双桥大队一户人家的闺女。这回去相亲，哥哥马大民专门从窑厂回了家，要弟弟专门伺候这回相亲，说什么也不能再去建筑队干活。嫂子孙桂丽强着让小叔子换上干净衣裳,梳头洗脸拾掇自己。二民不好强违哥哥、嫂子,便按他们的要求把自己拾掇了一番。

马二民随媒人去了双桥大队,女方父母对马二民很是满意,看热闹的左右邻居也都说二民长得精神。女孩看了二民也对父母点了头。按照这边的相亲习俗,相亲时,女方父母和女孩只要看中男方,下一步就进入男女双方谈话环节。这就是男女双方被女方父母带到屋里,让两人进一步地了解交流,通过谈话交流,男女不憨不傻,只要你有情、我有意,这门亲事基本上就成了。

马二民和女孩被女方母亲送进了屋里。屋里就只有马二民和女孩了,女孩坐在床沿上,马二民坐在一边的凳子上。女孩有些羞涩,低头摆弄着自己辫子的同时,不断抬头看一眼对面的马二民。女孩的意思是等着马二民先开口,可马二民却紧抿着嘴不开口。一般来说,农村相亲,男女双方谈话,男方应该更主动一些,如果二民不开口说话,显出紧张或者害羞的模样也便罢了,可他偏偏露出一副轻松大方、东瞅西瞧的模样,这让女孩心里有了几分不快。

终是女孩先开了口,因为女孩心里有了不快,所以她没有像拉家常那样问些比如家庭情况、个人情况的事,而是直接问马二民对这次相亲的态度。女孩的本意是,如果马二民对这次相亲没什么意见,女孩再深入交谈。马二民见女孩直接问自己,便回说:“俺没意见。恁呢?”

女孩见马二民说对自己没意见,就说明他对自己也是满意的,这让女孩心里散去了早先的不快。女孩思忖了一下,羞涩地说:“俺也没意见。”

事情似乎向着美好的方向发展。不料马二民表现出一副愁容,一本正经地说道:“不过俺得跟你说实话,咱们即使定了亲事,要结婚的话,恁要等俺三五年才行。”

女孩不解,问:“为啥?”

马二民说:“俺身上有欠账要还,俺不能欠着一屁股账把恁娶过来啊!”

女孩问:“欠多少账?”

马二民说:“三万块呢。”

女孩惊得张大了嘴巴，愣了好一会儿才问："咋欠的？"

马二民说："赌博。"

女孩听罢，把胸前的辫子往身后一扔，愤愤地、头也不回地走出屋去。

本觉得这次说亲十拿九稳的媒人，对最终这样的结果，心里很是气愤。回来的路上，媒人愤愤地数说马二民："有你这样玩人的吗？你不乐意提亲，干脆不跟俺去相亲就是了。你这样折腾，让俺猪八戒照镜子，里外不是人哎。"

马二民也便一边赔不是，一边说："俺是成心不想说媳妇，往后恁也甭再为俺费心了。"

媒人就手摆得如风吹荷叶一般，说道："哪还有往后啊！"

马大民和妻子孙桂丽一直在弟弟新家等着相亲的消息，听了媒人对二民行为的抱怨，哥哥大民和嫂子孙桂丽又气又急。对弟弟相亲如此不着调，马大民就大声大气地说："你不成事也就罢了，干吗还往自家头上泼脏水，说自己赌博欠下了大钱呢？这赌博的坏名声传扬出去，往后哪家人家还敢把闺女许配给咱家？你一回二回地这样闹腾，不光是断了媒人往咱家跑的路，也不让俺们省心啊！"

马二民站在院子里，任由哥哥责备数说，只是低头不语。等哥哥说累了，不说了，他便对哥、嫂说了一句："哥、嫂，往后俺的婚事不用恁们操心。"言罢自己走进屋去。

院子里，马大民被弟弟气得嘴唇打战、两眼噙泪，他想要再说弟弟，妻子孙桂丽见状忙一把拉住了丈夫，劝道："二民脾气犟，你又不是不知道。今儿不说了，过后再说吧。"说罢，她生拉硬扯地拽走了丈夫……

第八章

1

刘海锋在窑厂一边帮马大民管着账目，一边帮着推销砖。虽然砖的销路不尽如人意，可头一年承包，砖机能不停地正常生产，窑厂工人的工资能发得起，已经算是不错了。在窑厂，刘海锋为窑厂想、为窑厂思，是真心实意地在帮马大民。

砖生产多少，主要在于砖机车间。本来窑厂砖机生产这一块，马大民是想让弟弟二民来主管的，可二民执意要去马洪光的建筑队，马大民知道弟弟因为谷薇薇外嫁心里不痛快，为了让弟弟从忧伤中快点走出来，他只好很不情愿地答应了弟弟去建筑队。因为砖机生产车间需要一个跟自己贴心的、能干的、有分派活计能力的人来领班，所以这样的人选除了自己的亲兄弟，还真是让马大民犯了难。

刘海锋及时给了马大民建议。他对马大民说："你曾提到过的那个王龙在干吗？你不是说过在他很难的时候，你曾帮过他一把吗？不妨让他来窑厂主管砖机车间这一块。"

马大民听罢，就拍了一下脑门说："嗨，俺咋就没想起来呢。"

王龙在东北的姑姑来信给他说，现在农村政策变了，允许个人搞副业了，他们那边好些人进山采木耳、蘑菇挣了不少钱。要是在家钱难挣的话，就来东北这边干上三年两年的，挣了钱再回家。东北山里野生木耳、蘑菇多，王龙看了姑姑来的信，便给姑姑回信说，要去东北山里采摘木耳、蘑菇卖钱。但马大民来到门上让王龙去窑厂帮忙，王龙便二话没说，给姑姑去了信，说不去东北了，然后随马大民去了窑厂。

婚后的江红霞就像变了一个人。她学生时多事、争强、要心眼，惹得同学们都不待见。结婚前也有人背地里嘀咕“刘海锋比她大好几岁，到时候她使起性子来，够刘海锋招呼的”。可自从跟刘海锋结婚后，江红霞不光对丈夫刘海锋心疼体贴，对公婆也是伺候得风雨不透，跟左邻右舍相处上左右逢源、和睦无间。婆婆在外面夸，说是前世积下的福报，娶了这么一个好儿媳。邻居们说起江红霞来也是赞不绝口。江红霞在西洼村成了一个有名的好媳妇。马二民在建筑队走东走西踩百家门，东家长西家短的事听得多，他干活时就听到过江红霞好媳妇的名声。他曾把这事跟王小飞说了，王小飞听罢，就一副难以置信的样子说道：“上学时谁不知道她江红霞是个要心机，拱事，狗嫌、猪烦、人不待见的主？如今扔了屠刀、立地成佛，倒成了人人夸的好媳妇了。刘海锋用了啥魔法，把她训成了这个样子？”

在人世间的所有情感中，也许爱情的力量是最强大的了。选择对的人，在爱情和婚姻中，就会向着对方喜欢的方向改变，能将爱情中早先的情愫以最快的速度加深、加厚、磨合，并转化为如亲情般的相濡以沫、相依为命的感情。真心爱一个人就会尊重对方，会包容他所有的缺点，也不会在乎他的年龄和不完美，只会在乎他这个人，因为爱，就会为他而改变，做更好的自己。

江红霞真的很爱刘海锋，她把对刘海锋的爱融进日常生活中。刘海锋晚上从窑厂回家，无论早晚，她都会提前烧好热水灌进水壶里。等刘海锋回来，她便拿水盆倒上热水，兑上凉水，再用手试试水温。她觉得水温适宜了，再端到丈夫刘海锋身旁，让他洗脸、洗脚。刘海锋有晚上看书的习惯，无论从外边回来多晚，他都会在睡前看上一会儿书。对于丈夫这样的习惯，江红霞不但心里没有不满，反而很高兴。丈夫在灯下看书，她会在床上侧躺着身子，用崇拜赞许的目光看着身边的丈夫。有时刘海锋借不到书看，江红霞就会翻出刘海锋上初中、高中时的课本让他看，刘海锋就笑说："我看课本干吗啊！"

江红霞就一本正经地说："俺上学时恁不是说过'温故知新'吗？还解释说温习学过的知识，能得到新的理解和心得。"

刘海锋便说："我又不教书又不考试的，干吗温习过去的课本啊！"

江红霞说道："恁不教书不考试了，往后咱们有了孩子就不上学不考试了？要是咱们的孩子学习不好，岂不让外人笑话孩子说，还亏爸爸当过老师呢。现今国家恢复了高考，只要学习好、考得好，不分城市、农村的孩子，都能进大学。人家郑团结不就是个好例子吗？难道恁不希望自家的孩子能考上大学？孩子上学时少不了恁辅导，孩子上小学俺还能指导一下，念初中、高中俺就不中了。要是恁把学过的东西忘了个干净，恁一个高中生还教过书，到时候辅导不了自己的孩子，传出去那不是笑话吗？"

妻子江红霞居然有这样的想法，刘海锋心里高兴的同时，也对妻子江红霞能把事情往远处看有几分佩服。于是，刘海锋便经常晚上温习一下自己念中学时的书。有时刘海锋在灯下偎在床上看书，见江红霞侧着身子不睡，瞧着自己看书，也便伸出指头轻轻点着江红霞的额头笑说："你不睡觉，像个监考官似的，这么看着我看书干吗？"江红霞就在被窝里晃着丈夫的腿撒娇道："俺就是喜欢恁看书的样子嘛……"

马二民抗拒相亲，不愿意说媳妇。马大民对这个倔脾气的弟弟，打打不得，骂骂不得，这让他这个做哥哥的既伤心又头疼。妻子孙桂丽赌气说，不管二民的事了。妻子孙桂丽赌气也好，不赌气也罢，她可以不管，可他这个当哥哥的却不能不管。他不管，一是对不起死去的爹娘，二是外人会怎么看自己？外人一定会说他娶了媳妇甩了弟弟，自己有了安乐窝，不管弟弟死和活。那样的话，自己还怎么在世上做人？这让人在背后戳脊梁骨的事，马大民可是做不来。马大民知道弟弟心里还盛着谷薇薇，还没放下谷薇薇。可是谷薇薇已经远嫁他乡，甚至连人家嫁到了哪里咱都不知道，你再想人家，再放不下人家，又有什么用呢？马大民思前想后，为了让弟弟二民尽快从对谷薇薇的挂念中醒过来，他觉得最好的办法还是给弟弟二民尽快说下个媳妇，等娶了媳妇、成了家，弟弟的心自然也就收了。为了劝说弟弟二民回心转意，马大民让刘海锋和江红霞凑空劝说一下二民。

这日下午，刘海锋提前从窑厂回了家。他让妻子江红霞炒了一样茄子、一样鸡蛋，又擀了几张饼包起来，两人一起去了马二民那里。刘海锋知道马二民在建筑队干活收工晚，所以他跟妻子江红霞是在天刚擦黑的时候一起去的东洼村。两人来到马二民的新家，马二民还没有回来，两人便在门前等马二民收工回家。江红霞前后打量了一番马二民的新家，便不无羡慕地对丈夫说道："啥时候咱们能盖起这样的院子就好了。"

见妻子江红霞这样说，刘海锋就笑了一下，学着电影上的台词说道："'面包会有的，牛奶会有的，一切都会有的。'只要咱们一起奋斗，一起努力，你信不信，用不了几年，我会给你一进比这还好的院子。"

江红霞脸上便露出如意和向往，说："俺信。"

两人说话间，就见马二民挎着工具包，满身尘土地朝他们走来。当看到站在自己家门前的是刘海锋、江红霞两人时，不待两人说话，马二民便高兴地叫了一声："恁们咋有空来了？"他打开大门，把两人让进了院里。

刘海锋说："你不在窑厂了，咱们各忙各的，自从那回来帮你搬家，好长时间没见了。今儿窑厂事情少，我早回来了一会，让红霞炒了茄子和鸡蛋，就和红霞一起来看看你了。"

马二民听罢，连连说："谢谢老师加兄长，谢谢嫂夫人江红霞。"

江红霞就装出一副不满的样子说："要么叫俺嫂夫人，要么叫俺名字。哪有这样叫的？也忒不尊重人了呗。就凭这一进院子，再划成分的时候，把你划成富农是跑不掉的。到那时批斗你的时候，甭怪俺上台发你的言哈。"

马二民忙点头哈腰，说："嫂夫人，对不起，对不起。"

三人一番说笑后，江红霞让两人进屋里说话，自己则去厨房热菜、热饼、烧稀饭。不一会儿，江红霞把热好的饭菜端了上来。马二民要去代销店买酒，被刘海锋拉住。于是，三人便围着饭桌一边吃饭一边说闲话。当然，刘海锋不会也不能说出他这次来是受马大民之托，来劝说二民的。刘海锋问了马二民一些建筑队的情况，马二民也便给刘海锋说了一些在外干活时的所见所闻和建筑队里的一些趣事。刘海锋看得出马二民在建筑队过得很开心。二民也向刘海锋打问了窑厂的事，刘海锋就说了窑厂上的生产状况、砖的销售情况，还有本想再去东北姑姑那里的王龙，当大民让王龙去窑厂帮忙经管砖机车间时，王龙二话没说就去了窑厂。如今在王龙的经管下，砖机车间不光生产量提高了，砖的质量也是杠杠的。

马二民轻轻点了点头，说："人非草木，岂能无情。当年俺哥帮了他一下，他记心里了。王龙是个重情义的人，俺哥找他经管砖机，找对人了。"

话头扯到这儿，刘海锋觉得应该进入主题了，于是，他说道："二民，其实你也是一个重情重义的人。就拿你跟谷薇薇这件事来说吧，你一个人出去了月把，风餐露宿的，一般人谁能做到呢？"见马二民沉默不语，刘海锋轻叹了一声，接道："二民，我作为一个兄长、朋友，真心希望你能越来越好。人总得要路往前走，眼往前看。我们都知道你对谷薇薇用情至深，就像人死不能复生一样，谷薇薇不会再出现在你的生活里了。你必须要面对这个现实、接受这个现实，打起精神，好好拥抱往后的生活。"

马二民一阵默认后，说道："问题是谷薇薇她活着，没有死啊！"

马二民的话，竟让刘海锋一时无言以对。一旁的江红霞也便劝道："二民，你平时是个明事理的人，咋就在这件事上这么磨不开弯啊！听谷薇薇母亲对邻居们说，谷薇薇给家里来信说，她在那边全家人对她很好，男人也对她知疼知热的，她在那边过得很幸福。前两天谷薇薇母亲对外人说，闺女谷薇薇来信说已经怀孕了。二民，你对谷薇薇有情义，不会不希望她过得不幸福吧？如今她在婆家过得幸福，你心里也应该放下她，该找寻自己的幸福了。"

见马二民低头不语，刘海锋说道：“谷薇薇能跟她家里来信，为啥就不能给你来封信呢？咱们能不能这样理解，谷薇薇在那边过得幸福，她不想来信告诉你她在那边幸福如意，怕刺激到你。她这样对你默然无语，不给你来信，她也一定知道，她的家人会把她的来信说给邻居，信里的内容也早晚会传到你的耳朵里。不给你来信，断绝一切联系，谷薇薇是在以这种决绝的方式来结束你们的过往。”

马二民抬起头来，嘴角挤出一丝笑来，说道：“俺了解薇薇，恁们都不了解她……”

江红霞说道：“二民，你了解薇薇又能怎样？她出嫁了，嫁到啥地方咱都不知道，连一封信都不给你写，你总不能就这样一个人过一辈子吧？”

马二民就对二人露出诡秘的笑，说道：“谁说俺一个人过啊！俺屋里一直有人陪伴啊！”

刘海锋、江红霞两人就露出惊异的神情，问：“你有人陪？谁？”

马二民便起身从自己床上的枕头边拿过来一个木制文具盒，打开放在了桌上，文具盒里躺着一绺头发。马二民对着江红霞说：“恁应该认识她啊！”

刘海锋、江红霞瞧着文具盒里的那绺头发，知道此刻在马二民面前说什么都不管用了……

2

梧桐树、杨树、槐树、楝树、榆树，像是商量好似的，叶子先是慢慢由绿渐黄，然后没几天这些树的树叶就开始偶有飘落，再没隔几天，这些树叶开始黄成一片，叶子也似相互攀比一样，你前我后地，带着一丝丝的遗憾，投向大地的怀抱。它们跳跃着，旋转着，轻舞飞扬着，翩然落下。秋天就这样带着落叶的声音在不知不觉中走来了。

秋日的阳光温馨恬静，秋风和煦轻柔，蓝天白云飘逸悠扬。田野里待收的稻子黄了，就像金色的海洋，金灿灿黄成一片。掉尽了叶子的大豆黄了，玉米叶黄了，咧开了嘴的玉米黄了，放眼看去，整个田野就像是金色的海洋，秋风过处，漾起一片金灿灿的波浪。无论是田野里还是村子里，小河旁、树林里，到处飘荡着水稻、大豆、玉米的香甜。只凭这沁人心脾的香甜，人们就知道这是一个少见的丰收之秋。

秋收开始了，秋风吹拂着硕果累累的田野，人们满怀欣喜的心情，挥舞着手中的镰刀或砍刀，收获着丰收的庄稼。联产承包、包产到户的好处立竿见影。人们像对待自己的亲人一样对待分到的田地，人们舍得为自己的田地出力流汗，舍得为自己的田地追肥施肥，田地也用自己的茁壮和丰收来回报自己的主人。之前地薄产量低，粮食是问题，如今被彻底翻了个个儿。家家收获着一堆堆小山一般的粮食，好多汉子趴在自己的粮堆上泪流满面。人们亲身体会到了分田到户给庄稼人带来的好处，大家享受着丰收的幸福，同时也珍藏着对来年的希望。

王玉明做梦都没想到，他家分到的四亩承包田竟然收了三十多麻袋稻谷。秋收前，他看到庄稼长得那个旺景，就知道今秋会多收粮食。待打下稻谷，面对装得满腾腾的三十多麻袋稻谷时，他有些迷糊，有些惊慌，有些不相信。他把装满稻谷的麻袋摸了一遍又一遍，确信这些麻袋里装的是真真实实的稻谷，这个爱了大半辈子土地、种了大半辈子庄稼的农家汉子禁不住热泪流淌。从前生产队分秋，他家里能分到一麻袋稻谷就很不错了。就是旧社会有上百亩土地的地主家里，秋收时节也难得打下这么多粮食。

秋收打下这么多粮食，王玉明心里有些发虚打怯。他不敢对外人说，也嘱咐家里人不要往外说，他怕说出去有人眼红，有人吃醋，有人去大队、公社举报自己。当他偷偷一打听，知道几乎家家都收了个大囤满小囤流，甚至有几家比他收成还多时，他才放下心来。

放下心来的王玉明对比他家收成还好的那几户人家，就有了几分不服气。他把自己跟那几户人家的汉子们在心里暗暗比较：他们有俺会侍弄庄稼吗？他们有俺勤劳吗？他们有俺那样对土地有感情吗？一番比较后，他的结论是别人比不过他。人家侍弄庄稼比不过你，勤劳比不上你，对土地的感情也不如你，可是人家庄稼长得比你的好、收成比你的好,你不脸红吗?你还有啥可吹的?想到这里,王玉明感到自己的脸还真是发热了。他在心里问自己:王玉明你这个种庄稼的老把式,难道就这样甘心输给别人?他心里的回答很坚决:老子才不服气呢,也许是俺在湖边开了月把的荒,有点慢待了上边的田地,咱们来年再看,到底谁是种地的行家。

晚上,王玉明喝了两盅酒,他心情好,再加上酒精的效力,话头就稠了起来。他跟儿子王小飞眉飞色舞地说着来年的打算。他说,来年好好照管承包地,无论是小麦还是水稻,产量上一定要比别家强。他说,湖边开荒出来的那七八亩地,多种几样作物,种几亩玉米,种几亩大豆,再种几亩西瓜,风调雨顺的话,这开出来的七八亩荒地会比上边的承包地创收高。他说,就这样下去,一两年自家也可以盖上二民那样的院子;不急的话,三两年能盖上比二民还好的院子。到那时,给儿子王小飞说个好媳妇,那还不是囊中取物的事。他让儿子王小飞好好随着他干,保准有好日子过。

尽管父亲说话带有几分醉意,除了父亲话里说给自己找个好媳妇如囊中取物这件事王小飞含糊外,但他对父亲说的其他话还是没有任何怀疑的。在他看来,父亲勤劳能干,把拾掇土地当成一种人生乐趣,庄稼把式样样拿得起、放得下,收成上强过别人,父亲还是能做到的。加上湖边开出来的七八亩荒地,家里盖好的屋子、过上好日子,这也是能实现得了的。让王小飞心里有点打怯的是,父亲是个以种地为乐、以吃苦耐劳为乐的人,地里忙起来不知道什么叫累、什么叫苦。父亲描绘的前景虽好,可是自己不喜欢种地啊!随了父亲,去为了实现父亲的宏图去闯去干,那会吃多大的苦、受多大的罪啊!

随着一棵棵没了树叶的树冠,像一个个秃了顶的老头儿一样在冷风中瑟瑟发抖,一年四季中最冷的冬季到来了。承包了田地,人们再也不用像过去在生产队里那样,一年四季忙个没有闲。忙碌了一年的人们,怀着承包土地后丰收的喜乐,开始享受冬闲时光。人们或三五成群地蹲在墙根,晒着冬日的阳光侃天说地,或是四六一伙地围在一起打扑克、下象棋，或是在家躺在床上看闲书。

有说书的来到村上，晚上在村街上选一个宽敞处，栽一竿子，挂上汽灯，摆上桌子，说书的台面就算支起来了。吃罢晚饭，老老少少搬了板凳来到说书场，不大工夫人们便围了个里三层外三层。待人来得差不多了，说书人便在桌子上一拍醒木，清两声嗓子，翻着白眼说定场词："道德三皇五帝，功名夏侯商周，五霸七雄闹春秋，顷刻兴亡过手，清史几行名姓，北邙无数荒丘，前人栽树后人收，说是龙争虎斗！"接着一本或是《三侠五义》，或是《江西追匪上海侦察记》，能说唱二十多个夜晚。从说书人嘴里说唱出来的故事，高潮迭起，那个曲折，那个扣人心弦，把人们听迷了。人们忘了地寒天冷，支着耳朵唯恐听漏一句。在人们有了更多的空闲时间、不再为吃饭犯愁后，庄稼人对文娱生活也有了需求。在精神生活贫乏、一两个月都看不上一场电影的年代，庄稼人晚上听说书，是成本最低，而且是他们最喜欢、最容易享受的一种乐趣。

天冷了，马洪光的建筑队也就停下来了。除了在建筑队里跟一起干活的人相处说笑外，收工回家的马二民很少出门跟人闲聊。有人背地里叽咕，说二民自从跟他小姨谷薇薇的事弄砸了，性格就变得孤僻了，平时话少了，不入人群了。时间长了，这样的话也传到了马二民耳朵里，马二民听后只是淡淡一笑，不去搭理。建筑队里的活计又累又脏，一天下来把人累得浑身像散架了一般，二民一人独住，回家还要自己做饭，哪有时间找人闲聊？再说自己两个最要好的伙计，郑团结去上大学，王小飞跟着他父亲成天待弄地，还有谁能值得自己去推心置腹呢？与其去街上跟人无趣乏味地闲聊，还不如在家看看闲书呢。不过郑团结给二民来信说，学校快要放寒假了，放了寒假他就要回来了。二民想，等郑团结放假回家，就把郑团结、王小飞叫来，三个人聚在一起，拉上个三天三夜。

建筑队停工的时候，马洪光给了马二民几本建筑方面的书，有土建方面的，有木工方面的，有钢筋工方面的，还有工程预算方面的。马洪光说农村土地承包了，庄稼人的日子会一年比一年好，庄稼人吃穿不愁了，就会往改善住房条件这条路上走，就会推旧立新，盖新屋、建新房。生活条件好的，建楼房也不稀奇。建筑队将来一定会是一个热门的行业，马洪光嘱咐马二民闲时多看看这些建筑方面的书，有看不懂的地方就去问他。

冬闲在家的马二民便开始钻研阅读这几本建筑方面的书。因为打心里喜欢，从心里对建筑书籍感兴趣，马二民对这几本书研读得非常仔细认真。为此，他买了一个笔记本，一边研读，一边把自己觉得重要的东西记录下来。有时遇到自己理解不了或者不懂的地方，他就去找马洪光请教。马二民对建筑书籍的好学好问，使得他在掌握砖混结构建筑方面的技术提高很快。马二民对建筑知识的好学好问和他在建筑方面表现出来的聪灵，马洪光看在眼里、喜在心上，也便夸奖马二民，说："你再学学，都要赶上我了。"

进入冬季，马大民的窑厂停了下来。一年的摸爬滚打，年终结算下来，没有赔钱，也没有赚钱，生意上收支平衡。对于这样的结果，马大民很是称心如意。窑厂一没欠工人工资，二把承包费挣出来了，最后还盈余了二百来块钱。马大民最先想到的就是把早先为上缴窑厂承包费所借的王龙的一千块钱，郑有礼的三百块钱，刘海锋的二百块钱，自己三个连襟的一百五十块钱，岳父母家的六十块钱一家家都还上。马大民和妻子孙桂丽去了公社食品站，按每一份二斤的重量，买下了七块猪肉。马大民每去一家还钱，就捎带上一块猪肉，以表示一下对他们借钱给自己的答谢。无账一身轻，还清了欠账的马大民就像从心里抽掉了一块砖一样轻松舒爽。

土地承包到户后，农村的变化真的让人难以相信。早先还愁眉苦脸为吃饱发愁的庄稼人，一下子家家都粮满仓、柴满垛，欢天喜地庆富裕了。自家也分了田地的马大民，对这种丰收后的喜悦和踏实深有体会。作为一个庄稼人，马大民最明了庄稼人的心思和想法。庄稼人除了追求温饱外，似乎一辈子都在为了房屋奋斗，建房子、盖屋子已经成了庄稼人一生中的追求和最重要的事情。家里稍微宽裕一些，人们就会把心思和钱都用在屋子上。马大民清楚地认识到,农村按这样发展下去,庄稼人的日子毫无疑问地会芝麻开花节节高。富裕了的庄稼人,接下来要做的头等大事,一定就是改善居家条件,推倒旧屋建新屋了。建房的多了,对砖的需求量也就大了,大民窑厂的生意自然也就会红火起来。

王龙曾建议,凡是能用得起砖的人家,也一定用得起瓦,窑厂只有砖没有瓦,用户不便利,窑厂也少了一样盈利,窑厂不要只烧砖,也要烧瓦,这样才能把窑厂的生意做大做好。马大民和刘海锋两人觉得这个建议很好,马大民打定主意,过罢年就去外边考察一下,买一台压瓦机,来个烧砖带瓦。马大民展望窑厂的前景,内心充满了兴奋和激动。他想,现在人人都在攒着劲往富裕路上奔,自己有窑厂这么一个好台面,还有啥理由不往前闯啊!

对窑厂前景充满信心的马大民对弟弟二民的婚事一直挂在心上,弟弟二民一回回地儿戏相亲,不听别人的劝解,成了马大民的一个心事。当他听了刘海锋、江红霞两口子劝说二民的过程后,他曾单独去找过弟弟二民,他苦口婆心地劝说弟弟:"过去的事不会倒转,要是能倒转的话,哥哥俺肯定会站在你这一边。俺知道你重情重义,心里还放着个谷薇薇,可是谷薇薇已经是泼出去的水,收不回了。咱总不能为了这泼出去的水,连水缸都砸了吧?人总得往前看、朝前走,你勤劳肯干,人也不差,咱们家庭条件也说得过去,找个中意的媳妇应该不是难事。兄弟啊,为了咱们死去的爹娘在地下安心,咱就稳妥妥地找个媳妇好好过日子吧。"见弟弟二民的嘴抿得像铁一样结实,就是不松口,马大民几乎是声泪俱下了:"二民,你不看,俺跟恁嫂子都结婚几年了,都没能养下个孩子,往后养得成养不成,全都不好说。要是俺跟恁嫂子养不下个孩子,你再这样,俺百年之后,你让俺去地下怎么见咱的爹娘啊!"

哥哥一番动情的话,说得二民泪眼婆娑。马大民以为自己一番情真意切的话打动了弟弟二民,未承想,弟弟二民一阵沉默后,也真诚地对哥哥说道:"哥哥,恁抽空和嫂子一起去大医院看看吧,不行的话再寻些偏方试试……”

见弟弟二民这样说，马大民感到很是灰心和失望，一声叹息后，他转身离去。

3

自从劝说马二民无果后，江红霞和刘海锋商量是不是撮合一下苏兰朵和马二民。刘海锋觉得在学校时马二民跟苏兰朵两人关系就不错，撮合一下两人，也许有门。于是，江红霞回了一趟娘家，找到苏兰朵，把想撮合她跟马二民的事说了。未承想，苏兰朵听罢，一边呵呵大笑，一边摆着手连连说：“不可，不可。”

江红霞就问：“咋不可，你说？”

苏兰朵止住笑，问道：“马二民让恁来的？还是恁瞒了马二民来的？”

江红霞便说道：“俺这不是先探探恁对这事啥意见吗？恁要是同意，俺就去马二民那里去说和。”

苏兰朵说：“即使俺同意，恁能保证马二民能同意？”

江红霞说：“从学校到现在，恁一直都跟马二民关系不错，俺跟刘海锋都觉得这事有门。”

苏兰朵说道：“俺劝恁就甭操这份闲心了，这事根本门都没有。”

江红霞说：“恁这话咋说的？”

苏兰朵就笑了笑，说道：“马二民对俺来说只是朋友加兄弟，往男女当婚当嫁上扯，俺是一点点的感觉都没有。俺相信马二民对俺也是这样的想法。”

江红霞就拍了她一下，说道：“那可不一定，想要感觉容易，在一起搂搂抱抱，啥感觉就都有了。”

见江红霞不死心，苏兰朵便对她说道：“那恁就去问问马二民吧。”

江红霞觉得苏兰朵让自己说通了，便和丈夫刘海锋一起去了马二民那里。刘海锋和江红霞便试探着，把想撮合他跟苏兰朵成一对的事给马二民说了。马二民听罢，正着脸色问他们：“这事恁跟苏兰朵提过没有？”

江红霞忙说道：“俺跟她谈过了，她让俺来问问恁是啥态度。”

马二民就一副哭笑不得的模样，对江红霞说道：“俺求求恁了小姑奶奶，恁就甭乱配鸳鸯，替俺瞎操心了。恁就不想想俺跟苏兰朵有那个可能吗？”

听马二民这样说，一旁的刘海锋就说道：“只要你没意见，有什么不可能的。”

马二民说道：“俺从来都是把苏兰朵当作一个好兄弟、好朋友看待的，两个好兄弟要配婚，这不是笑话吗？”

江红霞说：“恁没犯糊涂吧？人家可是个大姑娘，不是小伙子。”

马二民说：“苏兰朵好打抱不平，行事义气豪爽，有男子汉气概，在俺眼里她就是一个男子汉。让她给俺做媳妇，俺根本没法接受。”见江红霞还想说什么，他忙摆了下手，说道：“好了，这个话题到此为止，不要再说了。”

江红霞、刘海锋两人摇头相对苦笑，不再扯这个话题。

转眼间就快要过年了。孙桂丽去外村打面机上打了一袋子白面，拿了一袋子大米，一起给小叔子二民送了过去，她说过两天再给他送些过年的菜来。马二民知道哥哥的窑厂一年下来还罢账后没剩多少钱了，他自己干建筑队挣的工钱，除了平常的花销，手里还剩了二百来块钱。二百来块钱对眼下的庄稼人来说，不算个小数了。马二民去了集上，给哥哥买了十斤猪肉，给自己买了四斤猪肉，准备过年。

马二民把十斤猪肉给哥哥送了过去，二民对哥哥、嫂子说：“俺知道哥哥还完账，手里没剩多少钱了，不过窑厂今年能有这样的结果算是很好了。今年粮食丰收，窑厂也有好兆头，无论怎样咱也得过个喜庆的肥年。”说着又掏出一百块钱递给嫂子孙桂丽，说道：“嫂子，这一百块钱恁拿去，俺一个人花不了多少钱，恁跟俺哥还要走亲戚、串朋友，咱不能让外人看着咱太小气抠搜了。”

孙桂丽不接马二民的钱，说：“恁累死累活地挣个钱不容易，肉俺就留下了，钱俺可不收。恁攒着，等用得着时用。”

马二民就说：“往后俺有的是钱挣，也有的是钱去攒，俺不能眼睁睁地看着恁跟俺哥过个艰困年。”

见两人一个执意给，一个执意不要，马大民就对妻子孙桂丽说道：“甭争执了，收下吧。”孙桂丽方才接过二民递来的一百块钱。

马大民去郑有礼家里串门，正好碰到在外上大学放假回家的郑团结在跟也来串门的王小飞一起说话。打过招呼，马大民便把弟弟二民的情况说给郑团结，并让他和王小飞两人凑时间劝说一下二民。郑团结说：“我经常和二民通信，有的事他给我说，有的事他不给我说。他的情况小飞跟我说了一些，没想到他这么执拗，我们三个凑一起的时候，我和小飞好好劝劝他。”

大年三十的晚上，在马二民的新家，郑团结、王小飞他们聚到了一起。王小飞带来两瓶“微山湖大曲”，郑团结从家里拎来一条大鲤鱼。马二民做了两凉两炒四个菜，又在锅里炖了郑团结拎来的大鲤鱼。嫂子孙桂丽也给小叔子二民送来一柳条簸箕包好的猪肉水饺。待炖好的鱼上了桌，三个人便围在一起，一边喝酒一边说话。

面对一桌子菜和两瓶整装的“微山湖大曲”，郑团结就有些感慨，说道：“早先咱们一起喝酒，都是代销店里打兑了水的散酒，能炒一碗茄子就很不错了。这才多长时间，咱们就喝上了整装酒，吃上了一桌好菜。”

王小飞说：“等下一个年恁再回来，酒会更好，菜怕是比这更丰盛。”

这时，郑团结从口袋里掏出来两副茶色眼镜，一边一人一个递给马二民和王小飞，一边说道：“现在城市里小年轻们流行戴墨镜，骑‘飞鸽’‘永久’牌自行车，挎收音机。自行车、收音机我买不起，只好给你们带副眼镜。不过即使有钱，自行车、收音机也是供不应求，难买得很，没有门路根本买不到。”

王小飞、马二民两人很喜爱地把玩着手中的墨镜。王小飞说道：“前些日子俺碰见‘大个子’回南平村，就戴着一副墨镜。天都快黑了，他还不舍得摘下来。”

三个人一边喝酒,一边各自说了自己的事。郑团结给马二民、王小飞两人说了自己在大学读书的事,还有发生在学校里的一些有意思的事,以及自己在大城市里的一些见闻。王小飞说了自己跟随父亲开荒种地的事,还有年后父亲在田地上雄心勃勃的打算。马二民就给郑团结、王小飞说了自己在建筑队里的事,以及自己在马洪光的指点下,在读有关建筑方面的书籍,自学建筑技术。三个人又说到往后各自的打算。郑团结大一还没读完,现在最重要的是好好读书学习,至于别的,先不去考虑。无论现在郑团结考虑不考虑,马二民、王小飞都知道,郑团结前面的路都会是一条金光大道。王小飞说起自己往后的打算,就有些怯风怯雨的不自然,他朝郑团结、马二民亮出自己一双满是老茧的手掌,说:“恁看看,俺这还叫手吗?这是随俺父亲开荒磨的。一个多月,起早摸黑,开了七八亩荒地,年后还不知道咋个干法呢。到时候太阳一晒,湖风一吹,俺不变成个黑人算邪了。”

郑团结就笑着说:“知道当农民的苦了吧?你头脑比我聪明,就是不好好念书,早先要是在读书上下下功夫,说不定你也考上大学了。既然这样,就老老实实地种地吧。现在有了好政策,恁大又是个种田行家,好好跟他学学,说不定恁能成个种粮大户,披红戴绿地让人请到台上发言呢。”

王小飞就推了郑团结一把,说:“披红可以,谁去戴绿。”

三人就都呵呵笑。

一瓶酒下去,三个人都有些微醺了,说话也就有些率性和随意。马大民曾给郑团结和王小飞说过,让他们凑机会劝说一下二民,于是,郑团结便凑着酒劲对马二民说道:“二民,你的事恁哥还有小飞都给我说了,我知道你心里一直忘不了一个人。是啊!这样的事搁谁身上都是一样的。可是咱们总得面对现实,不能一头钻进梦幻中不愿出来。我一直认为你是一个有个性、坚强的男子汉,过去你也曾跟我和小飞说过,作为男子汉,不管遇到多少磨难,不论过得多折磨,都要选择咬咬牙,坚强地走下去!作为最要好的朋友,我真心希望你能让心归零,快乐轻松地去拥抱自己的新生活！”

马二民端起酒杯，喝了一口酒，说道：“团结，恁说的意思俺明白，可是让俺放下心里最重要的一个人，去接纳另一个人，俺做不到。说俺傻也好，痴也好，俺真的做不到。”

一旁的王小飞瞧了一眼马二民，慢悠悠地说道：“恁总不能跟一绺头发过一辈子吧。无论是感情上还是行动上，恁对得起她了。”

马二民一阵默然后，缓缓说道：“她为了俺，受了父母多少骂、多少打啊！她为了俺被父母硬生生推上车，就像一捆柴火、一捆湖草一样，让父母推给了一个外地陌生人。她身心受到的伤痛谁能体会啊！她当时在车上给俺薅头发时，那该是多么绝望、多么无助啊！”马二民停顿了一下，两眼转动着泪花接着说道：“比起她为俺遭的罪，俺为她做的这些又算得上啥呢？在俺心里，除了她，俺已经盛不下任何一个女人了。作为俺最要好、最知心的兄弟朋友，俺知道恁劝俺说俺都是为了俺好，这份情义俺二民心领了。作为俺最要好的兄弟朋友，二民也真心希望恁们，在俺个人的私事上能尊重俺的做法和选择。”

马二民把话说到了这个份上，让别人还能说什么呢？于是，郑团结端起酒杯说道：“好了，打住，这个话题不再说了。大过年的，咱们一起祝愿庄稼人的日子一年比一年好，越过越甜；祝愿咱们三个在往后的日子里都能活出个人样来。来，干杯！”

三人碰杯，一饮而尽。

有鞭炮声从四处响起，先是零零星星地响，外村有人燃放器火，器火拖着长长的火尾巴直往天上蹿去，蹿到高处，随着一声炸响，在空中绽放出一朵耀眼的火花。零星的鞭炮声如同四更天头一只鸣叫的大公鸡，一鸡叫引来百鸡鸣，霎时，四处的鞭炮声如同下锅的饺子一般，“噼噼啪啪”连着串地响起来。

在马二民、王小飞、郑团结三人的记忆中，还从来没经历过如此热闹的大年夜。往年上面提倡人们过勤俭年，不让燃鞭放炮，一点过年的热闹气都没有。再说，那时人们都为温饱犯愁，也没那份心思闹年。今年承包土地粮食大丰收,家家户户不再为温饱发愁,这连绵不断的鞭炮声,不只是表达了庄稼人对丰收的喜悦,也寄托着对好日子的希冀和向往。

马二民也拿出一挂长长的火鞭，王小飞用一根木竿在院子里挑了,马二民用火柴点着了捻子,立时,长长的火鞭“噼噼啪啪”,炸出一朵朵灿烂的火花……

第九章

1

春天在不知不觉中悄然走来。马路两旁的垂柳,长长的枝条上抽出了细细的柳丝,上面缀满了淡绿色的嫩叶。风带甜意,阳光温柔。公园里的桃树枝条和杏树枝条上,缀满了含苞欲放的花骨朵。地上的小草像是商量好似的,带着泥土的芳香一起从地下钻了出来。春天的气息就这样把这个不大的县城充溢得满满当当。

绿意盎然的春天给人们带来一种心旷神怡,一种希望和自信,让人觉得充满力量。可是,在这个春日的清晨,董大壮却显得有点儿没精打采的。他洗漱完毕,就在四人宿舍里收拾自己的东西。另外三个舍友一边帮着董大壮拾掇,一边说:“董哥,离开这里不见得就是一件坏事,咱总不能在这里打一辈子篮球。领导能安排进厂子已经很不错了,能成为一个城里人月月领工资,别的还想什么?董哥,您先走一步,晚个一年两年的,说不准我们也追随你去了。”

董大壮要离开县体校了。董大壮个子高,喜好打篮球,球技也不错,之前被县体校老师相中,被选拔进了县体校篮球队。县体校人才济济,都是全县体育方面的尖子人才。在家里,董大壮是有名的“大个子”,可在县体校,却算不上大个子了。在县体校篮球队一众高个子中,董大壮也只能算中等身高。尽管他训练认真、努力、很能吃苦,球技水平也只是一般。他曾代表县篮球队参加了全市篮球赛,并和队友们一起打出了全市第二的好成绩。

篮球队给县里争了荣誉,受到了县领导的表扬和奖励,县体校上上下下自然是一团喜庆。这还不算,值得体校高兴的事又来了一件——通过这一次全市篮球比赛,县篮球队有两名队员被市篮球队教练看中,被选拔去了市篮球队。能为更高一级的体育组织输送人才,能从县体校上去代表市里去赛场比赛,这是县体校领导和队员们一直追求的事。往上输送体育人才的多少,能充分展示出这个县群众体育基础的厚薄、体校教练员水平的高低;能进入市队或者省队,那可是每一个县体校生所追求和希望的事。进入市队,就有希望进入省队;进入省队,也有可能进入国家队。哪个体育生不想一步一个阶梯地往高处走呢?

"董大壮,拾掇好了没有?车马上就到了。"楼下有人喊。董大壮知道送他去工厂的汽车快到了,便大声回应:"好了,马上下楼了。"

董大壮也和其他队员一样想进市队,想攀上体育人生的高峰。训练时老师们常挂在嘴上的几句话就是"世上无难事,只怕有心人""成绩是汗水浇出来的""一分汗水,一分收获",董大壮信老师这些话,在训练时不怕苦、不怕累,他相信只要自己够努力、够能吃苦,是能够登上更高台阶的。为了能得到老师的喜爱,董大壮每次回家,都会给老师带些家里种的红薯,或者是已经满了籽还没熟透的嫩玉米,或者是几斤大豆、半袋大米。这些东西在乡下不稀罕,可在县城就显得稀少新鲜了。东西不多,礼轻情义重。老师觉得这个从乡下来的学生淳朴实在,私下里也便跟他说,如果有合适的机会,会把他往市队里推荐。老师这样说,让董大壮心里很是兴奋,他对自己的前途充满了期待和遐想。当然,老师对他说的这些话,他知道在体校里是万万不能显摆出去的。可是这样的事不能对人言说,搁在心里,他又觉得怪憋得慌。也就是在回家的时候,他想找人吹嘘一下。在郑团结刚考上大学时,他正好回家,于是他以道贺的名义去了郑团结家里,并当着马二民、王小飞他们,很爽气地吹了一通牛。后来篮球队两名队员被选拔去了市队,董大壮才知道,要想进入市队,那是要凭真本事的,不是老师想推荐谁就推荐谁的。尽管自己很努力,董大壮却也清醒地认识到:凭个头来说,自己在球队勉强占个一般;从球技上来说,自己在球队也算一般,自己进市队根本没希望。

内心失去希望的董大壮感到很是懊丧, 训练起来也不如早先那么积极了。紧接着县体校按上级要求,以专业课和文化课考试择优录取,招来了一批体育生,其中篮球队新招了五个新队员。就有传言说,体校新招上来一批人,就要裁汰一批人,拣那些过去没有通过考试、只凭教练喜好选上来的,没有发展潜力的,不认真训练的,裁汰一批。这样的传言让董大壮很是紧张和焦虑,要裁汰的这几条,除了自己训练还算认真些, 其他几条自己可都是符合的。虽然传言不知是真是假,可是无风不起浪,并且体校的老师们有好几天不抓训练了,连着几天都是开会。

成天心里惶惶着的董大壮便想凑晚上去篮球教练家里打问一下,可没等他去找教练,教练却先找了他。教练把他叫到自己的住处,倒茶让座后,便给他说了按上级要求,体校要裁汰一些学生,并给他说了他也在这些个裁汰人员中。董大壮听罢,脸色立马阴沉下来,坐在那里不停地搓着双手。董大壮首先想到的是,在县体校混了这么长时间,家里人都把自己当成了城里人,他在家又吹过牛,被裁汰回家,该怎样面对家里人啊! 这无疑是人在高处被一下子踢进了泥坑里。董大壮觉得两眼发热,有泪要流,便低下头去。

教练看出董大壮的失落和哀伤, 便轻轻拍了一下董大壮, 说道:“大壮,别丧气,听我把话说完。你们几个被下放,不是说你们不优秀。你们也是从下面优中选优选上来的,并且在各个队里也都为咱们县拿过成绩。特别是你,曾代表县篮球队在全市拿了第二名的好成绩,上级部门也考虑到了这一层。为了把咱们县建成一个体育强县,就必须要有好的群众体育基础,怎样才能提高全县群众的体育热情、加强群众的体育素质? 那就必须有人去带动、去引领。现在体校不是裁你们,是下放你们，是让你们下去当火种，起到星星之火的作用，把体育之火在全县点亮烧旺。”教练端起茶杯啜了一口，接着说道：“上级领导研究决定，把你们几个下放到各个工厂里去。在工厂你们一边工作，一边在八小时以外，以己所长传技授艺，带动工厂工人进行体育活动。这样一来，用不了几年，咱们县的整体体育水平会有一个大的提升。”

听罢教练的话，董大壮的心立时宽松下来。毕竟不是从哪里来回哪里去，而是被送去工厂当个工人，董大壮一直沉郁的脸上也有了喜色。这心里一落一起的回转，让董大壮有点发蒙，他哆嗦着嘴唇不知道说什么，过了好一会儿才对教练说道：“谢谢领导，谢谢老师。”

教练就一副贴心的模样说道：“打心里来说，我是赞成你去工厂的。你看县体校这么多学生，最终能再上一层的没有多少个。在这里待个两年三年的上不去，结局还是要下去的。晚个两年三年的，上面的政策谁知道会不会变？到时候，不再下放工厂，人从哪里来回哪里去也说不准。你们能下放去工厂算是很好的了，特别是你从乡下上来，能进工厂当工人，也就成了城里人，尽早赚工资，在城里找个老婆安家，也算给乡下的家里人争脸面了。”

能留在县城，不被送回农村，就很值得庆幸了。对教练的话，董大壮充满了感激。在离开教练家时，他就像一个平时讷言的人喝醉了酒，平时出不了口的话都拖泥带水地稠起来，他不停地说着教练平时对他的好，说着感谢教练还有体校领导的话，说着忘不了教练对他的好，被教练送出了门外。

体校被下放的学生一共五个人：一人被下放到县水泥厂，一人被下放到县造纸厂，两个女学生被下放到县纺纱厂，董大壮被下放到县化肥厂。这天是被下放去工厂的日子，县领导和体校领导去工厂送他们。三个舍友帮着董大壮拾掇完东西，董大壮扛起自己的铺盖，瞧了瞧这个自己住了近两年的宿舍，难掩一种留恋和不舍。三个舍友把董大壮送下了楼。

不一会儿，一辆吉普车和一辆解放牌卡车开进了体校。五个被下放工厂的学生上了卡车，领导们坐进了吉普车。汽车发动了，董大壮放眼望去,体校操场上好多学生在目送他们。望着熟悉的渐渐远离的操场,立在操场上的篮球架,院子里的树木、房屋,站在车厢里的、肩上背着一只篮球的董大壮眼睛里禁不住湿润了。这里留下了他太多的汗水和对篮球的热情,以及对自己热爱的篮球前途的向往和遐想。如今这一切都将离自己远去了,董大壮的心里有一种壮志未酬的遗憾。随着卡车在城里行驶,另一种惆怅涌向他的心头,进入工厂、步入社会的自己,将会是怎样的一个人生啊!

董大壮是最后一个被送进工厂的。也许是一上午的不停歇使人有些疲累,也许是一上午的工作热情被消耗了个差不多,因为县里提前给化肥厂领导打过招呼,所以送董大壮来化肥厂的领导们来到厂领导办公室,公事公办地给厂领导简单对接了一下,又简单地对董大壮说了两句好好工作之类的话后,便上车离去。办公室里剩了三个人,除了董大壮,还有一个胖乎乎的中年男子和一个高瘦的年轻男子。那胖体态的中年男子坐在办公桌旁的椅子上,从早先县领导和他谈话中的称呼,董大壮知道这人是化肥厂周厂长。那个瘦高个年轻人抿着手掌对着胖中年人跟董大壮介绍说:"这是咱们化肥厂的周厂长。我姓肖,是厂长秘书。"

董大壮上前一步,朝周厂长伸出了手,周厂长却像没看见似的没有反应,董大壮就有些尴尬地缩回了手。周厂长眯着眼打量了董大壮一下,他见董大壮身后背着一只篮球,便说道:"打篮球的?"

董大壮就点头说道:"在体校我是打篮球的。"

周厂长问道:"家是乡下的?在县城有得劲的亲戚朋友没有?"

董大壮便老实回答:"是,我是乡下的,县城里没有亲戚朋友。"

周厂长就"哦"了一声,对瘦高个说道:"小肖,把他送到锅炉房,让他跟着宋师傅干去吧,顺便给他安排一下宿舍。"

肖秘书应了声"好",便带着董大壮出了办公室。肖秘书带着董大壮来到一处敞着一面墙的高房子跟前,只见房子内有三个又高又粗的大锅炉,一个个子矮瘦、脸上扑满了煤尘、五十多岁的工人,正手持铁锨,从锅炉下面的一个圆口里往里填煤。肖秘书就朝那人叫道:"宋师傅,周厂长让我给您送徒弟来了。"

那人便直起身来,当看到面前站着的董大壮时,开口道:"这么高的个儿。"

肖秘书就指着那人对董大壮说:"这位是锅炉房的宋师傅,你往后就跟着宋师傅学烧锅炉。"然后又指着董大壮给宋师傅介绍:"这位是从咱们县体校下来的学生,姓董。既然进了咱们厂,就都是工人兄弟了,您好好带带他吧。"

董大壮对那人叫了声"宋师傅",就又随着肖秘书去了后勤部,领了吃饭用的碗筷,洗漱用的脸盆、肥皂、毛巾。肖秘书又去食堂给董大壮要了饭票、菜票,说:"这饭票、菜票,领工资时会从你工资里扣除。"然后肖秘书又带董大壮去了职工宿舍,安排了床铺。最后,肖秘书对董大壮说道:"停一会儿你去食堂吃饭就行了,你今天刚进厂,下午就不用上班了,明天早上八点去锅炉房上班就行了。"一切安排妥当,肖秘书告辞离开。

宿舍里只剩下董大壮一个人。这是一间不大不小的房间,跟体校的宿舍差不多,只不过体校一间房里放着两张上下两层的高低床,住四个人,而这儿只放置了两张床。其中一张床上光秃秃的没有铺盖,当然是自己要睡的铺了;另一张床上有叠好的被褥在上面,不过看样子有好长时间没人在上面睡过了。望着空荡冷清的房间,董大壮心里没着没落的,踏实不下来……

2

董大壮开始在锅炉房上班。作为一个刚进工厂的学徒工,平时勤快些、灵动些,给师傅端茶、倒水、递毛巾,这是必需的。董大壮谨慎小心地做着这一切。锅炉房的工作没有多少技术含量,一个班八小时,三班倒。一个班要烧一吨多的煤,煤堆离锅炉房有一百多米的距离,要用一辆拉煤的小铁车来回拉上十几趟才能拉够一个班的用量。董大壮个子高,小铁车又矮又小,于是来厂里上班的人们经过锅炉房时便常常看到,一个大个子像个大虾米一样弓着身子拉着煤车,煤车则像是长在他身后的尾巴，一摇一摆地很是滑稽。

因为自己是刚来的学徒工，所以拉煤、填炭、打扫卫生这些体力活，董大壮全包了下来。董大壮从农村出来，又是一个体育生，这些活对他来说算不了什么。只不过一个班干下来，弄得他满身煤尘、满脸煤黑，好在厂子里有职工浴池，下了班能在浴池里好好洗一下。从路过锅炉房的工人和在职工浴池洗澡的工人们的眼神里，董大壮明显感到他们对锅炉工有种轻视。

董大壮对宋师傅很是尊敬，拉煤、填炭、打扫卫生这些活自己全包了不说，提水倒茶、递毛巾这样的事，他也是做得面面俱到。宋师傅对董大壮的表现很是满意，闲时也便跟董大壮说些知心话。宋师傅跟董大壮说，像他这么一个大个子年轻人来锅炉房干也实在是难为了。宋师傅说，锅炉房的活计在化肥厂各个工种中，算是又脏又累的活了。烧锅炉的活没什么技术含量，最主要的是要掌管好锅炉的温度和看好温度表。锅炉温度烧低了影响生产，温度烧高了有危险。烧锅炉是个责任活，一般来说，没有年轻人愿意烧锅炉。来锅炉房烧锅炉的人，要么是年龄大的工人，要么是厂领导不待见的或者是没有什么背景的老实人。董大壮是从农村出来的年轻人，在城里又没有有权有势的亲戚朋友，被分到锅炉房那是很自然的事。

宋师傅见董大壮低头不语，以为他灰心消沉，便说道："你一个农村人，能进这个厂子算是很可以了。这个化肥厂是咱县效益最好的厂，多少城里的年轻人投门子、找关系想进这个厂子都进不来呢。啥事都是事在人为，你年轻，好好干，谁也不知道自己能走到哪一步，说不定哪一会儿顺了领导的眼，调出锅炉房到别的车间去也说不准。"

董大壮就对宋师傅说："工种好孬，说实在的我真没当回事。我一个农村人能进这样的大厂子，当上挣工资的工人，我知足了。在我们农村，这是能让跟我一样大的年轻人眼馋死的事情。人们不是常说要干一行爱一行吗？既然把我安排到锅炉房了，我就安心跟着师傅您好好干。"

宋师傅对董大壮的话很如意，说道："虽然咱们锅炉工累点脏点，可是跟车间的工人比起来，咱们要比他们自由得多。咱们只要把锅炉烧好,温度掌握好,不粗心大意,不出纰漏,领导很少来锅炉房。可车间里就不一样了,车间工人不光有班长管着,还有车间主任管着,厂领导也是三天两头地下车间查看。我是干热了这一行,要是让我下车间,我还真不乐意呢。”

化肥厂职工食堂外面有一个大操场,操场上有一处篮球场,董大壮从锅炉房下班后,洗罢澡、吃罢晚饭,就会背着篮球去篮球场打篮球。篮球场上吊着好几盏大瓦数的照明灯,球场四周安装了长条座椅。天一晃黑,篮球场上的照明灯便齐刷刷亮起,把整个篮球场照得明晃晃的如同白昼。有年轻人在球场练球、打球,在食堂吃罢晚饭的工人们也便围坐在球场四周的条椅上看热闹。

篮球场上董大壮的出现,让一班在球场打球娱乐的年轻人很不以为意,董大壮看出这帮人对自己的轻视和排斥,便自己一个人去另一边的篮架下练球。很快董大壮便吸引了大家的目光。董大壮在球场上,无论是移动动作、运球动作,还是远投、近投、三步上篮、跃起扣篮,身手那个矫健、那个专业、那个标准,哪是别人比得了的。工人们在为董大壮叫好的同时,也都在互相打问着董大壮的底细。一来二去,工人们便把晚饭后去篮球场当作最好的消遣,把看董大壮打球当作一种美好的享受。早先对董大壮不甚友好的一班练球的年轻人也主动示好董大壮,邀董大壮一起练球、打球,董大壮也很快跟他们融合在一起。

化肥厂一大帮子爱好打篮球的年轻人,因为有了董大壮的加入,不再像过去那样乱争乱抢、胡乱练球,显得规范了好多。对同伴不标准的技术动作,董大壮也会给他们做一下示范,纠正指导一下。有时篮球场上会分出两个队来比一下赛,哪个队只要有董大壮,哪个队保准能以大比分获胜。为了公允,董大壮会来回在两个队之间做队员。一段时间后,这帮爱好篮球的年轻人在董大壮的带领下,球技都有了不少的提高,对打篮球更热爱、更感兴趣了。

晚上的化肥厂篮球场成了一个最热闹的地方。有时篮球场上练球的年轻人还没到场,篮球场四周便围满了看打球的男男女女。围观的人越多,篮球场上的年轻人打球打得越是来劲、越是精神。随着场外看热闹的人们的掌声、叫好声,打篮球的年轻人一个个使出浑身解数,奔跑抢断,闪转腾挪,尽情地表现自己。

当然,篮球场上最耀眼夺目的那个人还是董大壮。篮球场上的董大壮很是矫健灵活,抢球、断球、过人、抢篮板,奔跑腾跃,如入无人之境。他投篮,无论是近投还是远投,手中的篮球好似长了眼睛,直奔篮筐而去,几乎是百发百中。特别是他飞身大力扣篮,他跑着,在离篮板还有三四米的地方飞身跃起,两腿在空中迈着步子,越过拦截他的人飞到篮下,一只手臂高高托举着篮球,狠狠地砸进篮筐,然后两手抓住篮筐,在空中悠一悠方才跳下来。这动作那个潇洒、那个敏捷、那个刺激,就连平时矜持的女工们也禁不住高声喊叫。

董大壮耀眼的不光是他那鹤立鸡群般高高的个子、出神入化的球技,还有他那白白的背心上印有的红红的"卫县体校"四个大字,以及蓝色短裤上印有的白色的"卫县体校"四个字。这四个字仿佛在向人们表明,董大壮是一个专业的、有篮球天赋的人才。在这个篮球场上,董大壮毋庸置疑是一个王者。

董大壮在篮球方面表现出来的才能让人们刮目相看,人们不再因为他是一个锅炉工而轻看他。人们再从锅炉房路过,看到弓腰拉煤的董大壮,就会对他指指点点、小声嘀咕:"看看,那就是那个篮球打得超好的家伙。"也会有人主动和董大壮打招呼。有次上班路上,董大壮碰见了周厂长,董大壮便主动打招呼,周厂长面带笑容地说:"小董,篮球打得不错哦,好好带带那些小年轻,再开全县工人运动会的时候,看看能不能给厂里争个名次。"周厂长夸自己篮球打得好,那一定也看过自己打篮球,董大壮有点受宠若惊地朝周厂长笑了笑,忙说:"我们好好努力,一定不辜负领导期望。"因为篮球,董大壮在化肥厂成了一个名人,这也让董大壮在化肥厂有了自信。

厂子里接到上级通知,说是近期要举行全县职工运动会,通知要求全县各个厂矿企业要精心组织、认真对待这次运动会。县里多少年没举办过职工运动会了,化肥厂又是全县的大工厂,厂领导对这次运动会很是重视。周厂长专门指派了一个副厂长主抓这项工作,并嘱咐副厂长:"厂里一帮年轻人篮球打得好,先把厂里的篮球队组织起来。在队员组成上,烧锅炉的董大壮是体校过来的,篮球打得好,可以让他当这个篮球队的队长兼教练,在队员的组成上也可以跟董大壮商议一下。球队组成后,让他们上午工作、下午训练。作为县里的大厂子,不能光是生产先进,各方面都先进才能体现出一个大厂的风貌和气势,争取这次职工运动会上给厂里拿回个名次来。"

接受了任务的副厂长便去了锅炉房,找到董大壮,把要开全县职工运动会及化肥厂要组建篮球队参赛的事说给了董大壮,因为在篮球方面董大壮是专业的,所以让他在成立球队及在队员组成上拿出意见。听说要举办全县职工运动会,化肥厂要组建篮球队参加,董大壮很是高兴。他爽快地答应了副厂长,尽快选定队员,尽快组建参赛篮球队。

晚上,副厂长把练完球的一班年轻人召集到场地中央,把县里要举办全县职工运动会的事,以及化肥厂组建篮球队参赛的事说给了大家,并把周厂长让董大壮担任篮球队队长兼教练的建议也给大家说了,大伙一致赞成。副厂长对一班人说道:"咱们化肥厂是县里有名的大厂、先进企业,这次咱们厂组织篮球队参加全县职工运动会,无论如何咱们也不能给厂子丢脸抹黑,化肥厂的篮球队应该跟化肥厂先进大厂的名气相匹配才行。在组建球队这件事上,要求大家以大局为重,以化肥厂荣誉为重,入选球队的人不要骄傲,入选不了的人也不要灰心。这回不能入选,还有下回。打篮球我是外行,在选队员这件事上,董大壮是内行。"副厂长转身对董大壮说:"小董,定队员的事你跟大家商量一下,及早定下来。"

按规则,在正规的篮球比赛中,每队总共有十二名参赛队员,包括一名队长。比赛时,五名队员首发上场,其余为替补。董大壮经过和同伴们的一番全面衡量,最终按正规球队、正规比赛的要求,选出了一支包括自己在内的、由十二人组成的篮球队。

这支篮球队在董大壮的带领下,训练非常认真刻苦。董大壮拿自己在体校时教练对学生常说的话“只有付出别人不愿付出的努力,才能得到别人得不到的收获”来鼓励同伴们。经过厂领导批准,篮球队队员们上午工作、下午训练。大家很是珍惜这一下午的时间,一刻也不偷懒懈怠。晚上,他们一直练到半夜。在训练中,董大壮通过自己的所学和理解,和同伴们研究制定了一系列赛场战术。有有球人之间的战术,比如后卫中锋错位、挡拆掩护这些,也有无球人的战术,个人战术行动、基础配合、快攻与防快攻、半场人盯人防守与进攻半场人盯人、区域联防与进攻区域联防、全场人盯人紧逼与进攻全场人盯人紧逼、区域紧逼与进攻区域紧逼、混合防守与进攻混合防守、投界外球的固定战术;有进攻战术,还有防守战术,比如传切、挡切、掩护、反掩护、反跑等。董大壮在篮球方面的专业,让同伴们佩服的同时,也使他们对训练更加有兴致、更加努力。

化肥厂篮球队的刻苦和努力终究没有白费。在全县职工运动会上,在全县众多工厂企业篮球队的比赛中,县化肥厂篮球队在董大壮的带领下,经过一场场的拼搏,勇夺全县职工运动会篮球比赛冠军。

3

董大壮带领化肥厂篮球队在全县职工运动会上争得篮球比赛第一名的好成绩,给化肥厂赢得了荣誉、争了光,厂领导很是高兴。在全厂职工大会上,周厂长对篮球队进行了表扬。化肥厂篮球队能取得这么好的成绩,董大壮功不可没。工厂里好多人都认为,董大壮凭此功劳会被厂领导重视,调离锅炉房,就连宋师傅也对董大壮说:“小董,我不是说过吗,谁也不知道自己能走到哪个地步。你在体校篮球没白打,你不但凭篮球进了工厂,还凭篮球入了领导的眼,锅炉房怕是盛不下你了,你小子怕是跟我干不长了。”

董大壮听罢,只是笑了笑。其实宋师傅的话,在篮球队夺得第一名,自己站在台上领奖时,董大壮就想过了。他觉得凭这次运动会他带领化肥厂篮球队取得第一名的好成绩,厂领导一定会对自己另眼相待的。可是,多少天过去了,事情并没有像宋师傅说的和他想的那样,厂领导会把阳光雨露洒向他，而是随着这场运动会的结束，一切就像一阵风掠过后归于自然，化肥厂还和往常一样，工人们忙工作，领导抓生产，宋师傅、董大壮烧锅炉。倒是宋师傅不知道从哪里得到一点风声，他私下跟董大壮说，其实周厂长是不喜欢董大壮这个从体校分来的体育生的。周厂长手里有几个有背景的关系户想进化肥厂，都还没能进来，一个没有任何背景、靠山的乡下人却先进了厂。尽管这事是上级领导安排下来的，可关系户哪里听这些？他们背地里猜测周厂长跟这个打篮球的小子一定有关系，这让周厂长在关系户面前很不好说话，很不好做人。这样一来，周厂长对董大壮不光是不重视了，甚至对董大壮有了几分怨恨。

听罢宋师傅的话，董大壮放下了心里曾冒出的那一丝希望。他还和往常一样，在锅炉房拉煤添煤，给宋师傅递茶倒水，且毫无怨言。不过，在工作时间之外，去篮球场打球依然是董大壮最喜欢、最开心、最快乐的事。

化肥厂篮球队在全县职工运动会上得了第一名，职工们在为这支给厂子争来荣誉的篮球队感到骄傲和自豪的同时，也对篮球队更加热爱和喜欢。通过这次运动会的磨炼，篮球队队员们的打球技术上了一个档次，打起球来个人技术显得更加全面，相互配合更加默契，对抗起来让人眼花缭乱，显得更激烈刺激。篮球场是下班后的男男女女最愿意去的地方，依然是厂里最热闹的地方，董大壮依然是篮球场上最引人注目、最耀眼的那一个。

董大壮在球场上的潇洒英姿，让男职工们赞佩的同时，也深深地打动了不少女职工的心。这些女职工正值芳华妙龄，情窦初开，对董大壮高高的个子、俊朗的面庞、让人悦目娱心的球技、球场上的英姿勃勃，慢慢迷了心窍。她们相互不露声色，相互遮瞒着这份心境，把对董大壮的着迷藏在心里，只有在一个人的时候，才去慢慢品味藏在自己心里的董大壮。

在心里暗恋着董大壮的几个女职工中，有一位叫周晓丽的姑娘。周晓丽是化肥厂医务室里的一名医务人员，她的名字叫“晓丽”，其实长得高高胖胖，模样在一众姑娘们中间说不上丑，也说不上俊。周晓丽的基本条件虽是一般，可因为家庭背景好，在选择对象上十分挑剔。女孩子家胖就胖了，模样招人喜欢就好；女孩子家模样一般就一般了，长挑身材、苗条细腰就好。只可惜周晓丽占了身材胖和模样一般，这就使得她在自己个人的事上有些尴尬，条件不好的男孩她看不上，条件好的男孩子又看不中她。所以她都二十五了，个人的事还在那里高不成低不就地悬着。

董大壮的出现，让这位二十五岁的姑娘动心了。当然，周晓丽对董大壮的动心也不是一开始就有的。应该说，一开始周晓丽对这个新来的锅炉工是根本瞧不上的，成天浑身煤尘、满脸煤尘，像个要饭的叫花子不说，更何况又是一个从农村出来的男孩子。可是，自从董大壮出现在厂里的篮球场上，并展露出自己非凡的球技后，她开始对这个年轻的锅炉工有点另眼相看了。随着董大壮在篮球场上的精彩表现，以及因为董大壮带起来的人们观看打篮球的热情，一般情形下从不凑热闹的周晓丽也天天晚上来到篮球场，和大家一起看打篮球。篮球场上董大壮矫健的身影、敏捷的动作，几乎是百投百中的投篮，征服了场外看球的人们，人们为董大壮鼓掌、欢呼、叫好。随着看球的次数增多，在不知不觉中，董大壮闯进了几个姑娘的心房，这几个姑娘里面就有高傲的周晓丽。

周晓丽并没有因为自己心里爱恋上董大壮而迷乱了心智，因为自己的年龄和家庭背景，周晓丽考虑事情自是要比一般女孩子细致些、深远些。她曾在自己心里冷静地思考过她跟董大壮假如相爱的事。从好的方面考虑，董大壮是一个农村人，在县城又没有任何亲戚朋友，假如她跟董大壮谈恋爱，作为农村人的董大壮在自己跟前的自卑感那是一定会有的。董大壮的家庭跟她的家庭相比，不亚于一个天上、一个地上。假如能和董大壮走到一起，董大壮在自己面前一定会乖乖顺从，自己会说一是一、说二是二，董大壮绝不会违背自己。再说董大壮身材高高大大，模样长得周正，篮球打得又好，在这个小县城里，无论哪个场合，都是一个拿得出手、亮得出去的男人。从不好的方面考虑，两个家庭天壤之别，门不当、户不对，自己父母这一关就不会好过。尽管董大壮要个有个，要模样有模样，可是他毕竟是一个从农村泥巴窝里出来的年轻人，又是一个烧锅炉的，城里没有任何可以指靠的亲戚朋友，自己和他恋爱，在外人眼里，自己一定是犯了迷糊。那些曾经被自己拒绝过的公子哥们也会嘲笑自己是屈尊下嫁，公主硬是当婢女。可是，这些东西比起自己一辈子的幸福又算得上什么呢？下嫁？怎么不说是恩赐呢？当婢女？看看他一个烧锅炉的是把我当婢女还是当皇后？自己父母那边的工作也会慢慢做通的，毕竟父母都是通情达理的人，自己年龄又不算小了，和自己差不多大的女孩都结婚生子了。再说婚姻自主、恋爱自由，父母还真没有道理硬是阻挠自己。女孩子最懂女孩子，在篮球场看球时，她从几个女孩子的眼睛里和神态上，看出来她们对董大壮也一定是倾心的，并且这些个女孩子中，不乏几个长得漂亮的。时不可待，不可犹豫，先下手为强，经过一番衡量思考，周晓丽决定对董大壮展开进攻。

周晓丽开始有意无意地从锅炉房路过，碰到董大壮弓着身子拉煤，就会朝董大壮摇摇手，笑着招呼："小董，忙着啊。"

董大壮尽管对和自己打招呼的姑娘不熟悉，依然会礼貌地回道："哦，您好！"

几回碰面互打招呼后，周晓丽再和董大壮碰面，就会从口袋里拿出两袋伤痛止痛膏递给董大壮，并表现出一副很随意的样子说："你打篮球少不了跌伤碰伤，正好我口袋里有两袋止痛膏，你拿去备用吧。"

把周晓丽当作自己球迷的董大壮感觉两袋止痛膏不是什么大东西，这东西自己还真能用得着，于是他便在工作服上擦了擦手，一边接过止痛膏，一边道谢："谢谢，谢谢！"

过了两天，周晓丽又从锅炉房路过，她等到董大壮去了远处煤堆上拉煤的时候，径直去了锅炉房。锅炉房里，宋师傅正手持铁锨往锅炉口里添煤，见周晓丽来到锅炉房，便说道："晓丽，这么稀罕呀。"

周晓丽便说道："宋师傅，前几天您崴了一下脚，去医务室拿了膏药，今儿我顺路，来看看您好了没有。"

宋师傅就有些受宠若惊，忙说道："好了，好了。晓丽真是个细心的好姑娘，都多少天了，还记得我崴脚的事。"

周晓丽就笑笑，当她看到一旁放着一双有些破旧的白运动鞋时，就故作惊讶地问道："哎呀，谁的一双这么大的鞋啊？"

宋师傅便笑道："我徒弟小董的，打篮球的个子高，脚也大。"

周晓丽就说："这得是多大号码的鞋呀？"

宋师傅呵呵一笑说："四十四码的，咱们厂里能穿这个号码的怕是不多。"

两天后，周晓丽再从锅炉房旁路过时，手里就多了一个布提包。她拦住正在拉煤的董大壮，把手里的布包向董大壮递了过去。董大壮诧异地瞧着周晓丽，问："什么呀？"

周晓丽的脸上现出一抹红晕，她直视着董大壮说："打球的哪能没有回力鞋？这是我给你买的上海产的回力鞋。"说罢，她把布包一下塞到董大壮手里，撇下呆若木鸡的董大壮，头也不回地快步离去。

能拥有一双上海产的回力鞋，是很多年轻人做梦都想的事。上海产的回力鞋耐穿，并且外表美观，高腰鞋帮和脚有非常好的亲和性，不容易崴脚，特别是它采用优质橡胶制造的绿色鞋底弹性极佳，有助于运动员弹跳力的发挥，加之呈凹形吸盘式的鞋底，具有相当好的抓地性，有利于篮球运动员做急起急停等攻防动作。这双鞋一旦蹬在脚上，穿什么衣服就都无所谓了，单凭这双鞋，就能"拔"起"份"来。拥有一双回力鞋，在青少年中那是相当厉害的潮人标志。不过一双上海产的回力鞋价格不便宜，要三十五六块呢，相当于一个职工一个月的工资。大码的还要贵些，四十四码的回力鞋怕是得四十块钱。

周晓丽给了董大壮一双这么贵重的鞋，一时间让他有点不知道怎么办才好。他手里提着周晓丽给他的回力鞋来到锅炉房，把医务室的周晓丽给自己买了一双回力鞋的事，和他打算把鞋送回去的想法，说给了宋师傅。宋师傅听罢，露出一副惊讶的模样，瞧了董大壮好一阵，方才意味深长地笑了笑说道："小董啊，你小子要撞大运了。"

听宋师傅这样说自己，董大壮就一副懵懂的模样，说："一双鞋能撞什么运啊？”

宋师傅说："你知道这个周晓丽是谁吗？"

董大壮说："她不是咱们化肥厂医务室的医务员吗？"

宋师傅说："你不知道她父亲是谁？"

董大壮摇了摇头说："不知道。"

宋师傅说："你是真不知道还是假不知道？"

董大壮说："我操那份闲心，管她父亲是谁干吗啊！"

宋师傅说："她父亲就是咱们厂的周厂长。"

董大壮就像突然被电打了一下，蒙在了那里。

宋师傅说："小子，这周晓丽怕是看上你了，不然人家一个大姑娘家也不会送你这么贵的鞋。厂长的女儿看上了你，你小子这还不叫撞大运吗？"

董大壮作为一个农村孩子，能进入全县最大的厂子，成为一个挣工资的城里人就已经够幸运的了；要是能在县城找上一个寻常人家的女孩子做媳妇，已经够自己谢天谢地、心满意足了。让他想都不敢想的是，周厂长的女儿周晓丽居然向他这个农村娃子、一个锅炉工示好。这事又来得那么突然，那么猝不及防。蒙了一阵的董大壮慢慢平复了心情，冷静地思考这事自己该怎么办。他想到了自家农村老家那破旧的院落，破旧的窄逼的泥草屋，还有佝偻了身子的父母；想到了周厂长威严的神情，对自己那种蔑视的眼神，还有周晓丽平时看什么都是那种傲视的目光，说话时露出的那种让人不容分说的气势。董大壮经过一番衡量，无论从哪方面说，自己跟周晓丽都不是一个阶级，并且差距实在太大。面对这样的差距，他扪心自问：这样一个背景的人你能高攀、你敢高攀吗？他的答案是不能、不敢。

一旁的宋师傅见董大壮站在那里呆想着什么，便说道："你小子发达了，别忘了我这个师傅哈。"

董大壮缓过神来，摇了下头说道："师傅，这姓周的咱可是高攀不起啊！"

宋师傅就一副严肃认真的样子说："小子，厂长的女儿能给你送这

锅炉

么值钱的鞋子，能是平白无故、脑子发热？你是高攀不起，可现在是她在低就你呀！”

董大壮沉思了一下，说：“无论从哪一方面说，咱都配不上人家。我只想做个平凡的人，过平凡的日子，这样的高枝，我打心里就不想攀。我觉得，我还是应该把鞋还回去。”

宋师傅听罢，就一脸正色说道：“小子，别做傻事哈。把鞋送回去？你不想在化肥厂混了是吧？如果周晓丽是一般的姑娘也就算了，她可是周厂长的女儿啊！厂长的千金看上你这个无根无蒂的小子了，你竟然敢拒绝，传出去你让一个大姑娘的脸往哪儿放？又让周厂长的脸往哪儿搁？后果会怎样，你小子想过没有？这事上只能周晓丽拒你，你万万不可去拒她。”

董大壮就一副茫然的样子喃喃说道：“这要也不是，退也不是，我该咋办才好呢？”

宋师傅说道：“你小子也别瞎想了，拿出个男子汉的样子。眼下你要做的，就是凑个机会，穿上这双回力鞋去趟医务室，当面找周晓丽说句感谢的话。至于往后的事，先别去管它。师傅是过来人，听师傅的保准错不了。”

董大壮没有听宋师傅的话，当天晚上，他就穿上了周晓丽给自己买的崭新的回力鞋，驰骋在了篮球场上。董大壮心里清楚，在围观的人群里，一定站着送给自己回力鞋的周晓丽。这一晚，董大壮在篮球场上奔跑起来健步如飞，蹦跳起来身轻如燕，炫起球技来让人眼花缭乱，出尽了风头。

第二天下午，临下班前，周晓丽来到锅炉房，当着宋师傅的面，从口袋里掏出一张电影票来，大方地递给董大壮，用一种不容分说的口气说道：“今儿晚上不要打球了，咱们一起看电影去。”

周厂长的女儿周晓丽和烧锅炉的董大壮谈恋爱的事，像风一样在化肥厂刮开了。当然，女儿跟烧锅炉的小子谈恋爱的事，也很快传到了周厂长的耳朵里。周厂长对女儿跟一个乡下娃子谈恋爱很不乐意，很不赞同。在家里他对女儿好劝歹劝,无奈女儿是油盐不进,就是认定了董大壮,并且把自己跟董大壮在一起好的方面一条条地摆给父母听。周厂长知道自己女儿的大小姐脾气,便让女儿带母亲去相看一下董大壮。周晓丽便提前给董大壮打了招呼,董大壮有了心理准备,见到周厂长夫人时恭敬礼貌,举止稳重,说话语气谦和,厂长夫人对满脸朴实、模样周正、高高大大的董大壮很是满意。既然夫人认下了这个姑爷,周厂长也不好再说什么了。

一个大厂厂长未来的姑爷烧锅炉,无论怎么说,对周厂长而言都不是壮脸面的事。于是,董大壮便从锅炉房,被调到了化肥厂后勤部的供应科,当了一名采购员……

第十章

1

阳春三月，院子里沉睡了一冬的桃树似乎被蒙蒙细雨淋醒了，枝条上绽出了白色的花骨朵。三月的细雨如丝如雾，绵绵地、柔柔地挥洒着。院子里挨着墙根闲了一冬天的小菜园里冒出来的小草，就像撒了一地的绿豆，在细雨的润泽下，鲜嫩嫩的、绿莹莹的。王玉明站在院子里，抬头望了望细雨飘飘的天空，接着回到屋里，披了蒲草织成的蓑衣，戴了草帽，扛了张铁锨朝门外走去。王玉明媳妇在身后喊道："这湿雨沥沥的你干啥去？"

王玉明就回了句："俺去地里看看。"

王玉明扛着铁锨，出了村子。放眼望去，路两边远处近处的田野里，已经返青的小麦翠绿成一片。田野里有稀稀落落的人影在走动，王玉明本以为这样的雨天只有自己才会去地里看看，未承想还有比自己更早来地里的人。望着眼前一片生机盎然的麦田，漫步在田间小道上，闻着泥土的气息和麦苗散发出的清新的青草味，还有比这更让庄稼人着迷的吗？

王玉明没有在自家承包地里停留，而是径直往大湖堤走去。自家四亩多的承包地，王玉明隔上两天就会去地里遛上一圈，地里的麦苗是他看着出土发芽、发绿返青的。现在王玉明关心的并不是自家四亩多的承包地，而是大湖堤下面自己开出来的那片荒地。那片开出来的七八亩荒地，现在还是一片白地。去年种秋时，他没有在这片土地上种小麦。一个把土地看得跟自己的命一样重要的庄稼汉，该种麦的时候不种麦，费力开出来的荒地闲着，着实让其他一些庄稼汉感到疑惑，猜不透王玉明心里到底打的什么主意。

作为一个把土地看得跟自己的命一样重要，把自家土地当作菜园子一样待弄的庄稼汉，怎么可能会无缘无故地闲置土地呢？其实，王玉明作为一个在种地方面资历深、经验丰富的庄稼汉，在这个湖堤下开出荒地的那一刻，他心里就已经对这块土地有了自己的打算。

王玉明来到大湖堤上，一路走来，他走出一身汗。天上淅淅沥沥地下着雨丝，带着几分凉意，飘飘洒洒，微风带着雨丝飘到身上，让他感到很是舒爽。放眼看去，大湖里一片片过冬的芦苇丛，泛着枯黄，托起一簇簇的芦苇花，团团如绒毛般的芦苇花，受了细雨的湿淋，低垂着，微微地搭在芦苇上。微风过处，芦苇花摇摇摆摆，似在向人招手。有万头攒动的芦笋穿透了枯枝败叶，好像在焦急地争春夺绿，几日不见，已是齐刷刷地蹿得老高了。一阵阵微风吹过，把湖水吹皱起一圈圈波纹，远处有几条帆船在湖中悠悠游走。堤下王玉明开出的那片荒地，就像一个大麦场，光秃秃的，颜色灰黑，躺在周围一片荒草中间。和每一回来这里看这片土地一样，王玉明的心又一次不是为了湖光水色，而是为了自己的这片土地沉醉了。

王玉明走下大堤，来到自家开垦的荒地上，脚下灰黑的泥土经过一冬的风雨雪冻，显得松散暄软。细雨打过的泥土有点黏鞋，王玉明索性脱掉鞋，光着脚踩在泥土上。被细雨浸润的泥土有些凉，可对于一个在大湖边、泥土地上滚打了一辈子的庄稼汉，这点凉又算得上什么呢？王玉明用铁锨在土地上挖了一锨土，蹲下身去抓起一把土，在手里攥了攥，又送到鼻子前深深闻了闻，喃喃说了句“好有劲的地啊”，然后他像在叫醒一个熟睡中的人一样，用手轻轻拍打着脚下的泥土，说道：“安闲了一冬的兄弟啊！三月了，是该醒来跟俺一起忙活了。”

王玉明决定在这片荒地上种植别人都不种的早棒子(玉米)和早红薯,再种上西瓜、豆角、毛豆。按这一方多年的种植方式,都是秋收后紧着种上小麦,待收罢麦子,能种水稻的大田地便种上水稻,那些不容易上水的小田块,该种棒子种棒子,该种红薯种红薯,该种大豆种大豆。对于王玉明这么一个老资格的庄稼汉,把土地闲置一冬,选择种植这些东西,绝不是一时心血来潮。

在别人想都不曾想过开荒种地这件事的时候,王玉明能想到,并且选择了即便有人开荒,也不会愿意去开的大土堆。不能不说,王玉明比一般庄稼汉的头脑要精明很多。他跟儿子小飞在大湖边,顶着毒日头,凭着两张铁锨、一辆地排车,没日没夜苦干了一个多月,才整出了土台子。一般人谁有这个心劲?一般人谁肯下这样的力气、工夫?一般人谁能吃得了这样的苦累?光搬大土堆的工夫费谁能付得起?这样,即使往后有人眼红、想争,门都没有。王玉明知道,在大湖边种地是不保险的,汛期大湖水会涨高好些,会把整个湖沿淹没。要是遇到大雨,大湖水会比往常高出两米多。所以他没有为了多种几亩地去把土台子整低,而是让土台子高出湖面两米多。

无论是广播里还是报纸上,都不再提“割资本主义尾巴”了。不光不提“割尾巴”,广播里、报纸上还鼓励社员勤劳致富。过去是“越穷越光荣”,现在翻了过来,成了“谁富谁光荣”。集市上也放开了,粮食、青菜、肉,都可以自由买卖了。王玉明从中嗅到了一种气息,这气息让他在心里有股抑制不住的兴奋和欢喜。本来打算年前在荒地上种小麦的他突然改变了主意,把开出来的荒地闲置一冬,待三月开春,种上早庄稼。

什么东西都是物以稀为贵,王玉明很明白这个道理。他在心里盘算,种上早棒子、早红薯,收麦前就能收获,人们就能吃到鲜棒子、鲜红薯。比起收罢麦子再种棒子、红薯,秋收时节才能收获,人们才能吃到这些东西,这麦前收获的早棒子、早红薯显然算得上稀罕物。另外再种上西瓜、豆角、毛豆,这些都可以拉到集市上卖钱。最主要的是,种这些旱作物一点儿也不会误了种秋。他估摸要是风调雨顺的话，这开出来的七八亩湖边荒地会比自家那四亩多的承包地收益要高好多。

几天后，凑了个晴云日暖的日子，王玉明带着儿子王小飞，在大湖边开出的荒地上，开始耕作下种。爷儿俩忙活了五六天，在荒地上种了二亩棒子，二亩红薯，一亩多的毛豆、豆角；又预留了二亩地，待到清明时节再种上西瓜。

这开出的荒地土地肥沃得很，有劲得很。种上的棒子，从开始冒芽，就似随风生长一样，一天一个样，一个月不到，就长得齐腰高了。红薯秧子也长得盖严了地皮，毛豆、豆角也长得旺盛。王玉明、王小飞父子两人在给棒子、红薯除过草后，便在那早先预留的两亩地里种上了西瓜。

棒子长到一人高的时候，开始长穗了；红薯也都结得鹅蛋大小了，西瓜秧上长到结了拳头大小的西瓜，毛豆豆荚里开始长豆仁了。一溜湖沿偶尔也有一两个外村开荒种地的，他们只是在湖滩上开了很小一片。像王玉明在大湖边开出这么大规模的荒地，种植的庄稼又长势那么喜人的，根本没有第二家。站在大堤上看，这开出来的七八亩荒地就像有人在上面画了彩画，成行的棒子是浅绿色的，成垄的红薯是紫绿色的，大片的西瓜秧是深绿色的，毛豆、豆角是翠绿色的，这让人看了很是扎眼。王玉明知道，这个时候的庄稼要开始用人看护了。

王玉明和儿子王小飞开始在地当中的位置，搭建看护庄稼的草庵子。对于搭建草庵子，王玉明不外行，他曾看护过生产队里的高粱地，地里搭建的是高腿草庵子。在生产队时看护庄稼中午不能回家吃饭，王小飞晌午去高粱地里给父亲送饭，也曾在草庵子里玩过。王小飞很喜欢坐在草庵子里看风景，草庵子搭建得都高过了庄稼，坐在草庵子里能看到好远。

王玉明从家里拉来了木棒、一张没了腿的木床架子，还有铁丝、草苫子、绳子。为了能更好地看护庄稼，王小飞让父亲把草庵子搭建得高些，王玉明便依了儿子，把那张没了腿的木床置在一人多高的地方，在上面扎起人字形的支架，然后在支架上盖上草苫子。为了防止雨天漏雨，王玉明又在草苫子上搭上厚厚的苇草。不管大湖里，还有湖沿上，最不缺的就是苇草。大湖边风多，为防风刮，王玉明用绳子把草庵子上上下下扎得牢牢的。待搭建好草庵子，王玉明又在床架子上摊了一些晒干了的苇子，上面铺了苇席。为了上下方便，王玉明用木棒扎了一个木梯子，跟草庵子连在一起。草庵子算是建成了。

庄稼、西瓜都还没有长大，王玉明就让儿子王小飞白天去大湖边的草庵子里看护庄稼，傍晚回家，自己则在家关照承包地。王小飞很乐意一个人在大湖边看护庄稼。棒子、西瓜都还没长成个，没人会在这个时候去掰去摘。这个时候，庄稼是最好看护的。王小飞早上吃过早饭，带上午饭，扛上一把镬头，就去了大湖边。想干一会儿活，他就拿起镬头在地里刨会儿草；累了、不想干了，就爬上草庵子，或者睡上一会，或者坐在那里看风景。

微山湖是中国北方最大的淡水湖，鱼自然是少不了的。湖里有甲鱼、鲤鱼、鲫鱼、草鱼、乌鱼、葛鱼、噘嘴鲢、黄花鱼、鲶鱼、鳝鱼、大虾。在湖畔长大的人，对捉鱼逮鱼都不外行。王小飞从家里带了鱼叉，感到无趣的时候，便拿着鱼叉在湖沿上叉鱼。有时他也会叉条鲤鱼或者噘嘴鲢什么的，带回家或炒或炖，全家吃上一顿鲜鱼。荒草丛里、庄稼地里常有野兔子出没，野兔子会啃咬西瓜纽，也会啃咬没成个的红薯和豆荚里只长了嫩豆仁的毛豆。王小飞就做了一只弹弓，又在湖沿上做了好些泥蛋蛋，晒干后当作弹弓的子弹。他看见野兔子时就会用弹弓去射，有几次被弹弓射中的野兔子虽然没被射死，却也被射得叽哇乱叫，蹦跳着蹿去。一阵子下来，野兔子便很少到王小飞的庄稼地里祸害庄稼了。

过了一个月，随着天气越来越暖和，地里的庄稼也长得快了。垦荒地里的棒子，长得如女人们纺车上纺出的棉穗子一样大小了，西瓜长成了半大个，毛豆长满了仁，豆角也长得快跟筷子一样长了。这个时候的庄稼，白天黑夜就都要看护了。王玉明家离大湖堤五六里远，虽说五六里地不算太远，可要是天天往大湖边送饭也不是办法。于是王玉明就在草庵子下面用泥培了一个锅灶，上面放了一口小铁锅，好做饭烧水。烧锅的柴火不用愁，满大湖满湖沿的苇子、蒲草，割一片就能烧上好多天。至于饭食，从家里拿些面和油盐酱醋就行，地里的豆角、红薯叶子都能拿来炒菜。地里再栽上几棵辣椒、茄子，根本不用从家里拿菜。天气越来越热，王玉明就和儿子小飞一起又在草庵子前面搭建了一个凉棚。

大湖离村庄远，大白天这个地方来人就不多，晚上更是难见一个人影。除了自家垦出来的庄稼地，东边是一眼看不到边的大湖，其他三面都是没人高的荒草苇棵。王玉明怕儿子小飞晚上一个人在草庵子里看护庄稼害怕，便从家里过来陪儿子一起看护庄稼。王玉明陪了几个晚上，王小飞就心疼父亲一个人忙了上边承包地，又忙湖沿上的开荒地，晚上还要在草庵子里陪自己，便让父亲晚上不要过来了，自己不是小孩子了，一个人在草庵子里不害怕。听了儿子的话，王玉明也觉得儿子不是小孩子了，应该让儿子练练胆子。在生产队时，自己跟儿子年纪一般大的时候，晚上就曾一个人在野地里给生产队看护过庄稼。那时大人们都夸自己是人不大胆大，如今儿子要一个人在湖沿上看护庄稼，并说自己一个人不害怕，也许儿子随了自己的大胆，是真不害怕。于是，王玉明给儿子小飞买了一只手电筒，又给儿子拿了自己给生产队看护庄稼时曾经用过的白蜡杆子红缨枪，并嘱咐儿子，先看上一两夜，要是一个人害怕的话，自己再过来。

2

晚上，王小飞不让父亲跟自己做伴，一个人在大湖边看护庄稼。这是一个弯月如钩的夜晚，王小飞坐在湖沿的草庵子里，没有边际、没有目的地近看与远望。对面是一眼望不到边的芦苇荡，只见弯如银钩的月亮挂在芦苇荡上空，散发出淡淡的银光，因为没有云雾的遮挡，月亮越发显得明亮。芦苇荡上面，笼起一层轻薄如纱的白雾，天幕上有几颗星星闪烁着光芒，清凉的月色里弥散着静谧的气息和水草的味道，倒是有一阵阵的蛙鸣打破了这夜的沉寂。晚风轻拂着芦苇，芦苇的叶片相互摩擦着，发出唰唰的声响，远看芦苇荡深处，飘着霭霭的雾，透过这朦胧如纱的雾帐,整个芦苇荡轻轻摇曳,荡着绿色的涟漪,犹如汪盈盈的湖水在缓缓涌动。远处的水面上,有几条渔家小船亮着灯光,静静地泊在那里。安静的夜,清凉的风,在光影的变幻中,整个芦苇荡似一幅画,让人不由得心生一份美好的情愫。面对眼前的景致,王小飞虽然无法言说,但内心却是满满的舒爽。坐在高高的草庵子上,看着月光映在湖面上,或有鱼儿忽然一跃,或有飞鸟抄水一掠,湖面上便波光粼粼,荡起一圈圈的波纹。月光、星光流溢其中,水天相映,处处散发着诱人的气息。面对大湖和湖沿上的荒草,王小飞心里没有害怕,有的只是些许的孤独。

即便是感到孤独,王小飞也不情愿父亲晚上给自己做伴。和父亲在一起,根本没有共同的话题聊。除了一起干活,就是听父亲没完没了地唠叨种地、施肥、除草、收成、收益,还有给自己找媳妇。晚上,熟睡中的父亲还会发出如雷鸣般的、能压过蛙鸣的鼾声。虽然跟父亲没有共同语言,可是王小飞从心里爱戴自己的父亲。在一众庄稼人中,父亲在土地上的勤劳耐苦是出了名的,父亲对自己的疼爱王小飞也是能感觉到的。为了让家里人能吃饱穿暖、过上好日子,父亲真的是不给自己留一点空闲。农活上,王小飞一没有父亲的那种冲天干劲,二没有父亲那种精打细算的心劲。就拿这二亩西瓜地来说,瓜田里瓜秧上开了多少朵花、结了多少个瓜纽,父亲都知道。

王小飞打心里不喜欢干农活。王玉明当然也看出儿子在农活上的怠惰和散漫,但他觉得儿子年纪轻,农活上还没摔打出来,有四亩多的承包地再加上大湖边的七八亩地,有这些土地供着侍弄,三五年儿子定会成为一个比自己还强的庄稼人。有时见儿子干活懒散,王玉明就咧嘴笑着对儿子说:“干累了吧?啥时候给你娶个媳妇,媳妇跟着一起干,就没这么累了。”

王玉明问儿子一个人晚上睡草庵子害不害怕,王小飞就说:“有啥害怕的?鬼啊怪的,都是迷信。俺倒想碰上一个,用红缨枪扎了,看看鬼怪到底是个啥模样呢。”

王玉明听了儿子的话很高兴,也很放心。他对儿子说:“今年就这样了，下年咱们养条大狗带到这里来，狗耳朵尖，有啥动静它听得到，也能给人壮壮胆。”又叮嘱道：“棒子、西瓜、毛豆都快要熟了，有些手不干净、好偷好摸的人会在这个茬口偷棒子摸瓜。这个时候不可大意，特别是晚上，更要留心些。”王小飞让父亲放心，说自己晚上会提高警惕，不会疏忽大意的。王玉明又嘱咐儿子：“要是晚上真有人来偷庄稼摸瓜，咋呼咋呼吓跑人就中，千万不要真的动枪头子扎人。能来这里偷庄稼摸瓜的，都不会是多远的，要是真把人扎伤，抬头不见低头见的，就都不好看了。”王小飞应了父亲。

这是一个月圆如盘的晚上，浑圆无缺的月亮遥远而明净，向大地毫不吝啬地洒下皎洁的月光。天空中云很淡，风很轻，大湖、芦苇荡、庄稼、荒草，一切显得那么静谧温柔。王小飞很喜欢大湖的月夜，特别是月圆之夜。每逢月圆夜，他都会坐在草庵子边上，双手托腮，仰望着天上的圆月，漫无边际地胡思乱想。他看着圆圆的月亮，就想起上学时学过的课文《故乡》：“深蓝的天空中挂着一轮金黄的圆月，下面是海边的沙地，都种着一望无际的碧绿的西瓜，其间有一个十一二岁的少年，项带银圈，手捏一柄钢叉，向一匹猹尽力地刺去，那猹却将身一扭，反从他的胯下逃走了。这少年便是闰土。”想到这些，他望了望草庵子下的西瓜田，想想此时的自己，跟那个叫闰土的少年多么像呢。此时，他很想看到瓜田里有一只课本上说的“猹”，那样他也会手拿鱼叉，向“猹”尽力扎去。那该是多么刺激的事呢？他看到亮亮的圆月里，有一块块不规则的暗影，就又想起上学时学过的诗：“问讯吴刚何所有，吴刚捧出桂花酒。寂寞嫦娥舒广袖，万里长空且为忠魂舞。”还有当时的老师刘海锋讲解时说的月亮里面的吴刚、嫦娥、玉兔。想到这里，明知道这首诗是借用了神话传说，王小飞还是把两只手握成筒状，就像握着一只望远镜一样，放到自己眼睛上，认真仔细地打量着月亮。他真的希望能看到月亮上面有舞动长袖的嫦娥和挥刀砍桂树的吴刚。

王小飞坐在草庵子上漫无边际地联想着，看着月亮从东边移到了正前方，时间应该是半夜多了。可王小飞仍旧没有一点困意，因为父亲嘱咐过，夜晚要多留心些，所以为了防止晚上发困迷糊，王小飞就在白天睡上一觉,再就是他喜欢大湖边的月夜,不但不困,还格外地精神。王小飞忽然听到棒子地里有隐隐的窸窸窣窣声,他疑惑自己是不是听错了,便支起耳朵仔细听了一下。他确认自己没有听错,棒子地里确实有动静。今晚的风很轻,他看了看大湖里没有动荡、没有声响的芦苇荡和身边没有摇动的庄稼和荒草。他想是不是谁家跳出圈的猪跑到了这里?他又一细想,是猪的话应该会有哼哼的声音,可是他没有听到哼哼的声音。他想,说不定真像父亲说的那样,有人趁黑摸瓜。想到这里,王小飞慢慢下了草庵子,拿了手电筒,操起红缨枪,猫着腰走进棒子地。

王小飞先是蹲在地上听了听那窸窣声,当他听到那窸窣声在靠近了西瓜地后就没了声响时,他便顺着地垄沟悄悄向那边摸了过去。靠近了的王小飞就见前面一个人影正蹲在棒子地边缘,双手伸向西瓜地摸西瓜。也许是那人太专心注意自己的前面,或是心情紧张,以至于王小飞来到他身后,他都没有发觉。王小飞用红缨枪在那人背上轻轻拍了一下,那人受了惊吓,大叫一声瘫坐在地上。同时,王小飞摁亮了手电筒,照在了那人的脸上。当王小飞看到那人的脸时,自己也禁不住"啊"了一声,紧接着叫了一声"冯力凯"。冯力凯听出来是王小飞的声音,便满脸羞惭,轻声叫了声"王小飞"。

当时在大队中学上初二时,班主任刘海锋为了整治马二民和王小飞,打着整肃班级纪律的旗号,让同学们对班级内个别思想落后、不好好学习、好打架、好说下流话的同学进行帮教。至于谁是班级里符合以上条件的同学,则采取无记名投票的方式,在班级里进行筛选。最后按得票多少,选出三名符合被帮教条件的同学。这三名同学将被安排到班级最后一排,以观后效。如果屡教不改,学校将叫家长来校,告知其孩子在学校的情况,劝其退学甚至开除。

班主任刘海锋给同学们留了两天时间,让同学们在这两天里,在心里掂量掂量哪几个同学符合入选条件,两天后将在班级内以无记名投票的方式选出班级帮教对象。因为郑团结跟马二民、王小飞不同班,所以郑团结躲过了刘海锋的整治。刘海锋把班级里的班干部召集到一起，把自己的意图告诉他们，让他们分头做同学们的工作，一定要让马二民、王小飞选上，好让二人在同学们面前脸面扫地。马二民、王小飞二人心里清楚，班主任刘海锋就是冲着他们来的。于是，他们二人还有郑团结，晚上就去班级小组长那里挨个请他们高抬贵手，给二人留点颜面。其中本村第三生产队里的冯力凯是班级第二小组的组长，冯力凯当时就应下了二人，并且真的帮了二人，让二人躲过了班主任刘海锋的羞辱。这件事，王小飞当然没有忘。

王小飞摁灭了手电筒，说道："力凯，恁何必这样呢？恁想吃西瓜，直接找俺不就得了。"

冯力凯低着头哽了声，说道："俺大病重，饭都吃不下了，活不了几天了。这两天他成天嘟囔着想吃口西瓜，现在集市上没有西瓜不说，就是有，家里也没钱去买啊！俺听说恁家在湖沿上种了西瓜，俺，俺就来了……"没等王小飞说话，他又赶紧说道："俺不知道在这里看田的是恁还是恁大，俺要知道是恁在这里的话，俺就找恁了。"

王小飞听罢，伸手拉起地上的冯力凯，说："这挨着棒子棵的西瓜不得阳光，也不熟啊！走，俺去地里给恁挑个熟的去。"

王小飞在西瓜地里一阵轻拍细敲，摘了一只稍大个儿的西瓜递到冯力凯手里，说："现在瓜还都没有熟透，恁先拿上这一个，恁大吃完还想吃的话，恁再来找俺。"

冯力凯接过西瓜，一再表示感激和谢意。王小飞就说道："力凯，恁曾帮过俺和二民，给恁个西瓜又算得上个啥呢？"

第二天，王玉明来到大湖边，先是围着自家的庄稼地转了一圈，然后走到西瓜地里。待在西瓜地里查看一番后，王玉明来到草庵子前对儿子说道："西瓜地中间的那个个儿大的西瓜没了。"

王小飞没有接父亲的话茬，却问父亲道："听说第三生产队的冯大嘴得重病了，是真是假？"

王玉明就说："真的，听人说活不了几天了。"王玉明顿了一下，问儿子："你又没回家，你咋听说的？"

王小飞便说道："昨晚冯大嘴的儿子冯力凯来这里找俺了，说他大想吃一口西瓜，俺就给他摘了一个。"

王玉明听罢，没有言语。他对儿子的做法是从心里赞成的，可是他不能夸儿子做得对，也不能鼓励儿子这样做，要是街坊邻居都寻个借口来要西瓜，那就麻烦了。

3

随着天气越来越热，棒子、西瓜、毛豆、豆角也都快熟了。此时的棒子棵颜色变淡了，早先是葱葱郁郁的墨绿色，现在那一绺绺的棒子缨黄黄的，绿中发黄的棒子皮恰似襁褓，层层叠叠地裹着成了个的棒子。西瓜地里，绿莹莹的瓜秧已铺满了瓜地，瓜秧丛中，一个个身上长了一条条墨绿条纹的西瓜，露出半个圆圆的脸。这个时候的棒子虽然还没熟透，可在锅里煮了，那是又香又甜又脆。西瓜也稀稀落落地开始成熟，渴了，王小飞会摘上一只解渴。有时王小飞也会煮上一锅红薯、毛豆当饭吃。天气热，大湖的鱼儿也又多又欢起来，王小飞会拿了鱼叉到湖边叉鱼，草庵子下面的锅里，时常飘荡着鱼的鲜香。

棒子、西瓜还没有大熟，王玉明便隔个一天两天地拉着地排车来湖沿一趟。他在棒子地里掰些嫩棒子，西瓜地里拣几个熟了的西瓜摘了，再摘些毛豆、豆角，拉到集市上卖钱。年长一点的人图个新鲜，买上半个西瓜；很多年轻人喜欢煮嫩棒子和毛豆吃，便买上一些；豆角是家常菜，大家都会买一些。一堆嫩棒子，五六个西瓜，十来斤毛豆，七八斤豆角，在集市上能换来十几块钱。这让王玉明很高兴。在生产队时，一个壮劳力一天累死累活地干下来，挣十个工分，年底结算，一个工分一毛多钱，也就是说，一个壮劳力一天才挣一块多钱。而自己在集市上卖一次棒子、西瓜、毛豆的钱，就相当于生产队时一个壮劳力劳累十几天所得。要是棒子、西瓜、红薯、毛豆、豆角大熟，都拿去集市上换钱呢？那又是一笔多大的收益呢？每当这样盘算时，王玉明都会笑出声来。

吃饭上的富足和多样，让王小飞在湖沿上的日子过得很是惬意自在。王玉明对儿子看护庄稼也很是放心。他把去集市上卖棒子、西瓜、毛豆的账算给儿子听，又把自己对庄稼、西瓜收益的估摸说给儿子，说等收罢庄稼、西瓜，种上秋庄稼，就买只小木船，秋天在大湖里打菱角拿去集上卖。王玉明说得兴致勃勃，听惯、听烦了父亲唠叨过日子话的王小飞，则对父亲的话左耳朵进右耳朵出，不以为意。因为一直在湖沿上看护庄稼，王小飞和马二民好长时间没见面了。王小飞就在西瓜地里挑了一个西瓜，让父亲带回家送给马二民，王玉明知道儿子跟马二民是铁杆子朋友，自然是不能推却儿子。

夏天，天气就像小孩子的脸，这会儿天正蓝、风正轻，却说变就变。这一天，近晌午的光景，王小飞在锅里煮了棒子、红薯、毛豆，正准备吃午饭。就见从天上东南方向飘来一块黑云，随着那块黑云的飘近，风骤然大了起来，伴着一道闪电，和着一声雷响，豆大的雨点噼里啪啦地落了下来。紧接着天空中像挂了一片宽大的珠帘，雨点越来越密集、越来越稠了。霎时，整个大湖、芦苇荡、庄稼、荒草迷蒙成一片，骤雨就像无数条鞭子，狠命地抽打着大地上的一切，发出让人心悸的声响。

这时，大堤上传来一个女孩子“哎呀，哎呀”的叫声，王小飞抬眼望去，就见一个身穿红白相间褂子的女孩，胳膊上挎着一个竹篮，像雨中的一只花蝴蝶，向他的草庵子跑来。那女孩穿过毛豆地，跑进凉棚下，一边“咯咯”笑着用手甩着满脸的雨水，一边说着：“借光，借光，避避雨。”

王小飞认出这女孩是南平村的何亚莉。他们都在东洼中学读过书，何亚莉在初二(1)班，王小飞在初二(2)班。虽然同校不同班，但因为是相隔很近的前后村，又一起在一个学校念了两年书，相互还是熟悉的。何亚莉相比较在学校念初中时，个子长高了，模样也比过去俊秀了些。

何亚莉也认出了王小飞，说道：“呀，是王小飞啊！”

王小飞就笑了笑说：“是俺，恁是何亚莉吧？恁来堤上干啥来了？”

何亚莉就指了指胳膊上挎着的装有半篮子毛豆的竹篮子，说：“俺大在大堤西边种了几分毛豆，俺今儿摘毛豆来了。整个晌午天蓝水蓝的，哪知道这雨说下就下了起来，俺瞧见大堤东边有草庵子，就跑过来了。”何亚莉顿了一下，指着庄稼地问王小飞道：“恁在这里看护庄稼是吧？这是生产队的地，还是恁个人的？”

王小飞看了一眼何亚莉，见何亚莉的衣裳被雨水湿透了，紧紧贴在胖乎乎的身上，胸前隆起的两坨圆鼓鼓的乳房很是扎眼，他忙扭过脸去，一边往锅灶里续柴火一边说：“现在地都承包了，生产队哪里还有地。这是俺开出来的荒地。”

何亚莉听罢，说道：“厉害，真厉害，早先这里是一个大土堆呢，恁把它整成了这么一大片土地，恁这也算是愚公移山呢。”

王小飞就说：“俺跟着俺大在这里弄了一个多月呢。”

一阵风掠过，王小飞见何亚莉打了个寒战，便说道：“恁浑身上下都湿透了，这里湖风又大，恁会感冒的。恁去草庵子里把衣裳拧一拧吧。”见何亚莉有些犹豫，王小飞就又说道：“没事的，草庵子里有蚊帐呢。俺在下面给恁站岗。”

何亚莉迟疑了一下，放下挎着的竹篮子，顺着木梯爬上了草庵子。不一会儿，何亚莉的双手便从蚊帐里伸出来，哗哗地拧自己的湿衣裳。看到何亚莉从蚊帐里露出的两只白白的胳膊，王小飞的心霎时就如大湖中随着风雨摇摆的芦苇荡一样，纷乱了起来。就在这种乱要肆意下去时，他似乎听到头脑里有个声音在厉声呵斥：“流氓，下流。”他赶紧晃了晃头，朝上面的何亚莉说道：“把恁的褂子扔给俺吧，俺给恁放火上烤一烤。冷的话庵子里有单被子，恁先披一下。”何亚莉便把褂子扔了下来。王小飞就在凉棚下燃起火，给何亚莉翻过来翻过去地烤衣裳。烤了一会儿，褂子干得差不多了，他便把褂子扔了上去。

何亚莉在蚊帐里穿好衣裳，钻出蚊帐，坐在草庵子上对王小飞说：“谢谢恁哈！”

王小飞掀开锅盖，拿出两个煮熟的热棒子，递给何亚莉说：“给，吃两个热棒子暖和一下。”

何亚莉也不客气，伸手接过王小飞递给的棒子，剥开棒子皮，大口大口地啃了起来。两个人一个坐在草庵子上，一个站在凉棚下面，就像两个相熟的老朋友一样拉起闲话来。王小飞就说起自己跟和她一个村的董大壮、江红霞、苏兰朵，在东洼中学读初中时，曾是一个班的同学。

提起同学,何亚莉就跟王小飞说起江红霞跟老师刘海锋谈恋爱、结婚的事;又说了董大壮靠打篮球,现在成了个城里人;苏兰朵找了一个双桥村的对象,结婚都一个多月了。听到苏兰朵结婚都一个多月了,王小飞感到很惊讶,说:"苏兰朵咋这么快就出嫁了?"

何亚莉就说道:"咱们农村不都是这样吗?不当工人、不上大学的,不都是早结婚、早成家的吗?何况苏兰朵都二十一了,长得又比一般女孩子高和壮,也显得年龄大。"

雨来得快,去得也快,早先还大风刮着、大雨下着,说话间就雨过天晴、云开日出。何亚莉下了木梯,对王小飞说:"天都快偏晌了,家里一定挂牵俺,俺该回家了,谢谢你了哈王小飞。"

王小飞说:"咱们是前后村的邻居,又是老同学,客气个啥呀。"说着便从锅里拿了几个煮熟的棒子,放在何亚莉的竹篮子里。何亚莉便争争夺夺地不要,王小飞装作生气的样子说:"都是地里长的,又不是多金贵的东西,争啥呀! 恁要是拿俺当同学,恁就甭争。"

何亚莉便笑着不再争持。王小飞又从西瓜地里摘了一个大西瓜,放到何亚莉的竹篮里,见何亚莉又要争持,他忙说道:"早先恁淋雨了,俺没让恁吃西瓜,这个西瓜恁带回家吃,也不枉咱们大雨中相遇一场。"

听王小飞这样说,何亚莉便不再争持。她挎起篮子对王小飞说了声:"那俺就走了。"便朝大堤走去。望着何亚莉远去的背影,王小飞对这个性格开朗、两人聊起话来没有任何隔膜的姑娘,心里竟有了一丝留恋和不舍,一个人在大湖边上长时间的孤独,让他很是渴望两人能够再次碰面,再次在一起聊天。于是,王小飞对着正走在大堤半坡上的何亚莉大声喊道:"何亚莉,再来大堤时,拐俺这里玩。"

走在大堤半坡上的何亚莉听到了王小飞的喊声,停下脚步,转过身来,朝王小飞嫣然一笑并挥了挥手……

因为早出晚归去建筑队忙活,马二民有好长时间没跟王小飞见面了,他心里很是想王小飞。有天晚上,王小飞父亲王玉明手里捧了个西

瓜送到马二民院里，并说是小飞专门让他送来的，马二民就打定了主意，要凑个时间去大湖边王小飞那里看看。于是，这天傍黑，建筑队收了工，马二民家都没回，背着抹子瓦刀直接到大湖边去找王小飞。

马二民到了大湖边王小飞的草庵子时，王小飞正在烧晚饭。他见马二民背着工具包来到湖沿，高兴得要跳起来。他忙把锅里烧好的稀饭盛到一个饭盆里，准备炒菜。马二民说："地里不是有豆角吗？炒一碗豆角就中。"

王小飞就说："你还别说，你还真是有口福呢。今天晌午俺在湖边叉了两条大草鱼，准备明儿吃呢，你来了，正好咱们炒了它。"

马二民就捋起袖子，要帮王小飞鼓捣鱼。王小飞把他扯到一边，说："你在建筑队累了一天了，你坐那里歇着去，俺弄就中。"马二民便坐在一旁，任王小飞自己张罗。一阵忙活，王小飞炒好了鱼，做好了饭，两人便一边吃饭，一边相互问着对方的情况。王小飞说了自己一个人在湖沿上的孤寂，父亲对土地的勃勃雄心，还说到那天晚上，第三生产队的冯力凯为了病重的父亲，曾来这里跟自己要过西瓜。提到冯力凯，马二民说这件事他知道。王小飞就感到诧异，问马二民："这事俺又没对人说过，你咋知道的？"马二民便说："前些天他大死，俺去吊丧，冯力凯告诉俺的，说他大病重时，想吃西瓜，是你给了他一个西瓜，他对你很是感激呢。"

王小飞就摇了摇头，说："咱们念初中时，刘海锋在班级发动同学选落后分子，想让咱俩在同学面前丢人现眼，冯力凯给咱俩帮了忙，最终让刘海锋的愿望落了空。就凭这一点，送他三个两个西瓜又算得上啥呢？"

马二民给王小飞说了自己在建筑队里的事，说现在庄稼人日子一好过，就都想鼓捣屋子。现在这个季节，天暖风干，正是盖屋建房的好时候，所以建筑队不断活计，早出晚归忙得很。

两人吃罢饭，王小飞就对马二民说："反正你一个人住，今晚就甭走了，明儿一早，俺做了饭吃了再走，咱也好好说说话。"

马二民迟疑了一下，点了点头，应了王小飞的挽留。

晚上，弯月宛如一叶小舟，翘着尖尖的船头，挂在黛蓝色的天空，把清澈如水的光辉洒向大地。王小飞和马二民两人坐在草庵子上，仰望着头上的月亮，想起什么就聊什么。王小飞问马二民道："苏兰朵结婚了，你听说了没有？"

马二民说："听说了，江红霞告诉俺的。"

王小飞就有点不无遗憾地说道："苏兰朵也是位好姑娘啊！可惜嫁到双桥去了。"他瞧了一眼马二民，欲言又止。

马二民明白王小飞要说什么，便轻声说道："苏兰朵仗义，好打抱不平，算得上个女中丈夫，个头大，长相又不赖，过农村日子一定是把好手。谁娶了她，算是福分。"

王小飞轻叹一声，指了指天上的弯月，说道："婚姻事，天注定，谁跟谁配一对，还真得信它安排。"他顿了一下，看着马二民接道，"二民，你自个的事咋个打算？总不能一个人过一辈子吧？"

马二民沉默了一会儿，说道："俺打算无论如何也要见上谷薇薇一面。她如果过得幸福，俺也就安心了；她过得不好，俺就带她跑。"

王小飞说："这么长时间了，她一封信都没给你写，你连她嫁到哪里都不知道，你怎么跟她见面？"

马二民喃喃说道："世上没有不透风的墙，俺总有一天会打听到她的下落的。"

王小飞就轻轻嘘了一口气，摇了摇头。

马二民觉得二人聊的话题有点沉闷，便说道："恁大成天嚷嚷着给你说媳妇，你咋想的？"

王小飞笑了一下说道："唉，俺早先打算把夏丽萍追到手，现在人家又读高中、又要考大学的，咱是高攀不上了。本想把苏兰朵跟你撺掇到一起，你不搭调。要知道这样，俺就托媒人去说苏兰朵了。这下好了，你跟她没戏了，俺跟她也彻底没门了。"王小飞仰望着头上的弯月，一副若有所思的模样，接着说道："在个人的事上，俺也不想平平庸庸的，俺也想自由恋爱，谈一场爱情。二民，你跟谷薇薇轰轰烈烈爱了一场，你能说说这爱情到底是个啥滋味吗？"

马二民听王小飞这样问，一时间陷入了沉思，过了好一会儿方才幽幽说道："怎么说呢，爱情的滋味说甜，甜的时候就像代销店里的糖果，能甜到心里去，会让自己变得非常开心，感觉整个世界都阳光灿烂；爱情也有苦，苦的时候会非常苦，看到什么都会感到悲伤。俺觉得，爱情是个很美好很神秘的东西。爱对了人，就像是茫茫人海中，两个孤独的人突然遇到了知己一样。两个人从陌生到熟悉，一步步了解，一步步深入到彼此的心里，那种滋味很甜很美。这个时候的爱情是滋润的、美好的，是希望。"马二民说到这儿，一声哀叹，接着说道，"爱情对于俺来说，或是一种怀念，或是一种幻想，或是一种期盼，或是一种折磨和绝望吧。"

王小飞叹了一声，说道："二民，在对待爱情这一块上，你也忒较真、忒诚心了。这是俺佩服你的地方，也是俺担心你的地方。"

马二民就笑了笑，说道："不用担心，俺没事的。倒是你，你大成天嚷嚷着给你找媳妇，凭你们家的条件，找个媳妇不难。不过，你也甭饿不挑食、冷不挑衣，随随便便找一个完事。"

王小飞嘿嘿一笑，迟疑了片刻，说道："二民，南平村有个叫何亚莉的女孩，你还有印象没有？"

马二民想了想，说道："咱们读初中时，初二(1)班那个眼睛大大的、脸蛋圆圆的姑娘？"

王小飞点了点头。

马二民就一副惊讶的模样问："咋？你们俩有情况？"

王小飞就把那天南平村的何亚莉在大堤坡上摘毛豆遇到下雨，跑来这里避雨的事说给了马二民。马二民听罢，连连说："靠谱，这事靠谱，说不准你这是摘豆遇雨结良缘呢。"

王小飞说："这八字还没半撇呢，结啥个良缘啊！"

马二民说："你除了对人家的白胳膊、圆胸脯心有邪念外，你觉得她是不是你心里所想的媳妇的模样？光有邪念，那是流氓心理，你觉得这人是自己的意中人，那才算是合乎常情的思量。"

王小飞竟然露出一丝羞涩，说："俺想娶她做媳妇。"

马二民说道:“如果真的是这样的话, 那你就更应该冷静地想想,你是否真的对她有感觉。如果有,就顺着自己的内心,好好去珍惜,积极去争取,因为碰到真爱是很难得的。”

王小飞说:“这件事上俺思量了好多天了,俺是真心想跟她好。”

听王小飞这样说,马二民说道:“江红霞娘家在南平村,跟何亚莉一个村,这事用不用她帮忙?用的话,俺去跟她说。”

王小飞想了一下,说:“这事缓缓再说吧,甭再是郎有情、妾无意,弄出个笑话就丢人了。”

马二民就说道:“有些机遇把握不好,失去就不会再来哈。”

王小飞望向对面的大湖,轻轻说道:“还是那话,姻缘事天注定。是你的,跑不掉;不是你的,捆也捆不住。”

王小飞从瓜田里摘了个大西瓜,杀了。马二民、王小飞两人坐在草庵子上,一边啃着西瓜,一边畅聊着,一直到宛如小船的月牙儿划到了西边,两人方才睡去。

第十一章

1

董大壮在县化肥厂,从一个烧锅炉的,一下子成了周厂长的乘龙快婿。这对于一个从农村出来的泥娃子来说,无异于是一只丑鸭子一下子变成了一只大白鹅。因为成了厂长的姑爷,所以他也从锅炉房被调到了化肥厂后勤部的供应科,当了一名采购员。

可不要小看这采购员的职位,化肥厂大到原料采购、煤炭采购、机械采购,小到年节工人福利,食堂米面、鱼肉蔬菜等都是由采购员来采购。当然,这么大的一个厂子不会只有一个采购员,可是作为周厂长的女婿,却只有一个。董大壮虽然只是几个采购员中的一个,可就是主管后勤的总管见了董大壮也会显出一副亲切的模样,态度温和地叫上一声"小董"。一起打篮球的伙伴们比过去更加尊重董大壮自是不必说了,就是跟他认识的工人与他走个迎头,都会热情地叫上一句"董师傅",或者远远看见,即便不打招呼,也会举起手来,朝他挥挥手。跟他不熟的工人见了他,也会露出一种谦谨的笑意。董大壮切实地体会到了被人尊敬看重的那种美好的感觉。这种美好的感觉,让董大壮有些自我陶醉,有些飘飘然。好在董大壮知道自己是从农村走出来的农家子弟,他把这种陶醉、飘飘然尽量压抑着,不让它们显露出来。

董大壮压抑着自己受人尊敬的美好、陶醉、飘然的心情，其实还有另一个原因，那就是来自周晓丽的家庭。作为卫县最大的工厂——县化肥厂一厂之长的周厂长，无论是在全县工厂企业界，还是在社会上，都是个有头有脸、响当当的人物。周厂长家有千金，且是独生女，从政的、从商的，社会上跟周厂长一样有头有脸的人物，想跟周厂长缔结秦晋之好，或者攀龙附凤的大有人在。作为一个父亲，周厂长也很希望自己的宝贝女儿能找一个无论是家庭背景，还是个人条件都出色的、能跟自己家庭相匹配的女婿。对此，周厂长很是自信，这种自信来源于他有足够为女儿挑拣女婿的过硬的、优越的条件。让他没有想到的是，女儿周晓丽居然跟厂里的一个锅炉工谈起了恋爱。而且这个烧锅炉的还是一个农村娃子，这无疑让周厂长觉得失了脸面，让他心生不忿和恼怒。但毕竟自己是个有头有脸的人物，不好怒形于色，于是他抑制着自己心里的气愤，对女儿摆道理、讲情由，好话说一堆，歹话说一堆，软硬兼施地劝导女儿。无奈，女儿好像是中了魔一样，软硬不吃、油盐不进，就是认准了这个会打篮球的烧锅炉的小子。

一段时间的拉锯战后，周厂长终于败下阵来，屈服了女儿。周厂长屈服女儿的原因有二：一是女儿追求锅炉工，在厂子里成了人人皆知的事；二是现在是新社会，提倡婚姻自主、恋爱自由，作为一个领导者，粗暴干涉女儿的恋爱婚姻，传扬出去那还了得？再说董大壮通过了夫人考察这一关，既然夫人同意了，周厂长也只有无奈地接受了董大壮。

尽管周厂长同意了女儿和锅炉工交往，可他从心里依然瞧不起这个农村娃子出身的锅炉工。在厂子里，他跟董大壮走对面，董大壮给他打招呼，他从不正眼瞧董大壮一眼，应答也是冷淡的。有时周晓丽带董大壮去家里，周厂长也是不冷不热、爱答不理的。周厂长对董大壮的态度，无形中让董大壮感到一种压力和自卑。

农村娃也罢，烧锅炉也罢，不管怎么说，毕竟是跟自家女儿谈恋爱，也许很快就会跟女儿成婚，一个大厂厂长的女婿在厂子里烧锅炉，毕竟不是给自己添彩的事，于是周厂长就把董大壮从锅炉房调出来，安排到了后勤部，当了一名采购员。

一段时间后，周厂长见女儿跟董大壮越来越黏糊，他知道自己女儿任性放纵的脾气，怕他们婚前做出让人笑话的事来，便和夫人商量，趁早给女儿跟董大壮完婚，以免两人偷吃禁果，惹出事来，让外人笑话，让父母难堪。夫人很是赞同丈夫的说法。于是，周晓丽跟董大壮的婚事就提上了日程。

周厂长曾经设想过女儿的婚礼，不过这种设想是建立在门当户对的前提下的。在他的设想中，女儿的婚礼一定办得风风光光、热热闹闹。领导同仁、亲朋好友、下属同事，再怎么说也得办个十桌二十桌的。可这桩门不当户不对的婚姻，伤了他的心。他决定不把女儿的婚事办大、办风光、办热闹，他要尽量把女儿的婚事办得简朴、低调些。他实在不想让外人说自己没眼光，挑了这么一个乡巴佬出身的娃子做女婿，或者说自己一个大厂长，居然管不了自家女儿，任由女儿找了这么一个没有任何背景的农村人做丈夫。

当然，为了消除夫人和女儿的不满，周厂长在跟夫人、女儿说这件事的时候，完全是以商量的口气说的。他说，现在上级提倡勤俭节约，新事新办、婚事简办，反对大操大办、铺张浪费，自己作为一个大厂的厂长，更要以身作则，不能跟上级唱反调，所以在女儿结婚这件事上，按上级提倡的办一场革命化的婚礼，一切从简。夫人和女儿虽然心里有些不满，但周厂长说的话有由有理，不好反对，便依了周厂长。

周晓丽和母亲把准备结婚的事说给了董大壮，并把婚事简办的事也说了。董大壮自然高兴，毕竟是自己的人生大事，便打算回老家南平村一趟，告诉一下父母，也好让家里在自己的婚事上多少拿出点钱来，表达一下家里的心意。周晓丽和母亲听罢董大壮的话，同意他回老家一趟，让他告诉父母，结婚的一切用度，还有婚房什么的，都不用他们操心，这边全包了，并以新事新办、一切从简为由，不让他家人来县城参加他的婚礼。董大壮心里虽然很是郁闷、很不爽快，却也不敢流露出一丝不满和违逆。

董大壮回了老家南平村，把自己要结婚的事说给了家人。父母听罢，并知道儿子要娶的媳妇是厂长的闺女时，高兴万分，逢人就说儿子找了一个大干部的闺女。人们听后也便纷纷夸赞董大壮有福气、有本事，夸他不光凭自己的能力在县城成了一个吃商品粮的工人，还找下一个大厂长的闺女当媳妇。当董大壮委婉地告诉父母，要响应上级号召，自己的婚事一切从简，不让家人参加自己的婚礼时，父母不但没有显露出不快，反而很是高兴，连声说："这样好，这样好。"董大壮心里明白，周晓丽父母不让自己父母去县城参加自己的婚礼，是怕身为老农民的父母去了，让他们在亲友面前没有面子。自己不让父母去，父母不恼反而高兴，那是身为农民的父母不想在儿子的婚礼上在城里人面前给儿子丢人。

儿子虽然成了挣工资的城里人，可是结婚这样的大喜事，作为父母，再难也不能不有所表示，于是他们连凑加借，给了儿子二百块钱。

董大壮从南平村回到县城，把父母给自己操兑的二百块钱递给周晓丽的母亲，说："妈，俺们农村家里条件不好，父母只能给这么多，您拿去婚事上用吧。"

周晓丽母亲斜睨着眼睛，瞧了一眼董大壮手中皱皱巴巴、零零碎碎的票子，嘴角里挤出一丝不屑和鄙夷，说道："你拿着自己花吧，这些零零碎碎的钱正好可以打醋买酱油用，省得别人给找零头了。"

董大壮和周晓丽的婚礼办得很是简朴，周晓丽的父母只叫了三家至亲，周晓丽叔叔家、姑姑家，还有姥姥家。上午董大壮、周晓丽两人去县民政局登了记，领了结婚证，回到周晓丽家。周晓丽叔叔家的儿子和姑姑家的儿子，一个堂哥一个表弟，两人在周晓丽家大门前放了一挂火鞭，算是完成了婚礼。周厂长和夫人在离家不远的一个小饭馆里摆了两桌酒席，招待了一下近亲，算是嫁了女儿。

与其说周厂长嫁女儿，倒不如说是周厂长娶女婿。女婿在城里没根、没底、没住房，而周厂长家房子、院子宽绰，周厂长夫妻就只有这一个女儿，虽然女儿结婚了，但这家依然是他们和女儿的家，董大壮的加入，在他们看来，不过是给女儿娶了个上门女婿而已。

新婚之夜，在两个人的婚房里，董大壮略显激动和局促。他瞧着周晓丽泛着红晕的脸，心里像是有人在擂一面鼓，一边起伏着胸脯，一边嘭嘭作响。平时两人在一起时，都是周晓丽主动抓他的手，或是主动亲他。有时情难禁时，周晓丽主动投怀送抱，有意引导他往更深处走时，董大壮都会忍住自己。面对周晓丽不满和疑惑的眼神，董大壮都会说："晓丽，我是真心爱你，我把这事看得很神圣，所以，我想把这个神圣的时刻放在咱们的新婚之夜。"每当这个时候，周晓丽都会半是气恼半是嗔言道："真是个乡巴佬。"

如今董大壮说的那个神圣的时刻到了，周晓丽却不主动了。她站在床边，笑盈盈地瞧着董大壮，她倒要看看这个乡巴佬在新婚之夜能给自己怎样的浪漫。

面对满面含笑的周晓丽，董大壮凑了过去，伸出双臂，轻轻地、试探性地揽了周晓丽一下。见周晓丽没动，他便一下把周晓丽揽进怀里，并埋下头去亲吻周晓丽。周晓丽热烈地迎合着董大壮。一会儿，周晓丽推开董大壮，说："上床！"董大壮并没有急着上床，而是从自己衣服口袋里掏出一条大白毛巾来。只见他轻轻地把白毛巾放在床的中间位置，铺展开，捋平整，然后抱周晓丽上床。

周晓丽对董大壮这番举动有些蒙，问道："你这是干什么？"

董大壮就满脸的羞涩和不自然，说："我们那里有这个风俗，新婚床上铺条白毛巾，是给见红预备的。"

周晓丽听罢，一把扯掉白毛巾，扔到床下，说道："什么见红见黑的，老子没那么多红让你见，说你乡巴佬，你还真是乡巴佬呢。"说着，自己麻利地往床上一躺，摆出一个大字，用命令的口气对董大壮说道："快上床！"

面对床上的周晓丽，董大壮只是愣怔了一下，便胡乱地脱去自己的衣服，爬上床去。面对董大壮的慌乱、紧张和笨拙，周晓丽很是不耐烦，她一下翻到董大壮身上嗔骂道："你篮球打得那么好，这事咋就这么笨呢？"

2

西瓜开始熟了。傍黑用手指头弹着还没熟，一夜过去，早上再一弹，西瓜熟透了。王玉明就给儿子嘟囔说，这就叫季节不饶庄稼，年龄不饶人。季节到了，由不得你不熟；年龄到了，由不得你不老。

王玉明摘了西瓜，拉到集市上去卖。虽说这个时节早种的西瓜在集市上算是稀罕物，可是对刚有了好收成的农家人来说，买一毛二一斤的西瓜吃，仍然是一件奢靡的事。即便有给孩子或者老人买点尝尝鲜的人，也多是切个一斤二斤的。好在王玉明腿勤、头脑灵活，赶完集市，他便拉着没卖完的西瓜，走村串巷，高喉咙、大嗓门地吆喝着卖西瓜。这时就有馋嘴的小孩缠着大人买西瓜，也有馋嘴的女人借口给孩子解馋，实则是为自己买西瓜，也有人觉得卖西瓜的都送到门口了，不妨就买个斤把的尝尝。虽然这样卖西瓜辛苦点，可这点辛苦对王玉明来说又算得上什么呢？西瓜能卖得出去，能换来钱，还有什么能比这更让王玉明提精神的呢？

去集市上或者走街串巷卖西瓜，都是王小飞和父亲王玉明两个人，湖沿上的庄稼地就让母亲看守。每一回跟着父亲去集市或者走街串巷卖西瓜，对王小飞来说，都是一种煎熬和折磨。虽说卖西瓜用不着他吆喝，用不着他去跟人讨价还价，他只是默默看守地排车上的西瓜，或者是帮父亲拉车，可是在他心里很是羞于这样的行为。面对集市上的人来人往，买或不买的、有意无意的人对他们父子俩投来的目光，在他看来，这好像不是在卖西瓜，而是在出卖自己这个人。有时，在集市上碰见曾经的同学，他都会觉得害羞，甚至觉得无地自容。他们所接受的教育，做小生意的小商小贩都属于投机倒把，属于“要割掉的资产阶级尾巴”。他们所读的书本、所看的电影上，对投机倒把的人的描写或者演绎，都是自私的、猥琐的、坑蒙拐骗要小心机的形象。虽然现在不再批投机倒把做生意的了，可是在人们被浸染了多年的意识里，对小商小贩的印象哪能转变那么快呢？在集市上或者走街串巷跟着父亲卖西瓜时，碰见同学，特别是碰见女同学时，更是让王小飞觉得难为情。

这日，王小飞又随父亲到集市上卖西瓜，待散集后，地排车上还剩了半车西瓜。跟往常一样，王玉明带着儿子王小飞拉着西瓜去走村串巷。跑了三个村子后，时间已近半下午，车上的西瓜也没剩几个了。王小飞就跟父亲说，西瓜没剩几个了，拉回去跟新摘的西瓜明儿再一起卖，今儿就别再转悠了。王玉明觉得儿子是累了，或者是只啃了自带的烙馍想回家吃饭了，也就应了儿子。可是在路经南平村时，王玉明却改变了主意，把地排车拐进了南平村的村路上。王小飞不让父亲往南平村拐，父亲说："咱们从南平走一趟，有枣没枣地打一竿子，有买的就卖，没买的拉倒。"

王玉明在南平村村街上，一边拉着地排车，一边大声吆喝："蜜甜蜜甜的大西瓜，来买喽，贱卖了哈。"

几声过后，从一个胡同里还真的走出来一个年轻姑娘和一个五十岁上下的庄稼汉。东洼和南平是相隔只有一里路的前后村，王玉明年纪上又和那个汉子相仿，所以与他熟识。而那个年轻姑娘王小飞也认识，那姑娘正是何亚莉。因是邻村，王小飞也认得那庄稼汉是何亚莉的父亲。何亚莉很大方地朝王小飞笑了笑，王小飞却红了脸。

没等那汉子张口，王玉明就大声招呼道："何老三，来拿个西瓜吃。"

何老三便笑着说："就你姓王的鬼精，湖沿上开荒种庄稼、种西瓜的，该你发财了。"

王玉明就呵呵一笑说道："发啥财哟，起早睡晚的，挣个没出息的汗水钱。"

何老三来到车前，瞧了一眼车厢里的几个西瓜，说："孩子爷爷年龄大了，牙口不好，生瓜梨枣的咬不动了，听见你吆喝了，俺出来给他买个西瓜吧。"

王玉明一边夸着何老三孝顺，一边从车子里拿出一个大的西瓜。何老三见状，说道："老王，这散集完会的光景，又是剩下来的西瓜，价格上你可不能给俺算贵了哈。"

王玉明听罢，笑着说道："这话还用说吗？咱们是前后村的邻居，又相识，恁就是让俺多留钱，俺也不会的。集上俺是一毛三分一斤卖的，俺给恁一毛一中不中？"

何老三说："上个集俺赶集，问了问西瓜价格，不是一毛钱一斤吗？"

王玉明问："今儿恁赶集去了吗？"

何老三说："今儿俺没去。"

王玉明就说道："俺说呢，今儿集市上卖西瓜的没几份，西瓜价格上去了，都是一毛三卖的。"

王玉明给何老三称了西瓜，何老三付了瓜钱。这时，又有几个妇女、汉子出来，何老三也便帮着王玉明招呼他们到瓜车前买瓜。趁人们围着买瓜，何亚莉凑到王小飞跟前，悄悄说道："恁大可真会做生意，今儿俺大没赶集，俺去了，俺看见你了，你却没看见俺。俺也问过西瓜价，跟上个集一样的价。"

这时，有两个妇女问王玉明西瓜的价格，王玉明就说集市上卖一毛三一斤，现在按卖给何老三的价，一毛一一斤。那俩妇女听罢，立马嚷起来，说："你这人咋这么不实诚？俺今儿赶集去了，集上的西瓜明明一毛钱一斤，你却说一毛三一斤，莫不是你的西瓜是金瓜？还亏的是前后村的邻居呢？一毛钱一斤，卖就卖，不卖赶紧走，甭在俺村糊弄人。"

何老三听了，也冲王玉明直嚷嚷："老王，你专坑熟人是不？你真的是杀熟不杀生啊！"

王玉明嘿嘿讪笑着，说："一毛就一毛，一毛就一毛。"并把多收何老三的钱退了回去。一旁的何亚莉就冲着王小飞笑。王小飞那个羞啊！他恨不得脚下有个地缝，一头钻进去。

西瓜地里瓜熟得快，去集市上卖，走街串巷卖，卖瓜的速度依旧跟不上瓜熟的速度。虽然西瓜放个十天八天的没事，可是看着草庵子前堆着的西瓜，王玉明心里又急又躁。毕竟西瓜卖出去换成钱，才叫人心里踏实。要是堆的时间长了，西瓜坏了、烂了，那可就搭了力气工夫，搭了瓜种肥料,白忙活了。当听人说县城里西瓜卖得快,且价格卖得高时,王玉明便立马跟儿子王小飞商量,去县城卖西瓜。王小飞知道父亲的脾气,为了西瓜能卖个好价钱、卖得快,即便自己不愿意去县城卖西瓜,父亲一个人也会去的。晚上王玉明让媳妇烙了几个饼,作为明儿去县城卖西瓜他和儿子的饭食,又嘱咐媳妇,他和儿子一大早就去县城卖瓜,让她一大早去湖沿看护庄稼地。

从家到县城有四十里的路程,要想赶上县城的集市,必须要早动身。于是,第二天天还黑着,王玉明就叫醒了儿子,两人拉了满满一地排车的西瓜,去了县城。

王玉明和儿子王小飞一路紧走慢走,当太阳一竿子高时,他们来到了县城。王玉明向路人打听了集市所在地,便和儿子拉着瓜车去了集市。

果然,城里的集市不是乡下的集市所能比的。这里的集市人头攒动,热闹非凡,有卖水果的、卖衣服的、卖鞋的,简直是一应俱全。一排排、一件件的物品,叫人眼花缭乱、应接不暇,小贩们热情地吆喝着。在熙熙攘攘的人群中,此起彼伏的叫卖声扩散到街道上,引诱着过往的行人。一排排的摊位上,摊主们春风满面,热情招呼着顾客。

来到县城这个大地方,王玉明才知道,像他一样会算计日子的庄稼汉有的是。在种田上,他能想到的事、做到的事,别人也能想到、做到。这不,市场上跟他一样卖西瓜的庄稼汉就有四五个。王玉明知道随行就市这个道理,自己一个外乡来的卖户,价格卖高了,无人理会;价格卖低了,会惹恼同行,合起伙来把你撵出市场,也是实打实的事。王玉明打听了一下西瓜的价格,还好,西瓜价格不低,一毛五一斤。于是,他便找了一处地方,放好装满西瓜的车子,开始大声吆喝,招揽顾客。

也许在这个市场上人家是老熟场了,也许自家是新来的生面孔,尽管王玉明卖力地吆喝,别人的西瓜摊不断顾客,可王玉明的西瓜摊却是冷冷清清。眼见太阳都快偏晌了,车上的西瓜才只卖了一半。

偏晌的太阳就像一个炽热的火球,炙烤着大地。天上没有一丝云彩,空气仿佛凝滞了,没有一丝风。天气闷热得要命,街道两旁的树木像是病了似的，叶子挂在枝上打着卷，枝条一动也不动，没精打采地、懒洋洋地站在那里。市场上的人渐渐稀少了，小摊贩们的吆喝声也有一声没一声地弱下去了。

王小飞垂着头坐在车子旁，不时用手刮拉着满脸的汗水。他肚子饿了，却不想吃烙饼；口渴了，也不想吃西瓜。瞧着剩下的半车西瓜，和市场上稀稀拉拉的人，他实在没有心思吃西瓜、啃烙饼。早上来县城的路上，父亲曾跟他说，等在城里卖完西瓜就带他去羊汤馆里喝羊肉汤，价格好的话，卖完西瓜再给他买件好看的背心。现在西瓜卖成这样，父亲许诺的羊肉汤看样子是喝不上了，父亲许诺的背心也没门了。县城离家四十多里的路程，父子俩原本打算卖完西瓜，爷儿俩替换着坐在地排车上回家，这样看来，也根本没那个可能了。从家里来县城，有父亲许诺的羊肉汤，还有卖完西瓜后给自己买件好看的背心作为精神支撑，一路上王小飞用力扯着绳子，不叫苦、不喊累，一直来到县城。此时，想想顶着烤人的日头，拉着半车西瓜，要一步步走四十多里的路程，王小飞心里不由得打怯起来。

面对人渐渐散尽的市场，看看还剩了半车子的西瓜，王玉明现出一脸的无奈和落寞。他也盘算是不是拉着车子去串村卖西瓜，可又一想，毕竟这里离家远，自己对这一片的村庄又不熟悉，能卖完西瓜便好，要是卖不完误了光景，何时才能回到家？于是，王玉明打消了去串村卖西瓜的念头。他像做错了什么事情似的，有些亏欠，有些难为情，还有些心疼地看着坐在地上、一直低着头的儿子小声说："小飞，大带你喝羊肉汤去，喝罢咱就回。"

王小飞站起身来，对父亲说："大，俺不想喝羊肉汤了，这里离家远，咱还是早走早回吧。"

王玉明便连连说："那好，那好，咱回，咱回。"

正当王玉明、王小飞父子两人拾掇车子，准备上路回家时，一个骑着崭新自行车的人路过。这人多瞧了他们父子一眼后，停住了车子，叫了一声："王小飞。"

王小飞抬脸一看，也禁不住叫了一声："董大壮。"

董大壮看了他们父子一眼，又瞧了瞧西瓜车子，问："你们来县城卖西瓜了？"

王小飞说道："说真的，这么远的路，俺是不想来这里卖西瓜的。俺大说县城人多，城里人有钱，西瓜价格高，也卖得快。"

王玉明就一副沮丧的模样说道："俺也是没想到在城里卖西瓜，也不是那么好卖。"

董大壮问："你们种了多少西瓜，也值得往县城来卖啊？"

王小飞说："种了二亩来地的西瓜。"

董大壮"哦"了一声说："那也不算少了。"

王小飞问董大壮道："大壮，恁现在在哪里工作了？"

董大壮就答道："化肥厂。"

王小飞从车子里拿出一个大西瓜递给董大壮说："大壮，县城这么大能碰见恁，也是巧了。俺这就回了，这西瓜恁拿着。"

董大壮扶着自行车没有动，却对王小飞父子说道："你们这些没卖掉的西瓜，我全要了。你们回家后，尽量多摘些西瓜，我们隔天开车去你们西瓜地里拉去。"

王玉明听罢忙说："大侄子，咱们可是一个大队前后村的邻居，恁大跟俺都是一起挖过大工的，恁可甭糊弄俺。"

董大壮瞧着王小飞一副疑惑的眼光，说道："我现在在化肥厂干后勤，现在天气热了，领导让我买些西瓜，作为福利好分发给工人，可巧，碰见了你们。"

王小飞听罢很是感激，对董大壮说："大壮，真谢谢恁了。"

董大壮就一摆手，说道："咱们又是邻村又是同学的，客气话不要说了，今儿既然咱们碰上了，这事就交给我了。"他略一停顿，接着说道："不过这儿离化肥厂还有二里多路呢。"

王玉明闻言忙说："二里地？五里地也不算事，大侄子，恁前边走，俺后边随。"

王玉明和儿子王小飞拉着半车西瓜，随董大壮来到化肥厂。董大壮找到主管后勤的领导，把买西瓜作为工人福利的事给领导说了，主管领导就让董大壮带去过秤。称罢西瓜,董大壮又去了财务科,帮王玉明领取了瓜钱。

董大壮知道王玉明、王小飞父子还没有吃午饭,便带二人去了职工食堂。董大壮买了两份西红柿炒猪肉,又买了几个白面馒头,放在了王玉明、王小飞父子面前,说道:“不慌,你们慢慢吃,我去安排一下汽车,等你们吃完饭,我让人开厂里的卡车送你们回家。”

王玉明一边往嘴里送着肥油油的猪肉片子,一边夸赞着南平村董老歪的儿子真的混出息了,也知道帮老家人了。王小飞嘴里嚼着肥肉片,吃着白面馒头,心里则生出许多感慨来。真没想到董大壮这个跟自己曾经打得头破血流的死对头,能帮自己这么大的忙,还白馍馍、大肉地管他们父子俩,还要让人开车送他们父子回家。这人啊,谁知道一辈子会经见多少巧事和意想不到的事啊?在王小飞从小到大的记忆里,从来没吃过这么香、这么好吃、这么解馋的一顿饭。王小飞看看手里的白面馒头和菜碗里的肥肉片,想:庄稼人跟工人相比那真是一个天上一个地下,啥时候庄稼人能像城里人一样,天天吃上白馍大肉就好了……

3

隔了一天,董大壮带着厂里的卡车,来到大湖边王小飞家的西瓜地里拉了两千多斤西瓜。隔了几天,董大壮帮王小飞联系了一个厂子,并亲自带着那个厂的车子来到王小飞家的西瓜地,又拉了两千多斤西瓜。这样一来,王小飞家西瓜地里的西瓜,基本都让董大壮帮着给卖完了。董大壮给帮了这么大的忙,王玉明表示不完的感激,他拉着董大壮的手,大侄子长、大侄子短地千恩万谢。

董大壮临上车走时,王小飞从棒子地里摘了大半口袋的嫩棒子,扔在了车上,对董大壮说:“董哥,恁的情意俺记下了。客气话俺就不说了,这嫩棒子在咱们家里不是稀罕东西,城里人却稀罕,拿去给嫂子家人尝尝新鲜棒子。”

董大壮就在车上扬了扬手,说道:“咱们没必要客气,去县城遇到啥事就去找我。”说罢，随汽车去了。

二亩地的西瓜，光董大壮就帮着给卖了近五千斤，并且价格比乡村集市上高出五六分钱，再加上自家在乡村集市上卖出的西瓜，王玉明合计了一下，光西瓜这一项的收益差不多就有八百块钱了。八百块钱，这是王玉明从来没见识过，也从来没经手过的钱数，如今这个钱数就在自己的腰包里。他像捂宝贝一样紧紧地捂着装着钱的口袋，想：还有棒子、红薯、毛豆呢？这样一合计，竟把王玉明激动出一身汗来。王玉明满怀兴奋，在儿子面前来回地走动着，低着头、扬着手对儿子嚷道：“儿子，咱们好好侍弄地、好好干，只要这样干下去，三两年大就给你翻盖二民那样的新屋。到时候大就给你说媳妇，说个好媳妇，孬的咱不要。”

父亲一提说媳妇，王小飞便想起了南平村的何亚莉，想起了那个下雨天，何亚莉像只花蝴蝶一样跑到草庵子避雨时的情景；想到她大方不拘的样子，还有她那大大的眼睛、圆圆的脸蛋、鼓鼓的胸脯、白白的胳膊。

自从前些日子马二民傍黑收工，来大湖边看自己，晚上两人坐在草庵子上知心长谈后，王小飞很想再见到何亚莉。马二民对他说，面对爱情的时候要跟随自己的内心，好好珍惜，积极争取。他听进心里去了，也记住了。他想，要是两人再有一次见面的机会，他一定要主动一些，当面对她说出自己的心里话。让他没想到的是，他跟何亚莉再次见面是在何亚莉的村上，是她跟父亲一起买他们家的西瓜，而恰恰父亲抬高价格卖西瓜，被人家当面揭底指摘，弄得场面很是难堪。在自己心仪的人面前，王小飞在为父亲感到窘迫和尴尬的同时，也深感无颜和羞耻。

王小飞常常到大堤上张望，他多么希望何亚莉再来大堤上摘毛豆，再遇上下雨，再来他的草庵子避雨啊！可是，每一回张望，都会让他失望。随着西瓜秧完成了它开花结瓜的使命，瓜秧变得枯黄，不再开花、不再结瓜，被砍拉后，棒子、毛豆也完成了它们结穗成熟、结荚生豆的使命，等候人们的收割。何亚莉怕是更不可能再来堤上了。想到这些,王小飞很是失落和沮丧。

西瓜拉了瓜秧,开荒地里就只剩下待收的红薯和待砍的棒子秸,还有待收割的毛豆棵。王玉明告诉儿子王小飞,棒子秸、毛豆棵早一会晚一会地砍割不要紧,他这几天在家把收到家里去的棒子剥皮晾晒好,再来刨红薯,收割棒子秸、毛豆棵。西瓜、棒子、毛豆收罢了,地里就只剩了待收的红薯,看护起来也就轻快很多。无趣时,王小飞便拿起镰刀,割一会儿毛豆棵;掂起镢头,砍一会儿棒子秸。感觉累了的时候,他也会到大堤上看看风景,湖沿上捞鱼摸虾。

这日近晌午的光景,王小飞正在大湖边的地里翻晒割倒的棒子秸和毛豆棵,就见一个庄稼汉子从大堤上向他的草庵子走来。待那汉子走到近前,王小飞认出来,原来是南平村何亚莉的父亲何老三。没等王小飞开口招呼,何老三就大大咧咧地问道:“你是王玉明的儿子吧?你大呢?”

王小飞就说:“恁是南平的何叔吧?俺大在家呢,恁找他有啥事吗?”

何老三就指了一下大堤,说:“俺在大堤西面种了几分毛豆,今儿来割了,又割了些蒲草,想拉回家做柴火烧,不想带来的杀车绳太短了。俺知道你大在这里开了荒、种了地,还扎了草庵子住了人,俺便过来看看这里有没有长绳子借俺用一下。”

王小飞听罢,忙说:“有,有,俺这里有绳子。”说着他爬上草庵子,从里面拿出一条长麻绳来。王小飞下了草庵子,把绳子递给何老三说:“何叔,恁用去。”

何老三接过王小飞递过来的绳子,笑着说:“你这孩子办事,一看就比你大利亮,要是你老子的话,怕就没这么爽利地借给俺。俺凑空就给你送过来。”说罢,他对王小飞扬了下手,向大堤走去。

王小飞想,何亚莉怕是也跟父亲一起来割毛豆棵了,也许这个时候,她正在大堤西的毛豆地里等着父亲呢。望着何老三离去的背影,王小飞多么希望来借绳子的是他闺女何亚莉啊!他有心跟着何老三过去,借口帮忙杀车子,跟何亚莉见上一面,可是当着她父亲,自己跟她见了面又能说些什么呢？弄不好露了马脚、失了态，徒让人笑话、瞧不起。王小飞转过身，望着茫茫大湖，心里一片惆怅，想：啥时候自己才能再跟何亚莉单独见上一面呢？

半下午的光景，王小飞正在草庵子里打瞌睡，就听见外边有女孩子的叫声："王小飞，王小飞。"

这熟悉的声音让王小飞立马打了个激灵，他怀疑自己是不是打瞌睡时做梦，便摇了摇头，揉了揉眼睛。当他听到外面又一声"王小飞"的喊叫时，他马上利索地从草庵子上爬了下来。当他看到不远处站着的那个人时，他整个人激动得就要跳起来。他举起双臂，做了一个夸张的动作，叫了一声："何亚莉。"

何亚莉满脸是汗，手里拿着绳子，对王小飞说道："俺大怕误了恁用绳子，就让俺给恁送来了。"

王小飞一边说着"不急"，一边往脸盆里舀了两瓢清水，对何亚莉说道："看把恁热的，快过来洗把脸。"

何亚莉走过来，在脸盆里洗了洗脸。

王小飞走到草庵子下面，从一堆苇草下面扒拉出一只大西瓜来。拉西瓜秧前，王玉明给儿子在草庵子下面留了好几个大西瓜，并用苇草盖上了，说这样西瓜可以存放的时间长一点，也好让儿子解渴解热。王小飞手里拿了刀，把西瓜切成了块。他拿起一块西瓜，没有递给何亚莉，而是对她说："上草庵子上吃去，草庵子上凉快。"

何亚莉爬上草庵子，坐在草庵子边上，伸手接过王小飞递来的西瓜，说道："恁还藏了这么多西瓜啊！"

王小飞就歪了下头，看着何亚莉说道："俺这是专门为恁留的。"

何亚莉听罢，知道王小飞在开玩笑，便"咯咯"笑着说："在学校时，咱们虽然不在一个班级，俺就听说你王小飞在女同学面前挺油嘴滑舌的，现在一见，还真是了。"

王小飞就一本正经地说道："何亚莉，俺真的不是说谎话，自从恁上次在俺这里避雨，俺就一直盼着恁再来这里。俺曾好多次去大堤上观望，去找寻恁的影子，每次都让俺失望。恁要是再不来，俺都打算抱着西瓜送恁家里去了。”

何亚莉便笑着说:“那你去啊!”

王小飞说:“俺是想去呀!俺一直犯难为,去了恁家,碰上恁大、恁娘问起俺来,俺可咋说呢?”

何亚莉就笑着说道:“那就说咱们是同学呗!”她吃了一口西瓜,接着说道:“不过,一个西瓜一块多钱呢,你去给别人送西瓜,让恁大知道了还不心疼死。”

何亚莉这样说,让王小飞想起了前段日子,父亲在南平村卖西瓜,多收了何亚莉父亲的钱,被两个妇女揭了底,又退还回去的事。想起这事,王小飞不好意思起来,对何亚莉说道:“上次俺大去你们村街上卖西瓜,不该那样的,让恁看笑话了,实在是对不起。”

何亚莉说道:“那有啥呢?卖东西,谁都想多卖上一分是一分,俺大背后都夸恁大呢,说恁大在庄稼人里头是把好手,种地上是行家,做起生意来也是个生意精。”

这样绕来绕去地闲聊,让王小飞觉得实在是太浪费这宝贵的时间了,他跟何亚莉两人独处的机会实在是太难得了。机不可失,失不再来。这一次难得的机会,他再也不想放过了,他在心里鼓励着自己,要主动、要大胆。于是,他三两下爬上了草庵子,坐在何亚莉身旁。何亚莉见王小飞坐在了自己身旁,便朝一旁挪了挪,让两人间隔开了一些。

王小飞虽然心里下了决心,却依然不敢唐突行事,他怕自己冒失、鲁莽而吓住何亚莉,也怕自己由于冒失、鲁莽被何亚莉看不起。他平复了一下自己那颗激荡着的心,尽量让自己在何亚莉面前显得安稳从容些。他给何亚莉说起了他和父亲去县城卖西瓜,巧遇董大壮,董大壮帮他们卖西瓜的事。何亚莉听罢,也便感叹董大壮的变化。因为同住一个村,两家又相隔不远,何亚莉对董大壮知根知底。她说了董大壮在东洼念书时,惹出许多祸端来,跟东洼村的郑团结闹气,打了郑团结,又打了郑团结父亲郑有礼。还有董大壮跟马二民、王小飞、郑团结三人打架,让三人打了个半死。没承想,现在人大了,老实了,懂事了,居然帮了曾经的死敌王小飞这么大的忙,真是让人想不到。

何亚莉和王小飞两人就董大壮帮忙卖西瓜的事发了一番感慨后，何亚莉仰头看了一下太阳，说道："时间不早了，俺该回去了。"说着就要起身。这时，王小飞伸出手来，一把抓住了何亚莉的手。何亚莉脸上显出一丝惊愕，挣了挣手，见王小飞抓得紧，她瞪着眼对王小飞说道："王小飞，你干吗？"

王小飞抚了一下自己"嘭嘭"跳的胸口，红着脸，有些语无伦次地说道："亚，亚莉，俺大要给俺说媳妇呢。"

何亚莉说道："恁大给你说媳妇跟俺有啥关系啊！"

王小飞嘘了一口气，瞧着何亚莉说道："亚莉，俺不要媳妇，俺要你。"当他发现自己说错了话，忙又说道："不，不是，亚莉，自从那天恁来俺这里避雨，俺打心里就喜欢上了你，俺从心里就认定了你就是俺要找的媳妇。"

何亚莉像是有点蒙了似的直直地瞧着王小飞，她内心承认自己对王小飞也有好感，可她觉得即便是你有情我有意，也应该是两人相互慢慢积累感情，慢慢从互有好感，再到你追我跑、你停我喊，情投意合，相亲相爱。她觉得两个人谈恋爱，就应当像电影里演的那样，爱得起起伏伏、曲曲折折、热热烈烈。那样的爱情才叫爱情，那样的恋爱才叫恋爱。面对眼前的王小飞，如果这也算是爱情的话，何亚莉觉得有点突兀和轻率。面对眼前的此情此景，何亚莉竟一时间不知如何是好，愣愣地怔在了那里。

何亚莉的无声和迟疑，激起了王小飞的勇气，他伸出胳膊，一把揽住何亚莉，往草庵子里边倒去。在两人倒向草庵子里的同时，王小飞把自己的嘴唇紧紧地贴在了何亚莉的嘴上。何亚莉嘴里"唔唔"了两声，胳膊挣扎了两下，便不再动弹。王小飞疯狂热烈地亲吻，暖热了何亚莉，两个年轻人紧紧拥在一起，相互吸吮着……

爱情真的是个很奇妙的东西，茫茫人海中，与一个人相遇和回眸都是缘分。能把这种缘分转变成爱情，那更是一种难得的幸运。爱情从来就没有一个固定的样式，它没有早一步，也没有晚一步，只有两个心有灵犀的人一同走到那一步。

王小飞和何亚莉热烈地亲吻着，被甜蜜和幸福冲昏了头的王小飞手开始不安分起来，他胡乱地摸着何亚莉鼓鼓的胸脯，又胡乱地往下摸索。这时何亚莉一把拉开王小飞的手，一下坐了起来，整了整自己的衣裳，快速地爬下了草庵子，站在地上，绯红着脸，指着一脸惊慌的王小飞说道："王小飞，你个臭流氓，想娶俺做媳妇，就托媒人去俺家提亲吧。"说罢，她撒腿往大堤跑去。

王小飞赶紧下了草庵子，往前追了几步，便停了下来。望着像花蝴蝶一样离开的何亚莉，王小飞在地上一连打了几个跟头后仰躺在地上，眯着眼望着天上的太阳，掩不住满脸的激动和幸福，喃喃说道："俺这算是有了爱情吧……"

第十二章

1

随着庄稼人的日子越来越好过，马大民的窑厂也渐渐向好。马大民听从了王龙的建议，窑厂不但烧砖，也要烧瓦。年后，趁还没有开冻，窑厂没点火，窑厂又卖了一些砖，马大民筹借了一些钱，便带着刘海锋、王龙一起去了淄博的一家生产压瓦机的厂子，花了一千多块钱买了一台压瓦机。

窑厂买来了压瓦机，马大民又让弟弟二民所在的建筑队给搭建了瓦机房、晾瓦房。土地承包了，人们不再像过去吃大锅饭的时候，天天有干不完的活，人们有了大把的空闲时间去干别的事情。当然，更多的庄稼人为了增加家庭收入，利用空闲的时间去寻摸挣钱的门路，在挣钱门路不多的情况下，去马大民的窑厂做工也是一条不错的途径。所以，马大民的窑厂不愁招不到工人。

开春解冻，窑厂点火的时候，随着砖机开始生产，压瓦机也开始运转起来。等窑厂上各个岗位都正常运转，刘海锋就向马大民提议，现在窑厂不光生产砖，也生产瓦了，应该自己给自己做做广告，对外宣传一下，也好让远处的人知道东洼窑厂烧砖带瓦一条龙生产。马大民对刘海锋的提议很是赞同，于是让刘海锋写了广告词，又买了些红纸，裁纸成方，让刘海锋抄写了好多张。窑厂买了一辆破旧的自行车，马大民就让刘海锋和王龙两人轮换着去外面贴窑厂的广告，并嘱咐二人，广告做得越远越好。

这天上午，王龙骑着窑厂那辆破自行车，来到离窑厂二十多里地的一个叫宋家庄的村子。他的车把上挂着盛着面糨糊和刷子的塑料桶，后座上夹着窑厂售卖砖瓦的广告纸。贴广告就是让人看的，并且看的人越多越好。对广告贴在哪里才能让更多人看到，马大民、刘海锋、王龙三个人是费了一番心思的。经过一番计议，他们知道在一个村庄里，去人最多的地方，那一定是村代销店和村卫生所。日常生活里，家家离不了油盐酱醋，家家都会去代销店买这些东西；人吃五谷杂粮，身经春夏秋冬，就少不了碰到头疼脑热的，作为一个村里的卫生所，人进人出也是经常的事。他们一致认为，为了让广告发挥最大的成效，把广告贴在这两个地方最合适、最妥当。

王龙向人问了村卫生所、代销店的位置，便骑着自行车去了这两个地方。宋家庄卫生所和代销店相隔不远，王龙先是在卫生所的墙上贴了广告，又来到代销店的山墙前。王龙放好自行车，先在山墙上刷了面糨糊，然后从自行车后座上取出一张广告贴了上去。

这时，从代销店里走出来一个三十多岁的男子。这男子梳着背头，嘴里叼着香烟，上身穿一件蓝色毛毕几褂子，下身穿一件灰色凡丝丁裤子，脚穿一双鞋面上加了红色装饰的白色运动鞋。这人穿着做派不俗，一看就不是一般的庄稼人。这人站在王龙身后，一副很认真的样子，看了一阵贴在墙上的卖砖广告，开口问王龙道："你是东洼窑厂的？"

王龙转过身，面带微笑答道："俺是东洼窑厂的。"

那人从口袋里掏出一盒很难买到的"大前门"香烟，抽出一支递给王龙，王龙忙一边摆手，一边说道："谢谢恁，俺不抽烟。恁知道东洼窑厂？"

那人便说道："俺最近打算翻盖院子，需要买些砖瓦，有朋友跟俺说东洼窑厂的砖不光质量好，价格也不贵。今儿看你贴的广告上，你们窑厂又有了瓦，那俺就确定买你们窑厂的砖瓦了。"

王龙问那人道:“恁能用多少砖瓦?”

那人就一阵合计后,说道:“俺是要盖一进四合院的,砖约莫要四万块,瓦约莫五千片。”

王龙心里暗自合计了一番,砖按七分钱一块算,四万块砖就是两千八百块钱;瓦按八分钱一片算,五千片瓦就是四百块钱。这两项加在一起,就是三千多块钱。这个用量,怎么说都算是一个大客户。想到这里,王龙便说道:“恁买的这个量,不算少。到时候俺们窑厂在价格上,也许会对恁再优惠些。”

那人听罢,大气地挥了下手,说道:“按你们定的价格算就中,俺不要优惠,俺不缺钱,你们只要给俺保证砖瓦的质量就行。”

见那人这么爽快,王龙就问道:“哥,恁贵姓?”

那人便说道:“俺免贵姓宋,排行老五,你就叫俺宋五好了。”宋五看着王龙,问了王龙姓名,接着说道:“我说王兄弟,听你说话,咋是东北口音,你莫不是东北人?”

王龙就笑着解释道:“俺是纯粹的东洼村人,只不过俺在东北生活了几年,随那边的人说惯了,这东北腔一时半会顺不过来。”

两人越说越投机,越拉越近乎,宋五便对王龙说:“王兄弟,俺平常最烦琐琐碎碎的事,往俺这里送砖送瓦的事,俺也不啰啰了。俺把数字报给恁,恁窑厂给俺找车送就行了。送罢砖瓦,你们窑厂把运送砖瓦的费用跟砖瓦钱合在一起跟俺算,到时候砖瓦钱和运送的钱俺一并给你们。”

王龙听罢,思虑了一下说道:“这事好说,宋哥,窑厂来给恁送砖瓦的时候,还少不了俺来带路,恁得让俺知道恁家住哪个地方啊!”

宋五听罢呵呵一笑,说道:“当然,当然。走,兄弟,俺带你认认门去。”说着带着王龙去认识自己的家门。

宋五带着王龙来到村里一处堆积着木料和石头,面积不算小的宅地跟前,对王龙努了一下嘴,说道:“兄弟,俺这一片宅地不小吧?盖一进四合院绰绰有余吧?”

看到宅地上已经打了桩、放了线,还有堆积的木料和石头,王龙知道这个叫宋五的人没有说瞎话，他是真的准备大兴土木盖屋建房，便答应宋五，回窑厂就去找运送砖瓦的车子，一旦找好车子，立马就给他送过来。宋五很是高兴，他拉住王龙，非要让王龙吃过午饭再走。王龙说什么都不应，说窑厂上很多事情都等着自己去干，宋五拉住王龙真心实意地留，见王龙坚持要回，只好遂了王龙，让他回了。

去外面贴广告居然贴出来一桩不算小的买卖来，王龙心里那个振奋、那个喜悦，他脚下用力蹬着自行车，嘴里唱着歌，一路欢歌回到窑厂。

王龙见到马大民、刘海锋，就把自己在宋家庄贴广告，碰到宋五，宋五要买砖瓦的事说了。马大民、刘海锋两人听罢，也感到很高兴。他们觉得要是自己窑厂的砖瓦能在二十里外的宋家庄打出名声、创出销路，那会是很不错的事。刘海锋问王龙对宋五这个人的感觉和印象怎么样，靠不靠谱。王龙就说，宋五一看就不是一个简单的庄稼人，说话办事透着一股大气和爽快，说不定有了这一次交往，往后能成为好朋友。马大民便说："咱先不论这人简单不简单，反正这人住宋家庄，盖屋在宋家庄，他买砖瓦，咱卖砖瓦，咱送罢他付钱，这生意没啥说的。"

马大民让王龙去村里，还有邻近的南平村、西洼村找有毛驴车的人家，问他们愿不愿意去宋家庄运送砖瓦，价格运一块砖一分钱。王龙回到村里，在村里找下了两辆毛驴车，又去了西洼村、南平村，在这两个村又找下了五辆毛驴车。

土地承包后，过怕了穷日子的庄稼汉们都一门心思扑到挣钱富家上。有上窑厂干工的，有开荒种地的，有入建筑队干建筑的，有买了小毛驴干拉脚生意的。受惯了苦累的庄稼汉们不怕苦累，就怕挣不了钱。送一块砖一分钱，一车拉一千块砖，这一趟就能挣十块钱。从窑厂到宋家庄二十来里地，一天能赶两趟，这两趟下来就能挣下二十块钱。四万块砖加上五千片瓦，七辆毛驴车要三四天才能送完，这三四天下来每辆毛驴车能挣七八十块钱。七八十块，搁在哪一户庄稼人家里，都不算一笔小钱，都能中好大用处。这笔账赶毛驴车的几个汉子清算得透。

两天后，七辆毛驴车在窑厂装好了砖，王龙骑着自行车在前，毛驴车排成一溜长队随后，很有气势地去往二十里外的宋家庄。余下的三天，因为赶毛驴车的汉子们都知道了道路和买主的家，再加上窑厂事忙，王龙没再跟随毛驴车去送砖瓦。

王龙是在第五天去的宋家庄，他来到宋五盖房子的地方，见一班人搬砖的搬砖，垒砖的垒砖，和泥的和泥，正热火朝天地忙着，屋墙垒得快一人高了。宋五正在一旁手叉着腰，看着一班人忙活，见王龙来了，忙亲热地招呼："王龙兄弟，俺正盼着你来呢，你要是不来，俺可就去窑厂找你了。"

王龙听罢，觉得宋五这人是个守诺的人，心里不由得对宋五又多了几分好感。这时，宋五把王龙拉到一旁，沉着脸小声对王龙说道："兄弟，俺给你说了，给俺送四万块砖，你咋给俺送了三万九千块呢？咋给俺少送了一千呢？"

王龙听罢，满脸的诧异，说道："不可能啊！窑厂发砖的人都是要数上两遍才让装车上路的。再说他们毛驴车上也没说少砖的事啊！"

宋五就一脸的诚实，对王龙说道："兄弟，俺可以对天发誓，俺确确实实是少收了一千块砖。"

窑厂给买主送砖，居然给人家少了一千块砖，这事要是传扬出去，不光败坏窑厂的声誉，也对窑厂马大民、刘海锋还有自己的人品，窑厂上的生意有影响。王龙觉得这事不算小事，他看宋五不像说假话的样子，便赶紧骑车回了窑厂。

王龙回到窑厂，就把宋家庄宋五少砖的事说给了马大民和刘海锋。马大民和刘海锋也觉得这事事关窑厂信誉，不可轻视。于是，窑厂把七辆毛驴车车主，还有砖厂发砖员一起叫到窑厂办公室，查问少砖的事。砖厂发砖员说话直截了当，说自己发砖，都是装车前先数一遍砖摞，待运砖的装好了车，再数上一遍，他这里绝对出不了问题。七个毛驴车车主更是赌咒发誓，他们车上不会丢失一块砖，并说每一次在宋家庄卸了砖，都是让买主查收完，他们才回的。见发砖的和毛驴车车主说话都斩钉截铁，马大民就让王龙去宋家庄找宋五说明一下。

王龙去了宋家庄见到宋五，把窑厂对窑厂发砖的，还有毛驴车车主叫到一起查问的事，说给了宋五。宋五听罢，脸上表现出不高兴，说道："这样说，是俺讹你们窑厂了？"

王龙见宋五这样说，忙说道："哪里，哪里。咱们还不是想把这事捋清楚吗？"

宋五就说道："俺宋五也是常在场面上混的人，甭说这千儿八百块砖，就是三千两千块砖，俺也是不在乎的。"宋五指了指周围一个个的砖垛子，接着说道："你可以数数你们窑厂给俺送来的砖，俺不能因为这千儿八百块砖，让人觉得俺宋五说瞎话讹人。"

王龙看了看垒了一人多高的屋墙，又看了看屋墙四周到处堆放的砖，砖都用成这个样子了，根本没法数清了。王龙见宋五说话口气有些生气和不满，便又回到窑厂，把事情说给了马大民和刘海锋。本来一件清白的事，变成了一件说不清道不明的事。宋家庄的宋五既然那样说了，再揪扯下去怕是也揪扯不清，徒把事情弄僵，伤了和气。于是，三个人一商量，别管真少还是假少，再给宋五送一千块砖。

王龙是随着给宋五送砖的毛驴车一起去的宋家庄，他是要去跟宋五结算砖瓦账的。待来到宋家庄宋五盖房的地方，卸罢了砖，清点了砖数，王龙就跟宋五提起结算砖瓦账的事："宋哥，俺们窑厂算是刚起步，现在还处在亏负状态，俺们窑厂卖砖瓦，对外都是不赊欠的，恁把砖瓦钱给俺结了吧。"

宋五听罢，就一脸的歉意，说道："实在抱歉，兄弟，俺有个朋友，借了俺一万块钱都一年多了，说好昨天来还给俺的，俺也打算给你们窑厂一把结清的。谁想俺这个朋友的老娘昨天死了，咱再急也急不过人家发送老娘吧？兄弟，你回去给你们窑厂当家的说一下，等过几天再结账吧。"

宋五这样说了理由，王龙不好再说什么。宋五既然说推迟几天，王龙只好回了窑厂。

马大民听后，显出一丝无奈，说道："等几天就等几天吧。"

刘海锋说道："这姓宋的不会是个骗子吧？"

王龙就说："骗子？敢骗俺王龙？让他试试。"

2

微山湖畔周边有三座开发了没几年的大型国营煤矿，为了搞好地方关系，矿上给了周边公社一些招工名额。向阳公社分到了几个名额，公社领导经过研究，决定把这几个名额分派到下面大队去。为了保证招工对象的素质扎实，公社要求各大队应把近两年的复员军人作为优先招工对象。

东洼大队分到了一个名额。能当上吃公家饭、挣公家钱的正式工人，那是每个庄稼汉做梦都想的事。东洼大队近两年复员回村的退伍军人共五人，可名额就一个。大队干部一商量，决定用抓阄的办法解决问题。于是，大队便把这五位退伍军人叫到大队部，把招工的情况、名额的情况，以及大队决定用抓阄的办法来定下这个名额的事给五位退伍人员说了。谁都想得到这个名额，无奈僧多粥少，又没有更好的办法来解决这件事，几个人也都赞同抓阄这个办法。五个人抓来抓去，这东洼大队一个招工名额的阄，让马洪光抓到了。

听说马洪光抓到了阄，就要去煤矿当工人，马二民和建筑队众人一半欢喜一半忧。喜的是马洪光跳出了农门，成了国家正式工人，忧的是这活路越来越好的建筑队将群龙无首。建筑队里的庄稼汉们多是能武不能文的大老粗，出力干活是把好手，拉地基、算尺寸、定标高、房屋内里隔间设计，这些对他们来说就隔行了。现如今盖砖瓦房的人家多了起来，屋子方不方、差角不差角、房间的间距对等不对等，都要细心度量计算，不能有差错。还有主家要求房屋盖得别致一些的，就要费些心思去设计一下。这些哪是庄稼汉们能掂得起来的呢？以往，这些活都属于马洪光，他这一撂挑子，这建筑队可怎么办呢？

建筑队的人们纷纷来到马洪光的家里，为马洪光跳出农门去矿上当工人表示祝贺。对人表示祝贺本来是件喜庆的事，可人们的脸上现出的多是忧郁，少见喜色。马洪光心里清楚，这些天天随自己建房盖屋的汉子们，虽说是来祝贺自己，但其实更多的是对建筑队往后的忧虑和对自己离去的不舍。有几个汉子来到马洪光面前，一副愁容地说：

"洪光,恁能当上工人,俺们是真心替恁高兴。可恁这一走,咱们建筑队可咋办啊!"

对于自己亲手创建起来的这个建筑队,马洪光是充满了感情的。从初创到现在,建筑队有了很大的变化。从成立之初的活少,土泥墙多,活粗、活累、活脏,工钱低,变到今天的活多,砖瓦屋多,细发活多,工钱还高;从一开始不被人们看重,到现在成为一个庄稼汉子们人人羡慕、人人想加入的集体。他们成天混在一起砌墙粉墙,爬高走低,吹牛皮、说笑话、侃大山,马洪光和这些汉子们早就处出了深厚的感情。他内心也清楚地知道,如果让他放弃去煤矿当工人,依旧留在这个建筑队,那也是根本不现实的。毕竟在庄稼人的眼里,当工人吃公家饭跟当农民种庄稼,那可是一个天上、一个地下的差别。整个东洼大队五六千口人就只摊了一个招工名额,这个名额落到谁的头上,对本人、对一个家庭,都无异于是一件天大的喜事,任谁也不会轻易舍去的。不过,对建筑队怀有深厚感情的马洪光,对建筑队的前途和未来也是有自己的考虑的。

面对与自己一同早出晚归、一同忙活、一同说笑的建筑队的伙计们,马洪光说道:"我虽然要去煤矿了,可咱们这个建筑队不能垮、不能散,不但不能垮、不能散,还要越干越大,越走越高才行。大伙都看见了,咱们庄稼人的日子越来越好,这建房盖屋的也越来越多,咱们建筑队也是越来越有干不完的活。好些人家盖屋,别的建筑队不找,只找咱们。这说明啥呢?说明咱们这个建筑队闯出了名号,咱们这个建筑队要是维持不好,散了班,那咱们兄弟爷们这两年在一起算是白玩了。我知道大家心里在想啥,人无头不走,鸟无头不飞,户有千口,主事一人。咱们建筑队要想干下去,没个好领头的不中。这件事我考虑了,我走了,咱们这个建筑队往后的路要想走得好、走得远,只有二民能担得起这副担子。二民虽然年纪不大,但在建筑上肯学习、肯钻研,无论是现在的小活茬,还是往后接到大活茬,二民在技术方面都能胜任。"

马二民见马洪光这样说,忙摇着头说道:"这可不中,这可不中,俺年纪还小,担不起这副担子。技术方面量地基、算尺寸这样的活俺不推辞,这领班带队的事俺可干不了。大家还是选一个年龄大些、会办事的来当领班吧。”

马洪光没有接马二民的话,而是对着大伙说道:“我说的让二民来当领班的事,大家赞不赞同?”

大伙齐声说:“赞同。”

见马二民连连摆手说“不中,不中”,马洪光就对他说道:“二民,你也不要推辞了,要想这个建筑队干得好、不散班,你就领这个班。你不要怕,大胆带着大伙好好干。我虽然去矿上,但往后建筑队遇到啥事情,只要打声招呼,我还是会能出主意出主意、能出力就出力的。”

大伙也纷纷劝说马二民:“洪光都这样说了,恁就好好领着大家干吧。一起干活一两年了,恁年纪不大,恁的做事为人大伙也都了解信服,往后大伙听恁的。”

见推辞不过,马二民就说道:“看来俺是推辞不掉了,既然这样,俺就先干干试试。要是俺哪些地方考虑不周、做得不对,大家伙可甭忘了提醒俺。”

这一日,马大民和王龙拉着地排车,一起去公社供销社买窑厂上用的平车脚子、平车轮胎。两人来到供销社,在农械柜台前挑选好了两个平车脚子和几副平车轮胎。不想,营业员告诉他们,现在平车脚子很紧俏,仓库存货也没了,领导嘱咐他们,一户只能卖给一个。王龙听罢,就有些不忿,嚷嚷说:“俺们是窑厂上用,不是一家一户地拉庄稼用。小家小户的能跟俺们大窑厂比吗?”

营业员就说:“我们领导也没说窑厂就可以搞特殊啊!”

马大民也便跟营业员商量:“同志,俺窑厂实在是急等着用两个平车脚子,恁就照顾一下俺们吧。”

营业员说:“我一个营业员可不敢开这个口子、当这个家。你们不妨过几天再来买,那时候也许就进来货了。”

见营业员执意不卖,王龙就大声嚷嚷:“你们有货不卖,这叫啥为人民服务。”

王龙正跟营业员嚷嚷着，一个人就来到他们身后，问："什么事这样大声嚷嚷？"

营业员就冲那人叫了一声："林主任。"

马大民和王龙转过身来，见被营业员叫"林主任"的人，原来是林华玉。马大民先是一愣，马上露出喜色，叫了一声："林大哥。"王龙也叫了一声："林大叔。"

林华玉拍了一下马大民，问："你们干什么来了？"接着指了一下王龙，问："这年轻的是谁啊？"

当听马大民说王龙是王凤国的儿子时，林华玉就现出惊讶，说道："原来是小王龙啊，几年不见长成个大男子汉了，还满嘴的东北腔，要不说我还以为是个东北人呢。"

王龙便有些不好意思，说道："林大叔，俺大常念叨恁呢。"

林华玉就叹了一声，说道："我也想回东洼看看啊！可是供销社事情多，忙得很。现在老百姓日子好过了，买各类商品的人也多了，供销社要保障供给啊！到上级部门要货进货，全都要去操心，实在没能抽出空来。"当了解到二人来供销社买平车脚子的情况后，林华玉便对营业员说道："窑厂大小也算是个企业，车子之类的东西用量大，他们又急用，就卖给他们两个吧。"

见主任发了话，营业员便给马大民开了两个平车脚子的发票。林华玉让王龙随营业员去仓库提货，让马大民随他去办公室，说有话跟马大民说。

马大民随林华玉来到办公室。两人坐下后，林华玉问了东洼村的一些情况，又对自己当年被贬到东洼第二生产队劳动改造时，马大民对自己的照顾和保护，说了好多感谢的话。马大民就摆手说，只要是个人，还没失去本性，于情于理都是应该做的。林华玉又问了马大民窑厂经营的情况，马大民就把窑厂眼下运行的情况说给了林华玉。林华玉听罢，对马大民说道："我本打算让人传话给你，让你到我这里来一趟的，正巧今儿咱们碰上了。"

马大民就问："啥事？恁尽管说。"

林华玉说道："为了大力发展经济，更好地保障老百姓的供给，前段时间我向公社党委打了一个报告。报告里写，现在的供销社营业场所又窄又矮，完全跟不上形势发展的需要，提请公社党委能不能建一座两层的供销大楼。未承想，公社党委对我的报告很重视，最后批准了我的报告，并让我主抓供销大楼的建设。"

马大民似乎明白了林华玉话里的意思，心里有些激动地说道："那真是太好了。"

林华玉瞧着马大民说道："大民，你要保证给我送的砖瓦，无论是质量上还是价格上，都让外人说不出闲话来。"

马大民说道："林大哥，这一点恁尽管放心，既然是恁主抓这件事，俺马大民决不会给恁脸上抹黑，砖瓦的质量不光要比其他窑厂的质量好，价格上也一定不会高过别人。"

林华玉听罢，便说道："那就好。"

马大民迟疑了一下，问道："林大哥，建供销大楼，找的哪里的建筑队？"

林华玉说道："我正愁这件事呢，毕竟这是建大楼，建筑队技术力量不行的话可不中。这些天我一直为找一个技术好、干活好的建筑队而发愁呢。"

马大民思量了一下，对林华玉说道："咱们村上的马洪光之前在部队上干的是工程兵，识图放线、盖楼建房样样在行。他退伍回家组建了一个建筑队，活干得又快又好，在咱们那一片都干出名了。"

林华玉说道："你回去不妨让马洪光到我这里来一下。"

马大民迟疑了一下，说道："前些天，上级给了东洼大队一个招工名额，马洪光抓到了阄，他要去矿上当工人了。不过，这两年马洪光一直在培养二民，二民对建筑这一行也很是热心，跟着马洪光学了不少本事。要不俺回去让二民到恁这里来一趟，恁也好摸摸他的底，看他能干不能干。"

林华玉思忖了一下，说道："行，你让二民来一趟吧。他如果干不了，我再找其他人。"

马大民告别了林华玉，便让王龙拉着买好的平车脚子还有轮胎回窑厂，他自己则去找弟弟二民。

马大民找到弟弟二民，就把自己去公社供销社见到林华玉的事说了。马二民听后很是兴奋，说下午就去供销社找林华玉。

下午，马二民去了公社供销社，找到林华玉。林华玉拿出供销大楼的建造图纸递给了马二民。马二民摊开图纸，仔细地看了一会，见供销大楼是上下两层设计，构造并不复杂，便对林华玉说道："林大哥，这活对俺来说完全没有问题。建这个供销大楼大约需要多少建筑材料，大约需要多少人工，需要做个预算。"

林华玉就说道："这个预算很重要，多少材料，多少人工，大概能花多少钱，心里要有个底，也好报上去，让领导们心里有数。做预算用不用另请别人？"

马二民便说："不用，俺把图纸带回去，钻研一下图纸，再依照图纸去做预算就行。"

原本打心里对马二民并不踏实的林华玉，见马二民看图纸、说建筑很是内行，便说道："二民，就眼下来说，建这个供销大楼，可算是咱们向阳公社一个大建筑了。上面领导盯着，下面老百姓看着，一旦出现差错，咱们谁也担不起啊！"

马二民就说道："林大哥，恁尽管放心，俺要是没有金刚钻，也不敢揽这个瓷器活。这供销大楼说是大楼，还不就是两层楼的设计吗？要是在建筑这一块上出现差错，俺们建筑队工人的工钱不但一分不要，还会对造成的建筑材料上的损失进行赔偿。"

林华玉听马二民这样说，便说道："二民，你既然这样说了，你就先把图纸带回去，好好看，吃透它。你再把预算弄出来，我报上去让领导审批。等领导审批后，供销社跟你们建筑队再立个协议，就可以施工了。"

3

王龙一要再要，宋五是一拖再拖，等到宋五的一进四合院都盖好了，宋五欠东洼窑厂的砖瓦钱、毛驴车的运费钱仍然是没给一分。砖瓦钱加上毛驴车的运输费有三千七百块啊！这可不是个小数目啊！年底结算，除去工人工资还有窑厂上的一切开支，窑厂能收益这个数，那就谢天谢地了。因为自己的赊欠，这笔钱一直要不回来，让王龙很是焦躁。这笔钱要是要不回来，将会给窑厂造成多大损失啊！往后自己怎么面对马大民啊！王龙就凑一早一晚，天天去宋家庄找宋五要账。

马大民见王龙为要不回账成天愁眉不展，也便劝道："这个账既然不好要，也甭太躁了，反正跑不了他，就慢慢要吧。"

王龙又哪里能憋得住呢，说好的送完砖瓦一把清，这院子都建好了，却一分钱都不给，人怎么就这么不守信用呢？一回回地去要，一回回地拖，这不是玩人吗？王龙越想心里越有气，他的耐性被耗完了。他想，再去宋家庄见了宋五，不能再客气了，不能让他再拖延了，无论如何要让他说个还钱的准确日子。

这日傍晚，王龙骑着窑厂那辆旧自行车又去了宋家庄，当他来到宋五新建好的院落前时，就见宋五的院落里灯火通明，里面人声喧嚷，很是热闹。待王龙放好自行车走到院里一看，就见院子里支了两口锅，两个厨子正在忙活。正堂屋里，围坐了两桌人，正吆五喝六地吃菜喝酒。堂屋靠门的那个酒桌上，有个人认得王龙就是那个常来要账的人，便朝里面那一桌喊道："老五，这要账的也选了这么个好日子讨账来了。"

这时，宋五从堂屋里走了出来，来到王龙面前，黑着脸小声说道："今天是俺迁住新屋的日子，前来贺喜的朋友来了一大帮，你来就来了，想凑热闹，给俺个面子，进去喝两杯，啥话不要提。不想凑热闹，你就赶紧回去，有啥事过后咱再说。"

王龙并没有给宋五面子的打算，嚷嚷道："早先说好了的，砖瓦送完，钱一把清。这都多长时间了，你都住上新家了，还过后再说，俺问问你，过后是多长时间？"

见王龙大声嚷嚷，宋五便一把扯住王龙的胳膊，把他拉到了门外，满脸怒气地说道："你是一点面子都不给俺留了是吧？你是成心找俺难堪，让俺丢人是吧？"

王龙就说道:“你给俺留过面子吗?俺往这里跑都快把腿跑细了,你给俺一分钱了吗?今儿你没多有少地给俺一些,俺也好对人家窑厂有个交代,不然就甭怪俺不给你面子。”

听王龙这样说,宋五就冷笑了一下,说道:“你这是要撕破脸了哈。既然这样,也就甭怪俺不客气了。”他凑近王龙,露出一副狡赖相,说道:“你说俺该(方言,欠)你钱?俺说这钱俺早就给你一把清了呢。你说俺讹你,俺还说你讹俺呢。”

王龙听宋五竟然这样说,气得忍不住大声怒斥道:“你这样耍赖还是人吗?你以为俺王龙是好欺负、好讹的人吗?”

屋子里喝酒的人听到院外两人的吵闹声,便都来到大门外。他们见王龙一副横眉怒目的样子,纷纷围拢过来。这时好些街坊邻舍听见吵闹声,也纷纷出来看热闹。王龙看了下众人,就指着宋五对众人嚷道:“你们都是宋五的朋友、邻居是吧,你们看看他这新崭崭的四合院建得气派吧,他用的全部砖瓦都是俺给他送的,却一分钱都没给俺……”没等王龙说完,宋五一把抓住王龙的衣领,骂道:“狗东西,胡说八道,谁该你的钱了?”说罢照王龙脸上就是一拳。见宋五朝自已动了手,王龙也便扯住宋五厮打,宋五的一帮朋友见状,便扑了上去,围住王龙就是一顿打。一旁一个看热闹的老者看不下去了,上前劝说道:“算了吧,这么多人打,出了人命事就大了。”听老者这样说,一帮人方才住了手。

宋五朝坐在地上的王龙踢了一脚,说道:“记住哈,宋家庄没人该你的钱,也没人该你的账,往后宋家庄不要再来了。”

有几个宋五的朋友指着王龙骂道:“要不是为了今天是五哥乔迁之喜的日子,不把你揍个跪地叫爹就不算完信不信?往后你敢再来宋家庄恶心人,来一回揍一回。”

王龙推着自行车,忍着浑身的疼痛,走在宋家庄的村街上,一阵恶心袭来,王龙停下来蹲下身去,低头干哕。这时,一个人走到王龙身边,小声说道:“宋五在宋家庄是有名的‘鬼见愁’,仗着弟兄多、狐朋狗友多,称王称霸,坑蒙拐骗。俺们一班子给他累死累活忙了一个多月,建好了房子,说好的工钱只给了俺们一半,就再也不给了。俺们是一个村里的,他都敢这样坑,何况你一个外村人?他是个耍赖惯了的人,你掰不过他的,就自认倒霉吧。”

马大民知道了王龙去宋家庄讨账挨打的事,便责备王龙不该常常瞒着他一个人去要账,即便一个人去,也应相机行事,好汉不吃眼前亏,忍一下,回来一起商量。王龙便跟马大民说了自己所了解到的宋五的情况。马大民就说,宋五坑蒙拐骗耍无赖,咱们可以去找政府。于是,马大民和王龙一起去了公社派出所。

马大民、王龙两人来到公社派出所,把宋家庄宋五坑蒙东洼窑厂砖瓦钱,以及王龙前去讨账,挨了宋五一班人殴打的事,说给了派出所欧所长。欧所长听罢对此事很是重视,他对二人说,宋家庄属于夏口公社管辖,他要跟夏口派出所联系,双方一起调查了解后,再进行处理。

三天后,马大民、王龙两人被叫到公社派出所,欧所长告诉二人,向阳公社派出所和夏口公社派出所对他们二人说的事进行了联合调查,宋家庄的宋五确实建了新院落,用的砖瓦也确实是东洼窑厂的,可宋五说砖瓦钱早就给清了,至于王龙挨打的事,是因为砖瓦的质量问题,双方起了争执,王龙先动手引发的。并且宋五本人也挨了王龙的殴打,到现在还头痛着呢。

马大民、王龙两人听罢气愤不已,王龙更是破口大骂。欧所长见二人情绪激愤,便说道:“打骂都不能解决问题,解决问题要靠事实根据,你们双方不妨当面说清楚。”于是,欧所长带着二人,坐上派出所的吉普车,一起去了夏口派出所。

夏口派出所派人去了宋家庄,把宋五叫到了派出所。双方对质,王龙先把宋五怎么买砖瓦怎么赖账的事说了。该宋五说时,宋五就满脸的无辜,说:“你们窑厂最后给俺送完砖瓦的那一天,你王龙是随了送砖瓦的毛驴车一起来的。砖钱两千八百,瓦钱四百,运费五百,总共三千七百块钱,俺一分不少地递到了你手里。现如今你们诬告俺坑蒙你们,是不是你们窑厂穷疯了,想用歪法子挣钱?”

宋五这样说,气得王龙浑身发抖,如果不是在派出所,相信王龙会一下子扑过去,跟宋五打个头破血流。马大民见王龙气得只是大骂宋五“恶霸、骗子、鬼见愁”,摆不出道理来,便朝宋五说道:“俺们窑厂生意虽然不是太好,可是靠坑蒙耍骗去挣昧良心钱的事,甭说去做,就是有一丝这个念头,俺也是觉得不配做人的。俺们的人品如何,可以去调查打听。你宋五的人品,俺们也多少打听到一些,知道你无赖,可是没想到你竟然无赖到这一步。”

宋五听罢便露出一丝苦笑,说道:“人品好坏不是自说的,你窑厂可以讹人,但不能骂人。退一步讲,你说俺赖账,证据呢?你们向俺讨账,总不能空口说白话吧?最起码你们手上得有俺写的字据吧?你们有吗?”

宋五说到证据、字据,马大民、王龙二人竟然一时没了言语。

一旁的欧所长便对宋五说道:“你说他们没证据证明你赖钱,你又怎么证明你没赖钱?”

宋五说:“俺有人证,证明俺给过他们钱了。”接着宋五说出了两个人的名字。

派出所马上派人去宋家庄,叫来了宋五说的那两个证人。王龙见到那两人,立马认出两人就是那天曾在宋五家喝酒,并参与了殴打自己的人。王龙便指着那两人对派出所的人嚷道:“他们跟宋五是一伙的。”

那两人并不理会王龙,其中一个指着王龙对派出所的人说道:“俺跟宋五是一个村的邻居,那天宋五跟这个人算砖瓦钱,俺们二人就在跟前,当时宋五亲手递给了这个人三千七百块钱,这个人清点了一遍,没有差错才走的。”

一时间派出所里,双方争争吵吵,各执一词,乱成一锅粥。欧所长制止住双方的吵闹,说:“双方既然都拿不出凿实的证据,派出所也不好立马处理。你们双方回去,各找各的证据,待手上有了证据,再来派出所解决问题。”

回去的路上,欧所长对马大民、王龙说道:“你们手上一没欠条,二没有力的证据,这事成了扯皮的事,还真是不好办呢。你们窑厂还真要做好要不回钱的思想准备。”

马大民、王龙两人回到窑厂。一进办公室，王龙便一下坐在椅子上，双手抱头，“呜呜”哭出声来：“全怨俺轻信了人，全怨俺是个大憨蛋，让窑厂碰上这么大一个坎。”

马大民见状，就伸手拍了拍王龙，说道：“不能全怪你，也怨俺考虑不细致，没提醒你要欠条。事情既然出了，也甭太搁心上了，吃一堑长一智，咱们吸取教训，往后注意就是了。”

王龙就攥着拳头，砸得桌子“咚咚”响，大声叫道：“咱这是让人明抢了啊！大民哥，恁能咽得下这口气，俺王龙可是咽不下啊……”

半个月后，一个电闪雷鸣、风雨交加的傍晚，宋家庄的宋五一家正在自己新建的房子里准备吃晚饭，就听见门外有人大声喊：“老五，老五，恁后墙积水了，快点出来排排水。”

宋五听见外面有人喊，便忙打了伞出了大门看究竟。宋五出了大门，就见一个浑身被雨衣裹着的人在自家后墙帮自己排水。宋五一边朝那人走去，一边嘴里唠叨着：“这他妈的雨下得也忒急了。”待到近前，宋王刚想问那人是谁，话还没出口，那人手中的木棍竟狠狠地抡在了他的一双小腿梁上。一声惨叫伴着一声震耳的雷响，宋五倒在泥水里，缩成一团。那人举起木棍，朝在泥水中号叫的宋五小腿上又狠狠地砸了两下，骂了声：“狗东西，这就是你坑蒙人的下场。”然后，转身朝大雨深处跑去……

王龙在风雨中用力蹬着自行车，他知道自己那没留力气的几下下去，宋五的腿怕是要残废了。当时他本不打算骂宋五的，他知道，他这一张口，就算告诉了宋五偷袭他的人是谁了。可他又一想，即便自己不张口，宋五反过神来也会猜到是谁的，那样的话，他要报复起来也许就不限于一个人，而是整个东洼窑厂了。自己给大民、给窑厂亏了那么一大笔钱，自己再也不能给大民和窑厂添乱子了。男子汉一人做事一人当，这口恶气既然出了，自己就正大光明地顶上去。

王龙骑着自行车来到公社大街上，毫不犹豫地把车子拐进了派出所。

王龙伤人的案子不复杂，这是一起由债务纠纷引起的事件。王龙是投案自首，再就是公安办理这个案件期间，收到几位宋家庄人的举报信，举报信上列举了宋五好几条罪状，其中就有坑蒙东洼窑厂砖瓦这一条。当然公安不会仅凭几封不具名的举报信就去给宋五治罪，可这却也让公安多少了解了宋五到底是个什么样的人。

公安机关进行了一番调查审理，查明宋家庄人宋五确实存在欠钱不还的事实，不过王龙采取过激的行为，导致宋五一双小腿被砸断，情节也属恶劣。公安机关最终以故意伤害罪判处王龙有期徒刑一年零六个月。

王龙被押解外地服刑那天，马大民、刘海锋还有王龙的妻子，一起去了县公安局拘留所跟王龙见了一面。见面后，没等王龙开口，马大民就两眼发红地数说王龙："王龙啊！你咋就那么傻啊！那些砖瓦钱咱权当丢了，让人偷了，也不能去犯法啊！咱们窑厂不是还干着了吗？砖瓦不是也越来越好销了吗？这事你看闹的。"

王龙看了看一旁啜泣的妻子，瞧了瞧马大民和一旁唉声叹气的刘海锋，说道："大民哥，这事俺一点儿也不后悔。宋五这样明着坑咱们，外人拿这事当笑话说咱们窑厂，俺王龙咽不下这口气。这口气不出，能把俺闷死。"王龙转脸对刘海锋说道："海锋哥，俺暂时不能在窑厂了，恁多替大民哥操劳些，等俺回来咱再一起干。"

马大民轻轻叹了一声，对王龙说道："一年半也快，转眼就过去，你在里边不要牵挂家里，你不在家，俺大民就是你亲哥，你的父母就是俺大民的父母。刑期到了，俺去接你。"

王龙双膝一曲，给马大民磕了一个响头。

第十三章

1

马洪光去了离家十几里地的矿上，十几里的路程对当过兵的马洪光来说不算什么。刚进矿的新工人要经过一段时间的培训学习才能正式上班，所以处在培训学习阶段的马洪光每天步行去矿上，学习完步行回家。虽说去了矿上，但马洪光心里依然装着建筑队，有时回家早了，他也会去建筑队忙活的地方站着看看，跟曾经的伙计们说说话。

马二民虽然拿到了供销社大楼的建筑图纸，可是他仍感觉得出，林华玉对他们这个农村建筑队的犹豫和不踏实。于是，马二民找到马洪光，把公社供销社要建供销大楼，以及自己去见林华玉的事说给了马洪光。马洪光看了供销大楼的建筑图纸，说："这供销大楼的设计不复杂，活好干，只要技术方面的事情把握好，施工当中严把质量关，咱们建筑队完全有这个能力干好。"马洪光想了想，接着说道："不过，这建大楼毕竟不同于在村里建房，农村砌墙多是用泥，大楼则用沙灰砌墙。建大楼用的沙子、水泥、石子、混凝土，砌墙用的沙灰，用量大，像在村里干活用人工和泥的方式，根本就不行了。这么个大工程，必须要有搅拌机。施工的时候挖地基，定位、打点放线也离不了水平镜，一层楼起来后，还需要立井字架吊篮。建二层的时候，砖、沙灰、混凝土、楼板什么的,总不能用人往上抬吧?这些都要考虑到。”

马二民听到这些,头就有些大了。搅拌机、定位、打点放线、水平镜、井字架吊篮,他都是头一回听说。想到自己在林华玉面前的信心满满和自负,还有自己对建筑这一行的浅薄和考虑事情简单,让马二民心里有了怯意,他摇了摇头说:“俺想得太简单了,恁要是没去矿上的话就好了。恁这样一说,俺心里实在是没有底了,想打退堂鼓了。”

马洪光思量了一下,说道:“这桩活说什么也得干,这毕竟是一个难得的机缘,也是咱们建筑队发展壮大的好机会。有了这一次建筑经历,你也能成熟起来,往后再接到这样的建筑工程,也就驾轻就熟了。这一回干得出色,创出了名声,对咱们建筑队往后的发展大有好处。至于搅拌机、定位、打点放线、水平镜、井字架吊篮什么的,我来帮你。”

马洪光和马二民两人一起去了供销社找到林华玉,马洪光对林华玉说,因为村建筑队第一次接下这么大的一桩活,为了保证供销大楼能高效、安全、圆满地施工,他会全力协助马二民。林华玉知道马洪光在部队上干的就是建筑,在建筑方面非常专业。听他这样说,林华玉放下心来,决定了把建供销大楼交给马二民带班的建筑队干。

马洪光见林华玉确定了建筑队,便又对林华玉说道:“我说林大哥,建这么一幢大楼,离不了搅拌机,即便是去县上买个旧搅拌机,怕也不低于五六百块钱。咱们这个建筑队都是由庄稼汉组成,都还不算富裕,让他们兑钱买搅拌机,也实在是难为他们。恁看能不能这样,买搅拌机的钱供销社先拿出来,等大楼完工,恁再把这个钱从建筑队施工费里扣出来。”

林华玉思忖了一下,说道:“我看行。前几年我落魄的时候,咱们东洼村的人对我多有照顾,这事也算是我对咱们东洼村兄弟爷们的一点回报吧。”

马洪光理解林华玉所说的“这事”里面一定包含了“供销大楼交给东洼人干”。于是,马洪光说道:“东洼村的汉子们能挣到钱,也会感念恁的。”

接手了这么一个大工程，建筑队现有的十几个人显然是不够。马洪光就让马二民再收十几个人，充实一下建筑队。马二民合计，建供销大楼，建筑队二十五个人也就差不多了，现在建筑队有十五个人，再招十个人就可以了。还没等马二民开始招工，找马二民要求加入建筑队的人，你来我去地，都快踏破了马二民家的门槛。建筑活毕竟是力气活，建大楼又不同于在村里扒屋盖屋，不但要力气，也要腿脚利落，这可是要上高爬下的，马二民就专挑身强力壮、年龄二十到三十岁之间的人进建筑队。

明白了幸福生活需要财富来支撑，家庭富裕需要用汗水和勤劳去创造的庄稼人，做梦都在想怎样去找挣钱的门路。无奈挣钱的门路对很多有空闲时间的庄稼人来说，实在是太少了。能进窑厂、建筑队做工都很是让人向往、羡慕了，如今马二民的建筑队接下了建公社供销社的大楼，还没开工，就又是搭工棚，又是支搅拌机，又是招兵买马的，这阵势在人们看来，这支建筑队那是奔着干大事、挣大钱的路子去的。有的人是本人上门，有的人是托亲戚或朋友上门，找马二民要进建筑队。都是前后相熟的邻里，都是抬头不见低头见的相识，实在是难以拒绝的相托，马二民由原来打算招十个工人，最终招了十五个。十几人的建筑队，一下扩成了三十人的队伍。

供销大楼开工那天，公社领导来到工地参加了奠基仪式。在一阵阵火鞭的爆响声中，眼下向阳公社最大的建筑——供销大楼正式破土动工了。

挖地基时，打点、放线、定标高都是马洪光帮着干的。马洪光请林华玉出面，去公社水利站借了水平镜，马洪光一边用水平镜打点、定标高，一边手把手地教马二民。马洪光教得认真，马二民学得用心，只一个上午，马二民便学会了使用水平镜。

为了加快施工进度、节省劳作时间，建筑队在工地开灶立伙，中午工人不回家吃饭，全在工地上吃大锅饭。建筑活是耗体力的活，忙活的时间又长，中午工地上的这顿午饭，马二民也就不糊弄。馍自己蒸，时令菜豆角、茄子、黄瓜、南瓜变换着炒着吃。另外，因为工地离集市不远，马二民也会时常买些豆芽、豆腐炒着吃，隔个三天五天的还会到集市上割块猪肉改善一下伙食。菜是一人一碗，馍是尽着吃。能加入这个建筑队，大家心里感到很幸运，也都很珍惜这次干活挣钱的机会，干起活来人人不留力、个个不使滑。

当然，最操心费力的还是马二民。第一次干这么大的工程，全公社干部群众都看着这个工地，他不能允许自己在施工中出现一点点的纰漏。虽然他已经把图纸熟悉透了，但在工地上他依然会拿着图纸，对照着图纸施工。晚上，他会把明天工地上的活计思量好：该干什么，几个人挖地基，几个人扎钢筋，几个人上料，几个人拉灰。有时遇到难题，他也会晚上去请教马洪光。

因为弟弟二民带着工人建造供销大楼，自己窑厂又专门为供销大楼供应砖，所以马大民也经常来工地上看看。他一来是看看弟弟带领的建筑队的施工情况，叮嘱一下弟弟各个施工环节要细心，施工中要提醒工人注意安全；二来是看看工地用砖情况，砖堆得多的话，就缓送，砖少了的话，就及时送过来。

在合规合理合情的前提下，供销社主任林华玉给东洼建筑队提供了一些助力。比如，工地上用的搅拌机、地排车、小铁车，都是供销社先拿出钱来替建筑队买的。马二民对于林华玉对建筑队的照顾，也说给了哥哥马大民。马大民有时来工地，见到林华玉，也会代表弟弟说些感谢的话。林华玉就说道："大民，咱们客气话不要说。前些年你没少照顾我，为了保护我，甚至还跟'拧筋头'王金昌打了一架，你那可是冒着风险呢。这些事我什么时候也不会忘的。未承想，供销社要建楼，你有窑厂烧砖瓦，二民有建筑队，这也许就是机缘安排吧，给了我们一次合作的机会。"

马大民听林华玉这样说，便说道："林大哥，恁可不要这样说，恁这一次不光给咱们东洼的兄弟爷们提供了合作参与的机会，也实在给俺帮了大忙。要不是有供销社这个工程，俺窑厂今年怕是没有多少盈利。"于是，马大民把宋家庄宋五蒙骗窑厂砖瓦的事，以及王龙气不过砸断了宋五的腿，被公安判了一年零六个月有期徒刑的事说给了林华玉。

林华玉听罢，很是为王龙惋惜，并叮嘱马大民："王龙从小受尽了冷眼欺负，一个人在外闯荡了几年，养成了要强不屈的性格。这样的人爱恨分明，讲义气、重感情。他大王凤国胆小怕事，老实了一辈子，挨了几年斗，落下一身病。如今王龙不在家，你平时多去关照一下，王龙会记住别人对他的好的。"

马大民便说："这恁放心，俺会关照好他们一家的。"

林华玉从口袋里掏出几张票子，递给马大民说："我忙，没空回东洼去看看，这六十块钱你带给王凤国，让他买点想吃的东西。等大楼完工，我再回东洼转转看看。"

马大民又问了林华玉大楼施工的情况，林华玉对马二民赞赏有加，夸二民聪敏，做事认真，责任心强，施工上重质量、严要求，分派活上井井有条，建筑技术上算是被马洪光调教出来了，是个干事的料。要是供销大楼建得好，打出了名声，说不定别的单位也会找他们建筑队干活呢。

马大民听后内心很是高兴，他把林华玉的话转说给了弟弟二民，马二民也便拿这话勉励大家。激起了干劲的建筑队，个个干起活来不甘人后，你追我赶。在既团结紧张，又严肃活泼的氛围中，大楼施工有条不紊地进行着。

这一日，学校放了暑假，回了家的郑团结和王小飞两人来到大楼建筑工地。马二民见到两人很是开心，带着两人在工地上各处看看。看到这么大一处工地、二三十号人，被马二民安排得井然有序，郑团结、王小飞两人就笑着对马二民抒发感慨："你这个草头王揽下这么个大摊子，并且干得像模像样，还真是不简单呢。"

马二民就说："大楼预计年前能完工，到那时候再来看俺们干的活，才气派呢。"

三个人说着话，郑团结就从口袋里掏出两块手表，给马二民、王小飞一人递了一块，说："这是电子表，现在大城市里年轻人中流行这个，我给你们俩一人捎了一块。"

马二民就问道:“这表不便宜吧?”

郑团结便回道:“我一个穷学生,贵了也买不起啊!”

马二民、王小飞两人对表屏上跳着数字、没有走针的电子表很是稀奇。王小飞拿在手上,左看右看,爱不释手。马二民把手表戴在手腕上,说:“这个好,看时间不费劲,俺正好用得着。”有几个年轻人围过来看稀罕,他们看着马二民手腕上黑亮亮的电子表,啧啧称羡。马二民就撵他们道:“去去去,干活去。好好干,干得好,大楼完工的时候,一人给你们买一块。”

几个年轻人便欢呼着回去干活。

瞧着热火朝天的工地,王小飞说:“要不是俺家开了荒地,俺也真想来这里干建筑队。”

马二民就说道:“恁跟恁大能把大湖边那七八亩地种好,也会有不错的收益。恁还是跟着恁大好好种地吧,反正建筑队的大门永远为恁开着,恁啥时候想进就进。”马二民转脸问郑团结道:“这个暑假恁回家来打算咋过?”

郑团结说道:“现在地里不收不种的,也没啥可干的,那就在家玩呗。”

马二民对郑团结说:“恁看到了,工地上这一摊子离不开俺,俺怕是没空陪你玩了。”马二民想了想,接着说道:“团结,反正家里也没啥事情,恁不妨这个假期就跟俺在工地上过吧,在工地上干些小活,帮帮俺。”

郑团结听罢,便笑着说道:“好,暑假我就跟着你在工地上过了,不过你多少得开我点工资哈。”

马二民就说:“中。”

2

王玉明在大湖边开出的七八亩荒地上种下的早棒子、早红薯、早西瓜,三样加在一起,卖了两千多块钱。这两千多块钱,搁在哪一户庄稼人家里都不算一笔小钱。王玉明把这笔钱包好,藏在了木箱箱底,钱的数目,连老婆、孩子也不给说。王玉明这般谨慎小心,自有他的盘算,他认为为人做事还是少张扬一些好,更不可炫富露富,惹人眼馋嫉妒。就说亲戚邻居上门来借钱,是借还是不借呢?不少人见面,也会问:"恁大湖边上的荒地收成好,没少给恁换了钱吧?"每回碰到这样的问话,王玉明就一副平淡的模样,说:"马马虎虎,忙忙活活一季,也就挣下个零用钱。"

夏种,大湖边上全部种上了大豆,也就不需要人看护了,王玉明便让儿子王小飞回了家。地里要除草时,他便叫上儿子一起扛上铁锄去大湖边地里锄草。

大湖边这片土地,给王玉明带来丰硕收获的同时,也点燃起了他更大的雄心。他打算不光在湖沿上种庄稼、西瓜,也要养上几头猪,等年关,或者是自己杀了去集市上卖,或者是去县城卖给董大壮厂子里。他相信,就这样走下去,少说三年,多说五年,挣得一万块钱是有希望的。他设想着自家有了一万块钱的时候该过怎样的日子,新房子是一定要盖的,十天八天吃上一顿肥猪肉也是必需的,还要给儿子买上一辆新自行车,家里的地排车也要换上一辆新的。

对幸福生活充满着向往的王玉明,忽然想起了一件让他最激动和兴奋的事情来。在心里,他对自己充满自责地骂了一句:"老糊涂了吗?光知道财迷了,那么重要的一件事都忘了?"接着,他沉浸在一种无以言说的美满幸福中,想:那时候自己应该抱上孙子了吧?

王玉明这才觉得,眼下最重要的事,是该给儿子提亲说媳妇了。

晚上吃晚饭的时候,王玉明就跟儿子唠叨说:"村头徐大头家的小子说妥了媳妇,准备定亲呢。"见儿子不答话,便又说道:"你也到了说亲的年龄,也该提亲说媳妇了。"

王小飞嘴里一边嚼着饭,一边说道:"恁不是说等咱家盖上了新屋,再给俺说媳妇吗?"

王玉明就说:"这提亲说媳妇跟盖屋不犯顶,就是现在说下了媳妇要结婚,女方要是要求结婚住新屋,那咱就立马盖。要是停个一年两年地再结婚,那时大就给你盖一进比二民的院子还好的院子。”见儿子没吱声,便又说道:“明儿俺就托媒人给你说媳妇。”

王小飞见父亲这样说,便问道:“恁选好了咋的?找媒人说谁去?”

王玉明就说道:“这不用你管,反正俺跟媒人说,拣好闺女跟咱说。”

王小飞放下饭碗,对父亲说:“恁要是真想给俺说媳妇的话,就让媒人去南平村说何老三家的闺女吧。”

儿子这样说,王玉明就怔了一下,说道:“南平村何老三家的闺女?何老三长得黑不溜秋的,能养下多好的闺女?”

王小飞就说道:“要给俺提亲,就去南平村,不想提亲就罢,别村的恁说了也白搭。”

见儿子这样说,王玉明忙说:“中,中,咱就提南平村的,大让媒人就给你提何老三家的闺女。”

为了给儿子去南平村何老三家里提亲的事能马到成功,也为了显示他王玉明对儿子亲事的重视,他特意去村代销店里买了两包香烟,去了队长王巨才家里。

如今分田到户,实行了土地承包,生产队队长不用天天喊社员干活了;去掉了这成分、那帽子,也不用喊社员开会了。除了村上遇到红白喜事给主家管管事,派一派帮忙的人,队长几乎闲了起来。王巨才因为是“老队长”,经事多、威望高,村里无论红白喜事,主家都会请他去当大老执,掌管相关事务。虽然生产队的事情少了,可是因为在村里的红白喜事上当大老执,并且给主家把事情办得周全妥当,王巨才依然是那个让人尊重的“老队长”。

当王玉明来到王巨才家,跟他说了想请他为儿子提亲的事时,王巨才爽快地应了下来。王巨才想,一来这是本家族人的事,二来这帮人提亲、成人之美的事,也算是做善事,自己何乐而不为呢?再说,王玉明在庄稼人中出了名的勤劳,会持家过日子,大湖边一个大荒土堆,硬是让他整成了一片好地,就凭他能过日子的名声,给他儿子说媳妇不费难。

这日上午,王巨才受本家王玉明之托,来到南平村何老三家。何老三见是东洼村的老队长王巨才来家，在感到稀奇的同时，也热情招呼："稀客，稀客，这是哪阵清风把老队长吹到俺这里来了，坐，快坐。"

王巨才也不客气，接过何老三递过来的板凳坐下，又接过何老三递来的茶杯。王巨才一边轻啜着茶水，一边跟何老三聊着家常。何老三知道王巨才来家里一定有事情，扯了一阵家常后，他便问道："老队长，恁来俺家不是光找俺拉闲话的吧？恁有啥事情直接跟俺说。"

王巨才就笑着说道："那好，俺也就不闲扯话了。俺是受人之托来恁门上提亲的。"

何老三一怔，问道："老队长受谁的托来提亲？"

王巨才说："东洼村的王玉明。"

何老三听罢，"哦"了一声，思忖了一下说道："这段时间，有好几个媒人来门上给闺女说亲，西洼村姓吴的媒婆子给闺女说了一户人家，说是她娘家侄子，男孩子是个老师，父亲是双桥大队的支书，正打算让两个人相亲见面呢。"

王巨才一听，心里便咯噔了一下，暗暗抱怨王玉明没早一步。不过王巨才还是明理地说道："一家有女百家问嘛，谁不想把闺女嫁个好人家？双桥离咱这里远点，啥人家、啥脾性，还须打听清楚才好。南平、东洼前后村，谁家大门朝前朝后，不用打听，都摸得清楚。王玉明啥样的人，他家庭啥样，俺不说恁也知道，咱给闺女找婆家，反正是择优而定，恁何老三要好好掂量。"

何老三沉吟了一阵，说道："王玉明俺还是了解的，过庄稼日子那可是没说的，他那个小子俺也见过，也还不错。"他思量了一下，接着说道："既然恁老队长来了，这个面子俺何老三一定得给恁。现在新社会婚姻自主，年轻人的事，做大人的不好包办。那不妨就先让两个年轻人见见面，两人没意见便好；两人要是没缘，咱当大人的也没办法。"

王巨才就说道："老三啊，谢谢恁给俺这张老脸留了面子，那不妨下午就让两个年轻人见见面、说说话？"

何老三也便说道："老队长出面，谁敢不给面子？那就依老队长的意，下午让两个人相一相。"

王巨才回去把去南平村提亲的事给王玉明说了,王玉明听罢很是高兴,忙把王巨才去南平村何老三家说亲的事告诉了儿子王小飞,并让儿子好好拾掇一下自己,准备下午跟着老队长王巨才去相亲。

下午就要去跟自己的心上人何亚莉见面了,王小飞的心里既高兴又紧张。他拿出了自己平时不舍得穿的衣裳,和自己最近买的一双还从没上过脚的白球鞋;又用梳子蘸了水,给自己梳了个小分头,手腕上戴上郑团结送给他的电子表。他用心打扮着自己,他要把自己打扮得亮亮爽爽的,不光是让何亚莉见了称心中意,也要让她的家人见了称心中意。

下午,王小飞随老队长王巨才来到南平村何老三家。听说何老三家闺女要相亲的左邻右舍,站满了何老三家的大门口,王小飞也就大方地掏出香烟,给看热闹的人散烟。众人里面有认识王小飞的年轻人,王小飞也便跟他们打招呼。王小飞随王巨才走进院子,何老三两口子迎出来,把两人让进堂屋。进了堂屋,王小飞一眼就看到了何亚莉,何亚莉却是不见一点喜色,冷着脸给他们倒水。王小飞心里就有些发紧,不知道何亚莉为何一副不高兴的面孔,甚至脸上还带有一丝怒气。这样的茬口,王小飞又不好打招呼,于是便一副腼腆的样子低下头去。何亚莉倒罢水,便一言不发走了出去。

王小飞心里正疑惑着不知怎么办才好,这时,何亚莉的母亲就让王小飞去东屋。王小飞知道这是让他去东屋跟何亚莉说话相亲,王小飞便心有不安地起身去了东屋。

王小飞进了屋,一眼看去,立马愣住了,屋里坐着的女子居然不是何亚莉。王小飞头有些发蒙,好一阵子方才结结巴巴地问道:"恁,恁谁啊?"

那女子就现出一副疑惑的模样,说:"俺叫何亚兰,恁咋啦?"

王小飞清醒过来,他忽然记起,在学校时曾听人说,何亚莉是有一个姐姐的,于是王小飞便小心地问道:"恁,恁是亚莉的姐姐吧?"

那女子点了点头说:"是啊!俺是亚莉的姐姐亚兰。"

王小飞在自己的头上狠狠地拍了一下,对何亚兰说道:"错了,错了，对不起姐，俺是来相亚莉的。”

何亚兰听罢，羞愤交加，站起身来，一甩手跑出了屋子。

3

谁也没想到，相亲居然闹出相错了对象这一出，王小飞的相亲自然失败了。

何老三有两个闺女，大闺女叫何亚兰，二闺女叫何亚莉。何亚兰二十二了，比妹妹何亚莉大两岁。作为家里的大闺女，何老三当然要先操心大闺女的婚事，待大闺女的婚事妥了，再考虑二闺女的婚事。南平村王玉明家的小子来相亲，居然推拒大闺女亚兰，点名相亲二闺女亚莉，这让何老三很是气愤：“你小子多大能耐，俺何老三两个闺女是你随便挑的吗？滚吧，你就是家底再厚实，俺何老三也不会跟你们联姻的。”

相亲相砸了，怨自己事前没跟父亲和老队长王巨才说清楚，王小飞十分沮丧，后悔不迭。王玉明也便劝儿子：“好闺女有的是，离了何老三的闺女咱还怕说不上媳妇了？咱还非得说个好媳妇不可。”

王小飞就往床上一躺，单子一蒙，给父亲撂下一句话：“俺非何老三家二闺女不娶，不然打一辈子光棍。”

王玉明听儿子这样说，也就担心儿子在这件事上犟起来，跟马二民一样不要媳妇了，那可就麻烦了。于是他一边骂着儿子没出息，一边去了老队长家里，商量补救的办法。

王玉明来到老队长王巨才家，把儿子小飞非何老三家二闺女不娶的事说了，请他想想办法，出出主意帮帮自己。王巨才就让王玉明去问一下儿子，他这样执拗地认准何老三家的二闺女，是不是他们两人私下里有过交往。王玉明也便去问儿子，王小飞就给父亲说了，两人是同学，谈过恋爱。

王巨才听后便说：“既然两人是同学，又谈过恋爱，这事也许还有个余地。不过，何老三也是个要面子的人，小飞弄了这么一出，闹了笑话，也实在是闪了人家的脸。他要是硬不答应，他闺女敢不敢违大人的意，谁也不好说。即便是闺女敢违大人的意，到时候闹得像马二民那样鸡飞狗跳，终不是个事。婚姻大事，本就是大喜事，人家女方光光彩彩地嫁，咱们男方光光面面地娶，才是正道。”

王玉明很是赞同王巨才的话，忙附和道：“恁说得极是，恁说得极是。”

王巨才沉吟了一下，说道：“这事要想锔得牢靠，凭俺一个人怕是不行了。要想事成，恁不妨去请老支书冯玉贵，让他随俺一起去何老三家里，即便是何老三不给俺面子，老支书的面子他不会不给的。”

王玉明就有些犹疑，说道：“老支书俺能请得动吗？”

王巨才便说道：“冯支书热心肠，这给人牵线搭桥是好事，又不是让他去犯错误，请他他会帮这个忙的。”

王玉明去了老支书冯玉贵家里，把儿子去南平村相亲相错了的事说了，并托请他和王巨才一起去南平村何老三家里再去撮合亲事。老支书冯玉贵听罢，应下了王玉明的托请。

老支书冯玉贵和王巨才受王玉明托请，一起去了南平村何老三家里撮合亲事。何老三虽然对王玉明家的小子上回来相错了亲的事很气愤，可是他看到王玉明居然把老支书都搬来了，也看得出王玉明对跟自己联姻的诚意和重视，心头之气消了许多。王巨才、冯玉贵受王玉明的托请，对上回相亲男方的差错，在何老三面前帮男方说了许多表达歉意的话，也说了男方不知道何亚莉上面还有个姐姐，才闹了这么一出，让何老三多原宥。他们又说了王玉明家小子跟他何老三家二闺女是同学，且两人同学关系还很好，若是亲事成了，王玉明定会带儿子前来赔礼谢罪。

何老三也不是愚钝人，他听出了王巨才话里透出的音信，自家闺女怕是早就跟王玉明家的小子好上了。何老三便去问二闺女，二闺女的含糊其词证明了王巨才话语不虚。何老三是个开通的人，在闺女的婚事上，只要男方个人条件、家庭条件说得过去，闺女本人又没意见，他是不会包办拦阻的。

何老三便对王巨才和冯玉贵说道：“一个老支书，一个老队长，他王玉明能把你们两个德高望重的人请来，也算他有本事。我何老三心里再不悦，这面子俺得给恁们二位留，成与不成，还得看他们两人是不是看得上、说得来。”

于是，王小飞第二次来到南平村，跟何亚莉相亲。

王小飞进了何亚莉家东屋里，见何亚莉坐在里面的床沿上，一副嗔怒的样子瞪着自己。王小飞忙低眉顺眼地小声说道：“亚莉，实在对不起，实在对不起，怨俺上次没跟媒人交代清楚。”

何亚莉就一脸的委屈，说道：“你闹腾了这一出，人家都当成笑话传了，俺全家都羞于见人了。”

王小飞就像一个受老师训斥的小学生，低着头说：“怨俺没想起来恁还有个姐姐。”

何亚莉说道：“又是老支书又是老队长的来俺门上，看俺大老实好以势压人是不是？”

王小飞抹了一把额头上的汗，忙说道：“这是哪里话啊！俺给俺大说了，俺非何亚莉不娶，俺大为了能把事情锔合好，才去请的老支书。”见何亚莉绷着的脸松缓下来，王小飞靠前一步，伸手抓住了何亚莉的手，说道：“亚莉，恁大人不计小人过……”

没等王小飞说完，何亚莉一下甩开了王小飞的手，说道：“这可是俺家，不是你耍流氓的地方。”见王小飞满头大汗，一副不知所措、呆愣愣的样子，何亚莉便捂嘴一笑，从口袋里掏出手帕，朝王小飞扔了过去……

忙忙碌碌，有奔头的日子过得真快，转眼间就到了年底。马大民的窑厂虽然让宋家庄的宋五狠坑了一下子，但因为跟公社供销社签订了用砖协议，供销大楼用砖全部是东洼窑厂供应。再加上东洼窑厂砖瓦质量好，价格不高，在十里八乡打出了名号，前来东洼窑厂买砖瓦的人比上一年多了许多。刘海锋粗略算了一下：除去窑厂的一切开支，今年窑厂的收益让马大民成为一个半万元户应该是没问题的。

窑厂取得这样的业绩，让马大民很是激动和兴奋。更让他高兴的是，多年没有怀上孩子的妻子孙桂丽怀孕了。刘海锋也替马大民高兴，说马大民这是喜上加喜、双喜临门。倒是弟弟二民的婚事变成了马大民的一个大心事,人家王小飞都说下媳妇定下亲了,弟弟二民却是好话歹话都不听,宁死也不让提亲说媳妇。人长得又不差,又是新盖的院子,家庭又经得起打听,就是不愿说媳妇。知道的说弟弟执拗,不知道的会说他们做哥、嫂的对弟弟不管不顾。弟弟二民在婚事上的倔强,让马大民心里很是忧伤。马大民有时也把心中的苦楚说给刘海锋听,刘海锋也便劝说:"二民性子犟,可他重情重义,他还是忘不了谷薇薇啊!慢慢来吧,时间一长,也就好了。"

马大民也就叹息:"都说时间能冲淡一切, 可二民啥时候能忘了她啊!"

刘海锋也便给马大民出主意,说二民建供销大楼,跟林华玉打交道相处的时间多,在二民婚事这件事上,可以让林华玉劝说劝说二民。马大民觉得刘海锋的这个建议不错,便打算凑机会把二民的事给林华玉说一下,让他劝说一下二民。

为了保证砖瓦的质量,窑厂砖机、瓦机在小河里结薄冰的时候就停工了。快过年了,家家都要买年货,准备过年了。马大民让刘海锋把窑厂账目清算好,把工人工资单做好,尽快把工人工资发下去。

王龙不在家,马大民便担起了照顾他家人的责任。王龙的工资和工人们一样,是每月都开的。每个月去王龙家里送工资,马大民都会给他们家买条鱼或者买块肉,给孩子买件衣裳还有糖果。听说王龙父母病了,他也会拉他们去医院或者请医生。王龙家里承包的土地,在收种时节,马大民就会从窑厂派几个工人帮他们家忙活。有一回下大雨,马大民来他们家看望,见他们家屋子漏雨,便从窑厂拉来了草苫子和塑料布,和弟弟二民两人帮着给盖住了屋顶。这让一辈子战战兢兢、谨小慎微的王龙父母,常常感动得泪流满面。

年关到了,花销自然要比平常多些,马大民打算去王龙家送工资的时候再多给他们家一点钱,另外再给他们家买些年货。王龙越是不在家,越是要让他们一家老小过个好年、肥年。

公社供销大楼年前完工了。在一街两行低矮的砖瓦房中，供销大楼显得巍然壮丽。无论是大楼的建筑质量还是建筑速度，让上至公社领导，下至供销社主任林华玉都感到十分满意。他们没想到一个由庄稼汉组成的建筑队，居然能把一个大楼建设得这么好。公社领导明确表态，为了发展经济，公社还会建些厂子，到时候会优先考虑马二民这个建筑队。

供销大楼盖起来了，后面还有仓库等一些配套设施需要兴建，林华玉和马二民商量好，等年后过罢正月十五元宵节就开工。

年前，林华玉扣除了供销社给建筑队垫资买的搅拌机等款项，把马二民建筑队工人的工资结算清，全部发放到每个工人手里。五个月的工地劳作，平均每个工人能挣到一千六七百块的工钱。一千六七百块，这对每一户庄稼人来说都是一笔大钱。马二民的建筑队在创出了名声的同时，也成为很多人羡慕向往的一支队伍。

马二民没有忘记马洪光对自己和建筑队的帮助和支持，在林华玉给建筑队工人发放工资的时候，马二民让林华玉把马洪光也算上，并且提出支付给马洪光一千块钱的工资，作为他在供销大楼工地上帮建筑队照镜子打点、放线、找平衡、指导安装吊篮的工资。

给马洪光开一千块钱，就要在全体工人身上平摊。在给马洪光开工资这件事上，马二民是跟原先的建筑队老队员商量过的。建筑队老队员们非常支持马二民这样做，一是马洪光是这个建筑队的创始人，没有马洪光就没有这个建筑队；二是在建造这个供销大楼初期，马洪光在技术上指导了马二民好多，没有马洪光的指导，大楼不会这么顺当地建下来，而且马洪光出面帮建筑队跟供销社协调了好些事情，比如买搅拌机、工地上用的小车等。吃水不忘挖井人，给马洪光开这些工资是应该的。林华玉也觉得马二民这样办事做得对，就依了马二民的提议，算给了马洪光一千块钱的工资。

林华玉支给了马二民两千块钱的工资，比其他工人多了三百块钱。马二民执意不要多出来的工资，林华玉便说道："这多出来的三百块钱,不是摊在其他工人身上的。这三百块钱是供销社对你个人的奖励,算是对你带领建筑队保质保量地完成了供销大楼建造的一种奖赏吧。你不要客气,必须收下。”

马二民见林华玉这样说,便谢过林华玉,不再推辞。

建筑队支给了一千块钱,马洪光不好意思收下,他觉得给自己的太多了,就想着留个三百二百的,余下的让二民给其他人分发下去。马二民便说,给他一千块钱是建筑队集体的意见,凭他成立建筑队及后来对建筑队的关心帮助,这些钱不多。马洪光见推辞不过,便想了想对马二民说:“我不能就这样收了这些钱。我想,反正你一个人住大院子,今年除夕夜召集咱们东洼建筑队原班人马,在你那里做上两桌菜。一来祝贺今年建筑队完满干了一桩大工程,工人挣到了钱,建筑队算是名声收益双丰收;二来大家聚在一起,凝聚人心,合计来年建筑队的打算。到时候菜我来买,酒你准备,在你家一起热闹热闹。”

马二民对马洪光这个建议连声说好。

大年三十这天,马洪光把买好的鸡鱼肉蛋,以及菠菜、白菜、萝卜等蔬菜送到马二民家里,并说自己下午矿上下了班就过来帮忙做菜。郑团结学校放寒假回家过年,马二民就让他和王小飞下午一起早点过来帮自己做菜,一起参加建筑队的聚会。

下午,马大民来弟弟家,想跟弟弟说晚上去他那里吃年夜饭,一来便看到弟弟二民和郑团结、王小飞三人在厨房里切菜的切菜,烧锅的烧锅,炒菜的炒菜,忙得不亦乐乎。当他了解到这是弟弟在为晚上建筑队来家里聚会做准备时,便也帮弟弟摆桌子、借板凳忙活。马二民就跟哥哥说,让哥哥叫上刘海锋,晚上一起参加这场聚会。

刚近傍黑,人们便陆陆续续来到马二民家里。大过年的去人家家里喝酒聚会,哪好意思空手去,更何况今年建筑队人人收益可观,于是人们有的带烟,有的带酒,有的提着花生、瓜子,有的带了火鞭、烟花,来到马二民家里。马大民和刘海锋给二民搬来了两箱“微山湖大曲”。

晚上,马二民家的堂屋里,两张大桌子挤挤挨挨坐满了人。马洪光先说了开场白。他说了东洼建筑队从成立到现在,一步步走到现在的不易；说了建筑队通过这一次供销大楼的磨炼，接下来再大的工程东洼建筑队都能干得下来；说了马二民在建筑方面的聪慧、为人方面的真诚义气、对建筑队的领导能力。最后，他让大家团结一心，跟随马二民好好干，争取把东洼建筑队做大做强，只有这样大家才能多挣钱。

接着马大民开始说，弟弟二民年轻，干活中有言差语错的地方还需大家多包涵，二民哪里做得不足，还需大家多给他指正。

哥哥说完了，马二民说："建筑队能壮大，能很顺当地干下来供销大楼，全靠大家伙的努力。今儿来的都是建筑队的骨干力量，为了建筑队能有更好的发展，为了个人能过上富裕日子，希望大家齐心协力，仗往一处打，劲往一处使。"

最后，一个建筑队成员站起身，代表全体工人表态，说："咱啥话也甭说了，就一句话，大家一切听从二民的指挥安排，保证指哪打哪。"

心情的畅爽让酒场充满了热闹和融洽。在酒的作用下，这群庄稼汉们有的在掏心掏肺说着知心话，有的在豪气冲天地说着自己的打算，也有几个喝酒少的年轻人和王小飞、郑团结一起来到院子里放烟花器火。一个个烟花，一支支器火，如同离弦的箭一般拖着火焰飞上天空，随着那一簇簇火焰在空中爆炸，绽放出一朵朵怒放的花朵，那一瞬间，似乎整个夜空都被照亮了。此时，各处都有鞭炮声响起，各处都有烟花在天空中炸起。这声声爆竹、朵朵烟花，就是与旧年的分界线，它们把过往的平淡一下子美化得五彩斑斓、熠熠生辉，并激起人们对来年的殷殷期待。

看着天空四处绽放的烟花，郑团结就对王小飞说："二民这个建筑队干得还真可以哈。"

王小飞便说道："那是，连俺都想跟着他干呢。去年咱们仨在一起时说过，庄稼人的日子一年会比一年好的，咋样？从二民的建筑队和俺开荒种地，还有恁家的收成，恁都能看得出来吧？"

听王小飞这样说，郑团结很是感慨，说道："是啊！咱们东洼人是真的有奔头了。"接着，郑团结瞧着王小飞笑着说道："今年你的收获最大，你不但大湖边上的开荒地取得了好收益，还跟南平村姓何的姑娘配成了对,真是给咱们三人争气啊!”

王小飞也便笑着说:“恁大学生，二民和俺自然是没法跟恁比,恁要找媳妇的话,城里的好女子由着你去挑。俺也真是没出息,恐怕找不下个媳妇似的,相了一个就成了。二民可是没少相亲,媒人也没少给他跑腿,可人家愣是不愿意。”

提到二民的亲事,两人好一阵没有言语。一时间,郑团结就想起马二民和谷薇薇的过往,一种最真挚、最要好的朋友之间才有的关心和忧虑涌上心头。郑团结看着屋里正在跟人舞着手说话的二民,喃喃地说了句:“愁人。”

王小飞轻轻叹了一声,也随着郑团结说了句:“是愁人。”

待送走了众人，已经有了醉意的马二民从厨房里端了两个菜,放在外屋的桌子上,又去里间捧出了那个木制文具盒,轻轻打开放在桌子上。他朝两只空酒杯里斟满了酒,然后端起一杯,对着文具盒里的那绺头发,轻声说道:“薇薇,今天除夕,咱家热闹吧?现在朋友们都走了,该咱们俩喝几盅了吧……”

第十四章

1

年后,马二民建筑队的头一桩活是给王龙家翻盖屋子。

过罢年,马大民就跟弟弟二民商量,王龙家的屋子破得只能挡风、不能遮雨,不能再住了。本来王龙是打算翻盖的,但因为窑厂太忙一直没顾得上,打算秋后翻盖,却又因为宋家庄宋五一桩子事被判了刑。自己既然答应了王龙会照顾好他的家人,就要兑现承诺,帮王龙把屋子翻盖了,不能让王龙一家老小一直住漏雨的屋子。

马二民对哥哥的做法很是支持,便答应哥哥,年后正月初六七的只要天没雪雨,就给王龙家扒屋盖屋。弟弟二民说下了动工的日子,马大民初四便把王龙一家接到了自己家里暂住。

正月初六这日,日暖天晴,因为给王龙家翻盖屋子不算大活,马二民便只通知了建筑队原有的老队员来干活。在一挂火鞭爆响过后,王龙家里扒屋盖屋开始破土动工了。

第二天, 有后来加入建筑队的队员听说建筑队已经开工干活了,尽管没有得到马二民的通知,也便来到王龙家里干活。虽然活小人多,但马二民也不好意思撵这个去那个。早干一天早挣一天的工钱,哪个不想早干呢? 人多干活快,人多就人多吧。早干完这一桩活,也好不耽误供销社配套设施的开工。

砖瓦坯子不经冻，年前天一冷，河里一结冰，窑厂就停工了。窑厂开工要等到冰去雪融、春暖花开的时节，也就是说，从窑厂年前停工到年后开工，是有一大段闲暇时间的。窑厂设备齐全，砖瓦机工作起来产量、质量都有保证，砖瓦销量也越来越好。窑厂走上了正轨，窑厂上的繁杂事也就少了许多。

年前，除去工资，马大民另外给了刘海锋五百块钱，作为他在窑厂兢兢业业的奖金。刘海锋知道马大民创业的艰难和不易，执意不要这份奖金，马大民却坚决要他收下。收下了奖金的刘海锋心里总觉得过意不去，便想早去窑厂找些活干，被马大民谢绝了。马大民对他说，现在窑厂又不买机械、又不建厂房的，窑厂不开工就尽管在家歇息，窑厂啥时候开工啥时候去。听说马大民在给王龙家翻盖屋子，刘海锋也便时不时去东洼王龙家里帮马大民一下。

虽然窑厂没开工，但刘海锋除了有时去东洼村王龙家里帮马大民的忙，基本上也没闲着。现在升高中、上大学不再是靠推荐了，全凭个人真本事。庄稼人也都明了，作为无钱、无势、无背景的庄稼汉，要想让孩子出人头地，考大学是跳出农门的一条路径。江红霞的弟弟今年就要考高中了，江红霞的父母也便对自己儿子的学习很是看重。他们一边给儿子灌输着“书中有黄金屋，书中有颜如玉”，让儿子好好读书，一边让儿子去姐姐家找姐夫给补习功课。

姐夫是高中毕业，又当过几年老师，找他给自己补习一下功课，他自是不会推却和怠惰的，于是江红霞的弟弟凑姐夫还没去窑厂忙活，也便白天晚上地去姐姐家里，让姐夫刘海锋给补习功课。

小舅子现在学习的课本和过去的课本，无论是内容上还是学问的深度上，都有了很大的提升，有些数学题、物理题也会把刘海锋难住。每逢这时，刘海锋就会把这些自己解不了的题先隔过去并记下来，过后他便去公社中学找老师求解，然后回来再给小舅子讲解。这样一来，刘海锋通过辅导小舅子的学习，自己也学到了不少过去没学到的知识。

江红霞听说王小飞跟她娘家庄上的何亚莉配成了双，心里为王小飞高兴的同时也感到一丝遗憾。她后悔自己咋就没想到给他们扯线搭桥呢？这种遗憾和后悔倒唤起了她对这类事情的妙想和灵性。她想起来，何亚莉的姐姐何亚兰长得那个水灵，一点儿也不比妹妹何亚莉差。何不把她给马二民说一下？就凭何亚兰那个模样、那个个头，只要去相亲，马二民保准能看上。这件事上，再让王小飞两边撺掇撺掇，成功的可能性那就更大了。再说，自己回娘家时听人说，谷薇薇给婆家生下了一个白白胖胖的小子，生活过得很幸福，这下马二民也该对谷薇薇死心了。

江红霞抑制不住自己对这个念头的激动，便跟丈夫刘海锋说了。刘海锋听后，也觉得这事行得通，是一个好主意。刘海锋想了一下，对妻子江红霞说道："这事可行，不过还要先问问二民的想法。他要是还放不下谷薇薇，说了也是白搭。"

江红霞就说道："这事让王小飞去劝说二民最合适，王小飞、郑团结跟马二民三人是块掰不开的烂姜，王小飞、郑团结他们跟马二民说什么，马二民都不会跟他们翻脸的。如今郑团结不在家，咱们指望不上，王小飞是一定会赞成这个主意的。这事要是成了，王小飞和马二民不光是烂姜关系，还成了连襟关系，王小飞能不乐意？"

刘海锋听罢妻子江红霞的话，便用手指点着她，笑着说道："你这小脑壳，我还真是服了你了。"

刘海锋先把妻子江红霞要跟二民提亲的事跟马大民说了，马大民听后很是赞同和高兴，忙拽着刘海锋一起去找王小飞。王小飞听了刘海锋和马大民说的事，就拍了一下自己的头，说道："嗨，俺咋就没想起来这一出呢？"接着王小飞就跟二人说起，何亚莉的姐姐何亚兰也已经相了亲，男方是双桥大队支书吴长水当老师的儿子吴小鱼，不过现在正扯连着，还没有定亲。这事要想成，应尽快操持，不可拖延。刘海锋、马大民听罢，忙让王小飞去找二民通通气，看看二民的态度，如果二民对这事不上心，就让王小飞好好劝说他一下。

王小飞找到马二民，把江红霞打算给他提亲何亚莉姐姐何亚兰的事给他说了。为了能打动马二民,王小飞说了何亚兰长相、个头是如何的好,说自己都后悔头一回去何亚莉家里相错了亲时,就该将错就错跟何亚莉姐姐何亚兰结对定亲,说这个大姨子何亚兰很是抢手,媒人天天踏破门,现在双桥大队吴支书的儿子吴小鱼正追着她呢,这事宜早不宜晚,现在下手还来得及。

马二民听罢,说道:"人家都相了亲,正扯连着,再说吴小鱼的父亲是大队支书,吴小鱼又当着老师,咱一个出苦力干建筑队的,能赢得过人家?"

王小飞拍了一下胸脯说道:"恁就说句同意不同意吧,只要恁同意这事,这事就包俺身上,俺保证咱们能赢过那个姓吴的。"

马二民就说:"恁有这么大的把握?恁老丈人何老三会听从恁这个还没成婚的姑爷的摆布?恁让他跟双桥那边说散伙就散伙,跟咱们这边说成就成?"

王小飞便说道:"俺既然敢说这个话,就敢保证这事能成。"

马二民就笑了笑说道:"恁不会使些下三烂的手段吧?"

王小飞也便咧嘴一笑,说道:"这恁就甭管了,反正是不论黑猫白猫,逮住老鼠才算好猫。事成之后,咱俩就成了连襟,到时候一年两节咱们俩一起去老丈人家走亲戚,那多带劲啊!"

马二民一阵沉吟后说道:"小飞,俺想了想,这事不妥。"

王小飞就问:"哪里不妥了?"

马二民便说道:"何亚莉的姐姐都跟人家相过亲了,虽然还没定亲,但还扯连着。这也好理解,毕竟双桥村跟南平村相隔得远些,不同于咱们前后村离得近,家庭人品的不用打听也摸个差不多。人家双方也是要相互打听打听的,这个时候咱们横插一杠子,也忒不地道了。再说恁这个大姨子的提亲对象又是双桥的吴小鱼,上一回吴小鱼曾跟谷薇薇相过亲,因为俺的原因,事情没成,让他这个大队支书的公子丢了脸面。如果这一回又是因为俺坏了人家的好事,这跟和人家抢亲有啥区别?并且跟人家抢了一回又一回,传扬出去俺成啥人了?"

王小飞听二民这样说,就说道:"男女双方亲事还没有确定下来之前，都有去争取的权利。婚姻大事，事关自己一辈子的幸福，能争取却不争取，那才让人说呢。二民，俺可跟恁说哈，机不可失，失不再来，过去这个村，可就没这个店了哈。”

马二民沉思了一下，摇了摇头说：“小飞，恁跟江红霞、刘海锋对俺的关心，这份情意俺心领了。这事俺考虑还是不成，俺不能违背了自己的心意。”

见马二民这样说，王小飞就问道：“二民，咱们俩不说虚的，恁就跟俺说一句，恁是不是还放不下谷薇薇？”

马二民一阵沉默后，对王小飞说：“小飞，俺不瞒恁，俺心里还盛不下别人。”

王小飞就说道：“恁甭再犯迷糊了，人家谷薇薇现在过得很幸福，人家孩子都有了，恁这样做值得吗？”

马二民说道：“俺不去问别的，俺心里始终装着一个人，始终想着一个人，始终回忆着一个人，俺也感到很幸福。”

王小飞很是气愤地说道：“既然这样，恁还跟俺扯那么多车轱辘话干吗啊！”说罢，转身气呼呼地走了。

王小飞把自己找二民的事说给了马大民、刘海锋。刘海锋摇头叹息说：“二民也忒重情了，一个谷薇薇把二民给误了。”

马大民则是对弟弟这般执拗感到很是失望和生气，说道：“往后在这个事上，谁也甭问他了。”

2

砖瓦都是现成的，用多少，窑厂上就送多少，门窗也都是马大民年前就买好了的，加上建筑队来的人也多，只十几天的工夫，王龙家的房屋院落就建好了。建筑队的工钱自然是马大民出。工完账清，完工那天，马大民让弟弟二民算了建筑队的工钱，把钱给了弟弟，让弟弟发给工人。马二民把工钱分发给了工人，没要自己那份工钱，而是还给了哥哥，说自己多少算是给王龙尽点力吧。

公社供销社的后续配套设施建造工程，是过了正月二十动工的。

好在这些后续设施仓库、厦子、水泥场地干起来并不复杂，马二民也就不似建大楼时那般费心费神。马二民预计供销社里的活两个多月的时间也就能完工，他要考虑干完供销社里的工程后建筑队的活路问题。

尽管林华玉跟马二民说过，干完供销社里的活，他帮他们建筑队联系一下活，可那毕竟是还没有着落、没有明确的事。供销社里的活一干完，建筑队这一大帮人没活干，放假停工也不是个事啊！于是，马二民又在下面的村里接了三家建房的活，等供销社里的活完工后，建筑队就去村里农户家建屋盖房。

窑厂还要过些日子才点火开工，马大民就打算凑这个空当去监狱里看望一下王龙。王龙服刑的监狱就在本市，二百来里的路程，搭乘公交车去不算太远。马二民本来打算跟哥哥和王龙媳妇一起去探监，可哥哥大民跟他说，刘海锋也要一起去看望王龙，听说监狱对探监人数有规定，二民就打消了跟哥哥一起去监狱探视王龙的打算，而是让刘海锋随哥哥一起去探视王龙，毕竟刘海锋跟哥哥和王龙都在窑厂上，且相处得亲睦融洽。

这一日，王小飞来到供销社工地找到马二民，说是让马二民抽出一天的时间，陪自己去一趟县城。马二民就问："去县城办啥事情，非得让人陪着去？"

王小飞就说："这不是大湖边上又该种早棒子、西瓜了吗，去年卖西瓜时董大壮给帮了那么大的忙，今年还少不了麻烦他。去年都没有谢谢人家，俺想凑这两天有空，去县城请他到饭馆里吃顿饭、说说话，表表谢意。都说有炮响早放，要是等到西瓜熟了，托人家办事时再表示，是不是也显得咱忒势利了。"

王小飞的邀约，马二民自是不能推辞，于是两人商定，第二天一起去县城化肥厂找董大壮。

第二天吃罢早饭，王小飞和马二民两人搭了公交车来到县城。既然是来县城请客的，两手空空去邀请董大壮，也太显吝啬小气。于是，王小飞带马二民到县城农贸市场逛了一阵，在市场上买了两条微山湖大鲤鱼,然后两人便一起去县化肥厂找董大壮。

王小飞、马二民两人来到化肥厂,门卫拦住二人,问明了来人是供应科董经理的老乡,便进了门卫室往后勤部打了电话。门卫打过电话后对二人说,现在厂子里的管理人员正在开会,让二人先在门卫室等一下,等开完会,董经理就过来接他们。

约莫过了一个钟头,王小飞从窗户里看到董大壮正从远处朝门卫室走来,王小飞手里提着鱼,和马二民走出门卫室。董大壮看到是王小飞、马二民二人,感到又意外又惊喜。他忙加快脚步走到二人面前,伸出手,跟二人一边握手一边问道:“你们俩怎么来了?是不是找我有什么事情要办?”

马二民说道:“恁帮了小飞很大的忙,小飞一直挂在心上,常常念叨着要来县城看恁,一直穷忙,也没能来县城。这两天有空,小飞便让俺做伴,来县城找恁一起说说话、拉拉家常。”

董大壮听罢,忙摆了摆手说:“为咱们家里人办点力所能及的事是应该的,更何况咱们又是老同学,客气话咱们不要说。”

王小飞说道:“咱们家也没啥好东西给恁带,俺给恁买了两条鲤鱼,恁甭嫌弃就中。”

董大壮一边接过王小飞手中的鲤鱼,一边说道:“我们家里什么都有,你花这个钱干吗?咱们乡下挣个钱又不容易。”董大壮抬手看了看手表,对二人说:“快十一点了,咱们先到我办公室坐坐,待会咱们一起去食堂吃饭。”

王小飞就说道:“大壮,办公室俺就不去了,咱们去外面找个饭馆坐坐,好好说说话。”

董大壮脸上现出一丝难色,说道:“我们厂食堂荤菜、素菜全得很,外面咱就不去了吧。”

听董大壮这样说,王小飞就看了看马二民,马二民便笑了笑,对董大壮说道:“大壮,今儿个恁厂食堂有再好的饭菜,咱们也不在恁厂子里吃了。今天是小飞专门来请客做东的,他要是不做东,俺今儿也不会陪他来呢。恁也甭客气,小飞种地、种西瓜,也是赚了不少钱呢,这里面也有恁的功劳,啃他一顿两顿的,也是应该的。"

王小飞也说:"大壮,今儿俺跟二民一起来,就是专来请恁的,恁要是跟俺争,就是瞧不起咱们老家人,瞧不起二民和俺。"

董大壮见两人这样说,便现出一副无可奈何的样子,说道:"好好好,恭敬不如从命,看看这事闹的,你们大老远到了我这里,还得你们破费。"

王小飞便对董大壮说道:"恁媳妇不是也在这个厂子里吗?叫上她,咱们一起去外面吃饭。"

董大壮带着二人来到厂医务室,周晓丽身穿一身白大褂,正坐在那里和同事说话闲聊。董大壮走到周晓丽近前,低下身子对周晓丽说道:"晓丽,这两位是从老家来的两个同学,今儿没事找我玩来了。"

周晓丽侧过脸来,上上下下打量了王小飞和马二民一番,"哦"了一声,便又转过脸去和同事闲聊。感到有点难堪的董大壮还是小声对妻子周晓丽说道:"我们去外面吃饭,你也一起去吧。"

听到这话,周晓丽一下转过脸来,圆睁双目瞪着董大壮,也不说话。见周晓丽这个样子,董大壮忙说:"我说一起在食堂吃饭,两个同学非要到外面去请我。"

周晓丽听罢,冷冷说了句:"我不去,你们去吧。"

董大壮把手里的鱼递给了周晓丽,说:"这是同学给带来的两条鱼,你下班时捎回家吧。"

周晓丽没有搭理董大壮,她接过董大壮手里的鱼,随手扔到地上的一个空纸箱里。

当着老家的两个同学,周晓丽这么不给自己面子,让董大壮很是尴尬。他很不好意思地朝两人挤出一丝牵强的笑来,带二人出了医务室。医务室里传来周晓丽的声音:"就是改不了乡巴佬、土老帽的本性,跟乡巴佬交往,除了给添麻烦、占便宜,还能干什么?"这话董大壮听见了,他相信自己能听见,马二民、王小飞两人也能听见。

三人在外面找了一个饭馆,王小飞对董大壮媳妇那种对农村人毫无遮拦的轻视和傲慢,很是窝气。看不起俺农村人是吧?俺还就不充那个赖。王小飞去厨上大菜、小菜、素菜、荤菜,一下就点了十个菜。就连大厨师傅都劝他,三个人要这么多菜,吃不下浪费。王小飞就说,吃不了带走。

菜一道道地摆上了桌,王小飞又要了两瓶“微山湖大曲”。见王小飞要了这么多菜,董大壮就说:“这也太见外了吧?咱们三个人要这么多菜干吗!”

王小飞就很豪气地一挥手,说道:“俺轻易不请恁一回,要请就请得像个样子,更何况咱们三个难得聚在一起。今儿咱就爽爽快快地喝酒吃菜,爽爽快快地聊。”

三人推杯换盏、把酒言欢,说了欢快的少年时光,村后小河里洗澡,竹竿捅马蜂窝,爬树够桑葚,月亮底下捉迷藏,麦场上、草堆上摞个打架,跟大人在大湖里捞鱼摸虾;也说了上学读书时,不好好读书,招惹女同学,打架逃课恶作剧。一样的经历,共同的话题,幸福的回忆,让三人真情流露、相谈甚欢。

聊起家乡农村的一些变化,董大壮似乎不常回老家,对农村老家发生的变化了解不多。王小飞、马二民就从自身说起,说起了农村在一年年变好,庄稼人的日子也一天好似一天。当听了马二民说自己已经带了一个三十多号人的建筑队,盖房屋、建大楼,王小飞大湖边上的开荒地加上分到的承包地,一年收成喜人、收益可观时,董大壮在感到惊讶的同时,也很是喜悦。董大壮也说了自己去南方出差时见到的情景。他跟王小飞、马二民说,现在南方农村好多家庭都在开家庭作坊、办家庭厂子,人家南方人脑子好使,敢想敢干,会念致富经,而且人家农村家家户户都在盖楼房呢。董大壮的话,也让王小飞、马二民听得一愣一愣的。

边喝边聊间,董大壮有些微醉了。他迷离着眼神,挥了一下手,对王小飞、马二民二人大声说道:“城里人,城里人打心里看不起咱们农村人,为什么?还不是因为咱们农村人穷吗。二民、小飞,现在政策好了,你们上劲干,干出一番成就来,给咱们农村人争口气,也让他们城里人看看,咱们农村人比他们差不到哪里去。”

马二民举起酒杯,跟董大壮碰了一下,对董大壮说道:“大壮,恁算是给咱们东洼的年轻人争脸了,跳出了农村,进了工厂,又娶了个厂长的女儿,谁不羡慕,谁不竖大拇指啊!”

董大壮仰脸喝下酒去,把酒杯一下蹾在了桌子上,两眼泛红,瞧着马二民说道:“兄弟,今儿从我对象那里你们怕也看出来了。表面上看我董大壮,厂长的女婿、供应科经理,婚姻幸福、生活美满,可实际是寄人篱下、仰人鼻息。周晓丽他们一家是打骨子里瞧不起农村人的。我也算是个堂堂男子汉,可在他们家,他们那种说话的语气、看你的眼神,总让你感到有种压迫感,让你不得不小心翼翼、低眉顺眼。自打结了婚,我回老家的次数越来越少了。”董大壮斟了杯酒,兀自喝了下去,接着说道:“我愿意这样吗?我不想回家看看父母吗?是人家不乐意让我回家啊,兄弟。在人屋檐下,我能不低头吗?”董大壮说着,眼里泛起了泪花。

马二民就伸出手,在董大壮肩上拍了拍,端起酒杯,自己喝了一杯,表示对董大壮的理解。

董大壮擦去泪花,端起酒杯,对马二民、王小飞二人说道:“让你们见笑了,不高兴的事咱不说了,这杯酒我祝你们二人越混越好,祝咱们几个乡巴佬友谊长存。往后有用得着我董大壮的地方,尽管找我。来,干!”

三人举杯,一饮而尽。

3

两个月后,供销社配套设施建造快要完工了。工程到了扫尾阶段,三十多号人再集中在一起,就有点窝工了,于是马二民就抽调了十几个人去村里干先前就接下来的民房。

这一日,供销社主任林华玉把马二民叫到自己办公室。见马二民来到办公室,林华玉就把坐在他对面、一个领导模样的人,给马二民介绍道:“二民,这是咱们公社工副业办公室的裘主任,是专门来找你的。”

马二民便客气地跟裘主任打过招呼,问:“裘主任,恁找俺有啥事?只要俺能办的,一定给办。”

裘主任就笑了一下,说道:“你干建筑的,找你还能有什么事?”裘主任端起面前的茶杯,啜了一小口,接着说道:“供销大楼你们建筑队建得不错,公社领导们也很满意你们建筑队。咱们公社近期要上一个工业项目，建一个电石厂，工程量要比建供销大楼大得多，厂房、机房、锅炉房等土建工程量大。为了能早日投产，领导要求这些土建工程年前必须完工，不知道你们建筑队能不能保质量、保工期地干下来。”

这送上门来的一桩大活，怎么能不干呢？这送上门的大活，也是因为自己的建筑队建供销大楼干出了名声，要是电石厂这个工程能再干好，建筑队的声誉会再一次提升，声誉上去了，公社再有什么工程，也一定会首选自己这个建筑队。想到这里，马二民很干脆地对裘主任说道：“裘主任，俺敢保证，俺这个建筑队能干得下来。”

裘主任听马二民这样说，便从桌子上拿起一个厚厚的牛皮纸信封递给马二民，说道：“你先不要把话说得这么满，这是电石厂的土建工程图纸，你先拿去看看。看后，如果你觉得有把握，就接下这个工程；要是没把握，千万不要勉强。这工程先考虑你们建筑队，林主任也是大力推荐你们，要是干不好或者误了工程，这责任谁都担待不起。”裘主任站起身，对林华玉和马二民说道：“我还有别的事情，要先走了。马队长，你先看看图纸，两天后再给我答复。”说罢和二人告辞，走出办公室。

办公室里只剩林华玉、马二民两人。林华玉对马二民说道：“上马这个电石厂工程，是公社领导多次到外面考察后决定的，电石厂作为公社首个社办企业，公社领导很是重视。为了能尽快建设、尽快投产，领导要求主抓这项工作的裘主任，土建工程必须在年前按时完成。裘主任压力大啊!在决定建筑队这个事上，尽管你这个建筑队供销大楼建得不错，可电石厂毕竟是个大工程，而且时间紧、任务重。他也一直犹豫不决，担心你们拿不下来。他本来打算去县城找找大的建筑队的，我跟他说，先不要舍近求远找别的建筑队，先把图纸拿给你看看。如果你有把握干得下这个工程，就定下你这个建筑队；如果你没把握，那再找别的建筑队。好在我们俩的关系不错，他听了我的建议。”

马二民听罢，便对林华玉称谢：“谢谢林大哥对建筑队的关照支持，俺回去好好看看图纸，行与不行，俺先跟恁说。”

林华玉沉吟了一下，对马二民说道：“你晚上去找一下马洪光，让他帮你拿拿主意，洪光毕竟是干过大工程的，建筑方面干得多、懂得多。要是接下这个工程,就是施工当中你遇到难题,他也能帮你解决,有他做你的技术后盾,你干这个工程应该没问题。”

马二民便点头称是。见没有别的事,马二民便起身告辞,这时林华玉叫住了马二民。林华玉犹疑了一下,说道:“二民,听你哥哥大民说,你一直不愿意说亲?”见马二民一时没有说话,便接着说道,“你的事,大民也给我说过,你的终身大事一直是你哥、嫂的心事,你已经不是小孩子了,有时也应该体谅一下哥、嫂的心情。”

马二民笑了一下,说道:“一定是俺哥让恁劝俺的,不过俺知道,你们都是好意。现在俺正是闯事业的时候,俺打算带建筑队好好干两年,再考虑自己的事。”

林华玉听罢,就说道:“这样也好,你正值当打之年,能把这支建筑队做大做强,还愁说不上媳妇?”

晚上,马二民拿上电石厂土建工程图纸,去了马洪光家里。马洪光因为有建筑特长,在矿上被分派到矿建筑工程处,当了一名技术员。马洪光看了二民带来的电石厂建筑图纸,问马二民:“这图纸你看了没有?”

马二民说:“俺粗略看了一下,这工程要比供销大楼大多了,也复杂得多。”

马洪光问道:“除了工程量大、复杂外,你还看出来什么没有?”见二民对自己的问话露出一副疑惑不解的模样,马洪光便接着说道:“这个土建工程大,工期又要求得紧,不光泥瓦工要多,而且还不能少了木工、钢筋工。我看图纸上,这个土建工程好多是钢筋混凝土施工,这就需要钢筋工扎钢筋、放钢筋,木工再支模板、固模板,然后才能浇灌混凝土。”

马二民迟疑了一下,说道:“恁说这个工程咱是接得还是接不得?”

马洪光便问马二民:“我就问一句,你有没有这个胆量干这个工程?”

马二民挺了一下腰,说:“有恁做俺的后盾,啥工程俺都敢接敢干!”

马洪光对马二民竖了一下大拇指,说道:“年轻人就要有这个敢打敢冲的气魄。”马洪光思忖了一下,接着说道:“现在需要做的,一是你要熟悉吃透图纸,二是招收扩充建筑队工人。再一个,你跟公社那个裘主任定这件事的时候，跟他说清楚，这个工程既要质量又要进度，买啥料、进啥料，要建筑队里内行人定才行。为了加快施工进度、保证工程质量，工地所用沙子、石子、砖瓦，应全部由建筑队来买。你可以这样跟他讲清楚，如果是外行人买料进料，一旦出现质量问题，建筑队不负责；如果这些材料由建筑队去买，工程出了质量问题，建筑队负责。这些东西可以在签订协议的时候写进去。”

马二民听罢，便说道：“恁说的这些俺记下了。只是这木工、钢筋工，从下面招到建筑队，这样大的工程他们见都没见识过，更甭提会干了，就是恁来指导他们，他们一时三刻也干不熟练，那不是一样会拖延施工进度吗？”

听了马二民的话，马洪光就一阵思量后说道：“那不然这样，你先少招几个木工、钢筋工。到需要扎钢筋、支模板的时候，我从矿上建工处找几个木工、钢筋工过来，帮着扎钢筋、支模板。不过这要凑人家星期天，或者下了班的时间才行。到时候你再派咱们建筑队里的木工、钢筋工在给他们打下手的时候，认真看、好好学。这样几回下来，建筑队里的木工、钢筋工也就学得差不多了。”

马二民听后连声称好。

马洪光似乎忽然想起了什么，对马二民说：“人家建工处的工人挤出时间来帮咱们建筑队干活，人家可不给白干，要给人家开工资的。”

马二民便说：“那当然，不但给人家开工资，还要多给人家开一些工资呢。”

马洪光说：“二民，好好干。这个工程干下来，并且干得好的话，咱们这个建筑队在向阳公社就基本上站稳了脚跟，打出了名号。往后建筑队不光不愁活干，还会净干大活。”

为了能让公社主抓电石厂建设的领导对建筑队信任、放心，也体现出建筑队的正规，马洪光帮着马二民把整个工程预算造了出来，又写出了工程施工方案。

两天后，供销社主任林华玉带着马二民去了公社裘主任的办公室，马二民把电石厂土建工程的整个工程预算和施工方案拿给了裘主任。裘主任对马二民在两天的时间内做出了工程预算及施工方案，很是赞赏，他对马二民说，他要把工程预算及施工方案提交给公社领导，待开会研究后，再把结果告诉马二民。

又过了两天，在公社裘主任的办公室里，马二民跟裘主任签下了公社电石厂土建工程施工协议。

没隔几天，在公社一班领导的参与下，公社电石厂土建工程在一阵鞭炮响过之后，开始破土动工了。

王玉明和上年一样，在大湖边的开荒地上种上了早棒子、早西瓜、早红薯。有好些个庄稼汉见王玉明去年种了早棒子、西瓜、红薯，得到了好的收益，便也或者开辟一块荒地，或者是在自己分到的小块地上种上西瓜、早棒子、早红薯。

小虾小鱼也是鱼，货多货少一样撑行市。待收获时节，王玉明的西瓜就不似去年那般好卖了。物以稀为贵，集市上卖早西瓜的多，价格自然卖不上去，去年集市上卖一毛多钱一斤的西瓜，今年七八分钱一斤都不好卖。王玉明就让儿子王小飞去县城化肥厂找董大壮，让董大壮看看能不能和去年一样，帮自家销卖西瓜。

王小飞去了县城，找到董大壮说明来意，董大壮便现出了难色。他对王小飞说："今年咱们那里种早西瓜的怎么这么多啊！我家二叔、三大爷，还有我大姨夫，前两天都来找我，让我给他们销卖西瓜。我东跑西奔，帮他们处理西瓜，最后没帮他们处理完，还落得他们黑着脸抱怨我给他们卖贱了。为这事，对象跟我还闹了一场气。"

王小飞叹了一声说道："现在政策好了，鼓励人们搞副业致富发家，家家都想致富，又想不出门路，见一家种西瓜能有收益，便都一窝蜂地种西瓜。"

董大壮见王小飞神情有些沮丧，便想了想说道："要不然你就拉些西瓜过来，我再想想办法，不过像去年那么好处理是不可能了。"

从家拉西瓜到县城，大老远的不说，价格还便宜，也不能拉多，又要麻烦董大壮，这又欠下董大壮人情不说，还不能帮自己多销卖些西瓜，为此再惹得人家两口子闹气，自己也不好看。与其这样，就没必要为难人家，再欠董大壮这个人情了。于是，王小飞便跟董大壮说："既然城里也不好卖，价格又便宜，还不如在家里卖呢。俺就不再往城里拉，不再麻烦恁了。"

王小飞回到家，把找董大壮的情况给父亲说了。王玉明听后，也只是摇摇头，无奈地说不出话来。既然董大壮不能帮着卖西瓜了，那就只有在本地集市上，还有到各个村庄走街串户地卖了。王玉明常常是让媳妇白天去大湖边上看护庄稼、西瓜，让儿子随自己去集市上或者走街串巷卖西瓜。

王小飞很不情愿随父亲卖西瓜，在集市上、村街村巷里吆喝着卖瓜，他实在是张不开口。父亲王玉明也就说儿子："卖东西不吆喝怎么行？现在俺吆喝得动，不用你吆喝，等俺老了吆喝不动了，你咋弄？也不吆喝吗？做生意先要学会抹得下脸来才中，见个熟人就羞羞惭惭的不好意思，那还做谁家的生意？"

父亲越是这样说，王小飞越是心里有抵触，特别是碰到相熟的人或者同学买西瓜，父亲跟人家讨价还价，为了一分二分钱，都能争个脸红脖子粗，这让一旁的他感到很是尴尬和难堪。熟人或者同学碍于王小飞在一旁，不好意思跟王玉明争执，这让王玉明觉得人家不知行情、不会买卖，更是得寸进尺。每到这个时候，人家笑着向王小飞投来的目光，让王小飞觉得无地自容。

还有就是王玉明去亲家何老三所在的南平村卖西瓜。当然，王小飞是说什么也不会随父亲去还没过门的媳妇村里卖西瓜的。何老三家族大、近门子多，何老三自然是不好意思出来买亲家的西瓜，可近门子的男男女女没什么顾忌，便都出来买。他们一是觉得王玉明是何老三的亲家，那也就跟自己扯上了亲戚；二是既然都扯上亲戚了，王玉明自然不会短斤少两，价格上多少也会优惠些。可是王玉明在卖西瓜给自家亲家的近门子时，价格上不但不便宜，秤上也是头低的时候多、头高的时候少。何老三的近门子们顾怜亲戚这一层关系，心里虽然不悦，却也不好意思明说，就在过后说给何老三。何老三就说给闺女何亚莉，何亚莉也就说给了王小飞。

父亲的做法，让王小飞很是生气和无语，他责怪父亲不该在亲家门前这样行事。王玉明对儿子的责怪不以为意，反而教训起儿子："生意行里老早就有'杀熟不杀生'这个说法，这句话字不多，那不知是多少个生意经规整出来的一句真经呢。无论做啥生意都是为了赚钱，买卖争分文，要是因为熟人亲戚啥的让钱让秤的，你还赚啥钱，还做啥生意？"

王小飞对父亲这种认钱不认人的做法，虽然不敢苟同，却也不再跟父亲去争辩。他乍然之间觉得跟父亲就这样干一辈子很没意思，这种想法让他对土地、对种地产生了一种复杂的情感。说嫌恶吧，大湖边上毕竟曾带给自己无限的遐想和自由自在，更是自己的爱情萌芽之地。没有大湖边上的土地，就没有自己曾经舒心的自由自在；没有大湖边上的土地，也就没有自己热烈浪漫的爱情。说不嫌恶吧，就这样跟着父亲种地，收成好孬先不说，就是这粮食、西瓜的价格忽上忽下不好卖，就够让人犯愁的了。集市上、村街上，为了一分二分跟人磨嘴杠牙的，才让人难为情呢。王小飞觉得，要是跟父亲就这样干一辈子，真是很没意思，再想想，种地也真是很没意思。

这一年，庄稼人的日子虽然没有大的提升，但依然让人们对前景充满希望。有三件事成为人们茶余饭后的热门话题，你说我议、他议我评了好一阵子。第一件事是，西洼村的夏丽萍考上了大学。第二件事是，马二民的建筑队保质保量地完成了公社电石厂的土建工程，名声大振，马二民名利双收。第三件事是，马大民不光窑厂生意红火、效益可观，多年没开怀的媳妇孙桂丽在年底给他生下一个胖小子。虽然人们不清楚马大民窑厂挣了多少钱，可是大家都认为东洼村最有钱的户就数马大民。马大民双喜临门，也算是鸿运当头了。

第十五章

1

时光匆匆，岁月荏苒，时间在不知不觉间一晃而过，转眼两年过去了。这两年的变化不可谓不大。农村再也不提倡越穷越光荣，取而代之的是上级鼓励庄稼人发家致富、勤劳致富，争当万元户，越富越光荣。再就是公社不叫公社，改叫乡镇了；大队不叫大队，改成了村民委员会了；社员也不叫社员，改叫村民了。

马大民窑厂上的生意一年比一年好，村民们口袋里的钱一年比一年鼓，各个村庄盖屋建房的也是一年比一年多。村民们建房的多了，再加上供应弟弟建筑队工地上用，尽管窑厂上砖机、瓦机加班加点地干，马大民窑厂上的砖瓦还是有点供不应求。

王龙服完刑，出了监狱，依然在窑厂上主抓砖瓦生产。马大民在他服刑期间，给他家盖了新屋、建了新院子，而且对他的家人周全地照顾，让王龙感激不尽。大恩不言谢，王龙在马大民面前并没有怎么说感谢的话，但他在心里已经暗暗定下，自己要用一辈子的时间来报答马大民。王龙每天都是第一个来到窑厂，到场地上查看一遍，再到砖机房里查看一遍，如果发现问题，为了不误工误事，他都会在工人上班之前把问题解决掉。下班后，他也是最后走的那一个。他会去场地上看看砖坯子盖好了没有，瓦房里瓦是不是都摆上了晾瓦架，待查看没有问题后，方才回家。王龙以自己的赤诚和真抓实干，默默为马大民的窑厂忙碌着，以此来报答马大民的恩情。

马二民带领的东洼建筑队，因为兵强马壮，工程干得又快又好，在整个向阳乡（由早先的向阳公社改成）及周边地区赢得了好的口碑，创出了名气。时代在发展，社会在进步。为了更好地为发展乡经济提供支持和便利，乡政府决定成立向阳乡建筑公司。建筑队伍就先以马二民的建筑队为班底，把马二民带领的建筑队确立为“向阳乡建筑公司第一建筑大队”，马二民为乡建筑公司第一建筑大队的大队长。为此，乡建筑公司还专门为马二民配发了一辆崭新的“永久”牌自行车。

先前由马二民领导的东洼建筑队，一下子变成了乡建筑公司领导下的建筑队。对这样的转变，马二民和工人们既振奋又高兴。一支农村建筑队，一下子变成了乡办企业下属的一个单位，这无疑就是从一支杂牌军变成了一支正规军。先前在建筑队干活的庄稼汉子，也一下子成了乡办企业的工人。可不要小看乡办工人这一角色，在农村众多的劳力有力无处使，找活干难、挣钱难的眼下，能成为乡企业的一名工人，是一件让众多农人十分羡慕和向往的事。即便是年轻人说媳妇，乡办工人这一身份都有很大的优势。

作为乡建筑公司领导下的一支建筑队，有干不完的活，乡里的一切建筑工程都会优先交给自己的建筑队去干。乡建筑公司领导也会以乡建筑公司的名义，去周边的厂矿企业帮建筑队联系业务、包揽工程。由于马二民带领的这支向阳乡第一建筑大队技术上过硬，工程质量、工程进度都能让人满意，所以来请他们干活施工的人和单位很多。很多时候，因为要施工的工地多，又都要求进度，马二民会把建筑队分成两拨或者三拨同时施工。马二民的建筑队成了一个为向阳乡创造效益的先进队伍，马二民也成为向阳乡有名气的人物。

马二民曾有过再去寻找谷薇薇的念头，但建筑队活多，人多事杂，实在忙得很，不好抽身。再就是他根本不知道谷薇薇身在何处，再跟上次一样漫无目的地去寻找,结局怕是还跟上次一样。马二民静下心来想,三四年的时间过去了,谷薇薇一张纸条都没给自己来过。也许她真的过得很幸福,也许她真的已经跟过去的那段感情进行了切割,不然的话,她又知道地址、又会写字的,为啥不能给自己来一封信呢?为了防止自己去找她、打扰她的生活,哪怕她寄信地址写个假地址呢。每当这样想的时候,马二民既落寞又释然。他觉得谷薇薇这样做,是无奈地把身体交给了别人,把心留给了自己。一个人把心都交给了你,还有什么比这更让人感念的呢?自己不是心里一直装着谷薇薇吗?夜里自己不是常常跟谷薇薇说话聊天吗?梦里两人不是也常常相见吗?马二民劝慰着自己:知足吧,这样不是也很好吗?

王玉明想在年前八月十六给儿子王小飞举办婚事。王玉明感到儿子小飞对随自己种地,是越来越懒散,越来越懈怠,觉得是因为种地劳累、枯燥无趣,才让儿子懒散下来的。他便想,儿子大了,是不是想娶媳妇了?儿子娶了媳妇,有了媳妇的陪伴,在地里干活也许就有精神、有干劲了。于是,王玉明就跟儿子说结婚的事,见儿子没有意见,他便觉得自己猜透了儿子的心事。王玉明没有怠慢,便托老队长王巨才去了亲家那里商量儿女结婚的事。

对亲家王玉明希望儿女完婚的事,何老三有些迟疑,原因是自己的大闺女何亚兰还没成婚。何老三觉得,闺女的婚事应该从大到小,大闺女完婚后,二闺女再完婚。大闺女没嫁,二闺女先嫁,即便外人不说,自己也感到不甚妥当。

王巨才见何老三说出了自己的犹疑,便说道:“男大当婚,女大当嫁。两个孩子差不多大,结婚也是一前一后的事,俺说恁信不信,无论大闺女还是二闺女,前个走了,后个也会是脚跟脚的事。哪个先结婚、哪个后结婚都一样,无论哪个闺女先出嫁,都会是完了你老三一桩心事。”

何老三想了想,应下了亲家要求儿女们完婚的事。

过去农村办婚事,上面提倡移风易俗,娶妻嫁女不准吹喇叭响器,现在虽说上面不怎么提这事了,可还是没有人敢出这个头、破这个忌。

王玉明就王小飞这一个儿子，这几年上边田地加上大湖边上的开荒地，收成都不错，家里虽然称不起富厚，可也算是个殷实人家。平常也就罢了，在儿子的婚事上，说什么也不能抠抠搜搜，让人笑话，说什么也得把儿子的婚事办得风风光光。于是，王玉明去请了多年无人问津的响器班，在当年的八月十六，给儿子办了一场热热闹闹、风风光光的婚礼，喇叭号天地，把儿媳妇娶进了家门。王玉明成为在整个东洼第一个打破多年不用响器迎亲的人。

结了婚的王小飞对种地依然打不起精神。这两年，大家对土地都舍得下力气、搭肥料，家家都把承包地侍弄得地肥土壮，产量那也是年年高产稳产。家家户户丰产，家家户户也就开始卖余粮。粮食丰产，卖余粮的多，价格也就上不去。绝大部分没有挣钱门路的庄稼人也就指着卖余粮的钱买化肥、农药种子，还有日常花销。虽然有余粮卖，可是要靠种田卖余粮发家致富，那也几乎是不可能的事。

王玉明能从土地上年年挣下一些钱，且有盈余存下，完全归功于大湖边上那片七八亩的开荒地。不过，由于这两年家家庄稼收成好，户户有余粮卖，粮食价格和前两年相比，不但没涨，反而还降了。种西瓜的也多了，过去西瓜还能卖个毛把钱一斤，现在七八分钱一斤都不好卖了。县城里的董大壮，因为家里还有亲戚也种了西瓜，都找他帮忙卖瓜，王小飞也就不好意思再给他添麻烦。头一年大湖边开荒地上满盈的收获没能持续下来，王玉明盘算的少说三年，多说五年，挣得一万块钱，成个万元户的愿望，也没能实现。

不过，王玉明并没有为此而气馁。毕竟大湖边上那七八亩地还在，只要把这七八亩地种好，粮食、西瓜价格再怎么便宜，他王玉明也会比一般人家有盈余，有盈余就能有积攒，积少成多，日子不可长算，还愁熬不到万元户吗？王玉明一直打算在大湖边上养几头猪，再养上一些鸡鸭，都因为儿子小飞嫌那样太费力、太忙人，没能养成。他便想凑空再跟儿子说说这事，那样的话，家里的收入一定会增加。王玉明对往后的日子仍然充满了希望和向往。

王小飞则不同，他认为种地是一项没有前途和希望的事情。这几年，人们对土地上人力物力的投入到顶了，该除草的除草，该施肥的施肥，该打药的打药，该浇灌的浇灌。小麦、水稻的产量，也从头一年开始承包土地时的亩产五百斤，上升到现在亩产八百斤、一千斤。就连乡里的农业技术员都说了，当下小麦、水稻的亩产量能达到这个水平，实在算是了不起了。如果没有新的、高产量的种子出现，小麦和水稻产量的上升空间已经不大了。就这样在土地上熬下去，充其量也就是庄稼人不愁温饱，卖点余粮花钱而已。王小飞觉得，要想过上更好的日子，就不能光指望从家里的一亩三分地里抠钱，要去家里土地以外的地方挣钱才行。

妻子何亚莉的想法跟王小飞一样，也认为种地没有前途。种地苦累不说，关键是收益不高。她鼓动丈夫，两人可以一起去马二民的建筑队当工人，两个人一年的工资加起来，那也会是一笔不小的数目，肯定会比种地强。

王小飞厌烦种地，一直都想去马二民的建筑队，妻子何亚莉的话打动了他。王小飞就跟何亚莉说："听说现在马二民的建筑队成了香饽饽，好些人托关系、找朋友，恨不得削尖了头往里挤。没有乡里主管领导的介绍信，根本进不去。不过，就凭俺跟二民过命的交情，俺要去建筑队，应该还是不费难的。"

种地苦累不说，还挣不下多少钱，有跟二民这样的关系和条件，不去建筑队那不是憨吗？妻子何亚莉便鼓动丈夫去找马二民，干建筑队。

不再随着父亲种地，去干建筑队，这事要跟父亲商量说开。

这天晚上吃罢晚饭，饭桌上只剩下父子二人时，王小飞就跟父亲说起自己跟妻子亚莉想去马二民建筑队干活挣钱的事。王玉明听罢，就睁大了眼，瞧了儿子好一会儿方才说道："恁们都出去干活，咱家的地咋种？"

王小飞就说道："俺跟亚莉合计了，俺们俩干建筑队的话，一年挣的钱不会比咱种地挣的钱少。"

王玉明便说道："外面挣再多钱也不能扔地啊！庄稼人不种地，那不是笑话吗？听说二民的建筑队难进得很，恁两口子一起去，人家会要？"

王小飞说道:“恁不看看，现在咱家又是承包地又是湖边开荒地，一年到头地忙活,能挣下几个钱?凭俺跟二民的关系,俺进建筑队应该是不费劲的。”

王玉明一阵沉吟后,说道:“恁们都去了建筑队,咱家的地咋办?俺也不算小岁数的人了,光承包地还好说,大湖边上还有七八亩地,俺一个人累死也照管不了哇,咱总不能把湖边上的地扔了吧?”

王小飞了解父亲的脾性,让他把父子俩没黑没夜苦干了一个多月开出来的湖边地扔了不种,无异于要他的命一样。不让他种地,那是根本不可能的事。王小飞在跟父亲摊开说这件事之前,也担心的是父亲不同意自己去二民的建筑队。

见儿子没有言语,王玉明又说道:“甭管咋说,咱还有大湖边上那七八亩开荒地在那里,再咋说每年都能给咱们挣些钱。就凭这块地,一般人家没法跟咱比。俺也想了,要想多收益,咱们在大湖边上再喂上一窝猪,喂上一些鸡鸭鹅的,还愁挣不下钱?这不比去建筑队,让人家管着干活强吗?”

王小飞一听父亲说这话,头就大了,说:“就这样困在一亩三分地里干一辈子,想想都没劲。大湖边上再喂猪喂鸡鸭的,现在亚莉还能帮帮,要是有了孩子咋弄?把人累不死也得累憨。”

王玉明见儿子这样说,便说道:“庄稼人不种地,那还叫庄稼人吗?猪往前拱,鸡往后挠,庄稼人生来就是种地受累的命,光想轻省、少出力,就像二流子‘拧筋头’王金昌那样,啥时候也甭想过上好日子。听大的话,地咱不能扔,建筑队咱不能去。跟着大种地,大一样也能让你过上好日子。”

王小飞见跟父亲一时说不通,便起身走了出去。

2

马二民带领的向阳乡建筑公司第一建筑大队,是向阳乡唯一的一支建筑队。从承接建筑工程和建筑活的多少上来看,起码眼下是没有扩充建筑队伍、组建建筑二队的必要。这支队伍能打硬仗、能干好活,甲方满意，乙方得利，合作共赢，乡领导满意，得了工资实惠的工人高兴，这就使得马二民带领的这个第一建筑大队很得乡政府的重视，马二民在领导们面前说话也顶用。

乡里有好几个工程项目如水泥厂、造纸厂、粮管所、电影院都等着上马，马二民盘算，如果这些工程下来，只要时间能错开，或者现有的工人分开干够用的话便罢；如果几个工程同时开工，工人分开干人员不够用的话，就向领导们提议，乡建筑公司扩充建筑队伍，组建第二建筑大队。

自从建筑队成为乡里的先进单位、挣钱的单位，便有好些认识的、不认识的，托亲戚、找朋友的人找到马二民，想进建筑队当工人。因为眼下建筑队兵多将广不缺人，马二民也就能推拒的就推拒，不好推拒的就记下人的名字，许诺扩员的时候再通知人来建筑队上班。在这一班找马二民要进建筑队的人中，居然还有曾经的冤家对头。

那天，建筑队里来了三个年纪跟马二民一般大的人。从三人做作的笑容里，马二民仍能瞧出三人透出的盛气和强横。马二民对其中一个留着平头的人似乎有点眼熟，想了想却没能想起来是谁。既然眼熟，又来找自己，那一定不是朋友就是亲戚，马二民也便客气招呼。那平头就对马二民说："马队长，咱们是老熟人了，听说你混得不错，俺们弟兄仨想跟你混碗饭吃。"

马二民便疑惑地说道："实在对不起，俺实在是想不起来哥几个是谁了。"

那平头便斜着眼，瞧着马二民说道："都说是不打不相识，咱们都打过了，你还是不相识，是不是混大发了，俺平头张四上不了你的眼了。"

一说"平头张四"，马二民忽然就想了起来。前些年读初中时，公社举行学生运动会，在公社中学的操场，当时东洼中学组成的篮球队和公社中学组成的篮球队争夺一、二名，结果来自下面中学的东洼中学篮球队战胜了有主场优势的公社中学篮球队。觉得失了名誉和脸面的公社中学里的几个学生，在有名的学生混子"平头张四"的领头下，在公社的大街上截住董大壮他们几个，寻衅滋事，双方打了一场架，闹得很大,最后派出所出面朝天上放了几枪才压制住。

马二民心里骂了句“娘的”,却还是满脸堆笑,装出一副热情的样子,跟他们套了一阵近乎,然后说道:“要说当家,说实在的,过去俺自己的建筑队时俺真当家,想要谁就要谁。可是现今建筑队被乡里接管了,俺虽然是队长,却是被架空了。干啥样的工程,接啥样的活,招收工人,过去俺说了算,现今这些全是乡领导来定。说句不怕笑话的话,俺现今就是一个给乡领导扛活的长工。恁们要是不信,可以打听打听。”说到这里,马二民显出一副气愤无奈的表情,接着说道:“恁们没来之前,俺一个一起光腚玩大的伙计,哦,恁见了怕也认识,就是当年打篮球的那个大个子,来找俺,也想进建筑队,俺找领导好说歹说,都没有说下来。恁们看看,俺一个队长连自家一个铁哥们都弄不进来,俺这个队长是不是干得很窝囊?”说到这里,马二民居然两眼发红,挤出两滴眼泪来。马二民揉了下眼,接着说道:“不过,领导也许诺俺了,啥时候招收工人,啥时候就让俺那高个子伙计来。今儿哥们几个既然来找俺了,俺马二民也给哥们一个许诺,哪天建筑队招收工人,只要俺高个子伙计能进来,俺就一定在领导面前保哥们几个进来。如果俺高个子伙计进了建筑队,恁们进不来的话,俺马二民宁可辞了这个队长不干,也不能失信哥们几个。”

平头张四见马二民真的是掏心掏肺、真诚相待,便不再为难马二民,他带着另外两人,迈着六亲不认的步子走了。

推拒的也好,哄走的也好,记下名字许诺扩员时让人来建筑队上班的也好,总之是没给人家把事办妥,甚至因为自己的做法,有没有为往后埋下隐患也不可知。那些被拒的人,对马二民很是不满和怨尤。他们说马二民当了建筑队大队长,摆谱了,架子大了,六亲不认了,不知道自己姓啥叫啥了。有些人甚至找到马大民,数说二民的不近人情,马大民自然会去找弟弟问一问怎么回事。

马二民也便给哥哥诉说苦衷:“找俺的人, 好些不是亲戚就是朋友,而且不是一个两个,加起来那可是一大帮子,现在建筑队人员满当当地不缺人,一旦开了这个口子,让谁进不让谁进?再说俺马二民是恁说的那样的人吗？这些人是不在其位，不知道俺的难处啊！”

听了弟弟的话，马大民也便为弟弟年纪轻轻就承担起工作上、人际上的这些琐事带来的压力感到心疼。他想想跟弟弟一起长大、一起玩大的王小飞都娶了媳妇、结了婚，弟弟却因为自己当年的不支持，失去了逃婚的机会，到现在仍是孑然一身、孤单一人，心里很不是滋味。对于弟弟的事插不上手、帮不上忙，马大民轻叹了一声，对弟弟说道："往后下午下班晚的话，忙了一天一个人就甭做饭了，去俺那边咱一起吃就行了。"

马二民也就点头应了哥哥，说好些天没见小侄子了，也怪想他的。哪天下班晚了，就去哥哥那里吃晚饭。

建筑队里一大摊子事情，亲朋邻舍找马二民要进建筑队的人来了一轮又一轮。来找他的人说好话的有，说孬话的也有，好话孬话都得听，还得赔笑脸、说好话、磨嘴皮。这让马二民感到身心俱疲，很是难受。这样的境况和压力莫说对一个年轻人，即便是对一个老于世故、处事圆滑的人也很是难以应付啊！忙碌了一天下来，回到无生气的家里，马二民有时就会就着一把花生米，喝上两盅酒，就算是对付了晚饭了。

工作上繁杂的事情，亲朋邻舍和外人找自己进建筑队的事情交织在一起，常常搅得马二民半夜睡不了觉。在这些烦心的日子里，马二民比任何时候都思念谷薇薇。他想，如果谷薇薇在的话，他可以把自己心中的烦心事向她诉说，谷薇薇一定会认真聆听自己的烦闷，也一定会理解和抚慰自己，哪怕她什么话都不说，只是一个怜爱的眼神或者一个温柔的抚摸，马二民相信自己都会心情舒缓、烦恼皆无。男人啊！有时候遇到烦心事或者不顺心，有些事可以跟好朋友倾诉，有些事只能跟自己最亲爱的人倾诉。想想跟自己一般大的王小飞结婚了，董大壮也结婚了，马二民就会情不自禁地想起谷薇薇。薇薇，我亲爱的人啊！你在哪里？我们此生还能再见吗？听人说你过得很好，是真的吗？你一走就音讯全无，是不是完全把我忘了？如果有一天咱们再相见会是一幅怎样的画面呢？会不会你和你的丈夫手牵着手，幸福地笑着，用一副怜悯或者略显愧色的眼神看着我？或者是你一手牵着丈夫的手，一手牵着或是一个孩子，抑或是两个孩子、三个孩子，笑看着孤零零的我，让孩子叫我叔叔或舅舅，甚至让孩子叫哥哥？薇薇啊薇薇，你能告诉我，那个时候我该用什么样的神情、什么样的态度对待你？薇薇啊薇薇，那个时候我会是哭还是笑？每当夜深人静的时候，马二民想起这些，泪水都会不自觉地流下来，打湿枕头。每至此，马二民也会想，为了不让这样的场景出现，自己最好抽时间给乡建筑公司领导找个别的理由请假，再去外地找寻谷薇薇，找到谷薇薇后，她如果真的生活幸福的话，哪怕是自己站在远处瞧上一眼也好……

这日傍黑时分，残阳被晓月代替了，天色很快就暗了下来。黄昏收起缠满忧伤的长线，很快便消失了。广阔的天幕上出现了最初的几颗星星，天地之间有蝙蝠的黑影在飒飒翻飞，不时有几声狗吠鸡鸣，从炊烟袅袅的村庄里传出。房屋、树木、草垛和街口，都罩在一片朦朦胧胧之中，使它们变得若隐若现、飘飘荡荡，很有几分奇妙的气氛。

马二民前两天在乡供销社给小侄子买了身衣裳，因为建筑队上忙，还没有去哥哥那边给送过去。今儿他打算从家里拿了给小侄子买的衣裳，晚上去哥哥家里吃晚饭。

马二民骑着自行车快到自家门口时，就见一个人蹲在自家大门前。待他走近一看，见是一个蓬乱着一头脏发、衣裳破烂的叫花子，低着头蹲在那里。马二民便对那叫花子说道：“是不是饿了要饭吃啊？你等等哈，俺开了门就给你拿。”

那叫花子没有言语，慢慢站起身来，直直地瞧了马二民一会儿，咧了一下嘴。马二民瞧不出眼前这个脏头脏脸的叫花子是哭还是笑，倒是叫花子豁了两颗牙，让他给看了个真切。那叫花子朝马二民挪动了一小步，轻声叫了一句“二民”。

马二民被这句叫声吓了一跳，他朝左右和身后看了看，确信这叫声就是来自眼前的叫花子，马二民便露出一副诧异的神情，上下打量着眼前的叫花子。只见这个叫花子顶着一头又脏又乱的头发，半张脸被一绺乱发遮着，又脏又破的衣裳已然看不出原来的颜色，脚上穿着一双旧布鞋，前面都露着脚指头。马二民怯着声问道：“你，你谁？”

那叫花子慢慢抬起手，把遮住自己脸的那绺脏发撩到耳后，朝马二民惨然一笑，抖着声说道："二民，俺吓着恁了吧？俺是谷薇薇。"

马二民一松手，自行车"咣当"一声歪倒在地上。他只是呆怔了一下，一把抓住那叫花子，伸出一只手轻轻拂去那叫花子遮脸的脏发，瞪大双眼，细细审看着那张脏脸，随着那叫花子从双眼里绵绵流出的泪水，马二民一把把她紧紧搂在怀里。随着一声如老牛般低沉而粗厉的号叫，马二民泪如泉涌……

爱情啊！是永远说不清、道不明的一个话题，从古至今有数不清的文人墨客吟咏颂赞爱情，终究也不过是一句"问世间情为何物，直教人生死相许"。两个相爱的人有时会因为一个闪失、一个差错、一个意外相互走失。有些人走了就是走了，再怎么等、再怎么寻也等不来、寻不着了；有些人却为了一句承诺、一份忠诚去坚守、去追寻、去争取，可能就在一个蓦然回首间，突然发现原来爱就是一件千回百转的事。时间会让你了解爱情，时间能够证明爱情，历经风雨的爱也会告诉你"有情人终成眷属"是真的。幸运之神的降临，往往是因为你对爱的忠贞，多等了一个晚上，多想了一下，多寻了一处。

夜里，马二民揽着谷薇薇坐在床上。谷薇薇则像一只掉进小河里，拼命游了好长时间才爬上岸的小猫，蜷缩着身子，偎在马二民怀里，断断续续，梦呓一般，喃喃诉说着她这几年的遭遇……

那天下午，几个外地人在谷薇薇父母的帮助下，生拉硬拽，硬是把谷薇薇架上了小汽车，在谷薇薇的喊叫声中，汽车扬起一路土尘飞驰而去。小汽车经过一路颠簸，傍黑的时候停在了一户门前。几个人把谷薇薇拉下汽车，推着她进了院子。院内的影壁墙上和门上，都贴了大红"囍"字，院子里有好些人，似乎在一直等着他们的到来。随着他们进了院子，大门外响起一串"噼里啪啦"的鞭炮声。在鞭炮声中，谷薇薇被人架进了堂屋，这时一个长相丑陋、有点跛脚的男人跟谷薇薇站在了一起。在一位老者拜天地的喊声中，在谷薇薇一声声的叫骂声中，谷薇薇被人一下一下摁着头，跟那长相丑陋的跛脚男人拜完了天地，被人架进了新房。身处异地，没有一个亲人，没有一个熟人，叫天天不应、叫地地不灵的谷薇薇,在一声声凄厉的、无助的叫喊声中,熬过了一个对她来说凶横、残暴、噩梦般的夜晚。

谷薇薇在这个家里完全失去了人身自由。丑男人的母亲长得五大三粗,也许是经历过前儿媳跟人跑了,现在这个外地儿媳又是跟绑架过来的一样,丑男人的母亲成天把谷薇薇看得死死的,哪怕是谷薇薇去厕所,她也会寸步不离地跟着。待到晚上,丑男人的母亲和父亲会轮流为儿子站岗放哨。平日里他们不让谷薇薇出门,不让她给家里写信,不让她跟别人说话,更不让她回娘家。

随着时间的推移,谷薇薇知道了她来的这个地方是安徽的一个公社所在地,离自己的家乡差不多有五百多里远的路程。虽然丑男人在公社邮电局当邮递员,可是她却连一张字条都寄不回家里去。她曾偷跑了两回,回回被抓回家,被打个半死。她也曾想过去寻死,可一想到二民,她便打消了死的想法。

丑男人父母见谷薇薇始终倔强着融入不了他们这个家庭,便在心里盘算,要是儿子和谷薇薇生下个孩子,有了儿女做牵绊,也许谷薇薇就能安下心来。于是丑男人父母便对谷薇薇许诺说,他们就这么一个儿子,如果谷薇薇能给他们家生个一男半女的,他们就让她回娘家。为了丑男人父母的许诺,也为了能早日回娘家,谷薇薇便应下了早日为他们家养下一个孩子。

一年过去了,见谷薇薇仍没有怀上孩子,丑男人父母也便着急起来。丑男人母亲就带着谷薇薇寻医生,并且开始天天给谷薇薇煮汤药喝。一年下来,谷薇薇喝汤药喝得面黄肌瘦,肚子仍不见动静。丑男人一家就带着谷薇薇去县城医院看大夫。大夫对谷薇薇一番检查后,说谷薇薇是个正常的女人,没有毛病,并提议让丑男人也检查一下,结果一检查,毛病出在丑男人身上,是丑男人没有生育能力。丑男人父母心疑县医院大夫的检查结果,便又去了市医院,市医院检查的结果跟县医院检查的结果一样。

这样的结果让丑男人一家伤心的同时,对谷薇薇的看管更严了。他们觉得儿子不能生育这事早晚会露了出去,这没有生育能力的男人还算男人吗？要是谷薇薇跑了、走了，即便儿子是邮递员，也没有哪个女子愿意跟一个二婚且没有生育能力的男人的。

对于丑男人一家人对自己的严防死守，谷薇薇陷入绝望之中。她开始无缘无故地哭闹，摔碗砸盆，在大街上撒泼。她的行为，每每都会招来一顿毒打。一开始丑男人父母认为谷薇薇是装疯卖傻，打怕她也就好了，可是谷薇薇的这种行为似乎越来越严重，即便是把她打得皮开肉绽、门牙打掉，她都不喊不叫，似乎皮带不是落在她身上，那落在地上带着血的牙齿，也不是从她嘴里吐出来的。这样的状况一下就持续了快两年的时间，直到后来谷薇薇一次次光着身子往外跑，也不知道吃喝，丑男人一家才认定谷薇薇是真的疯癫了。

谷薇薇成了丑男人一家的累赘和丧门星，他们便商量把谷薇薇送回娘家。一家人又一想，人是好好拉来的，送回去的却是个疯子，谷薇薇娘家人一定会闹腾得不算完，到时候把送人的人打个半死也说不定。于是一家人一合计，先对外人宣扬，就说要把谷薇薇送回娘家，并且找辆汽车来送谷薇薇回家。他们这样做，只是想掩人耳目，让人看到他们是真的把谷薇薇送走了，其实他们真实的打算是把谷薇薇送到几十里外，扔在路上就完了。假如有一天谷薇薇的娘家人找来，有邻居们作证，谷薇薇是真疯了，他们家也是真把她送走了，至于人为什么没回到娘家，就说是汽车在半路上坏了，送的人只顾着修车，没留意谷薇薇跑失了。再说谷薇薇过来三四年，娘家人都没一个人来露面的，可见娘家人也根本没把这个闺女当回事，又何况自家闺女成了个疯子呢。于是，在一个下午，丑男人用汽车把谷薇薇载到了几十里开外的一个地方，扔在了路边。

望着远去的汽车，谷薇薇唯恐丑男人一家翻过想来再回头追自己，便赶紧走下大路，走了小道。谷薇薇一路往东，走村串巷，饿了就到田地里薅人家一个萝卜，或者扒人家一块红薯，渴了就去路边小河里掬上两捧水喝几口。即便有人看见她薅人萝卜、扒人红薯，见她是一个疯子，也不为难吓唬她。

就这样，谷薇薇在路上走了六七天，终于在一个黄昏走到了东洼村。她向一个老人打听到了马二民的新家,便来到马二民家的大门前。当她看到马二民居然住上了这么好的一进院子时,她的心骤然凉了半截。她想:看样子马二民一定是成家了,不然哪会一个人住这么好的一进院落?三四年的时间,一张字条、一句话都没能给到人家,搁谁谁也不会这样长时间地傻等一个人的。谷薇薇满怀着落寞,也劝慰着自己:马二民不是恁心爱的人吗?他能幸福、能过得好,不是你的心愿吗?自己也不要奢求什么了,只要能跟心爱的人见上一面,知道他过得好,也就心满意足了,至于往后自己怎么活,不妨就四海为家,当一辈子疯子吧。于是她守在马二民家的大门前,一直等到马二民回来,直到马二民哭着把她抱进了家。

谷薇薇偎在马二民的怀里,她说庆幸没有跟那个男人扯结婚证,如今终于逃离了那个火坑,在喃喃的细语中酣然入睡,偎在马二民怀里的谷薇薇睡得是那样安详、踏实、舒坦。那是经历了世间凄楚之后,让心停靠进了安宁之地;那是在人生的苦海中拼命挣扎之后,回到了属于自己的、风平浪静的港湾。在马二民疼爱的目光中,轻轻地、默默地抚摩中,谷薇薇修复着自己千疮百孔的心灵。这个家,没有辱骂,没有暴虐,没有恐惧,有的只是疼惜和爱怜、温情和安宁。

3

马二民给乡建筑公司请了几天假,他要好好地陪谷薇薇几天。

谷薇薇回来的事,马二民先是告诉了知心好友王小飞,王小飞立马随马二民去了家里。当王小飞见到谷薇薇的一刹那,一时间被谷薇薇的变化惊住了。王小飞看着那失去了光泽、憔悴沧桑的脸,那豁了的门牙,还有那不合体的脏衣裳、露着脚趾的烂布鞋,这哪里是一个二十多岁的女人啊!说她四十岁也有人相信啊!见王小飞张嘴瞪眼,一副惊愕的模样看着自己,谷薇薇便朝王小飞笑了一下,招呼道:“小飞,恁还好吗?”

王小飞就忍着泪水,哽着声说道:“俺很好,恁这几年遭罪了。”王小飞转脸对马二民说道:“恁咋不给谷薇薇换身干净衣裳、换双鞋?”

马二民说道:“俺准备给她买两件新衣裳的，薇薇让俺先不慌买，她说她要先让人看看,那些把她强行推到外省的人,到底是把自己推到了福窝里,还是把自己推到了火坑里。”

接着,刘海锋、江红霞两口子也来了,见到谷薇薇这副模样,刘海锋唏嘘不已,江红霞、谷薇薇两人则是抱在一起大哭。两人头抵头,你一阵我一阵地絮叨个没完。江红霞给谷薇薇说了这些年,马二民如何思念她,如何一直坚守对她的情感,现在拨开云雾见太阳,好日子就在前头,两人就恩恩爱爱好好过吧。

马大民是从刘海锋那里听说谷薇薇回来的,当然刘海锋也给他说了谷薇薇这几年的不幸遭遇。弟弟二民没有在第一时间告诉自己,而是先告诉了王小飞、刘海锋、江红霞,马大民理解弟弟的做法,毕竟当时自己和妻子孙桂丽在弟弟跟谷薇薇恋爱这件事上是反对的,并且在弟弟需要自己帮助的时候,自己并没有施以援手。事情虽然是这样,不过马大民心里还是有些许的酸涩,弟弟这样做,说明他心里对自己过往的不援手还是心有芥蒂的。不管怎么说,谷薇薇回来了,时间证明,两人的爱情是坚贞的。这一回两人的聚合,怕是任何力量都别想把二人掰开了。

弟弟永远是弟弟,谷薇薇也将成为自己的弟媳妇。作为哥哥,既然知道谷薇薇回来了,弟弟不告诉自己,自己也要过去看看。

马大民是吃过晚饭来到弟弟二民家里的。孙桂丽觉得内心有愧于小叔子和小姨二人,便没有随丈夫一起来小叔子家,不过她拿出一千块钱来,让丈夫给小叔子和小姨二人捎上,让二民置办些家具,让小姨谷薇薇买两件衣裳。见哥哥来了家里,马二民便把哥哥让进堂屋,把谷薇薇从里间屋里叫了出来。见哥哥看到谷薇薇的那一刻怔了一下,马二民便对谷薇薇说:“薇薇,哥来看咱们了。”

谷薇薇面色平静,很是坦然地叫了一声:“大哥。”

马大民没有迟疑,随口应道:“嗯。”接着马大民从口袋里掏出一千块钱,递给弟弟二民,说道:“恁嫂她本来要一起过来的,恁侄子闹腾,就没过来。这是恁嫂让俺给恁们的,往后两个人过了,需再添置些家具，拿去买几件家具，再给薇薇买几件衣裳、鞋子。”

马二民就推拒哥哥：“俺有钱。”

马大民就不容置辩地对弟弟说道：“恁再多的钱是恁的，这钱是哥、嫂给恁们俩的。”说着把钱塞到弟弟手里。

马二民也不再推辞哥哥。弟兄二人坐在一起，弟弟二民给哥哥说的净是建筑队上的事，哥哥大民给弟弟聊的净是窑厂上的事，对谷薇薇的事，两人像约定好似的，竟是一字没说、一句没提。不是兄弟二人不想说，而是兄弟二人即便什么都不说，两人所思所想，彼此都懂，言有尽而意无穷，一切尽在不言中。

两天后，谷薇薇的母亲和几个姐姐来到马二民家里，看望归家的谷薇薇。看到先前花朵般的闺女和妹妹，如今像变了一个人似的，又瘦、又黑，且显老，谷薇薇母亲和几个姐姐知道她在外地吃了苦、遭了罪，便哭着想凑上去搂抱谷薇薇，谷薇薇却一脸平静地躲开了。母亲一把鼻涕一把泪地诉说着这几年对她的思念和挂牵，说这几年她在外省婆家的音信，都是那边男人的哥哥传说给一起在矿上做工的她三姐夫，她三姐夫再传给他们。每一回传话，都说她在婆家那边过得很好、很幸福，哪知道会是这个样子。

谷薇薇则一脸淡漠地说道：“从恁们把俺狠心地推到外人的车上那天起，俺的心就死了，恁们也就没有了俺这个闺女，没有俺这个妹妹了。如果说俺跟二民的事，让恁们觉得在人面前丢了人、现了眼，恁们恨俺恼俺的话，这四年俺受的苦、遭的罪，算是给恁们抵上了，从此咱们两不相欠，往后俺没了爹娘姊妹，恁们也没了俺这个闺女、妹妹。”说罢，谷薇薇转身去了屋里。谷薇薇母亲哭着叫着还要去屋里找闺女，被马二民拦住了。马二民对她们说：“恁们要是真心心疼薇薇的话，一时半会就甭再来了。薇薇她不光是身上遍体鳞伤，她心里也是伤痕累累啊！恁们一起把她推进了火坑里，恁们把她的心伤透了。她现在不需要恁们的这份亲情，她需要的是安宁、清净，慢慢疗伤。恁们都回吧。”

谷薇薇几个姐姐见马二民这样说，觉得再在院子里待下去着实无趣，便架着哭叫着的母亲出了院子。

见谷薇薇母亲、姐姐走了，马二民回到屋里。他见谷薇薇坐在床沿上发呆，便走过去把她轻轻搂在怀里，一边用手轻轻摩挲着她的头发，一边说："咱们明儿一起去乡供销社，给恁买两身衣裳，再买两双鞋，再一起选几件家具。过两天咱们再一起去县城医院，把恁的牙给镶上……"

为了县里教育事业的发展，加强教师队伍的建设，缓解全县教师人员不足的现状，卫县人民政府决定，在全县公开招考人民教师。招考对象为往届应届高中毕业生，凡是年龄在十八周岁以上、三十周岁以下，品德好、无刑事处罚、身体健康的，都可以参加这次教师招考。

招考老师的通知下发到了村里，一时间，各村委会的大喇叭上，都在一遍遍地传达上级下发的通知。刘海锋也听到了村委会喇叭上的通知，他根本没去理会。一是自己年龄大了；二是自己一个毕业多年的高中生，跟人家刚毕业的应届生一起考，哪能考得过人家；三是马大民的窑厂蒸蒸日上，马大民在各方面从来没亏待过自己，自己在窑厂干得很是舒心，别说要考，就是直接让自己去做老师，自己也不会去的。

刘海锋对招考老师的事没理会，也没放在心上，江红霞却是认真对待，放在了心上。她不光支起耳朵认真听了村委会的喇叭通知，还去村委会仔细看了书面通知。她找了村委会的书记员，查了一下丈夫刘海锋的户口登记，按通知上对招考老师的年龄要求，丈夫刘海锋的年龄正好没越线。于是，江红霞毫不犹豫地给丈夫刘海锋报了名。江红霞告诉刘海锋，说已经替他报了名，让他这几天多看看书本，好参加考试。刘海锋不以为然，说："当老师有什么好的，早出晚归的，工资又少。再说马大民对我不薄，人是感情动物，是要讲情意、讲仁义的。要是我甩手走了，人家会怎么看？就是去考，毕业多年了，怎能比得过人家应届生？这个年龄了，跟一班子十八九岁的孩子一起考，考上了还好说，考不上不是白赚丢人吗？"

见丈夫对考老师不当回事、不愿考，江红霞就对刘海锋说："总之是个机会，恁年龄刚好压线，下年咱想考也考不成了。这回咱就算是凑热闹，恁就算是考给俺一个人看，啥丢不丢人的，别人想考还没资格呢。通知上都说了，要高中毕业的、品德好的、没污点的、身体健康的才能考，咱就算考不上，那不是也证明咱是一个品德好、没污点、身体健康的、有高中毕业证的人吗？哪里就丢人了？”

见妻子江红霞这么执着，刘海锋不好当面拂意妻子，于是在妻子江红霞面前，对自己要不要去考老师，他没有点头说去，也没有摇头说不去。

这日，听说切砖机坏了，为了不耽误砖机生产，刘海锋一大早便和马大民、王龙一起去了窑厂，搭手帮机修工修理切砖机。待修理好切砖机，刘海锋刚洗完沾满油污的手，就见江红霞骑着辆自行车，急风火燎地奔了过来。见江红霞一副急慌慌的样子，马大民就笑着问江红霞："啥事这么慌张，跟狼撵一样。”

江红霞便气喘吁吁地指了一下刘海锋，说："今天不是要去乡里考老师吗？这不还有不到一个小时的时间就该开考了，俺见他还没回家，就赶紧赶来叫他了。”

马大民不知道刘海锋报名考老师的事，便说刘海锋："这么重要的事咋没跟俺说？俺要知道今天考试的话，说啥今儿一早也不会让你来窑厂啊！”并催促刘海锋赶紧回去。

刘海锋迟迟疑疑地不愿去，说："咱又不是没当过老师，想一想，就算考中了，当个孩子王又有什么意思？还是不去考了。”

听刘海锋这样说，马大民便说道："这毕竟是个机会，就恁这年龄，过了这个村，就真没有这个店了。既然报名了，就不能浪费了这个名额，反正考好考孬咱也没啥损失。去，一定得去。”

江红霞也说道："恁虽然当过老师，恁下来却是让人硬拿下来的。咱这回考老师，考不好，就像大民哥说的那样，对咱也没啥损失；考好了，即便咱不去当老师，也让当时把你拿下来的那些人瞧瞧，咱从老师的位置上被拿下来，不是因为咱文化浅、不够料，而是因为其他原因下来的。”

见刘海锋不言语，马大民、王龙便催他快去考试。江红霞则一把把自行车推到刘海锋手里，嚷道："俺的祖爷爷，恁甭再愣了，再愣可就真误事了。"

刘海锋很不情愿地跨上自行车，驮上江红霞走了。

几天后，考试的分数榜公布了出来。让人没想到的是，抱着凑热闹态度参加考试的刘海锋，这一考居然考过了分数线，并且分数比好些应届高中毕业生考得都多。对于这样的考试结果，刘海锋觉得没有什么值得显摆的。因为他心里对当不当这个老师，很是犹豫不决、迟疑不定。对丈夫顺利通过了考试，妻子江红霞却是欢天喜地、喜上眉梢，她逢人便说："俺家的海锋考上老师了，分数在全乡过线的考生中还很靠前呢。"在婆家西洼村这边逢人就说还不算，她还回到娘家南平村，报说给了娘家人，欢笑之中、言语之间无不透出喜悦和骄傲。她要让曾经极力反对她跟刘海锋结合的父母看看，他们的闺女江红霞识人的眼光是何等透彻和高远。江红霞是真的很看重这件事，在她心里，丈夫刘海锋这次考上老师，完全不亚于学生考上了大学，她是真的把这件事当成了大喜事。

听说刘海锋考试过了关，马大民、王龙两人吃过晚饭，便来到西洼村刘海锋家里表示祝贺。马大民、王龙两人进了刘海锋家门，没等马大民开口说话，江红霞便抢在前头对马大民说："大民哥，恁来得正巧，俺正要去找恁呢。"

马大民也便开玩笑道："找俺？是不是恁两口子要急着请俺们喝海锋的喜酒啊？"

江红霞就苦巴着脸说道："这不，刘海锋他不愿意去当老师呢。他说舍不得恁和王龙，舍不得窑厂。"

江红霞是个有心计的女子，他知道丈夫刘海锋对自己到底去不去当老师，一直在犹豫着。犹豫的原因她也很清楚，就是刘海锋不舍得离开窑厂，不舍得跟马大民、王龙他们分开，还有就是当老师工资低，不如跟着马大民干窑厂经济上来得实惠。在她看来，当老师工资虽然少了点，可当老师毕竟是个体面的职业，再说这考上的老师，据说是要给转正，成为吃公家粮的正式老师的。这样的好事，这样的机遇，搁谁身上谁也不会放手的。为了断掉刘海锋对窑厂的依恋,她必须要借助马大民劝解他、说服他。

马大民听江红霞这样说,便对刘海锋说道:“刘海锋,俺可告诉恁,这事可算是恁人生当中的一件大事。俺们村副支书张念学应届高中毕业的闺女,这次也考上了老师,分数还不如恁高呢,人家又是放鞭又是放炮的,还准备在村里包电影放呢。俺听说这回考上的老师,上级都是要给转成正式老师的,一旦成了正式老师,吃公粮、拿工资,这可是一辈子的事。恁就是吃公家饭、当老师的料,这老师咱一定要当,坚决要当。恁当老师也不影响咱们三个见面啊!恁啥时候有空闲,随时可以去窑厂啊!俺跟王龙也可以常来恁家里看恁啊!”

刘海锋一直默默无语,此刻他回想起在自己最落魄、最悲观、最灰心的时候,是大民把自己叫到窑厂办公室,耐心地、推心置腹地开导自己、劝慰自己。尽管当时他不觉得马大民的话有多么精辟、多么深刻,可他觉得马大民的一些话就像是半瓢热水,一下子浇在了他那颗冷冽毛躁、消沉无望的心上,让他感到了一种温暖和人与人之间的那种真诚。当时如果没有马大民在精神上给予自己支持,他真的不敢想象自己会颓废消沉到哪一步。他回想起窑厂上这几年,马大民把他和王龙当成兄弟看待,从没在自己面前以窑厂主的身份摆过谱,窑厂上有什么事都是一起商量。他们一起经历了窑厂从承包后的艰难起步,到如今的发展兴旺,还有他们三人亲如兄弟一般的合作相处。窑厂上一幕幕的场景、一幅幅的画面,如同过电影一样在刘海锋面前闪现。如今他将要告别这一切,心中有千般不舍、百般留恋。他不禁感慨万千,两眼湿润。他伸手抓住马大民和王龙的手,哽着声说道:“俺是真舍不下窑厂、舍不下你们俩啊!”

马大民便拍了拍刘海锋说:“好好当恁的老师,恁是俺们的骄傲,甭让俺们失望,更甭让红霞失望。等恁当上学校校长,建校盖房,咱们窑厂大力支持,砖瓦优惠价格给恁。”

马大民的话,让几个人都笑了。

第十六章

1

马二民和谷薇薇一起在家的几天里，马二民什么都不让谷薇薇干，天天变着花样给她做吃的喝的。谷薇薇常常一个人默言寡语地坐着发呆，不愿出门，不愿见人。马二民知道，谷薇薇越是这样窝在家里不出门，不说话、不跟人交流，心里的伤口越难愈合。要想抚平谷薇薇内心的创伤，需要时间，也需要自己的体贴眷爱。他劝说着谷薇薇跟自己一起去了乡供销社，给谷薇薇买了两身当时流行的衣裳和两双鞋，又挑了几件家具。马二民又带着谷薇薇去供销社办公室见了林华玉，早先二民跟林华玉说过他和谷薇薇两人的苦恋往事，林华玉对他们俩的到来很是高兴，中午说什么都不让二人走。林华玉不光送给了二人一对绣着鸳鸯的大红枕巾，还带二人去了饭馆，好好招待了他们二人一顿。

马二民带着谷薇薇去县城医院镶了牙，从医院出来，马二民又带谷薇薇去了一家店面大的理发店，给谷薇薇做了县城女人正流行的烫刘海发型。看着镜子中面貌一新的谷薇薇，马二民附在谷薇薇耳边，轻轻说道："恁都快把电影明星比下去了。"

听了马二民的赞美，谷薇薇脸上便露出一丝羞涩和笑意来。

在矿上建筑工程处上班的马洪光，因为技术好，对待工作积极认真，被提拔成了经理。随着煤矿建设规模的扩大，工人也越来越多。为了解决工人的住房问题，矿上要建几幢工人住房楼。建这几幢楼工程量大、任务重，凭矿建筑工程处的建筑力量很难完成。马洪光就跟领导建议，是不是拿出两栋楼的建筑任务，让给下面有建筑资格证、技术力量强、建筑设备及人员都齐备的乡镇级建筑队承建，并推荐了向阳乡建筑公司建筑大队。建筑工程处领导经过研究，采纳了马洪光的建议，派马洪光带人去向阳乡建筑公司洽谈合作事项。对于送上门的这桩利好工程，向阳乡领导给予全力支持。双方的工程合作协议很顺利地签订了下来，乡建筑公司把这项工程交给了马二民。

以现在谷薇薇的状况，让她一个人在家里，马二民不放心。马二民把自己的情况给建筑公司领导说了，领导们也都知道马二民的婚恋情况，对他们对爱情的忠贞和坚守很是赞叹和同情。现在公司接手了矿上建筑楼房的工程，工地上需要开吊篮的工人，于是领导们批准谷薇薇进建筑队，当一名吊篮工。这样，谷薇薇就能天天随二民一起上班、一起下班。

种早棒子、早西瓜的庄稼人越来越多了。物以稀为贵，棒子、西瓜虽然丰产，但是价格卖不上去，还卖得滞、卖得慢。过去一天能卖出去的西瓜，现在三天四天都卖不完。除去拖拉机耕地的费用、粮种钱、灌溉地的水钱、农药钱，收获下来，缴去公粮，剩下的余粮根本换不来多少钱。王玉明家里有大湖边上那七八亩开荒地伫着，在卖粮收入上要比别的人家高，可是一家人对这块土地的投入也大啊！耕这块地可以跟上边的承包地一样，花钱找拖拉机；可需要给庄稼浇水的时候，就不能像上边的承包地那样需要灌溉时，有集体时建的灌溉站抽水统一浇灌。这大湖边上一没有灌溉站，二没有电杆电线引过来，庄稼需要浇水时，都是王小飞和父亲，还有媳妇何亚莉，全靠从湖里一担担地挑水浇。七八亩地的庄稼，三人挑水浇，没个三天五天浇不完。几天下来，王小飞和媳妇何亚莉的双肩上都磨出了血津津的肿包，晚上疼得两人觉都睡不好，十几天肿包才消下去。王小飞真正体会到，他们家里挣得的余粮钱，真的算得上是血汗钱。

媳妇何亚莉怀孕了，一家人都很高兴，婆婆爱惜儿媳，不再让儿媳随公公、儿子下地干活。种地苦累，又挣不下多少钱，这让本就不热爱种地的王小飞对种地感到很是没劲和灰心。跟儿子在对待种地的态度上恰恰相反，王玉明在任何时候都不会因为种地喊苦叫累过。人勤地生宝，人懒地长草；人勤地不懒，秋收粮囤满。这可都是老一辈人总结出的经验啊！他知道儿子小飞对种地没热情，嫌苦怕累。可作为庄稼人，指望的不就是土地吗？作为庄稼人，不就是靠土地养活吗？庄稼人不勤劳能行吗？一分耕耘，一分收获，作为一个庄稼人，嫌累怕苦的，怎么能种好地获得好收成？虽然种早庄稼、西瓜的多了，东西卖得滞了，价格卖不上去了，收益不高了，可是大湖边有那七八亩的开荒地立着，一般人家跟自家比收益还是比不过的。儿子还是年轻，光想少出力多挣钱，世上哪有那般容易的事啊！

收罢了早棒子，卖完了西瓜，紧接着是夏收夏种。四亩多的承包地收罢了麦子，接着灌水整田插稻。媳妇何亚莉有孕在身，干不得地里的活，婆婆就让儿媳妇在家里做饭、拾掇家，她自己随着男人、儿子在地里忙活。夏收夏种赶季节，农活集中，又是麦场上打麦，又是承包地里灌水、整田、薅秧苗，往地里担秧苗、插稻，十几天下来，纵是干起活来不怕苦累的王玉明也累得腰酸腿疼，一夜都歇不过来。王小飞更是累得浑身秃噜了一层皮。忙完了四亩多的承包地，紧接着就得忙大湖边上的那七八亩地。被农活累怯了的王小飞，此时巴不得老天下场倾盆大雨，大湖涨水，把那开荒地给淹了。

老天没有遂了王小飞的心愿，没下大雨，开荒地没被淹。风调雨顺，天平地安。他只有早起晚回地随着父亲去大湖边的开荒地里忙活。

这一日，中午的太阳犹如一颗大火球，悬在头顶，向大地倾泻着炽烈的光与热。天上没有一朵云，空气中没有一点风，整个大地似乎要燃烧起来了，变得火辣辣的。整个大湖就像病了似的，一副恹恹萎靡的景状。大湖里的芦苇、湖草都像是昏睡了似的，弯腰塌背，显出垂头丧气的样子，平常喜欢热闹的湖鸟也不知躲匿到什么地方去，没有了嘁嘁喳喳的鸣叫声和翻飞撩水的身影。鱼儿似乎也耐不了这么热的天气，躲在水下不敢露出水面，偶尔有条鱼儿露出水面，也是倏忽打个水花，又赶紧沉了下去。

王小飞正随着父亲在大湖边的开荒地里，顶着烈日往外背棒子秸，这时从远处开来一辆挎斗摩托车，停在了大堤上。就见从挎斗摩托车上下来一高一矮两个人，那两人手搭凉棚状看了一阵后，那个高个子又把手放在嘴边做成喇叭状，朝堤下大声叫道："王小飞，王小飞。"

王小飞听出来那叫喊声是董大壮的声音，便撂下身上的棒子秸，跟父亲说了一声，便朝大堤上跑去。王小飞来到大堤上，就见和董大壮站在一起的是一个梳着大背头的中年人。这个中年人气度不凡、衣着讲究，手腕上戴着明晃晃的手表，脚上穿着一双皮凉鞋，手里摇着一把大折叠扇。王小飞来到近前，董大壮就给他介绍那人道："这位是从南边来的曹老板。"董大壮又给那人介绍王小飞："这位是我的同学，也是一起长大的玩伴，王小飞。"

那曹老板听了董大壮的介绍，便说着"久仰，久仰"，朝王小飞伸过手来。王小飞忙把手放在自己衣裳上搓了搓，伸手跟曹老板握了握。招呼过后，董大壮就跟王小飞说，曹老板是南边盐城人，跟董大壮老丈人周厂长曾一起当过兵，是战友。如今盐城建了好些大厂子，厂子个个都需要煤。曹老板知道战友周厂长的家乡是产煤区，便打算做煤炭生意，从这边运煤过去，供应几个大厂用煤。曹老板来了好多天了，老丈人让董大壮骑上厂里的挎斗摩托车，带着曹老板去了周边几个煤矿考察了一番，又跟矿上的领导洽谈过了，双方都认为可以合作，这桩生意可做。

生意上的事谈妥了，唯一让曹老板犯难的是煤炭的运输问题。无论是租火车运输，还是租卡车运输，费用都太高了。曹老板算了一下，除去银行贷款、车辆运输费，拉到盐城的厂子里，赚的钱很少。如果想要减少运输成本，水上运输是最好的方法。可是这里没有可以装卸煤炭的码头和场地啊！眼见这桩洽谈好了的生意，因为运输上的问题要搁浅，这让曹老板很是郁闷和苦恼。

看到战友满怀一腔创业的热情奔自己而来，却因为运输的事将要失望而归，周厂长便跟战友说，现在搞运输的船好找，就是没有现成的码头可用，这煤炭生意要是打算长期做的话，能不能选一处离煤矿不远的大湖边上，自己建一个装卸煤的码头。到时候矿上运输队可以把煤运到码头，再从码头装船运走。曹老板觉得战友出的这个主意好是好，可是自己在这里人生地不熟的，怎样去找寻这样一个地方？自家女婿家就住在湖畔，于是周厂长便让女婿董大壮开着摩托车载着曹老板去选建码头的地点。

董大壮载着曹老板，在大湖边上来来回回跑了两天，最后看中了王小飞这块七八亩的开荒地。最让曹老板中意的是，这块地不只是大小合适，还比大湖沿高出了近两米，这样煤场码头也就不会轻易被淹。最重要的一点是，在这个地方建码头的话，不光距离本地几个煤矿不远，还离外省在这一方的几个煤矿也不远。也就是说，在这个地方建码头，东边有本地的几个煤矿，西边有外省的几个煤矿，这个地方就是周边几个煤矿的中心位置。这样一来，不光是从矿上往这里运煤方便，也给自己的生意留了余地。于是，董大壮和曹老板就来找王小飞了。

曹老板跟王小飞说让他放心，占用他的土地建码头、垫场地、建装船混凝土平台，这些投资曹老板来出。码头建好后，头一年，曹老板按往年这块土地全年的收益赔偿给王小飞。从第二年开始，曹老板不再赔偿占地费用，王小飞可以按一吨煤炭两块钱的价格，作为码头用地费用来收取。曹老板预估，一年能走四五趟煤。

王小飞就在心里盘算，每年走四五趟煤，每一回要走一千多吨，按两块钱一吨提钱的话，码头进四回煤就可收取八千多块的码头费，进五回煤的话，一年就有了万元的进项。算到这里，王小飞激动得心里怦怦直跳。这种激动在王小飞的心里只荡漾了一会儿，便被涌上来的疑虑冲散了。他觉得这份财气对自己来说不太真实，他觉得就是有天上掉馅饼的事，也不会那么巧就砸到自己头上。

曹老板似乎看出了王小飞的疑虑，便对王小飞说道："这事先不急，您先考虑考虑。如果您考虑好，觉得我们可以合作的话，到时候我们双方签个协议。等两天后，我和小董再来找您。”

董大壮就跟王小飞说道：“要是这事真能定下来，那可比种地强多了。你大那里不知怎么样，他们这个年龄的，看待土地重器，脑筋固执守旧，你好好跟他说这件事，即便老人不乐意，希望你别失了这次好机会。两天后我和曹老板再来找你定这件事。”

王小飞要留董大壮、曹老板吃中午饭，没留下。王小飞站在大堤上，望着远去的摩托车和车后卷起的尘埃，好一会儿才缓过心神来。

王小飞在地里没有把这事跟父亲说，回家后他先把这事告诉了媳妇何亚莉。何亚莉听后，也很是高兴，觉得这是一件大好事，便支持丈夫王小飞应下这事。有了媳妇的支持，王小飞心里也就有了底气。

儿子小飞在地里一直没跟自己说南平村董老歪的儿子董大壮从县城来湖堤上干什么，王玉明也便心里闷得慌。晚上吃过晚饭，饭桌前就只有爷儿俩的时候，王玉明就问儿子：“董老歪家儿子大老远地找你，有啥事？”

正想着怎样开口跟父亲说占地建码头这事的王小飞，见父亲先问起来，便平心静气地跟父亲把南方曹老板打算占用大湖边开荒地建码头的事说了。听儿子说要把大湖边上的开荒地改成装卸煤的码头，并且场地上还要垫上一层厚厚的煤矸石。正在板凳上坐着的王玉明，就像屁股上被钉子狠狠扎了一下似的，一下子站了起来，瞪圆了双眼，大声问儿子：“你说啥？把好好的地改成装卸煤炭的码头？还要垫上煤矸石？只要是吃粮食的庄稼人，谁会去干这等事，谁会答应这等事？”

王小飞便耐着心跟父亲说：“这不用搭力气，不用搭种子、肥料，只等着收钱的事，搁谁身上都会愿意的。况且人家出的价钱，要比种地收益高好些。”

王玉明就说道：“既然这事搁谁都会愿意，让他们找别人去吧，这样的好事咱不要。”

王小飞便说道：“人家不是就看中了咱这块地了吗？”

王玉明对儿子说道：“人家外人都看出来咱这块地是块宝地，你都没看出来？开荒这块地，咱下了多大的气力、流了多少汗，你忘了吗？要是没有这块地,咱家能有这般光景吗?儿子,你要是毁了这块地,那就是要败家啊!"

王小飞知道这块土地承载着父亲对好日月的无限向往和希望,父亲对这块开荒地倾注了很大的精力和气力,对这块土地怀有很深的感情。他小心地、慢声慢语地掰着指头,把种地一年的收入和码头一年的收入两下对比,算给父亲听。王玉明听罢,说道:"这笔账俺比你会算,你想过没有,这地里要是垫上煤矸石,那可是把地全给毁了。他们要是一干好多年还好说,这生意行市没准头,要是生意难做,他们干上个一年两年的拔腿跑了咋办?到那个时候,咱这垫了煤矸石的七八亩地还咋种?"

父亲的担忧,竟让王小飞也一时含糊起来。是啊!要是毁了土地建上码头,干个一年两年的不干了,那就太不合算了。到时候想要把土地恢复原貌,那可就要费大力气、费大劲了。王小飞又想到曹老板说过,事情定下来,双方是要签订协议的,于是王小飞就跟父亲说:"哪能呢,谁会大老远地跑咱们这里来,又花钱又费力地建个码头,干个一年两年就走的?事情定下来,咱是要跟他签订协议的。要是干个一年两年,这合同咱也不跟他签啊!"

王玉明固执地摇了摇手,对儿子说道:"这样的邪财咱不稀罕,这事甭再跟俺说了,门都没有。"说罢,气呼呼地走了出去。

2

两天后,董大壮开着挎斗摩托车,载着曹老板,找到王小飞,问占地建码头的事考虑得怎么样了。王小飞就把父亲对用地时间长短的担忧说了,却没有提父亲不让占地的固执。曹老板听罢,就问王小飞道:"咱们要是签订协议的话,签几年您才觉得合适和不担忧呢?"

王小飞就思忖了一下,说道:"起码也要三年吧。"

曹老板就说道:"那咱们就先签四年的协议怎么样?"

曹老板的干脆和爽气,让王小飞无话可说。董大壮从车里拿出写好的协议,递到了王小飞手里,说道:"这是曹老板写的协议书,你仔细看看,有什么不妥的地方,你们再商量更正。"

王小飞把协议书仔仔细细地看了两遍，协议书写的东西跟他们口头上商谈的基本一致，王小飞便没有犹豫，在协议书上签下了自己的名字，并在自己的名字上摁上了红手印。

王小飞把瞒着父亲跟人签下占地协议的事，说给了媳妇何亚莉。何亚莉听罢，便说道："谁不知道咱大把土地当成命根子看待？这占地毁地的事，他啥时候都不会同意的，除非你把一大沓钱摆在他面前。恁既然瞒着咱大跟人家签了协议，也就甭顾虑咱大气不气了，人总得守信用。到时候咱大闹腾的话，咱们一起劝他就是了。"何亚莉思虑了一下，接着说道，"恁提出要签三年，那曹老板一口说签四年，这人这么爽快，让俺总觉得心里有点不踏实。再就是，场地上垫煤矸石，那可不是小动静，到时候咱大能不知道？那时他在场地上闹死闹活地不让人家垫咋办？"

王小飞沉吟了片刻，说道："人家怕咱担心用地时间问题，俺说签三年，人家张口就是签四年。人家这样干脆，咱再磨磨唧唧，前怕狼后怕虎的，让人家怎么看咱？再说这曹老板是董大壮老岳父的战友，董大壮岳父是谁啊？人家可是县化肥厂的厂长，曹老板又是董大壮带来的，这样的关系、这样的人，容得咱有疑心，不容得咱不签啊！俺就认了，是黑是红，是输是赢，俺就赌一把了。至于咱大那里，俺再想想办法。"

何亚莉便说道："既然跟人家签了协议，也就没退路了，恁也就甭顾虑这顾虑那了，无论前面是风是雨，俺都陪着你。"

王小飞很是感动，一把揽住媳妇，轻轻拍了拍。

为了能顺利地在大湖边的开荒地垫上煤矸石，王小飞决定瞒住父亲。他跟曹老板说了父亲的固执，并跟曹老板商量，湖边地上垫煤矸石，能不能晚上垫。待一夜垫好，即便父亲知道了，也已经是生米煮成了熟饭，父亲没办法阻拦了。曹老板便有点担忧，说："晚上垫场地这事，我可以和矿上协调，只是过后老爷子生起气来，气得有个好坏，那可怎么办？"

王小飞听得出曹老板是在探自己的态度，于是他想了想，说道："俺大虽然固执，却不是个糊涂人。没事，有啥事俺顶着。"

化肥厂是县里的明星企业，周厂长在县工矿企业界人脉广、认识的人多，帮战友跟矿上协调一下晚上运送煤矸石，也就一个电话的事。于是，矿上的运输车队出动多辆汽车，外加两辆推土机，一夜的工夫，连垫加平整，一个码头装卸场地便竣工了。

何亚莉知道丈夫瞒着公公垫了大湖边的土地，公公一定不会善罢甘休，于是，第二天，她便不顾丈夫王小飞的劝说，和丈夫一起去了大湖边的场地。

知道儿子瞒着自己把大湖边的开荒地毁了的王玉明来到大湖边。眼见耗费了他很大气力和汗水开垦出来的七八亩良田，一夜之间全覆上了煤矸石，不见了一丝土影，他疯了一样，一边嘴里咒骂着儿子王小飞，一边两手扒着地上的煤矸石，任儿媳何亚莉怎样劝都劝不住。他扒开厚厚的一层煤矸石，从下面挖出一抔泥土，他双手捧着那把泥土，竟泪水横流"嗯嗯"哭出声来。王小飞见父亲这个样子，心里也不好受。王小飞来到父亲面前，劝慰父亲："大，虽然咱地没了，场地却是咱的，往后咱不用在这块地上费力劳神的，也照样挣钱，占地协议签了四年呢。"

王玉明看见儿子就像见了仇人似的，他站起身来，甩开胳膊，照儿子脸上就是狠狠一耳光。见公公还要追打丈夫，大着肚子的何亚莉便拦在了公公前面，对公公说道："大，这不怨小飞，是俺给他出的主意，恁要打就打俺吧。"

儿媳妇大着个肚子拦在自己前面，王玉明纵是再怒再恨再气，也不能伸手去推儿媳啊！王玉明恨恨地跺了一下脚，转过身去，抹着泪向大堤上走去。

王小飞捂着被父亲打红了的脸，来到媳妇何亚莉跟前，说道："谢谢媳妇，救命之恩定当厚报。"

何亚莉就说道："恁好好干吧，干好了啥都好说，干不好，地也毁了，收益没了，大怕是一辈子跟恁都算不了完，恁信不信？"

王小飞忙说道："俺信，俺信，这话俺信。"

煤场垫好、平整好，王小飞带着曹老板、董大壮又一起找到马二民，让马二民帮忙修建码头装卸平台。好在装卸平台简单，施工量不大,待曹老板、王小飞备好了修建装卸平台所需要的沙子、石子、水泥、钢筋后，马二民便从建筑队抽派了五六个工人去了大湖边码头场地，只一天的工夫,便建好了装卸平台。

码头场地上的装卸平台建好后,需要召集一班人在码头上卸煤装煤,曹老板便让王小飞帮忙,到村里找人来码头干装卸工。码头上装卸需要的人多,什么人能干,什么人不能干,挨家挨户去问不是个事,不挨家挨户去问又不好找,没经过事的王小飞犯了难。父亲因为毁地的事一直不理儿子、恨着儿子,让父亲给自己出主意帮忙根本不可能。妻子何亚莉便出主意,让丈夫王小飞去找老队长王巨才帮忙。晚上,王小飞买了两包烟、两瓶酒,去了老队长王巨才家里。

王小飞来到老队长王巨才家里,王巨才正躺在床上抱着收音机听梆子戏。他见王小飞带着两包烟、两瓶酒来家里,知道是有事情找他,便关了收音机,坐起身来,说道:“小飞,这烟酒我就不收了,说吧,啥事?”

王小飞就说道:“大爷,俺大湖边上的开荒地不是给人当运煤码头了吗,人家码头卸车装船需要人手,让俺帮忙找人。俺一个小年轻,哪办过这样召唤人的事,大爷恁是老队长,威望高,有号召力,所以俺就来求大爷恁来了。”

王小飞也算是王巨才看着长大的,王小飞的脾性全不像他父亲王玉明。王玉明在庄稼人中虽然比一般汉子精明，可是他本性善良、勤劳,除了把力气、心思都用在土地上,从不问闲事、不惹事。王小飞可就不同了,从小就不是个省油的灯,跟马二民、郑有礼的儿子郑团结三人抱团结伙、打架戳事,天不怕地不怕。王巨才虽然对这三个孩子没有好感,但以他人生的阅历和他识人认人的眼力,他在心里也不得不承认,越是从小调皮捣蛋的孩子，长大后多是会比一般的老实孩子有出息。郑有礼老实一辈子,儿子郑团结从小不省心,可人家考上了大学;马二民更不用说了,是他们三人中的头,脾气硬、有心计,好心眼、坏心眼都有,这不从一个草头王建筑队的领班,成了乡建筑队的队长。王小飞居然瞒了父亲,毁了自家的湖边地,给外人整成了装卸码头,这小子大胆啊！谁能说得准,这不是随着郑团结和马二民的发达也要起势的前兆啊！从王小飞说话做事的圆滑上，王巨才意识到，这帮小子大了，要冒泡了，往后真是不能小瞧他们了。

王巨才点上一支烟，吸了两口，说道："那天恁大见了俺，啪嗒啪嗒掉泪，怨你毁了地。俺就说他，现在孩子大了，又碰上了这个年代，能闯就让孩子闯闯，不能用老脑筋看问题了，也甭担心孩子不成事，人烟一茬茬，自会是一辈更比一辈强。"

王小飞就赔着笑脸，说道："谢谢大爷劝慰俺大。俺还年轻，经事少，见识薄，好些事上还必须向恁这样德高望重、见多识广的老辈人学习请教。"

王巨才说道："本来俺这个岁数了，闲事能不啰啰就不啰啰了，你小飞来了，咱又是一家子，外人的事俺可以不问，咱本族人的事俺不能不问。找人去码头干活的事，不是难事。现在村上闲人不少，强壮劳力却不多。年轻力壮的都让二民招去干建筑队了，剩下的净是些年龄大的，还有妇女，不知道外地老板允不允妇女去码头干活。"

王小飞想了想，说："外地老板倒没说这些。"

王巨才便说道："毛主席都说了，妇女能顶半边天。俺觉得，只要能干肯干，分啥男女？能让咱村上能干的妇女去码头干活挣钱，这是好事一桩。男男女女都有活干，都能挣钱，日子好过了、富裕了，人们还不都感念你啊！"

王小飞觉得王巨才说得有道理，便说："大爷说得在理，咱不妨就先紧着男劳力收，男劳力不够的话，咱再招些妇女。"

第二天一早，老队长王巨才就在村委会大喇叭上，把王小飞码头招人干活的事喊了出来。条件是不限男女，年龄只要不超过五十五岁，肯出力干活就行。至于报酬，多劳多得，少劳少得，按装卸煤炭吨数的多少计算。

王巨才在喇叭上喊了两遍，第三遍还没有喊完，村委会大院里就接二连三地来了好些妇女和男劳力，来找王巨才报名。不到一顿饭的工夫，就招下了三十多个人。

曹老板见王小飞招好了装卸工，便对王小飞说，他要去矿上买煤，联系车辆装煤、过磅，还要联系运送煤炭的大船，他没有工夫天天在码头给装卸工人记工算账。他让王小飞管理装卸工这一块，装卸工人的工钱，他支个总数直接给王小飞一人，至于每个人干多少天、挣多少钱，让王小飞去算去下发。还有在和曹老板签订的协议上，码头上需建两三间房子，作为码头办公室使用，还要支上锅灶、搭个大凉棚。锅灶是给装卸工人烧水馏饭用，凉棚是存放码头上用的铁锨、车子。这些事情及费用都是由王小飞负责。

虽然码头刚一建好，曹老板就把下半年占用土地的钱给了王小飞，但为了缓解一下父亲对自己的恨意和怨气，这些钱王小飞一分没留，都给了父亲。码头上要建房，王小飞手头没钱，反正大湖里芦苇、湖草多，他便拉了些竹篙、木棒，从湖里割了些苇子、湖草，找人搭起了凉棚和一个大草庵子，暂且当作码头的办公场所，等手上有了钱，再在码头上盖屋建房。

3

"拧筋头"王金昌也报名去了码头干装卸工。

过去在生产队时，王金昌干啥啥不行，出工干活能拿四两决不拿半斤，即便是和人拿根柴草棒也要掂量掂量哪头轻、哪头重。干活不行还偏偏不让人说，谁说他，他就拧着脖子跟人辩理抬杠，他是社员里边难缠的主。以前一起吃大锅饭混日子，好歹大家不跟他一般见识，他也能过得自在；如今土地承包，砸了大锅饭，没了大集体，王金昌也没了好日子。像他一般年龄的都娶了媳妇、成了家，不是去窑厂，就是去了建筑队。他却因为又懒、又滑、又"拧筋头"，名声不好，三十多岁的人了，连个媳妇的影子都没见着，到哪里干活，哪里都不要他这号人。

本来王小飞也是不打算要他的，王巨才却跟他说："王金昌光棍一条，干啥啥不行，别的地方没人要他做工。可他毕竟是本家，兴外人笑话他，不兴咱们本家笑话他；兴外人不收他做工，不兴咱们本家不收他。再咋说他也是个劳力，就算照顾他一下，也要收下他。"

王巨才既然这样说了，王小飞也不好拒他的面子，也就收下了王金昌。

码头开始正式运行了。一车车的煤炭拉到了码头场地,有时运煤车往大湖边煤场上拉煤,会一直持续到晚上。来煤场码头装卸的劳力们,或五人一车,或六人一车,爬到运煤的汽车上,操锨卸煤,也会忙到天昏地黑。

曹老板从矿上进好了煤,就联系运煤的船。因为路程远、煤炭量大,一般的帆船、木船、小船不能运送,所以要找几条刚刚时兴的、装有动力柴油机的水泥船或者铁壳船。这样承载量大、装有动力机械的船刚刚时兴,价格贵,能买得起的家户很少,一时要找到四五条这样做长途运输的船,不是一天两天能找齐的,还是要费些工夫的。周厂长就让女婿董大壮开车拉着战友曹老板,在各处湖沿上找寻做长途运输生意的大船。

煤场码头上有煤堆、铁锨、车子、锅灶,晚上要有人看守。王金昌光棍一条,适合看守煤场码头,王小飞便找到王金昌,说了想让他晚上看护码头的事,当然也给他说了晚上看护码头不是白看的,是要给他发工钱的。王金昌一是感念王小飞能让自己来码头干活挣钱,二是让自己晚上留守码头看护煤场,又多挣了一份钱,他认为这是王小飞在关照自己,于是他很爽快地应下了这件事。

几天后,曹老板找下了五只安装有柴油机的大船。五只大船泊在大湖边的码头上,依次装煤。一是曹老板和船老板催得紧,二是早就说好了的,装好船后曹老板连同从汽车上卸煤的工钱加上装船的工钱,全部付清。东洼村三十多号男男女女,嘁嘁喳喳、热热闹闹,围着十几辆铁皮焊就的地排车,挥舞着铁锨,把场地上的煤装到铁皮地排车上,再推上码头平台倒进船舱里。尽管从早干到黑,一天下来被弄得满身煤尘、满脸黑灰,腰酸腿痛,可没有一个人喊苦叫累。就连"拧筋头"王金昌也不嫌苦累,驾起地排车来弓腰塌背、大步流星。

庄稼人挣钱难,挣钱的门路少。建筑队、窑厂招的都是肯干力壮的年轻人,因为人数的限定,即便你年轻有力气,这两处地方也不是随便能进去的。男劳力们都用不完,都寻不到挣钱的门路,更不要说妇女了，年纪轻轻无所事事，也实在是无趣、无聊。早先在生产队大集体的时候，男女一样出工，一样挣工分。如今土地承包，没了生产队大集体，忙活罢承包地，男劳力出去挣钱，妇女们却闲在家里无事可做，早先的半边天一下变成了家里闲，心里也便不甘。可挣钱的去处实在太少，心不甘又有什么用呢？如今这个码头又让妇女们过上了热火朝天的集体生活，并且让妇女们有了活干、有了钱挣。

这码头上的活又脏又累，那还不是一般人能干得上的呢。过去在生产队时，没早没晚地忙活一年，生产队年底才结算工分，少数户家能领到十块二十块的钱，更多的户家要透支工分。现在码头上干罢活就能领到工钱，很是让人们满意和珍惜了。人们坚信勤劳致富这句话是实在话，庄稼人只有勤劳挣钱，才能过上好日子。能和男人们一样挣钱，很是让妇女们满足了，脏点累点又算得上什么呢？东洼村的男男女女们，在码头上干得心情畅快，干得带劲。就连曹老板也对他们竖大拇指，夸他们干得好、干得快。

王小飞则掌管整个码头的运行，指挥装卸工们卸车装船，并给装卸工们记工、计算工钱。

停泊在大湖边码头的五只船，要一只船一只船地装，装卸的人们起早走晚，一天紧赶慢赶也只能装好一船煤。这五只船要全部装好，曹老板随船一起走，所以先装好了煤的船就靠到一边，等待后面的船装煤。

做水上长途运输的大船，跟陆上跑长途汽车一样，要两个人才行。一是两个人可以替换着驾驶，以防疲劳；二是途中有什么状况，两人有个帮手、有个商量。这五只大船当中，有一只船上虽说也是两人，却是一个大人和一个小孩子，而且这个大人还是个女的。这女的三十多岁的模样，中等个头，许是长年经风历雨、在船上生活的缘故，圆圆的脸有些黑，但这丝毫不影响她俊秀的面庞。虽然身材有些胖，但她行动起来却很灵巧，只是那双大而水灵的双目里，时常透出忧郁，让人看了会禁不住生出一丝怜惜来。

一个女人带着个五六岁大小的女孩开船跑长途，人们也感到疑惑。从曹老板那里人们知道，这女的和自家男人在水上跑短途运输多年，一年前，为了能多挣钱，他们卖了自家小船，又东借西借了不少钱，买下一只装了柴油机的动力大船，跑长途水运。几趟长途跑下来，可观的运费收益让他们尝到了甜头，也让他们两口子精神振奋、干劲倍增。哪知“天有不测风云，人有旦夕祸福”，正当两口子满怀期望往好日子奔时，几个月前，丈夫突然犯急症去世了。男人的离去，对于这个上有年老的公婆、下有不懂事的孩子的家庭，无异于塌了天。老人、孩子，还有欠账，全部压在了这个女人身上。有人就劝女人把船卖掉还账，女人也想过卖船，可是又一想，船一卖就要折钱不说，卖掉船后，自己一个女人家，靠什么去养活一家老小啊！自己随丈夫跑长途水运，早已学会了驾驶机动船，与其把船卖掉，不如自己跑长途水运。一个人驾船虽然辛苦，但也总比卖掉船一家人过辛苦日子好。于是她打消了卖船的念头，带着六岁的女儿，一个人驾船跑水上长途运输。见这女人一个人带着个小孩子跑船，曹老板本不打算用她这只船的，可一是跑长途运输的大船难找，二是可怜她们孤儿寡母的不容易，再加上这女人的恳求，曹老板便定下了她的船。

这女人的船是第一个装好煤的，她要把自家的船锚在码头岸边，等候后面的船都装好了煤再一起走。也就是说，她的船还要在码头等上四天才能起锚走船。小孩子贪玩、爱热闹，见码头上往大船上装煤的男男女女那么多人，便拉着母亲下船去码头场地上看热闹。对母女俩的境况和遭遇，人们都心怀恻隐之心，加上小女孩伶俐可爱，这对母女便很快跟人们熟络起来。人们也就知道了这女的叫麦香，女儿叫玉玉。小玉玉讨人喜爱，有从家里带来好饭菜的，也会拨一些给小玉玉吃，母亲麦香也便教女儿叫姨姨、大爷。

码头上打了一口压水井，水自然是比大湖的水清澈干净，这几只船上的人，做饭烧水都是下船在码头的压水井上取水。船上空间有限，烧水做饭多是用煤油炉或者煤炉子，有的船上的人为了节省自己的煤油或者煤炭，便凑空用码头上的大锅烧水，然后灌上几个热水壶提到船上。王金昌对这样的做法，打心里是很不乐意的，因为烧水用的柴火是他割的苇草。虽然大湖边的荒地里多的是苇草，可那也是要一把一把、一镰一镰地割倒晒干,再一捆一捆地背到灶房里来的。王金昌尽管心里不悦,但碍于王小飞码头上的生意,也不好说什么。

对于麦香、小玉玉这对母女,王金昌也和大家一样,对她们心存同情和怜悯。他倒是巴望她们来灶房里烧水,可是麦香一回也没来过灶房烧水。王金昌有心叫麦香来烧水,可碍于人家是个寡妇,自己是个光棍,码头上又那么多的人,引起闲言碎语可就不好了,那样的话,自己更是难说媳妇。他一这样想,也就打消了叫麦香来灶房烧水的心思。

王金昌碍着人多不敢去做的事,不代表人少时他也不敢去做。凑装船的人们收了工都回了家去, 码头上只剩下他一人守护的时候,他便在吃罢晚饭后,在大锅里烧上半锅开水,用铁桶盛了,提着去麦香的船头,吆喝玉玉。麦香听到有人叫女儿,也就从船舱出来看个究竟。王金昌便把水桶递上去,说是自己烧多了开水,一人用不了,倒掉又可惜,就给她们提来了。麦香信了王金昌,也便连忙称谢,接过王金昌递来的水桶,把热水倒进自家的水壶里。

第二天晚上,王金昌还是烧了开水,盛到桶里,给麦香送了过去。不过这一次王金昌没说自己烧多了水,舍不得倒掉又送来的,而是什么都没说,直接把麦香叫出来,把水桶递了过去。两人像是有种默契似的,麦香也什么都没问,道声谢,就接过了水桶。王金昌为麦香烧水送水,一直到船要启程的那一天。在第二天大船就要启程的那天晚上,王金昌从压水井上,一桶一桶帮麦香灌满了船上的两只大塑料桶,以备路上烧水做饭用;又给麦香烧了开水,在递给麦香水桶时,随手又递上了两包饼干。饼干是稀罕物,一般人无是无非地没谁舍得买这东西吃,麦香就推拒不要饼干,王金昌就说:“船一起锚,在水上没个十天半月的怕是靠不了港,水上难买东西,这两包饼干是给玉玉的,往后恁少来不了这个码头,咱们时间长着呢,恁也甭客气了。”

听王金昌这样说,麦香也就默默接过了饼干。

第二天一大早,五只船便起锚上路了。王金昌站在码头上,一直目送麦香的船驶出好远,方才惘然若失地转回身。

第十七章

1

郑团结大学毕业，被分配到了卫县物资局，当了一名秘书。

物资局是个让人眼馋的单位，大到钢材、煤炭、机电，小到盖房用的木材、水泥、钢筋、玻璃，家用的蜂窝煤、罩子灯、煤油等，都要通过物资局才能获得。好些东西有钱也不一定能买到，还要排队、凭票、托关系、走后门。这样的单位不是一般人想进就能进的，农民的儿子郑团结，一没背景，二没靠山，能被分配到这样好的单位，全是仗了社会上大学生稀罕。

刚分到单位，一切要从头学起。为了能尽快熟悉业务、进入角色，郑团结认真学习有关的业务知识，虚心向老同志请教，成天忙得不可开交，即便是星期天他也很少回家。即使回东洼村老家一趟，也是来去匆忙，在家停留的时间短暂。郑团结去见马二民，马二民去了建筑工地；去找王小飞，王小飞去了湖边码头，三个人总聚不到一起。郑团结听说了谷薇薇从外地跑回来的事，也很是想跟二民他们见上一面，便让父亲转告马二民和王小飞，让他们抽个时间带上谷薇薇去县城找他，他们几个好好聚一聚。晚上，郑有礼便凑马二民、王小飞他们都在家，把儿子郑团结的话传给了他们。

郑团结被分配到了家乡县城的好单位，作为从小一起长大的好朋友，王小飞和马二民觉得实在是该一起庆贺一下。再加上三个人好久没见面了，王小飞就跟马二民商量，凑空和谷薇薇他们三人去县城一趟。王小飞码头上有时间。马二民建筑队承建的煤矿上的工人住房楼，一切都走上了正轨，砌墙的有瓦工班长领着，钢筋工有钢筋工班长领着，马二民把施工任务分派下去，把技术要求讲清楚，他抽出一天的时间还是没问题的。

这天是个星期天，马二民、谷薇薇、王小飞三人吃过早饭，便搭上去县城的汽车，去找郑团结。

三人坐车来到县城，下了汽车便去了县物资局。三人来到物资局，便到门卫室里打问郑团结。门卫问过他们的来意，便一边夸这个新来单位的姓郑的年轻人事业心强、有上进心，别人星期天都不上班，他却一个人在办公室忙活，一边站在大院里，仰着脸对着办公楼，高喉咙、大嗓门地叫喊了两遍："小郑秘书，恁家里人来找。"

听到叫喊声的郑团结从办公室出来，低头朝楼下看，见是马二民、王小飞、谷薇薇在下面，便忙跑下楼来。郑团结走到三人面前，先是对谷薇薇说了句："谷薇薇，二民终于还是把你盼来了。"

谷薇薇便抿嘴笑了笑，说："祝贺你大学毕业，分配了工作。"

郑团结看了看手腕上的手表，说道："时间还早，走，去楼上办公室里坐坐。"说罢，便带着三人上了楼。

几个人进了屋里，郑团结一边让座，一边忙着泡茶倒水。待坐定后，郑团结便对谷薇薇说："听家里人说，你这几年在外受了不少苦。本来我不想提及让人感伤的事，可是我跟小飞两人是深度介入了你和二民两人的事的，没有你在的这几年，二民的日子不好过，二民的心事也只有我和小飞两人能体会理解。我们和二民是最好的朋友，你跟二民两人又是如此坚贞，对于你，小飞和我不只是把你当同学看待，也把你当成朋友看待。如今好了，苦尽甘来，有情人终成眷属。二民算是事业有成，小飞也算是跨入了生意行，前途光明、未来可期。现在政策好了，趁着咱们都正年轻，在不同的岗位上好好闯一闯。"

提到二民和谷薇薇两人的事,一直没机会给谷薇薇说这事的王小飞就说了当时他和二民、郑团结三人,为了解救被父母困在家里的谷薇薇,曾谋划过凿墙挖洞。他也说了马二民、谷薇薇他们二人在夏丽萍暗中帮助下,合计夜里一起私奔的那天晚上,三人如何蹲在墙角守到半夜,如何功亏一篑,被谷薇薇父亲发觉,二民肩膀上挨了谷薇薇父亲狠狠的一棍子;在谷薇薇被外地人拉走后,二民是如何陷在痛苦和悲伤中不能自拔,如何一人独自出去一个多月,去寻找谷薇薇;还有二民如何常常捧着谷薇薇当年给二民留下的那绺头发,诉说衷肠。

马二民曾一个人出去找寻谷薇薇一个多月,和他常常对着谷薇薇的头发诉说心里话的事,马二民从没跟谷薇薇说起过,她是从王小飞口中头一回听说。谷薇薇眼含泪花,直直地瞧着马二民,没有说话,只是轻轻拭去眼角的泪花。其实,此时此刻,谷薇薇心里有好多知心话想要说给马二民听,可是当着郑团结、王小飞两人的面,哪好意思说出口?她要说的话,只能在属于他们两个人的空间里,只能说给马二民一个人听。

马二民便摆了下手说道:“都过去的事了,甭提了。”接着他问了郑团结工作的情况,又把他在建筑队的状况和王小飞在煤场码头上的情况,给郑团结说了一下。提到王小飞的煤场码头,自然也就扯上了董大壮。王小飞便给郑团结说了,董大壮如何带着南方做煤炭生意的曹老板看中了自家大湖边那块开荒地,并找到自己,商量修建煤场码头。王小飞又说了自己跟父亲在大湖边种早棒子、早西瓜时,董大壮曾帮助自己销过西瓜。马二民也说了他和王小飞曾来县城请董大壮吃饭的事。

郑团结听罢,也便感慨道:“这还真是不打不相识呢,没想到居然还能和咱们仨曾经的恶敌成为朋友。我考上大学时,董大壮也曾到我家里道贺,牛皮吹得轰轰的,当时咱们对他都很反感。”

马二民说道:“士别三日,当刮目相看。董大壮如今是化肥厂厂长的女婿、供应科的经理,说话做事比过去稳重多了。”接着问郑团结道:“恁来县城后还没见过董大壮吧?”

郑团结就说道:“我来县城时间短,成天忙得团团转,哪顾得上这样的事？今天咱不妨也叫上他？”

马二民、王小飞二人表示赞同。听说县城的牛二牛肉馆很有名,几个人就把中午吃饭的地方定在了牛二牛肉馆。

郑团结拿起桌上的电话,找到化肥厂的电话打了过去。电话转到化肥厂供应科,郑团结和董大壮通了电话,说了自己大学毕业刚分配到县城,马二民、王小飞、谷薇薇三人来县城看自己了,问他中午有没有时间一起吃饭。董大壮听后,爽快地答应下来。郑团结就告诉了他中午吃饭的地点是牛二牛肉馆。

中午,几个人来到牛二牛肉馆,不一会儿,董大壮和妻子周晓丽也如约而至。一番客气招呼过后,几个人便坐了下来。董大壮抱怨郑团结都来县城好些天了,也不跟他联系。郑团结也就说刚分到单位,各方面都要熟悉学习,实在忙得很,从分配单位到现在,他也是跟二民、小飞头一次见面,还是他们从老家赶来县城见面的。周晓丽在一旁就说道:“您跟大壮是亲同学,又是亲老乡,往后在一个县城里混,有什么事尽管找他。大壮虽然权力不大,可认识人多,路子也宽,如果用得着他,就你们这关系,他还是能帮得上的。”

郑团结便客气道:“一定,一定。我初来乍到,各方面还要靠大壮和您多帮助。”

此刻的周晓丽说话行事,全不像马二民、王小飞他们那次来县城请董大壮吃饭时的情形。对比上次见到的那个傲慢无礼和对农村人鄙视的周晓丽,眼前的这个周晓丽热情大方、平易蔼然,像是换了一个人似的。

待酒上桌、菜上齐,除了谷薇薇一人外,马二民、郑团结、王小飞、董大壮、周晓丽五个人觥筹交错、推杯换盏,一阵子下来,两瓶酒快下去了。一旁的谷薇薇就劝几个人少喝点。周晓丽便对谷薇薇笑了笑,说道:“没听说过‘酒逢知己千杯少’吗？现在县城酒桌上正流行这样几句话,会喝一两的喝二两,这样朋友够豪爽!会喝二两的喝五两,这样同志心敞亮！会喝半斤的喝一斤,这样哥们最贴心！”并端起酒杯敬郑团结道："您青年才俊，又是热门单位，前途无量。今儿我跟大壮陪你喝一斤。"

郑团结说道："最贴心，对咱们几个来说，根本不必说。我倒是希望咱们喝个不靠前不靠后，喝个心敞亮为好。"说罢对周晓丽说了声"谢谢嫂夫人"，然后仰脸干了杯中酒。

几个人一边叙旧说新，一边把酒互敬，两轮下来，几个人都有些微醉了。谷薇薇就劝几个人别喝高了。周晓丽就对几个人说道："人在世上走，不能离了酒；人在世上飘，哪能不喝高。我一个弱女子都不打怯，难道你们几个大老爷们打怯了？"

又过了一阵子，郑团结、马二民、王小飞、董大壮都显了醉态，唯独周晓丽神态从容，一如寻常。再喝下去怕就真喝高了，马二民便说："俺看咱们几个酒喝足了，饭也吃饱了。"然后竖起拇指对着周晓丽说道："嫂夫人海量，佩服，今儿恁欠点酒就欠点吧，咱们来日方长。我和小飞、谷薇薇还要坐车回家，天下没有不散的宴席，今儿就此打住，来日哥几个再聚吧。"

见吃喝得也真是差不多了，马二民又这样说，周晓丽就用胳膊肘捣了一下身边的董大壮，说："还傻坐着，还不赶紧结账去？"

见董大壮站起身来要去柜台结账，郑团结也便争着要去，一旁的马二民叫住二人，说道："恁们两人不要争了，今儿算俺的，俺已经结过账了。"

董大壮、郑团结两人听罢，便说："你们来县城看我们，说什么也不能让你们掏钱啊！那算什么了？"

马二民就说道："团结大学毕业刚分配工作，工资还没摸到一分，这顿饭不能算他的；大壮虽然是经理，手下未必有俺的人马多，俺手下有四五十口子，恁有那么多吗？"

董大壮就笑着说："没你人多，我手下只有五个人。"

马二民又对董大壮说道："恁和嫂夫人二人是双职工，俺跟薇薇两人也算双职工。俺是乡建筑大队大队长，工资拿的是两个工人的工资，年底乡建筑公司还有资金奖励。薇薇也是建筑工人，也挣工资，建筑工辛苦是辛苦了点，可是挣钱也多啊！算一算的话，恁和嫂夫人两人的工资未必比俺和薇薇的多。再说小飞能成为码头老板，也全赖恁的引荐和帮助，今儿这顿饭，也算俺替小飞答谢恁了。咱们就不要再客气了，再客气就显得薄气了。”

见董大壮还要说什么，郑团结也就说道：“既然二民这样说了，今天就算二民的，咱们不要再争了。二民不是说了吗，来日方长，有的是机会结账。”

郑团结这样说，董大壮就不再争持，周晓丽却是一副不好意思的样子说：“您看这事闹的，您看这算什么事……”

回家的路上，王小飞就对马二民说：“大壮媳妇能喝能说不简单哈，今儿场面上表现还不错，也算是给董大壮壮了脸面。”

马二民便说道：“这周晓丽有主见、很自信，也很傲气。她这种女人是根本瞧不起平庸的人的，像她这样在县城如鱼得水的女人，父亲又是大厂厂长，那种心气、那种优越感，她是打心里瞧不起农村人的。咱跟她头一回在化肥厂见面就是很好的证明。今天她能放下身段随董大壮来跟咱们套近乎、喝大酒，也很是能证明这个女人的势利。如果郑团结不是大学生，不是分配到物资局这样好的单位，如果我还是领着十几个人的土建筑队小领班，如果你还是那个种棒子、种西瓜，还在求董大壮帮忙卖西瓜的王小飞，她会来吗？怕是不光她不会来，她也不会让董大壮来的。”

王小飞想了想，点了点头说：“恁这话俺信。”

马二民说道：“要想让她这种人瞧得起咱们农村人，甚至服气咱们农村人，唯一的办法就是强大自己，干出一番轰轰烈烈的事业，让事实来证明咱们一丁点儿都不比他们差。”

王小飞就紧抿着嘴，攥着拳头，用力晃了两晃。

2

王小飞的煤场码头地面大、地势高，场地上不光垫了煤矸石，还修建了装卸平台，在大湖西岸一溜湖沿，是唯一的一个装卸码头。随着时间的推移,知道这个装卸码头的人多了起来,前来商谈借用码头的人也多了起来。曹老板装运一次煤,来回要一个多月的时间,在这一个多月的空档里,王小飞也便在装卸码头接待一些别的客户,比如船运的木材、石头、棉包等物资,以此收取一些场地费。这样王小飞不光自己增加了进项,连带着一班码头上装卸的工人也不断活干、不断钱挣。

本来码头场地上装完煤、走了船,场地上便没有要看护的煤了,也就不需要王金昌守在码头了。但码头上又接收了别的客户,这些客户卸下的货物,或者要装船的货物,一时半会拉不走,装不了船,放在煤场上,也需要人看护。正好码头上有这样一个能日夜看守的人,这些客户也便拿出一些钱来作为酬劳给王金昌,让他帮忙看护一下自己的货物。白天干装卸挣钱,夜里帮人看守货物挣钱,这白天黑夜都能挣钱的好事,使得光棍一条的王金昌很是乐意守在码头上。

曹老板是一个月后又来码头场地进煤的。这一次曹老板带来了两个朋友,说是也想做煤炭生意。不过他们不像曹老板那样有实力,一趟下来都是上千吨煤,净做大厂生意;他们做的话,也就是一趟二三百吨的生意,是给当地乡镇企业供应煤。他们这次跟曹老板过来,是先熟悉一下情况。码头上多一个客户,就多一桩生意,王小飞在感谢曹老板帮自己揽生意的同时,也对他们竭尽地主之谊。为了方便他们去矿上谈生意进煤,王小飞专门去乡政府大街上给他们租了一辆农用三轮车。

曹老板带着两位朋友,坐着王小飞帮他们租来的农用三轮车,矿上、码头两边跑,一阵忙活后,码头场地进齐了煤。往南边运送煤炭的船,还是上次那五只跑水上长途运输的机动大船。曹老板的煤场进好了煤,又带着两位朋友结识这边帮忙买煤的朋友。多条朋友多条路,曹老板又带两位朋友去县城拜访了战友周厂长。两天后,他们才在码头上装煤。

这两天曹老板带着两位朋友串煤矿、见朋友,没顾得上装船。船锚在码头无事,另几只船上有自行车,船上的人也便骑了自行车去赶集上店，或买些食品蔬菜、日用品，或去玩耍看热闹。麦香没有自行车，只能带着女儿玉玉在场地上，或者去大堤上转悠转悠、玩一玩。一个月没见，小玉玉见到王金昌就像见到亲人一样，很是亲热。王金昌也很喜欢小玉玉，便在场地上或是逗她玩，或是领着小玉玉在水边看飞鸟、去地里摘野花。

王小飞在码头上给王金昌放了一辆旧自行车，以备码头上有什么事，也好让王金昌及时去家里叫自己。一般来说，船一靠岸，船上的人都会上岸赶集，备些米面蔬菜什么的，因为是跑长途水运，一旦装好船，起锚上路，在水路上一走就是十天半月的，不备下一路吃的用的怎么能行？

麦香不去集市备吃的用的，王金昌以为麦香是没有自行车才不去的，便让她骑码头上的自行车去赶集。麦香就说自己不会骑自行车，码头离集市又远，船上还有些吃用的东西，还能将就，就不去了。王金昌想到麦香不是不想备吃的用的东西，她是宁愿艰苦一些，对自己苛刻一些，能省则省，能少花钱就少花钱。

第二天，王金昌说是要骑自行车到家里一趟，取些东西在码头上用，让麦香帮着他看守一下码头，麦香应下。小玉玉见王金昌要骑自行车回家取东西，便缠着要坐自行车随王金昌去玩，麦香不让，小玉玉就撒泼哭闹。王金昌对麦香说："让孩子去吧，俺到家一会儿就回来了，耽搁不了多长时间。"麦香也就同意了女儿玉玉跟王金昌回家。

王金昌骑着自行车从家里回到码头，前面车杠上坐着小玉玉，小玉玉怀里抱着一包糖果，后面车座上驮了半袋面、半袋米，还有猪肉、蔬菜。待扎稳自行车，抱下小玉玉，王金昌从后座上取下米面、猪肉、蔬菜递给麦香，说："这是俺家打的米面，还有俺给恁买了点猪肉和青菜，拿去放船上吃。"

麦香摆着手说什么都不肯收，说："恁给孩子买的糖果俺要了，恁这些东西说什么俺也不能要。"

王金昌就一把扯过麦香的胳膊，把东西塞到她手上，说道："这是俺专门回家给恁去操办的，赶紧接过去，拉拉扯扯地让人看到不好。恁要不接过去,俺就大张旗鼓地送到恁船上去了哈。”

见王金昌这样说,麦香便不再相持,接过了王金昌递过来的东西。

五只船还是按上回的次序装煤,麦香的船还是第一个上货。麦香的船装好煤炭,便靠在湖边等另几只船装煤。在麦香等待另几只船装煤的几天里,王金昌依旧像前一回码头装煤一样,在晚上烧好一桶热水送给麦香。

几只船装好了煤、起锚上路那日,王金昌一大早便起来站在船头送麦香开船起航。小玉玉朝王金昌招着小手,大声说:“王叔叔再见,俺会想恁的。”麦香则对王金昌说:“兄弟,恁是个好人。”

听到麦香这句话,王金昌差点没掉下泪来。他何曾听过这样夸赞的话啊!更何况这句话又出自一个女人之口。王金昌双眼有些泛红,朝麦香挥了挥手,说道:“一路平安,俺在码头等恁再来。”麦香也朝王金昌点头挥手,四目相对,都有了些依依不舍。

差不多有一个月的光景,先前曹老板带来的那两个朋友来到码头,找到了王小飞,说是曹老板进煤量大,钱款数额也大,有些用煤的厂子钱款还没付清,曹老板要在家收一下欠款,这一次就不来了,待十天半个月地收上来钱款再过来进煤。这次他们两人过来,打算一人进个二三百吨煤,正好一人一船。王小飞便又去乡政府的大街上,给二人租了辆农用三轮车,载他们去矿上买煤。

两个人一共进了五百来吨煤,他们在矿上码头跑了两三天,便把煤进齐了。进好了煤,就要找跑水上长途的大船,两个老板人生地不熟,找船的事自然要求助王小飞。因为快到八月十五中秋节了,有大船的都不愿意在这个要过节的茬口接活,都打算过罢中秋节再走船。王小飞骑着自行车花了一天的工夫,只给他们找下了一只船。

王金昌见王小飞跑了一天只找了一只船,便给王小飞说,可以去大白庄问一下麦香的船,并说了麦香家在大白庄。王小飞知道大白庄这个村子,那是一个小渔村,离码头也就二十来里远的样子。王小飞见王金昌知道麦香家的住址,便让他明天去大白庄跑一趟,找一下麦香的船。王金昌见西边的太阳还比树梢高,天色还亮,就对王小飞说:“这个时候去大白庄,到庄上正赶上吃完饭的光景,人都在家,找人好找。等明天去,说不定人家出门忙活不在家,找起来不光麻烦,还会耽误工夫。”王小飞见王金昌说得有道理,便让他现在去大白庄,并嘱咐他快去快回,晚上路上骑自行车注意安全。

王金昌骑着自行车一路上紧蹬慢蹬，到了大白庄的时候还是黑了天。大白庄傍湖而居,是一个小渔村,家家有船,户户有网。此时渔火烁烁,正是吃晚饭的光景,王金昌就打问渔家麦香家住在哪儿。见一个年轻汉子晚上来渔村打问麦香的住处，渔家就问王金昌是哪里人,来找麦香干什么。王金昌便说自己是大湖西沿开码头的,是来找麦香的大船装煤炭的。渔家听王金昌这样说,便走下船来给他指引麦香的住处。

麦香的家是建在土台上的三间又矮又窄的石屋。王金昌来到石屋门前,就见麦香、小玉玉还有两个老人,一家四口正围着桌子吃晚饭。两个老人耳背眼花,没留心门外有人,麦香和小玉玉察觉到了门外的人。麦香看到是王金昌来家里,竟一时愣住了,小玉玉则放下手中的碗,叫着“叔叔”,跑出门外,一把抱住了王金昌。不知王金昌这么晚找来家里干什么,麦香便有些拘谨不安,站起身说道:“王兄弟,这么晚恁咋来了,有啥要紧事吗?”

王金昌便把码头上两个老板找船装煤的事说给了她。麦香听罢立马应了下来,说明儿一早就开船去码头,并大声给两个老人说了。两个老人听后,便让王金昌一起吃晚饭,麦香、小玉玉也要王金昌吃过晚饭再回。王金昌说,码头场地上堆着煤,现在王小飞在码头上帮自己守着,他得赶紧回去,也好让王小飞早点回家。见王金昌执意要回去,麦香、小玉玉便把王金昌送到路上,一直看着他骑上自行车走远方才回家。

王金昌骑着自行车,走在回码头的路上。此时,一枚圆月似一朵白色的花朵,宁静地开放在墨蓝色的天空中。大路两旁的树木、房屋、大湖,仿佛都沉浸在银色的世界中,烘托着这个温馨、静谧的夜晚。王金昌何尝不想在麦香家里吃晚饭?何尝不想在麦香家里多待上一会儿?

从一家四口围着饭桌上的一小碗腌咸鱼吃晚饭，王金昌可以看出，麦香家的日子虽然算不上穷困凄惶，可也绝对算不上富裕宽绰。自己若是留下吃晚饭，麦香一定会再给自己另做，她也一定会拿出他们一家平时不舍得吃的东西招待自己。那样的话，麻烦了人家不说，又把人家一家老小不舍得吃的东西给吃了，于心何忍？麦香一个女人顶起一家人的天，水上跑长途，风里来雨里去，迎水浪、躲漩涡，就连男人都叫辛苦的活，她一个女人却不叫苦、不叫累地干下来，王金昌从心里佩服麦香。麦香是个好女人，人不光长得秀气，还吃苦耐劳。水上跑长途是个赚钱的营生，别看这一时麦香家的日子拮据，他相信，只要麦香这样干下去，用不了两年，她不光会还上欠债，还一定能过上好日子。

和麦香娘儿俩的相识相熟，让王金昌心里涌出一种期待，一种莫可名状的躁动，一种无法表达的情结。自从麦香上次从码头走后，王金昌时常会有一种想见到麦香的渴望，有时这种想法很强烈。但是他不能确定麦香是不是也跟他一样有这种想法。他甚至想，麦香对他的亲切，完全是出于自己对她帮助的一种没有任何杂念的正常反应。一个男人本能的自尊，让他觉得这种剃头挑子一头热的情感，自己在心里热热就好，万不可冒失地显露出来，要不然的话，双方都会尴尬得没一点余地。比如今晚，他在麦香面前并没有显露出一丝黏糊缠绵的模样，而是把事情说完，没有犹豫地骑车走人。想到这里，王金昌瞧瞧天上的明月，瞧瞧大路两边的树木，再看看路上孤身而行的自己，心里竟涌出一丝涩涩的酸楚……

3

八月十四，麦香和另一只船在码头上装好了煤，天已经黑了。两个老板心急，当天晚上也不能起锚行船，因为第二天是八月十五，行船上的人都很迷信，十五这样的日子也是不会起锚的。这样一来，起锚起航的日子就只好定在了八月十六。两个老板一商量，就决定一个人随船走，一个人搭车走，要是明儿八月十五一早搭车走的话，晚上还晚不了和家人一道赏月呢。于是，两个老板，一个留在了码头，一个随王小飞去了家里,待明天一早王小飞送他去汽车站。留下来的老板就要住在大船上,麦香一个女人带着女儿,一对孤儿寡母,她们的船不方便住,留下来的老板便住在了另一只大船上。

自从王金昌来码头干活并看守码头,他就像洗心革面、痛改前非了一样,干起装卸来,无论是装车子还是驾车子,从不耍奸使巧;给客户看守场地上的货物,他也从没有出过差错。有时他还会站在王小飞的角度考虑事情,给王小飞参谋事情,帮王小飞出主意。王小飞对王金昌的看法,也有了彻底的改变。王金昌的变化让王小飞不禁想起了董大壮的变化。这两个过去自己最厌恶的人,如今竟都跟自己成了关系亲近的人。再联想到自己的变化,这让王小飞不由得有了一种感悟:世事在变,人怎么可能不变呢?既然一个人改变不了什么,但是是可以改变自己的;既然自己改变不了过去,那自己是可以改变现在的;既然没办法预知明天会怎么样,那自己是可以把握住今天的。

王金昌守在码头,已经好些天没回家了,场地上除了有一堆别的客户堆放的圆木,没有别的货物了。八月十五这日,王小飞就让王金昌回家过八月节。王金昌说:"场地上这堆圆木,人家客户也是出了费用的,要是少了一根两根的,不光要赔人损失,码头上的声誉也会受损。俺反正是一个人,在哪里过节都一样,俺就不回家了。"

王小飞觉得王金昌说得有道理,也从心里感佩王金昌处处为码头着想,做事认真负责,也就不再提让他回家过节的事。王小飞去集上给王金昌买了二斤猪肉、二斤月饼,还有两把青菜,送到码头,让王金昌在码头上过节吃。王金昌父母见儿子守在码头不能回家过节,便在家里炒了鱼肉,拿了一斤月饼,由王金昌父亲给王金昌送到了码头上。

中秋节的月亮明亮圆润,像一块玉琢的盘子,挂在深蓝色的天空。温柔的月光如流水般倾泻而下,洒在大地上,显得静谧而美丽。晚风吹来,大湖波光粼粼,就像无数条小鱼在水面追逐、跳跃、欢腾。大湖的苇草,随风轻轻摇曳。先前泊在大湖里的小船都回家或靠岸过节去了,码头上只有明儿一早就起锚的两只船。整个大湖及湖岸,披着皎洁的月光,显得格外宁静。

晚上，王金昌炒好了肉，又热好了父亲给送来的菜，便打算去叫麦香娘儿俩下船来一起吃。他想，即便麦香不好意思来，也一定让小玉玉跟自己一起吃，吃罢饭，再送给小玉玉两斤月饼带回船上吃。这时，王金昌就看见小玉玉从船上下来，朝他跑了过来。小玉玉跑到王金昌面前，一下抓住他的手说："王叔叔，俺娘让俺叫你去船上吃饭。"王金昌朝船上看去，就见麦香站在船头朝他们这边看。王金昌怔了怔，便盛了两碗菜，让小玉玉提了月饼，去了麦香船上。

麦香的船是跑水上长途的大船，船舱里没有放置什么杂物，船舱里不但空间大，而且收拾得干净。船舱两侧各设置有床柜一体的组合，在船舱中间的小饭桌上，已经放好了麦香做好的四个菜和碗筷。见王金昌端着两碗菜来到船上，麦香就说："俺这里都做好了，恁还端这么多菜来干吗？"

王金昌一边把菜碗放在饭桌上，一边说道："俺本来打算叫恁和玉玉一起下船去俺那里吃饭的，恁却让玉玉叫俺去了。"王金昌说着，让小玉玉到饭桌前坐下，拿起筷子放在她手里，说："玉玉，夹菜吃，想吃啥就吃啥。"

麦香弯腰打开床柜门，从里面拿出一只能盛十斤水的塑料桶来，对王金昌说："这是俺在南方买的一桶米酒，听那边人说米酒好喝不醉人，还能滋养人，今儿八月十五月圆夜，咱就尝尝这米酒。"说着拧开桶盖，倒了两碗。

两人在饭桌前坐下。跟麦香头一回这样近地坐在一起，王金昌就有些紧张和拘谨。为了掩饰自己的慌张，王金昌便端起面前的酒碗嗅了嗅。他浅尝了一小口，米酒的味道有点怪，却不冲鼻，入口时有种很清新的感觉，米酒的后味很香、很醇美，王金昌就脱口说了声"好喝"。

这时麦香端起身边的米酒，对王金昌说道："俺也不知是该叫恁兄弟还是该叫恁哥，无论叫恁什么，俺麦香都要谢谢恁对俺的照应和帮衬。来，俺麦香敬恁。"说罢，喝了一大口米酒。

王金昌听麦香这样说，便说道："俺看咱俩年龄差不了多少，俺今年三十二了，不知道恁多大。甭管谁大谁小，咱们还是称呼名字吧，恁就叫俺老王就中。感谢的话恁就不用说了,恁和玉玉孤儿寡母的不容易,谁见了都会疼惜的。俺在这里看守码头,伸把手帮一下恁,也是应该的,恁不必搁在心上。要说谢,俺应该谢恁邀俺一起过八月十五呢。”说罢,也喝了一大口米酒。

麦香说:“恁才三十二岁,咋能叫恁老王呢?俺三十三岁,比恁大一岁,恁是不是也要叫俺老麦啊?”见王金昌笑了一下,麦香便仰脸做思考状,少顷便说道:“叫老不行,叫姐姐、喊弟弟也不妥,不妨咱们就相互叫名字吧,恁叫俺麦香,俺叫恁金昌。”

王金昌便有些不好意思,说道:“在人面前相互叫名字,就好像咱们有多亲近似的。恁孤儿寡母的,俺又是一个人,怕是让人多想。”

麦香说:“那咱们就人前不叫名字,人后叫名字。”

王金昌就说:“中。”

麦香便叫了声:“金昌。”

王金昌也便应了声:“嗯。”接着他也叫了声“麦香”。

麦香随着应了声:“哎。”端起酒碗,对王金昌说:“干一个。”随后仰脸几口喝干了碗里的酒。

王金昌也端起酒碗,一饮而尽。

米酒的绵软、甘甜,让二人越喝越觉得好喝,二人又连着喝了两碗。

小玉玉吃饱了饭,闹困要睡觉,麦香便照料玉玉上床睡觉。

米酒尽管好喝、度数低,但三碗酒下肚,王金昌感觉有点上头了。他对麦香说:“麦香,这酒度数低好喝不假,喝多了也是不中,俺都有点上头了。恁明儿还要驾船,酒恁就甭喝了。”

麦香就笑了笑,说道:“俺没事,难得咱们一起过八月节,俺再陪恁喝一点。俺明儿走船,俺就少喝点;恁在码头上没事,多喝点。”

一桶米酒喝下去一半时,王金昌双眼有些迷离,说什么也不愿再喝了。两人虽然不喝酒了,话却稠了起来。麦香说起了她的家庭,说起了她跟丈夫从相亲到结婚,说了丈夫的猝死,说了她带着女儿跑船的艰辛,说了她们孤儿寡母在外的不易和常被人欺负。麦香说

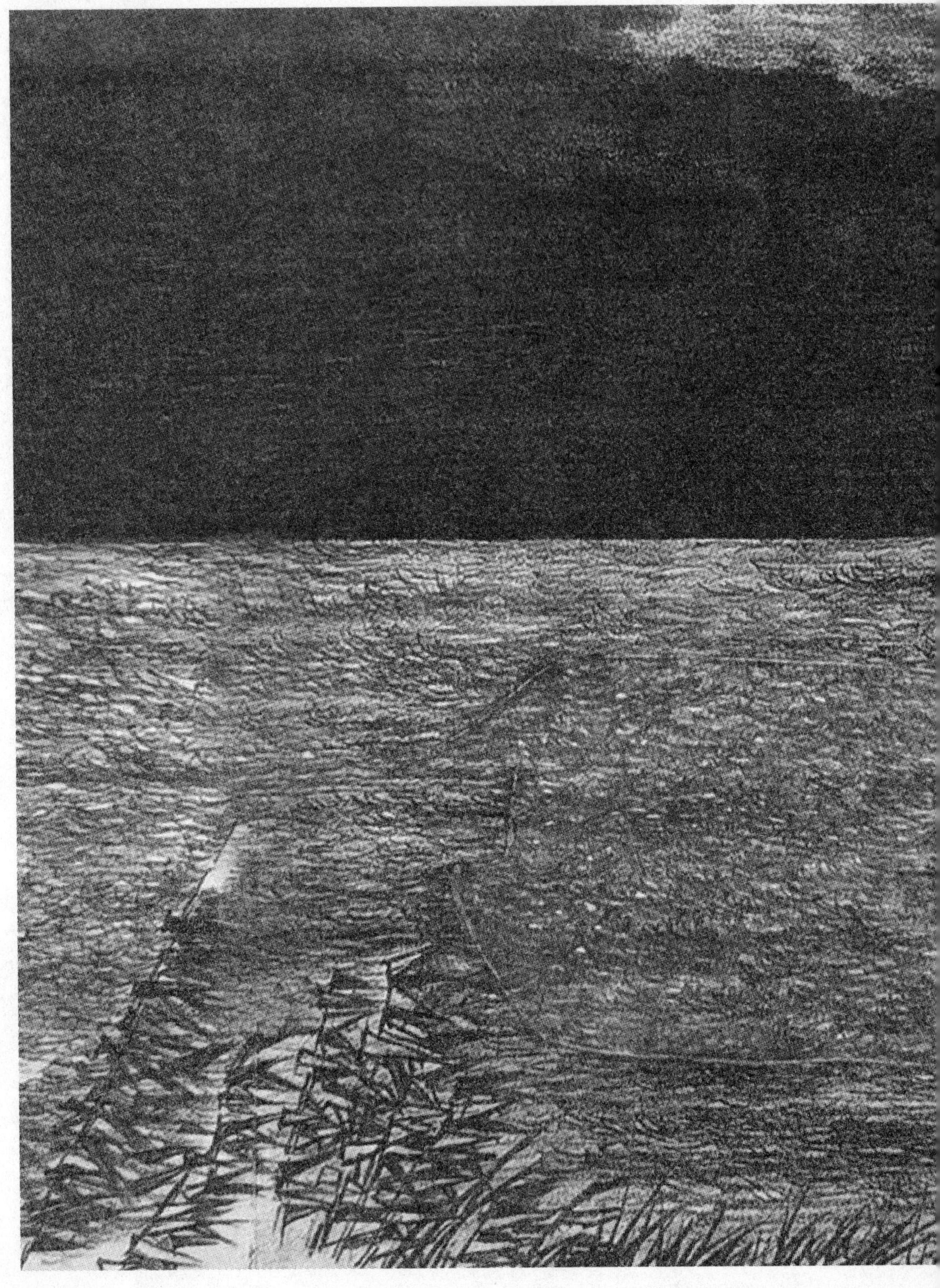

着说着，眼里便有了泪水。望着对面这个自己心中完美的女人诉说着苦楚，那副楚楚怜人的模样，王金昌再想想自己三十多岁的人了，竟在村里混得不如意，连个家小都没有，王金昌的心里涌出一种同是天涯沦落人的感觉来。看着麦香梨花带雨的面庞，王金昌也禁不住泪流满面。

麦香似乎被王金昌的泪水惊到了，她伸过手去，帮王金昌轻轻抚去泪水。王金昌抓住麦香的手，把脸埋进麦香的手掌里，竟呜呜哭出声来。麦香轻轻抽出手来，像哄小孩子一样，轻轻拍着王金昌说："好了好了，甭哭了哈，让人听见不好。"

王金昌擦干泪水，也便给麦香说起了自己。他说了命运对自己如何的不公，自己如何的不得志。说了一样是同学，甚至文化水平自己比他们都高，人家却是有的承包窑厂发了财，有的当上了老师，甚至连本家人都嫉贤妒能，在自己有机会当上队长时，却压制了自己。他还说了自己在婚姻上是如何坚守底线，宁肯吃鲜桃一口，不吃烂杏一筐，以至于三十多岁没找到意中人。酒的作用，让他又没有顾忌地说出他对麦香的爱慕和倾心，说了自己要找就找麦香这样的女人，说了找不到麦香这样的女人，自己宁肯打一辈子光棍。

王金昌的话，让麦香原本因为喝酒红了的脸更红了。

这时，王金昌一边摇摇晃晃地站起身来，一边嘴里含糊地说道："麦香，今儿俺……俺喝多了，有言差语错的地方，恁……恁担待哈。天不早了，俺该回去了。"说着就往外走，谁知脚下让板凳绊了一下，差一点摔倒。麦香见状忙过去扶王金昌。王金昌又一个趔趄，不想两人竟一下子一起倒向了身旁的床柜，麦香一下子压在了王金昌的身上。麦香身下的王金昌似乎被吓住了，睁着眼瞧着麦香那动人的脸庞一动不动。麦香则双手抱住王金昌的头，定定地看了一下，随即低下头去，用自己火热的嘴唇盖住了王金昌的嘴唇。

激情过去，王金昌紧紧搂住麦香，喃喃说道："麦香，俺要娶恁为妻，俺一定要娶恁。"

麦香偎在王金昌怀里，轻声说："俺一个寡妇，又带着个闺女，还有两个老人,恁还是个没结过婚的青年,俺不能拖累恁。”

王金昌说道:“恁这样说的话,俺今晚对恁不就是耍流氓了吗?”

麦香说:“那是俺自愿的。”

王金昌说:“俺要娶恁也是自愿的。”

麦香说:“这事毕竟是人生大事,恁自愿,恁父母那里能不能同意、能不能接纳俺?”

王金昌说道:“婚姻自主,恋爱自由。俺的事,俺做主,既然咱们做了夫妻之间的事,俺王金昌一辈子就认定恁麦香了。”

第十八章

1

在马二民体贴入微的呵护下，谷薇薇从不堪的阴影中慢慢走了出来，最明显的变化就是人胖了，脸白了，眼睛有神了，性格开朗了。两人在家里的时候，马二民都是亲昵地叫谷薇薇“大胖妞”或是“俺的大胖妞”。马二民刚叫谷薇薇“大胖妞”时，谷薇薇是敏感的、很不高兴的。她噘着嘴对马二民怨嗔说：“恁是不是嫌俺胖了、嫌俺丑了？”

马二民便双手揽住谷薇薇的腰，把嘴凑到她耳边哄道：“哪个嫌俺的大胖妞胖了、丑了？恁胖了，证明跟俺二民在一起，日子过得舒心，吃的喝的养身才胖了的。谁说俺的胖妞丑了？谁要说了，俺去跟他闹个没完，跟早先那个瘦胳膊瘦腿的恁相比，俺更待见现在富态了的恁。”见谷薇薇脸上露出喜色，便又轻轻说道：“恁不见俺平日里喜欢吃肥肉吗？还是肥了解馋啊！”

谷薇薇便摇晃着身子，佯嗔道：“去你的。”

在家里，马二民、谷薇薇两个成年人，就像一对过家家的小孩子一样纯真，充满了恩爱和情趣。

马二民跟谷薇薇商量，两人都正年轻，正是创业富家的好时候，等个两三年再要孩子。谷薇薇完全赞同马二民的想法，一旦生了孩子，她可能就不能像现在这样无牵无挂地出门做工了。她想和二民一同努力、一同奋斗,把自己的日子过得富裕红火,让那些曾经伤害过她的人瞧瞧,以此让他们歉疚去吧。马二民的想法倒是没那么多弯弯绕绕,他是想让谷薇薇在建筑队和工人们的日常交往中,说说笑笑,既挣了工资又愉悦了身心;再就是,他想两个人好好过上两年的二人世界,他要把两人曾经缺失的爱情好好补一补。

马二民、谷薇薇两人的结合,在家庭关系这一块,多多少少还是有点尴尬的。哥哥马大民来弟弟家里,谷薇薇叫大哥,没有不好意思。嫂子孙桂丽去二民家里就多少有些不自然,先前因为孙桂丽的暗中透信,让马二民、谷薇薇的逃婚计划毁于一旦,以至于谷薇薇在外遭了几年罪;再就是相互的称呼上,就让两人很难开口。马大民也就说妻子:"谷薇薇回来了,跟咱们是一家人了,再怎么不好意思,再怎么不自然,这个坎总得迈过去。至于称呼,恁跟谷薇薇这姨侄女关系也是没法改变的,恁跟谷薇薇还是该咋称呼咋称呼,各亲各叫吧。二民跟她在一起,二民是小叔子,谷薇薇还是恁的小姨。开始也许有点别扭,慢慢也就习惯了。"

孙桂丽去小叔子二民家里,也就主动叫谷薇薇小姨。孙桂丽是大民的妻子、二民的嫂子,也是自己的外侄女,谷薇薇虽然心里仍然对这个外侄女心存芥蒂,可毕竟现在成了一家人,且两人过去也很亲近,又是她来门上赶趁自己,谷薇薇也便抛开了旧有的嫌隙,笑脸相迎。对于孙桂丽,按亲戚关系来说,谷薇薇虽是自己的小姨,比自己辈分高,可现在成了一家人,这个小姨又比自己小好多,孙桂丽身兼了两层身份,谷薇薇既是自己的小姨,又是自己的弟媳妇。无论谷薇薇是作为小姨还是弟媳妇,孙桂丽都觉得自己有责任去关照自己的小叔子和这个小姨。

丈夫马大民早出晚归地整日在窑厂忙活,马二民和谷薇薇也是整日里在建筑工地,孙桂丽也便时常去二民家里,或是给他们送两把青菜,或是给他们称上斤把肉、两条鱼的。有时她也会坐下来和谷薇薇聊些家长里短,说些日常琐事。马二民、谷薇薇两人有时吃过晚饭,也会一起去哥哥那里抱抱侄子，和哥哥大民聊一下建筑队的事，或是听哥哥说说窑厂上的事。一来二去，马二民跟哥哥，谷薇薇跟孙桂丽，互相之间都恢复了原本的温情和亲近。

如今，马大民窑厂的砖瓦用供不应求来形容，一点儿也不为过。马二民建筑队承建的煤矿上的两栋职工住宿楼，建筑用砖全部是马大民的窑厂供应，又因为东洼窑厂的砖瓦无论是在质量上还是价格上，都是出了名的好和公道，好多买砖瓦的用户宁愿排号等待，也不愿去别的窑厂买。

窑厂上买主纷纷到来，生意红火，收益上自然也是招财进宝日日增。马大民凭借着窑厂，从一个普通的庄稼汉，一跃成为东洼村数一数二的人物和富裕户。不过，马大民本性淳厚、平和善良，这使得他在人面前从不摆谱露富、傲慢无礼。本村或者邻村的人来窑厂买砖瓦，马大民不光是低价卖给他们，十块二十块的零头也是能让则让。马大民如此为人处世，人们并没有因为他的致富发家而对他生出那种“穷人乍富，伸眼拔肚；小人得志，为富不仁”的看法，却是对他更有好感、更是赞许。

二民是自己唯一的弟弟和亲人，作为兄长的马大民时常操着弟弟二民的心。就说眼下，谷薇薇从外地逃回来，跟弟弟二民虽然住在了一起，在人们眼里两人俨然成了一对夫妻，可是两人还没去扯结婚证，也没有举办婚礼。他想凑空跟弟弟二民说一下，让他跟谷薇薇先把结婚证办了，等到年前窑厂停了火、建筑队停了活，再选个日子把婚礼办了。父母不在长兄为父，作为哥哥的马大民心里已经盘算好，弟弟的婚礼他来张罗，婚事上的一切开销他全包了，一定给弟弟办一个场场面面、热热闹闹的婚礼。

世上万物，无论是人还是动物，母爱都是一种天性；无论家里有多少纠葛、儿女多么违拗，母亲总是以宽容的胸怀默默承受和忍让。母爱是伟大的，同时也是悲凉的，母亲那宽宏的气量，那包容的品格、襟怀，如同一望无际的大湖一样，可以容纳下儿女的一切。

尽管闺女谷薇薇那样地恨自己，尽管闺女谷薇薇叫出口来，跟西洼村绝了来往，跟自己绝了亲情，可谷薇薇母亲还是放不下自己这个最小的闺女。她知道闺女天天随马二民去建筑工地，出去得早，回来得晚，便在吃过晚饭后去东洼村见闺女。

一是家院建在村边，又靠着路边，二也是为了清静和不被打扰，马二民和谷薇薇从建筑工地下了班，回到家里，就会把大门插上。有人晚上来家敲大门，两人也是听准了熟人的声音，或者问清来人上门何事，方才开门。有时王小飞晚上来敲门，马二民便出来开门，王小飞就当着谷薇薇的面调侃他们二人："进了家门就关大门，是不是一进家门就黏糊。"

马二民也便笑着回王小飞："还真是让恁说对了，一整天在工地，只能看，不能亲。回家就不一样了，大门一关，也能看，也能亲了。"

谷薇薇就羞红着脸，拍打二民，场面亲昵甜蜜、融和温馨。王小飞就笑说："齁死人了，当着外人咱悠着点好不好？"

谷薇薇母亲晚上来到马二民门上，见大门紧闭，便伸手敲门。谷薇薇便在院子里问是谁，母亲就在大门外大声说："薇薇，是娘。"谷薇薇听到是娘在敲门，便一声不吭地去了屋里，任大门外的娘再怎么敲门，再怎么叫喊，她理也不理。马二民就有点心有不忍，对谷薇薇说："不妨去开门吧。"谷薇薇就双眼一瞪，说："恁敢，恁让她进家，俺就出去。"马二民也便不再作声。

一阵拍门叫喊，谷薇薇母亲见闺女仍不给开门，便放着哭声走了。听着母亲远去的哭声，谷薇薇把脸扭转过去，低头啜泣。马二民也便一声叹息，说道："薇薇，甭再绷着自己的心了，试着想开些吧，毕竟是娘啊……"

尽管闺女冷薄无情地对待自己，谷薇薇母亲依然没有怪恨闺女。她觉得闺女这样对待自己，是自己咎有应得。她后悔当初阻拦闺女跟二民的事，才让闺女受了天大的罪；她后悔当初听了三闺女两口子的话，把小闺女远嫁他乡；她后悔当初不该随着死老头子，那样严厉地管束闺女。谷薇薇母亲给老伴哭闹，给三闺女哭闹，说正是他们把小闺女推去了火坑，让小闺女人不人、鬼不鬼地差点死在外地。也许是对小闺女的遭遇内心有愧，谷薇薇父亲任由老伴闹腾自己，也不吭声。当初是父母让自己给妹妹找外地人的，如今母亲这样闹腾自己，三闺女两口子也是冤枉，可一想，妹妹的遭遇在那里摆着，母亲又是长辈，闹腾就闹腾吧。

孙桂丽知道姥姥晚上去二民家里想见闺女谷薇薇，被闺女拒之门外后，也便把这事跟丈夫马大民说了，并让丈夫大民凑空去二民家里劝说劝说谷薇薇。马大民也觉得谷薇薇跟母亲这样下去也不是个法子，便去了弟弟二民家里劝说谷薇薇。马大民劝说谷薇薇："甭管咋说，事情过去了，老人也是后悔当初了，她一回回地想来见恁，那也是真心心疼恁、关心恁。要是当初他们知道恁去外地遭罪，怕是打死他们，他们也不会把恁推出去的。把恨意放下吧，毕竟她是娘，东洼、西洼两村相邻，这样下去岂不引来外人的闲言，徒让人笑话。"

谷薇薇任由马大民劝说，她却如冬天的知了——一声不响，一言不发。见自己再怎么说，谷薇薇就是不吱声，马大民也就不再劝说。

谷薇薇越是把母亲拒之门外，不愿意和母亲和解，母亲内心越是觉得愧疚，越是觉得对不起闺女，就越是想在感情上弥补闺女。这日晚上，谷薇薇母亲又来到二民门上，大门依然紧闭。谷薇薇母亲便一边拍打大门，一边喊叫："薇薇儿啊！娘想恁了，给娘开门吧。"

听到喊声的马二民就劝谷薇薇给母亲开门，谷薇薇仍是执意不理。谷薇薇母亲见闺女仍是不给自己开门，便喊道："薇薇儿啊，娘给恁跪下了。"马二民不忍，便又劝谷薇薇。谷薇薇则眼里转动着泪花，狠心说道："俺跟西洼断亲了，甭去理她，她闹腾一会也就走了。明儿要早起，咱关灯睡觉。"

夜半时分，一个有事晚归的村人路经村口马二民的门前，见一个人不言不语地跪在马二民的大门前，便吓了一跳。待走近一看，原来是一个老妇一动不动地跪在那里。因为先前就听说过谷薇薇的母亲常来二民门上求见闺女，闺女因为恨，就是不给母亲开门的事，这个村人心里也便明白了几分。想想黑天半夜的，自己又是一个外人，不便叫喊二民的门，这个村人便去了马大民的家。这人叫起马大民，跟他说了二民门前的事，马大民听后忙去了弟弟二民那里。

马大民来到弟弟二民家大门前，见谷薇薇母亲依旧跪在那里，便伸手去拉。马大民怎样拉谷薇薇母亲她就是不起，他便拍打着大门叫弟弟。马二民听到哥哥的叫喊，忙起身穿衣，开了大门。马大民就指了一下在地上跪着的谷薇薇母亲，气呼呼地说道："也忒过分了吧？让老人跪在这里算啥呢？就不怕外人嚼舌头吗？"

马二民见谷薇薇母亲在地上跪着，也吃了一惊，一边对哥哥说："俺以为她叫不开门走了呢，谁知……"一边去扶谷薇薇母亲。谷薇薇母亲嘴里嘟囔着："是俺们对不住薇薇，是俺们害她遭了罪，俺给闺女赔罪……"执意不起。

马大民和弟弟二民来到院子里，马大民就冲着窗户对谷薇薇说道："薇薇，恁娘一直在大门外给恁跪着呢，俺跟二民都拉不起来，恁甭再拗了，去把娘拉起来吧。"

不一会儿，谷薇薇从屋里走了出来。她来到大门前，一下扑到母亲跟前，搂住母亲哭叫着："恁这是干吗呀！"母女俩抱在一起，呜呜大哭……

2

进入了深秋时节，无事的时候，王金昌就会走上大堤，举目远望。

西望，大堤西面的田野里，下种的小麦金灿灿的。田埂上、沟渠边上的野花野草，也都枯了花容、衰瘦了草蔓。在田野里稀稀落落站立着的几棵杨树，在风中摇着一头枯黄了的树叶，无奈地任由树叶飘零而落。

东望，大湖里成片成片的芦苇荡，一片金黄，那被芦苇托起的一簇簇芦苇花，随着风儿悠悠起舞。整个大湖是活的，层层鳞浪随风而起，阳光照在波光粼粼的湖面上，像给水面铺上了一层闪闪发光的碎银。有扬着白色风帆的小船在大湖里游过，把这个有些萧然的、凉秋时节的大湖，衬托出几分热闹和生气。

王金昌望着田野,望着大湖,望着满眼的秋色,心里想:麦香该回来了吧?

自己跟麦香的事,王金昌跟父母说了。王金昌父母听说麦香是个寡妇,又拖小带老的,很反对儿子跟这个女人的事。她一个女人是寡妇也就罢了,还拖着个闺女,拖着个闺女也就算了,还有一对公婆要养。儿子虽然年龄大了点,可还是一个没有结过婚的人啊。儿子现在变好了,不像过去那样懒怠了,已经好好干活了,一起在码头上干装卸的村人都夸儿子肯干了呢。王小飞照顾儿子,让儿子住在码头看护煤炭、货物,算是一人挣两份钱呢。这样干下去,儿子找个大姑娘应该不费难。即便是儿子找不下个大姑娘,找个二婚头,也不应该是麦香这个样子的,应该是比儿子小上几岁、没有拖挂的女人才行。况且这个叫麦香的女人不光拖少带老,年龄上也比儿子大了一岁。老话说"女大一,不成妻",这样的女人哪是儿子能招惹得起的啊!

对于父母的反对,王金昌并没有跟父母多做争辩。八月十五那晚他跟麦香的事,虽然过去了些日子,可是在王金昌的脑海里,那日的场景至今还非常清晰,就像刚发生一样。一个人的时候,他常常沉溺在那个让他身心激荡、销魂夺魄的晚上的回忆之中,他会回忆在那个场景下他和麦香的每一个细节,这样的回忆让他沉醉不已。他就像一个坚守贞操多年的大姑娘,突然被一个自己心仪的人取走了初吻和第一次一样,他认定了这个取走了自己第一次的人,就是自己从一而终的那个人。让王金昌心里感到忧虑的是,那晚的事毕竟是在喝了酒的情况下发生的,他不敢确定麦香是不是也像自己一样,属意并珍视那晚的事。他想印证一下麦香对自己到底是一时的激情,还是真心实意。如果麦香对自己是真心实意,那父母再怎么反对他跟麦香的事,他也不会依了父母的。只有印证了麦香对自己的真心,他才能有底气去抗拒父母。就这样,王金昌守护在码头上,被这种思绪缠绕着,期盼着麦香的到来。

麦香的大船是在曹老板码头场地进完了煤的第二天来到码头的。老远就看到麦香大船的王金昌,抑制着自己的激动,他站在码头场地上，定定地看着麦香的船靠近，停住，锚好。麦香在岸边刚把船锚好，小玉玉就闹着母亲放上下船的翘板，麦香刚放好翘板，小玉玉便跑下船来，一边叫着“王叔叔”，一边朝王金昌跑了过来。王金昌迎了过去，一把抱起小玉玉在原地转了几圈，逗得小玉玉发出一串清脆如银铃般的笑声。站在船头上的麦香，便朝他们看去。王金昌放下小玉玉，也朝麦香看去。四目相对，也只是暂停了一会。王金昌坚定的目光，似乎看羞了麦香，麦香的脸红了一下，便低下头去，去了船舱。

为了不引起别人的注意和怀疑，王金昌等到夜晚码头上人去场静、渔火尽灭时，悄悄沿着翘板，上了麦香的船。王金昌蹑手蹑脚来到舱门前，正要进舱，就见麦香正站在舱门口，把王金昌吓了一跳。两人四目相对，从麦香的眼睛里，王金昌看出了麦香与他心照不宣的默契。霎时间，炙热的情感瞬间融化了彼此的思念，几乎是同时，两人张开臂膀紧紧地抱在了一起。情到深处无由，爱到浓时不语，长时间的离别与相思，让两人化作了烈火干柴。

安静下来之后，两人相互诉说着这段时间对对方的思念和牵挂。当王金昌问起麦香上一次运输煤炭是不是还顺利时，麦香就低头沉默了一会儿，给王金昌说起自己上次运输中遭遇的事。麦香说，她的船在水上走了十多天，来到了港口码头，因为港口上船多货多，需要等上几天才能轮到她的船卸煤。在等待卸船的那几天，有个当地男人见她只是跟女儿玉玉两个人，便时常到船上调戏她。这人开始还顾点脸面，不敢太造次，当卸罢了船上的煤，第二天就要起锚返航的那天晚上，那当地人竟来到她的船上对她强搂强抱，欲行不轨，是她以死相抗挣脱了那人，并一下跳进了河里，那人方才离去。她回到船上，紧紧抱着大声哭叫的女儿玉玉，这件事吓得娘儿俩一夜都没睡好觉。麦香说罢，耸动着肩膀，抽噎起来。

王金昌听罢麦香的诉说，一股愤怒和怜惜涌上心头，他抱着麦香，一边轻轻抚着她的头发，一边骂道：“狗日的东西，俺要在的话，看不把他宰了。”

麦香就在王金昌怀里嘤嘤地说：“俺有点怕了，怕俺这一次过去，那人再来欺负俺。”

麦香的啜泣梨花带雨，愈显娇媚，那份无助、伤感和虚弱不禁，让王金昌在心生怜惜的同时，也有一种要保护和守卫麦香的欲望强烈地撞击着他的胸膛。他想：麦香已经是自己的女人了，自己也已是麦香的男人，哪个男人会眼巴巴地看着自己的女人去受苦、受累、受欺负？哪个男人不会去保护自己的女人？过去的就过去了，现在麦香有了自己，自己就要担当起作为她男人的责任，好好保护她和女儿玉玉，和她有福同享、有难同当。王金昌用手轻轻拭去麦香脸上的泪花，轻轻说道：“麦香，恁是俺的了，答应俺，咱们成家吧，俺要保护恁，保护玉玉。有俺在，任谁也甭想欺负恁。”

麦香止住啜泣，幽幽地说：“俺何尝不想跟恁成家啊！恁家里父母会同意咱们吗？俺不想让恁在父母面前作难，这事不妨等恁父母能接受俺的时候再说吧。”

王金昌听麦香这样说，摇了摇头说道：“咱俩的事谁也挡不住，俺自己的事俺自己做主。俺王金昌既然有了和恁共度一生的打算，也就做好了随时跟恁上船一起过日子的准备。”

曹老板差不多有两个月没来码头进煤了，这次进的煤多，找的大船也比以往多了两只。麦香的船依旧是第一个装煤，船装好了煤，麦香便把船挪到一边锚了，等着后面的船装煤。七只船一只只地装，人工装一天只能装一只船，麦香的船要等上六天才能一起起锚。在这六天里，王金昌白天一直和村人们一起装船，一天下来累得腰酸腿痛。为了不让人说闲话，这几日麦香很少下船，即使下船，也很少跟王金昌搭话。倒是小玉玉天真无邪，她在场地上玩耍，看见王金昌就王叔叔长、王叔叔短地叫得欢甜，人们也便跟王金昌说笑话打趣，说这小女孩见你这么亲热，你干脆认她当个干闺女算了。王金昌也就合着人们凑趣说道：“没娶媳妇就有了个闺女，俺倒是愿意，人家不见得愿意呢。”人们也便嬉笑着说：“等下回她们再来码头，俺们给恁问问。”王金昌就呵呵笑着，连声说：“好，好。”

王金昌是在大船都装好了煤，第二天一早就起锚的那日晚上，把自己跟麦香的事说给了王小飞的。那日，最后一只船装好煤，天已经黑下来了。装煤的村民也都离开码头回家了，王小飞跟曹老板打过招呼正要回家，被王金昌叫住。空阔的煤场上只有他们两个人，王金昌就把他和麦香的事跟王小飞说了。王小飞听后很是惊讶，说道："行啊哥，恁这么隐蔽啊！俺怎么没看出来啊！能把麦香这样的女人搞定，你不简单啊！"

王金昌就不好意思地笑了笑，说："相中就是货，对眼就是磨，俺们相互看对眼了呗。"

王小飞就问："哥，恁跟麦香打算咋办？"

王金昌说道："麦香的情况恁也看到了，孤儿寡母的，她跟俺说上次去南方运煤，当地有人欺负她们娘儿俩，吓得娘儿俩一夜没睡。明儿就要起锚了，她们去的还是那个港口，麦香害怕那人再骚扰她们，麦香船上需要俺。"

王小飞思虑了一下说道："这事恁跟父母说过没有？"

王金昌就说道："说过了，他们不同意俺和麦香的事，可是恁也知道哥的脾气，俺拧起来，老牛都拉不直。"

王小飞沉吟了一下说道："麦香是个不错的女人，模样好又能干，虽然拖家带小的，但走大船毕竟是很挣钱的营生，恁们合在一起，劲使在一起，往后不愁过不上好日子。哥，俺支持恁。"

王金昌就一副歉然的模样说道："兄弟，哥这一走就不能给恁守码头了，谢谢兄弟对哥的照顾，没有恁让俺进码头、看守码头，俺也就没法让人转变对俺的看法，俺也结识不了麦香。"

王金昌的话让王小飞也动了感情，王小飞说道："咱一家人不说两家话，哥说俺照顾了恁，恁也没少帮了兄弟俺的忙。哥这一走，再来码头时，既是哥又是客了。"

王金昌说道："俺随麦香走的事，没告诉俺大俺娘，俺走后还望兄弟去劝慰劝慰他们。"

王小飞就拍了拍王金昌，说："哥，恁就放心走吧，二老那边俺去劝说。”

王金昌随麦香走了，在码头装卸的村人感到很是意外与惊讶，可是想一想也在情在理，一个光棍，一个寡妇，两个人碰出火来也不稀罕。只是这个“拧筋头”王金昌也忒不厚道了，竟然藏得这么深，不见山不露水地，也不跟大家伙打个招呼，说跟人走就跟人走了。不过人们对王金昌和麦香的事，还是祝愿和看好的。

3

矿上的职工楼建筑工地离乡村有十几里地，为了不让工人们来去急急慌慌，也为了节省时间，中午建筑队在工地上生火吃大锅饭。建筑队在工地上生火、蒸馍、炒菜、烧水，馍管饱，菜一人一碗，开水是只要肚皮够大，尽着喝。建筑活是个耗体力的活，饭食上自然不能亏了工人们，所以中午这顿大锅饭，马二民不光要让工人们吃到有油水的菜，还要让他们吃到肉。当然，肉烂在锅里，工人们中午这顿饭，吃的是自己的，是要扣生活费的。虽然中午的饭菜不差，却因为是大锅饭，花费并不大，算下来一天一个人也就四五毛钱的生活费。大锅饭吃得肚饱喷香，花钱又不多，工人们很乐意。

建筑工地上三四十号人，工地上做饭又是蒸馍又是炒菜、烧水的，有时队长马二民忙得抽不开身，还要去市场买菜。做饭这份活计劳累、琐碎，年轻人不愿意干，年龄大的干不了，是份不易干的差事。

在建筑工地做饭的是南平村的何老三，也就是何亚莉的父亲、王小飞的老丈人。当然，何老三能来工地上做饭，也是因为王小飞和队长马二民是从小铁打的关系，王小飞帮老丈人找到马二民，马二民不能不收。何老三五十多岁的人了，砌砖抹灰、爬上蹦下的活干不得了，马二民就安排他在工地给工人们烧水做饭。何老三知道，要不是女婿小飞和马二民是从小就铁的关系，就他这个年龄，哪能容易进建筑队？女婿舍脸吧唧地把自己弄进了建筑队，自己就要好好干，说什么也不能给女婿落过失。尽管给几十号人做饭烧水不轻省，但何老三也从来没抱怨过什么。何老三的忙碌和勤恳，马二民自然看在了眼里，马二民便时常去帮何老三买菜，有时也会坐下来帮何老三往锅灶里续些柴烧火，这样的茬口，两人也会拉拉家常话、说说闲话。马二民的平易和温和，让何老三感到很适意，尽管做饭烧水忙活了一些，何老三却干得很是开心。

这个矿区里有一个小自由市场，多是周边村庄的人来卖些青菜或者鸡鸭鱼肉，供工人家属来买。小市场离建筑工地不远，工地上买菜很便利。

这日，何老三要忙着蒸馍，马二民查看了一遍工地，便骑了自行车去小市场上帮何老三买菜。来到小市场，马二民先买好了猪肉，就去了卖青菜的摊子前买青菜。马二民来到一个堆着茄子和辣椒的小摊前，问低着头的摊主："恁茄子、辣椒咋卖的？"当摊主抬起头来刚要说价钱时，马二民和摊主两人同时愣怔了一下，随即两人又几乎是在同时，相互叫出了对方的名字"苏兰朵""马二民"。

苏兰朵的变化让马二民感到有些出乎意料，过去那个男孩子一样泼辣豪气的苏兰朵不见了，眼前的苏兰朵，脸色憔悴，眼神中充满了一种介于忧郁和抑郁之间的情感，让人只要看上一眼，马上就能读出她此刻那种慌乱不安和沮丧。她身上的衣裳虽谈不上凌乱，但绝不整洁，怅然若失的眼睛中略有些失神，此刻，如果说世上只有一个词可以用以形容此刻的苏兰朵，那就是"落魄"了。

苏兰朵站起身，镇静了一下自己，问："二民，恁买菜来了？"

马二民便瞧着苏兰朵答道："在这里干工地呢，中午要做饭给工人吃。恁咋来这里卖菜了？"

苏兰朵说："俺家自留地里种了些辣椒、茄子，听说这边青菜价格比乡里集市上贵些，俺就来这儿卖了，不想，俺碰上了恁。"

马二民问苏兰朵道："苏兰朵，恁过得还好吧？"

苏兰朵嘴角掠过一丝笑，答了句"还好"，随即说道："这些茄子、辣椒恁要多少？"

马二民便说："恁称一下，都要了"。

苏兰朵便操起秤杆称菜。称罢菜，苏兰朵说道："茄子一毛五一斤，四十三斤，六块四毛五；青辣椒十一斤，两毛钱一斤，两块二，共计八块六毛五，恁给俺八块六就中。”她边说边给马二民拾掇地上的菜。

马二民就拿出十块钱，递给苏兰朵，说：“不用找零了。”

苏兰朵就从口袋里掏出几个毛票来，一边找零一边说：“那咋行呢？该多少是多少。”

苏兰朵帮马二民把菜放在了自行车后座上，硬是把找零的钱塞给了马二民。

苏兰朵把秤放在了身后的一辆破旧的地排车上，辞别了马二民，拉着那辆破旧的地排车走了。望着苏兰朵离开的有点落寞的背影，马二民心里百味杂陈，心情久久无法平静。想当初学生时期的苏兰朵高高胖胖，平时穿着打扮就跟男孩子一样，性格脾气泼辣，不怕事，好打抱不平，同学们又怕她又推崇她，那是何等威风飒爽。即便是下了学，她也保留着在学校时的状貌，谁曾想两三年没见，竟变化这么大，实在是让人唏嘘感叹。

马二民来到工地上，把买来的肉和茄子、辣椒送到了伙房。伙房里，何老三正忙着从蒸笼里往外拾馍。因为何老三和苏兰朵都是南平村人，马二民就跟何老三说道：“今儿俺买的茄子、辣椒，恁猜是买的谁的？”

何老三就说：“这市场上卖菜的那么多，俺哪里能猜出来恁买的谁的？恁既然这样说，那一定是碰见熟人了。”

马二民便说道：“这菜是跟恁一个村的苏兰朵卖的，俺跟她是同学，自从她出了嫁，两三年没见过她了，这一见，俺看她变化蛮大的。”

何老三就“唉”了一声，说道：“这女孩从小就刚强壮实，没啥拐弯心眼，可是命不好哇。媒人给她说了一个双桥村的人家，家庭也不错，家里父母就这一个男孩。男孩长得要模样有模样，要个头有个头，两个人很是般配。双方定亲没多久就成了亲，接着姓苏的女孩就给男家生了一个胖小子。这日子过得正带劲的时候，男人两条腿生症了，去医院一查，医生说是腿上的骨头坏了，这症不好治。小医院、大医院里去治病，到头来家底掏空了，病也没治好。男的成天坐椅子，啥也不能干了。

男人成了个废人，公公婆婆年龄大了，孩子又小，这一家子的重担都落在了姓苏的女孩的肩上。这样一副挑子，甭说压在一个女孩身上，就是压在一个男人身上也够呛啊！要不说人犟不过命，谁也不知道一辈子能走啥样的路、过啥样的桥、享啥样的福、受啥样的罪。”

听了何老三说的话，马二民竟怔怔地好一阵没说出话来。

晚上，马二民就把上午在市场上买菜碰见苏兰朵的事说给了谷薇薇。谷薇薇听罢，也很是为苏兰朵的境遇感慨叹息。谷薇薇想了想，对马二民说：“二民，是不是恁出头联络一下王小飞、刘海锋、江红霞，咱们几个凑点钱帮助一下苏兰朵？”

马二民思忖了一下，摇了摇头说：“苏兰朵自尊要强，咱们几个去门上给她送钱，她是不会收的。那样的话，咱们不但帮不了她什么，还会让她觉得咱们是去救济她，是去施舍她一样。”

谷薇薇就说道：“也许事情不像恁想的那样呢，说不定到时候人家苏兰朵会感激咱们呢。”

马二民说道：“恁说的都是也许、说不定。要是出现俺说的苏兰朵拒收钱的情况，尴尬的是咱们，难堪的是咱们，不是人家苏兰朵。”

谷薇薇说：“恁又根据啥说苏兰朵一定就不会收呢？”

马二民就说道：“上午在市场上，苏兰朵的菜钱是八块六毛五，俺给了她十块钱不让她找零了，她硬是不愿意，硬是把找零的钱塞进了俺口袋里。要是咱们几个去双桥村给她送钱，她会要吗？”

谷薇薇听罢，觉得马二民说得有道理，也就不再言语。

王金昌随麦香上了大船，码头上就没有了看守的人。来码头上的客户越来越多，王小飞码头上的生意越来越好，码头场地上客户的煤炭、货物堆积得满满当当，码头上没有看护的人客户不放心，王小飞也不放心。码头上急需一个看护场地的人，可这看护码头场地的人，又不是胡乱找一个就行，要找一个跟自己一条心、能真心帮自己、有责任心的人才行。王小飞就跟父亲商量，看父亲能不能去码头看守场地上客户的货物。父亲王玉明听罢，头摇得像货郎鼓一样，他说要侍弄承包地，承包地离不了他，还说他见不得大湖边被毁了的开荒地，见一回心里难受一回。王小飞无奈，便跟媳妇何亚莉商量，是不是让老丈人去码头，何亚莉也觉得父亲去码头合适。于是，王小飞先去找了马二民，把王金昌跟一个叫麦香的女人上了船，自己打算让老丈人从建筑队回来看守码头的事跟马二民说了。马二民答应了后，王小飞又和妻子何亚莉去了南平村老丈人家。

女婿的码头生意红红火火，做老丈人的心里高兴，如今女婿的码头上需要一个能尽心去看管的人，女婿、闺女来到门上想让自己去码头，何老三自然不好推辞，便应下了女婿闺女让自己去码头的事。

何老三辞去了在马二民建筑队做饭的活计，去了女婿王小飞的码头看护客户的货物，马二民的建筑工地需要再找一位做饭的工人。有几个亲戚邻居听说了马二民的建筑工地要找个做饭的工人，或是上门或是托人找到马二民，想去工地做饭，马二民虽然没有一口回绝，却也没有应允下来。

建筑工地上走了做饭的何老三，做饭的工人又一时没找到，马二民就从工地上把谷薇薇抽调下来做饭，让她先顶上几天。一连三天，马二民去矿区小市场上买菜，都没见苏兰朵来卖菜。又过了一日，苏兰朵终于来了小市场。来小市场买菜的马二民见苏兰朵正忙活着摆摊，便朝她走了过去。马二民走到近前，对正在忙活着的苏兰朵说道：“甭拾掇了，俺都要了。”

苏兰朵抬头见是马二民，便有些不好意思地笑了笑说：“这么巧啊！俺刚要摆摊就碰上了老同学。”

马二民就问道：“这些天俺来买菜，一直没见恁来啊？”

苏兰朵便说道：“这几天家里有些琐事，没能来。”

马二民问道：“恁出来卖菜，孩子小，谁看着呢？”

苏兰朵看了马二民一眼，有些不自然地说道：“孩子奶奶、爷爷，还有孩子爸都能看。”

马二民又问道：“孩子一天见不了娘，不闹吗？”

苏兰朵神色就有些黯然，说道：“孩子不闹，习惯了。”

马二民沉吟了一下，说道:“俺建筑工地上需要一个做饭的工人，恁回家跟家里人商量一下,看看是不是能干。这事恁甭拖拉,干与不干恁给俺个回话。”

苏兰朵想了想,说:“好,明儿俺给恁回话。”

两天后,苏兰朵进了建筑工地,接过了做饭的活计。

第十九章

1

董大壮自从成了周厂长的女婿，随后又当上了供应科的经理，事情多了起来，再加上身份上的变化，篮球场上很少再见到他的身影了。董大壮偶尔去篮球场打球，早先一起打篮球的伙计们，这个叫董经理、那个叫董经理，叫得董大壮心里虽然舒服，可也明显感到伙计们对他有了一种敬而远之的疏离感，全没有了早先的融合与亲近。董大壮理解伙计们，也很是想得透，生活中人与人之间的差距是不可避免的。这种差距会不自觉地使人与人之间生出隔阂，或是敬之，或是远之。对于这样的事情，你不用去烦，也不用去恼，这是世态常情，谁也不用抱怨谁。生活中的人们，在现实中绝大多数都是这样。

除了工作上的关系、同事间的关系，还有偶尔跟很少几个曾经一起在县体校的校友见见面、叙叙旧，董大壮的社交范围不广，朋友圈子也不大。他不是不想多交朋友，不是不想多认识一些人，而是因为他大厂厂长女婿的身份制约了他。如果他跟同事在一起有说有笑，让妻子周晓丽看到，回到家后周晓丽会不留情面地数说他："少跟那些不三不四、没有素养的人来往，跟那种人来往，除了拉低自己的品位，还能得到什么？何况你本身素养又不高。"

对于妻子周晓丽的训教，无论自己听得惯还是听不惯，董大壮都不敢有丝毫的回嘴和抗争。他住的是人家的房子，吃的是人家母亲做的饭，在厂里人家父亲是厂长，自己是人家父亲下面的一个小经理，并且这个经理的乌纱帽也是人家当厂长的父亲给自己戴上的。无论从哪方面说，董大壮都没有跟妻子周晓丽置气的资本和底气。所以，无论妻子周晓丽怎样说自己、怎样作践自己，董大壮心里再怎么生气、再怎么不满，那也只是在心里，丝毫不敢显露出来。他要露出来的必须是俯首和温顺。

周晓丽的社交圈很广，且结交的一些朋友用周晓丽的话说，都是些高素养的人。周晓丽结交的人，不是县领导的子女，就是工厂领导的子女，还真是应了一句话：物以类聚，人以群分。他们那个圈子里的人都自视很高，对普通人家的子弟打心里是瞧不上的，一般人是很难融进去的。对农村人他们更是瞧不起，在他们这帮人眼里，愚笨、粗俗、贫穷、没文化就是农村人自带的符号。即便是大学生毕业的郑团结，分配的单位又好，周晓丽想把他引进他们这个圈子里，都被拒绝了。

为了把丈夫改造成一个有素养的人，周晓丽试着带丈夫董大壮进入她的朋友圈，一些酒局、聚会她也会带上董大壮。那些朋友碍于周晓丽的面子，心里虽然瞧不起董大壮，面上也不好对董大壮太过轻薄。尽管周晓丽教了董大壮很多注意事项，在这帮人面前话该怎样说、事该怎样做；尽管董大壮在这帮人面前小心说话、谨慎行事，可是在这帮心里对农村人存有固有的看法和尖刻挑剔的眼光的人面前，董大壮依然是一无是处，他们怎么看怎么不顺眼。面对这个农村娃，他们心里再不顺畅，可董大壮毕竟是化肥厂厂长的女婿、周晓丽的丈夫，这帮人与其说是耐着性子接纳董大壮，不如说是耐着性子忍受着董大壮。酒桌上没人主动找董大壮喝酒，聚会上也没人跟董大壮搭腔说话。

这帮人在一起谈论的话题，董大壮也的确很难插得上话。他们谈论最多的是当下的电影明星，他们如数家珍，能把这些个电影明星的家庭情况、个人爱好，说得头头是道。他们还会谈论些当下有反响的小说和作家，写《班主任》的刘心武、写《伤痕》的卢新华、写《我该怎么办》

的陈国凯、写《神圣的使命》的王亚平、写《许茂和他的女儿们》的周克芹、写《高山下的花环》的李存葆，他们都能自命不凡地评说一遍。他们还会对国家大事高谈阔论，那种指点江山的语气做派，完全不输电影上的大领导。有时喝多了酒，这帮人也会粗话、脏话顺嘴淌，下流话、猥琐的动作频频出，所言所做又像一群十足的流氓。

这帮人对自己的冷落和傲慢，董大壮当然看得出来。对这样一帮人的所作所为，董大壮打心里也很是不屑。他觉得这帮人就是吃饱了撑的，这帮小县城里所谓高层次的人，他们自命不凡、傲视一切，他们不知世间的艰辛与疾苦，不知人间的清寒和贫困，他们充其量不过是一帮纨绔子弟而已。这帮人所谈论的话题，以及他们的放浪形骸，对于董大壮这样一个凭打篮球从农村走出来的、文化程度不高、深受父辈传统思想影响的农村青年来说，很难融入。这帮人对插不进他们谈论话题的董大壮，认作无知；对董大壮耐心听他们高谈阔论的样子，认作呆笨。除了周晓丽，他们一致认为乡巴佬就是乡巴佬，并且认为董大壮还是一个不可救药的乡巴佬。唯一可取之处，就是董大壮长得高大健壮。他们在背后给董大壮起了一个比“乡巴佬”更含歧视性，甚至含有侮辱性的诨号“乡巴”。

周晓丽对同伴们给丈夫起了个“乡巴”的诨号，很是反对和不高兴，并警告同伴们不准这样叫丈夫。同伴们就跟她说：“董大壮是个乡巴佬，这一点你不会不承认吧？‘乡巴’的称呼也是闹着玩而已，这称呼叫起来不光不难听，还显得亲切，总比叫他‘乡巴佬’让人觉得又难听又直白好吧？”

周晓丽也不想因为一个称呼跟同伴们翻脸，反正只是一个称呼而已，况且董大壮算是一个四肢发达、头脑简单的体育人士，他听到“乡巴”不解其意，也许不放在心上，听到别人叫他“乡巴佬”，他是一定会生气的。与其他生气，那不如不解其意的好。想到这里，周晓丽也便默认了同伴们对丈夫“乡巴”的称呼。

像众多的女人望夫成龙一样，周晓丽也很想把丈夫改造成她希望的那样，能融入他们这帮高层次的人之中。尽管她心里清楚，她朋友圈里的人都轻视丈夫董大壮，每次带丈夫参加朋友聚会，朋友都会拿丈夫开心奚落，但她还是坚持带着丈夫喝酒聚会。

对于董大壮来说，他是很不情愿跟妻子周晓丽参加他们的朋友聚会的。他认为自己跟他们根本不是一路人，他需要的朋友是能坐在一起说些知心话、聊些日常事的人，而不是像这一帮人聚在一起胡侃瞎吹，傲视天下、自命不凡。他受不了这帮人轻视自己的眼神，和常拿自己是农村人来取笑的行为，可是碍于妻子周晓丽，他不得不硬着头皮跟着去参加这样的聚会。

这一日，董大壮骑着自行车路过护城河，救起了一个落水的儿童。这事让县广播站的记者知道了，记者对董大壮进行了采访，随后又上了广播。一时间，董大壮水中救人的事迹，经过广播站记者的加工，在广播上播报了两天。董大壮在这个小县城里成了人们议论的英雄人物。最高兴的当然是周晓丽了，丈夫的名字上了广播，那可不是小事，全县的人都能听到丈夫救人的事迹，全县的人也都知道了有一个名字叫董大壮的人，是个救人的英雄。周晓丽为丈夫董大壮感到高兴和自豪的同时，也打算办一场朋友聚会，她很希望董大壮能得到她一帮朋友的认可，她要在朋友们面前炫耀炫耀，丈夫董大壮也是个人物，有此一事，丈夫董大壮是有资格融进他们这个圈子的。

这晚，周晓丽在牛二牛肉馆里订了一个包间，召集朋友聚会。临去饭馆前，周晓丽把董大壮浑身上下用心打理了一番，给董大壮穿上了当下时兴的夹克衫、老板裤，黑皮鞋擦得铮亮，抹了发蜡的头发梳得油亮整齐。

晚上，在牛二牛肉馆的一个大包间里，周晓丽的一帮朋友有带对象的，有不带对象的，一下来了十三四个，把一张大桌子围了个满满当当。有人就对周晓丽叫喊："周晓丽，今儿人多，你可别抠搜吧唧的哈。"周晓丽也就笑着回道："放心，你就紧着肚子装好了。"

在等待酒菜上桌的空档里，周晓丽很希望这帮朋友中有人能提起丈夫董大壮救人的事，可是这帮人就像从来没听说过有这回事似的，没有一个人提起丈夫董大壮救人的话题。倒是朋友圈中有个大家都称其为“花大少”的人，上下打量着董大壮，对周晓丽说：“吆喝，周晓丽，今儿董大壮被你装饰得不赖哈，很像是裹了一身镀金纸的‘乡巴’。”众人听后，便发出一阵心照不宣的笑声，弄得周晓丽很是不自然。

待酒菜上桌，酒杯里都斟满了酒，周晓丽端起酒杯说道：“按号排的话，也该轮到我做东了，咱们好多天没聚了，我再不召集，怕是你们要说我周晓丽装糊涂了。来，伙计们，老规矩同干三杯酒。”说罢，自己一仰脖子，先干了杯子里的酒。三杯酒过后，便进入了互敬互喝、胡侃闲聊的情状。这帮人跟周晓丽是厮混多年、气味相投的朋友，相互都是洗脸盆里生豆芽——知根知底。对于这次周晓丽的召集，这帮人还是猜得透周晓丽的小心思的，也都明了周晓丽召集这次聚会的用意。因为这帮人都瞧不起董大壮这个乡巴佬，所以他们明知道周晓丽的用心，却像商量好似的，闭口不提董大壮救人的事。对于周晓丽来说，如果今晚不扯丈夫董大壮救人的事，不说丈夫董大壮上广播的事，这场自己张罗的聚会也就失去了应有的意义。这帮人既然都自命不凡，自然也是鬼精，他们知道无论怎样，周晓丽今晚都会提董大壮救人的事的，他们就是想看看，在无人提起这个话题的情况下，周晓丽会怎样提起这个话题，整蛊人、看人笑话是这帮人的长项。

这帮人里那位名字叫花大潮的人，大家都叫他“花大少”，董大壮内心对这位“花大少”还是有点忌讳的。这位“花大少”的父亲是县电机厂的厂长，跟董大壮老岳父周厂长是从小玩大的好朋友。董大壮没出现前，周晓丽曾经跟“花大少”黏糊过一段时间，董大壮的出现，让周晓丽毫不留情地断掉了和“花大少”情感上的交往。这让这位“花大少”不禁对周晓丽心有怨尤，而且对横刀夺爱的董大壮一直心怀恼恨。让这位“花大少”一直意难平的是，在情感这件事上，他输给他们一帮朋友中的任何一个人，哪怕是输给他们县城中一个普通青年，他都能接受得了。让他不能接受的是，他一个堂堂电机厂厂长的儿子，居然输给了一个愚鲁无知的乡巴佬。所以每次周晓丽带董大壮聚会，他都是那个对董大壮最看不惯、最能奚落的人。同样，董大壮也最不待见这位“花大少”。因为“花大少”和周晓丽曾有过一段故事，所以“花大少”有时趁着酒劲，跟周晓丽开起玩笑来，口无遮拦、荤话连篇，全不避讳他妻子和董大壮在不在场。

一阵电影戏曲、国家大事扯过后，有人就把话题扯到了夫妻关系上。一个女人嗲声嗲语地说了一通自家男人如何不懂怜香惜玉，晚上给自己洗脚时水烫脚了，给自己捶背时手重了。周晓丽便“嗨”了一声，说道：“提起男人，我气就来了。我就说说董大壮，也好让大伙评评。”见一帮人都支起了耳朵，周晓丽便接着说道：“昨天我上班，同事小张问我听县广播站的广播没有，我说家里有收音机谁去听那玩意，小张就问我说，你就没听说你家男人董大壮的事？我当时就愣了，忙问小张，董大壮出了什么事。小张告诉我，董大壮在河里救了一个落水儿童，县广播站都广播了两天了。你们瞧这事闹的，全县人民都知道的事，作为妻子的我却被蒙在鼓里。要不是同事小张告诉我，现在我还不知道呢。这又不是什么丢人的事，作为夫妻这有什么好瞒的，你们说说董大壮这人愚不愚？”

一桌人听了周晓丽的一番话，短暂的沉默后，“花大少”站起身来，端起酒杯，装出一副惊讶的模样，对众人说道：“哎呀，没想到咱们这帮人中居然出了一位大狗熊。”说到这儿，“花大少”就一副口误的样子忙改口说：“不，不，是大英雄。来，咱们一起为这位救人的‘乡巴’大英雄董大壮干杯！”众人在一片嬉笑声中干了一杯酒。接着，一个人瞧着董大壮笑着说：“董大壮，你这事迹感天地、泣鬼神啊！应该上中央人民广播电台啊！”人们又发出一阵笑。

见朋友们这样作践董大壮，周晓丽心里很不畅快，却还是面上带着笑说：“不兴欺负老实人的哈，你们可别太过分了哈！”

几个男人铁定是想出董大壮的丑，便轮着给董大壮敬酒，并一口一个“乡巴”地叫着。周晓丽想给丈夫挡酒，却被“花大少”双手搂住，不让她替董大壮挡酒。

此时，已经忍了好久的董大壮实在忍不住了，他站起身来对众人说道：“你们都叫我‘乡巴’，你们没跟我说是什么意思，我层次低，不像你们有素养，依我的理解，‘乡巴’就是爸爸的意思，你们叫我‘乡巴’是不是在叫我爸爸？这样的话我董大壮可承受不起。”董大壮的话，一时间竟把一帮人都说愣了。董大壮瞪起一双怒目，对依然搂着周晓丽的“花大少”说道：“老花，你再不松手，你信不信我这就过去找你老婆去。”

“花大少”听罢，暴跳起来，指着董大壮骂道：“你个乡巴佬，居然吃了豹子胆敢骂我们，你是不是活腻歪了？”

董大壮顺手拿起一个茶杯，一下摔在了地上，用手指着一帮人骂道：“你们这帮臭鱼烂虾，成天自命不凡，看不起这个、瞧不起那个，你们要不是有父母撑着，你们啥都不是。瞪眼是吧，想开骂是吧，你们谁真有种的话，敢不敢出来跟我干一架？”

面对发了怒的、高大壮实的董大壮，没有谁敢出来跟他干一架。这帮人从来没见过董大壮如此凶横和盛怒，女人们便拽着男人的胳膊，胆战心惊地叫着“咱可不跟这样的人一般见识”，拉着男人往外走，男人们则口里叫着“粗鲁，野蛮”，跟着女人走出包间。走出门去的“花大少”回身对周晓丽吼道：“周晓丽，你真行哈……”

2

一场聚会成了一场闹剧，这是周晓丽无论如何都想不到的。本想以这一次丈夫董大壮救人，让丈夫融进他们这帮朋友圈，让她的一帮朋友能真心接纳丈夫董大壮，谁承想事情竟弄成了一地鸡毛，难以收拾。

周晓丽很生丈夫董大壮的气，怨恨他不该大动肝火、粗口骂人，一点涵养都没有。他一棍子戳下的事端，却让一帮朋友把过错都记在了自己头上，让自己和朋友们心生嫌隙。周晓丽想想和朋友们在一起的过往，无拘无束，把酒言欢，是何等自在快乐。这一下让董大壮闹了个鸡飞狗跳，想要跟朋友们修复关系，将会费很大的周折。想把董大壮融进他们那个圈子的打算，是想也别想了。周晓丽对董大壮彻底地灰心了，乡巴佬就是乡巴佬，董大壮就是烂泥扶不上墙的那坨烂泥。周晓丽决定再也不带董大壮和自己的朋友聚会了，她想，如果让她在那帮朋友和董大壮之间做一个选择的话，她宁肯丢了董大壮也不会丢了这帮朋友。

自从大闹了聚会，董大壮没有感到一点懊悔和歉疚，反而感到一种从没有过的轻快。由此一闹，他再也不用和这一帮人打交道了，再也不用忍着愤怒听这帮公子、小姐对自己奚落和嘲弄了。对于妻子周晓丽的抱怨，董大壮辩解道："我知道你是想带我多交些个朋友、多接触些人。像你这帮朋友我认识就好，让我融入你们之中，我确实融入不了，我没工夫研究电影明星，也没这个兴趣。我不喜欢看书，也说不出哪个作家的名字，我对聊国家大事也不感兴趣，国家大事自有国家领导人去掌舵，我只想着把自己的日子平平安安地过好就行。"

周晓丽说了董大壮几句"乡巴佬意识"，便很无奈地放弃了改造丈夫的努力。不过她跟董大壮声明，董大壮可以不参加她和朋友们的聚会交往，可她是必须要参加的。这是她多年相交的朋友，也是多年形成的朋友圈，对于她和朋友间的交往聚会，董大壮不能有任何的不满，更不能以任何理由阻止干涉。

在董大壮心里，你玩你的，你聚你的，谁又能管得了你周晓丽呢？让董大壮看不惯的是，他们这帮人喝酒喝疯的时候，男男女女群魔乱舞，你摸我、我抱你，完全成了一帮流氓。特别是"花大少"跟周晓丽，"花大少"对周晓丽上下其手，周晓丽不但不抗拒，反而很是乐于"花大少"对自己的做法。有两回董大壮差点就没忍住，要去制止两人，可当他看到"花大少"的妻子小白坐在那里，笑眯眯地瞧着丈夫跟周晓丽一起闹时，董大壮也便泄了气。董大壮想，这也许就是城里人的开通和开放吧，人家一个女人都那么有气度，自己一个大老爷们要是稳不住，岂不是让人笑话，何况他们是当着一帮人闹腾。也许自己真的是周晓丽说的"乡巴佬意识"，城里自是比农村开放，自己也不应该用农村人的眼光看待城里人的开放。这样一想，董大壮心里也便释然了。

董大壮和周晓丽结婚都快三年了，一直没要孩子。老家父母急，城里的岳母急，董大壮也想要孩子，周晓丽却是一直不想要。老家的父母见儿子少，见儿媳更少，急也是干着急。董大壮想要孩子，周晓丽不想要也是白搭，他把控不了周晓丽，也不敢把控周晓丽。能说敢说周晓丽的，只有岳母。岳母见女儿女婿一直没要孩子，担心他们两人是不是身体有问题，便让他们两人去医院检查一下。女儿周晓丽就说母亲："您放心，不用检查，我们俩身体都没问题。"

母亲就问女儿："既然身体都没问题，为什么不要孩子？"

周晓丽便说道："是我不愿意要的。现在我们年龄又不大，这么早要孩子干吗？有了孩子不自由，再玩上两年要孩子也不迟。"

母亲就说："成天就想着玩，你也不小了，玩心也该收收了。你现在结婚了，你们那一帮子人成天混在一起疯癫，大壮再是个农村人、再老实，你也要顾怜一下，别做得太过分了。"

周晓丽听母亲这样说，便嘴一撇说道："他从一个烧锅炉的变成了一个经理、厂长的女婿，我这样的顾怜都够他感恩我一辈子了。"

母亲就白了女儿一眼，说了句："你能。"

周晓丽晚上出去跟她的那一帮朋友聚会喝酒，几乎成了一种常态。因为周晓丽有言在先，所以董大壮不去管她，也不敢管她。不过周晓丽有时脖颈上出现的紫红色的、像唇一样的瘀痕和胸间出现的牙痕，让董大壮心里如同塞了一窝乱草，很是不舒服。还有就是，在夫妻之事上，周晓丽是一个欲望很强的女人，对自己常常是索要无度，他也曾暗中感叹，自己是搞体育出身，身强体壮，要是换作一般人，还真是伺候不来周晓丽。

近些日子周晓丽却有些反常。平时在私生活方面都是积极主动、热情如火、百吃不厌的周晓丽，却表现出了从没有过的冷淡和厌烦。这让董大壮心生疑惑和纳闷的同时，也让他警觉起来，凭直觉他认为周晓丽一定有了问题。感觉出周晓丽有问题又能怎么样呢？问又不敢问，管又不敢管，董大壮也只有一声叹息。

不过，董大壮与一个人的相遇，让他下了决心要留意一下妻子周晓丽。那日董大壮在大街上碰见了"花大少"的妻子小白，董大壮本想装作没看见、一转头走掉的，不想小白却主动拦住他，跟他打起了招呼。两人简单打过招呼，小白一手抓住董大壮的自行车，瞧着董大壮问道："董大壮，最近周晓丽晚上是不是有些忙啊？"

董大壮便嘴角露出一丝嘲讽说道："这话你还问我，好像她晚上不是跟你们厮混在一起似的。"

小白就有些意味深长地对董大壮说了句："别成天光低头拉车，也要抬头看看路；别光自己本本分分地工作，也注意看看别人在偷偷忙活什么。"说罢，转身走了。

望着小白离去的背影，董大壮不用细品，就咂摸出了小白话里的味道。

董大壮开始暗中留意妻子周晓丽的举动。

这天晚上，周晓丽在家一阵搽脸描眉打扮后，又要去聚会。周晓丽前脚走了出去，董大壮后脚尾随周晓丽，悄悄跟踪。周晓丽来到一处对面是片小树林的饭馆前，走了进去。站在饭店对面小树林旁的董大壮，看到和周晓丽一起常聚的朋友陆续进了饭馆。董大壮便坐在小树林旁，两眼盯着饭馆的门，决心等下去。约莫两个钟头的时候，董大壮就看见周晓丽走出饭馆，朝对面的小树林走过来。董大壮心里一惊，莫不是周晓丽知道自己在这里，来找自己来了？董大壮尽管这样想，可他还是慌忙躲到一处荫蔽处。接着董大壮又看到一个人走出饭馆，也朝小树林走过来。董大壮仔细一瞧，那人正是"花大少"。董大壮屏住呼吸，蹲在荫蔽处，盯着一前一后的周晓丽和"花大少"。就见周晓丽、"花大少"两人往小树林里走了一段后，一下抱在了一起，接着两人的嘴又凑到了一起。董大壮只觉得怒火中烧，气往上涌，他一下冲到了两人跟前，大声喝道："周晓丽，你在干什么？"

抱在一起的两人，听到吼声，倏忽间便分开了。惊慌中的周晓丽见是董大壮，便稳了稳自己，对董大壮怒道："你是在盯我的梢吗？"

董大壮也怒道："我问问你，你们在干什么？"

"花大少"开了腔："我们酒喝多了，出来透透气啊！"

董大壮大声说道："透气非得来小树林吗？透气非得抱在一起亲嘴吗？"

"花大少"就说道："我们透气还需要你给指定地方吗？我们什么时候抱在一起了？周晓丽可是你老婆，在县城也是个场面上的人，你可不要拿污水往自己和老婆头上浇。”

董大壮气愤地说道：“我看得清清楚楚，你们抱在一块、亲在了一起。”

周晓丽骂道：“董大壮，你眼长腚上了吧？我们只是在一起透透气、说说话，你非得说老娘和人偷情是吧？你是不是为了阻拦我跟朋友们交往，盯梢老娘，故意把屎盆子往老娘头上盖是吧？”

这时，周晓丽那帮朋友找出门来，见周晓丽、“花大少”、董大壮三人吵架，便走过来。面对周晓丽的一帮朋友，在周晓丽的斥骂声中，董大壮为了不让周晓丽在朋友们面前太难堪，也为了自己的脸面，默默转身离去。

董大壮回到家里，见岳母还没睡，便把岳母叫到自己的房间，掉着眼泪把他看到的周晓丽和“花大少”两人又抱又亲的事说给了她。岳母听后，拍了拍董大壮说：“我还以为多大的事呢。晓丽跟大潮是从小一起玩大的，他们就像兄妹一样，两个人从小搂搂抱抱惯了，他们在一起搂搂抱抱，又没做出格的事，有什么大惊小怪的？你这么一个大男人，偷偷摸摸地盯晓丽的梢，会让人瞧不起的。”

岳母只说女儿跟“花大少”搂搂抱抱，却只字不提女儿跟人家亲嘴；说自己女儿跟“花大少”从小一起玩大，搂抱惯了，却不提女儿已经是大人了，是有丈夫的人了，要注意分寸了。董大壮知道岳母还是把自己看作外人，袒护着女儿，便抹去眼泪不再言语。

周晓丽回家后，理都没理董大壮，直接去了另一间屋里睡了。

“花大少”的妻子小白在电机厂做会计，中午不回家，都是在厂子里吃午饭。这天小白去厂里上班，在家里落了一样东西，上午十点多的时候，她回家去取，当她走到离自家胡同不远的时候，看见周晓丽骑着自行车拐进了胡同。小白悄悄跟在后面，就见周晓丽来到自家大门前，很是警觉地左右看了看，然后敲了敲大门，随着大门打开，周晓丽赶紧进了大门。小白来到自家大门前，推了推，大门从里面插上了。为了上下班开大门方便，她家大门在门锁的一旁留有一个小开口，这小开口平时上了把小锁，“花大少”有时不上班，在家休息或者在家睡觉，就把大门从里面插上，小白下班回家，打开大门上的小开口，伸进手去，拉开里面的插销,就可以进家。

小白明白了门里面会发生什么事,她本想掏出钥匙打开大门上的小开口,拉开插销冲进去,可她转念一想,改变了主意。她转身骑上自行车,来到大街上的电话亭,拨通了县化肥厂供应科的电话,接电话的正好是董大壮,小白就对董大壮说道:"董大壮,你去看看你老婆还在不在医务室上班,不在的话,就来我家床上找吧。"说罢挂了电话。董大壮愣怔了一下,放下电话,去了医务室,医务室里没有周晓丽,董大壮问周晓丽同事,同事说周晓丽说有事出去了。董大壮听罢,马上骑上自行车出了厂子,直奔"花大少"家。

过去董大壮曾跟着周晓丽去过"花大少"的家里聚会,知道"花大少"的家门在哪。不一会儿,董大壮来到"花大少"家大门前,等在门口的小白便打开了大门上的小开口,伸过手去拔开了里面的插销,并轻轻地推开了大门。

董大壮没有冒冒失失,他是轻轻推开"花大少"家的屋门,又轻轻推开"花大少"的卧室门的。正在床上疯狂着的周晓丽和"花大少",发觉屋里悄无声息地进来了一个人,惊得两人倏然分开,随着慌乱中被掀翻的被子,露出一对赤裸裸的身体,惊慌中周晓丽扯过被子遮住自己的身体。

当"花大少"看清进来的人是妻子小白和董大壮时,他便一边穿着衣裳,一边骂道:"姓白的,跟外人合起伙来找老子难堪是吧?"说着就一只手提着裤子去追打妻子小白。董大壮站在那里,脸就像阴了的天,灰蒙蒙、黑沉沉的,他双手紧紧握着拳头,脸涨得通红,身子微微颤抖着。坐在床上的周晓丽斜了一眼董大壮,嘴角挤出一丝不屑,说道:"董大壮,你这样玩有意思吗?你觉得老娘怕你这样玩吗?"那神情、那语气,好像此刻犯错的不是她周晓丽,而是董大壮一样。董大壮松开自己攥着的拳头,默默转身走了出去。

董大壮回到家里,立马把周晓丽做的事说给了岳母。岳母听后沉默了一下,说道:"这城里的年轻人嘛,不同于乡下人,思想上比较开放,这样的事不稀罕。晓丽还年轻,大大就好了,等有了孩子就收心了。

男人嘛，心大一些，睁只眼闭只眼也就过去了，没什么大不了的。”

董大壮忍着心里的气愤，说道：“城里人就可以这样开放吗？您这样说的话，是不是我也可以在外面找人相好？”

岳母脸色一变，说道：“你敢。”

这时，周晓丽进了家，她只是看了一眼母亲和董大壮，便去了房间。面对没有一点羞愧和歉疚之色的周晓丽和不去责备女儿的岳母，董大壮心里既愤怒又难过。他对岳母说道：“妈妈，我可以原谅晓丽，也可以对她做下的事既往不咎，可是她要对我有一个态度才行啊！她要保证这样的错，往后不再犯才行啊！”

岳母说：“这是你们两个人的事，你们自己去解决吧。”

董大壮便去了屋里，关起门来找妻子周晓丽说这件事，不一会儿，随着周晓丽的一声怒骂：“让老娘跟你道歉下保证？滚吧。”董大壮被周晓丽推出门外。

岳母冷冷地瞧着董大壮，说道：“就此打住吧，你不要再闹了，你好好想想，这样闹下去对你能有什么好处？”

这样的话让董大壮心里很是憋屈，自己这样做要是算闹的话，他怎样做才算是不闹？是不是自己的妻子跟别人相好被自己捉奸在床，自己要去放鞭炮、摆宴席庆祝才不算闹事？是不是老婆跟别的男人睡觉，自己还要觍着脸给老婆捶背揉肩才不算闹？岳母说自己闹下去没有好处，并且让自己好好想想，董大壮就想，岳母的意思很明确，自己对周晓丽的做法只有忍着的份，不能有抱怨生气的份。岳母让自己想想对自己没好处的事是什么呢？大不了就是离婚吧？想到离婚，董大壮心里不禁杂乱起来，他想到了离婚的后果，他想到一旦离婚，周厂长一定会把他从经理的位子上拿下来，甚至还会让他回到锅炉房烧锅炉。可是周晓丽这样任性妄为，完全不顾及一点自己的感受和尊严，她这样下去自己能不能做到忍气吞声、任其胡来？甚至要去忍受将来孩子也可能不是自己亲骨肉的可能。

夜里，董大壮一个人躺在床上辗转反侧，思来想去，一夜未眠。

经过一夜激烈的思想斗争，董大壮最终选择了和周晓丽离婚。

也许是因为错在自己的女儿，也许是心有恻隐吧，周厂长并没有因为董大壮跟自己的女儿离婚而拿掉董大壮经理的职务。

离了婚的董大壮又住进了工厂工人宿舍，下了班董大壮又出现在了篮球场上，只不过他长时间不打篮球，手生了，投篮不似过去那么准了，动作也不如过去那般矫健洒脱了，和场上队友的配合也没有过去那般默契顺畅了。董大壮相信，在这个场地，用不了多长时间，自己还会是那个生龙活虎的篮球青年。

婚姻作为人生中最重要的一步，它涉及到生活的各个方面，爱情、责任、家庭和人生选择等多种因素。对于许多人来说，选择伴侣时，男女双方在思想上有共同的高度，在世界观、人生观、价值观上相互认同，在生活习惯、家庭背景上的相似，这样的结合更容易使婚姻和谐美满。出生、成长在不同的家庭背景和社会背景中，人所形成的气场也是完全不同的。在恋爱的过程中，如果男女双方接触得不够深入，相处时间较短，很多问题会被"热恋"所蒙蔽，而一旦结婚之后，住在同一个屋檐下，时刻对彼此产生着影响，这种气场的不平衡就会逐渐表现出来，给两个人的磨合带来很大的破坏力。

每个人在成长的过程中，都会逐渐形成自己的亲友、同学、同事等的人际圈子，而这种所谓的门第的差异往往使得男女双方很难融进对方的圈子，彼此的人际圈子也会对本人带来影响，从而影响婚姻。同样地，因为价值观、人生观等不同，两人看待对方的人际圈子往往也会发生分歧，物以类聚，人以群分，因为这些产生的问题会影响甚至破坏到双方的感情。

这些原因是现实的，也是无法回避的。现实告诉人们，存在较大差异的婚姻，随着时间的考验，容易出现这样那样的问题，甚至最终走向破碎。

说到底，婚姻是否走得长远是要看具体情况而定的。现代人重视个人的价值和自由，相信自己可以通过努力获得更好的生活和条件，将更多的关注点放在互相的真爱和互相扶持上，而更重要的是，双方需要有共同的爱、理想和目标，积极地面对婚姻中的各种挑战，才能真正建立起一段幸福而长久的婚姻关系。

3

冬天悄无声息地过来收拾一切了。

田埂上的杂草干净了，田埂里也没了庄稼的装饰，田野与田野之间除却了琐碎的细枝末节，尽现眼前的是优美的曲线。田野的尽头，清晰又广阔。冬天把真实和本色还给自然，大地敞开胸膛，毫不遮掩地袒露出实在和坚硬的土壤，没有太多的包装和装饰，一切都真真实实，直白且自然。

傍晚时分的大湖，除了一派萧瑟，就是寒凉了。湖风入骨，湖水冰凉，码头场地上用芦苇、湖草搭就的茅草屋根本挡不住无孔不入的寒冷。曹老板的煤全部装好了。码头上，忙了几天的王小飞和老丈人何老三、曹老板三人袖着手，坐在茅草屋的草铺上歇息，说闲话。曹老板对王小飞说："天一冷，湖里就要冰封了，估计年前我也就走这一趟煤了。王老板，您合计没合计，这一年怎么样？"

王小飞就笑了笑说道："感谢曹老板的支持，俺粗略合计了一下，加上走煤，再加上别的货物也从码头上装卸，收益要比种地好很多。"

曹老板就说道："你这个码头场地在你们这里是独此一家，你可要好好干哦，在我们那里，干港口码头的钱都挣大发了。不过你这个码头要想干得好，码头上的设施你还要好好搞一搞。"

王小飞忙说："您的意思我明白，是不是码头上要建几间像样的房子？俺有这个打算，年后天一暖和就动工。"

曹老板说："南方人爱干净，码头上你建几间房子，收拾得干净一点，有客户来码头，就可以吃住在码头上，既可以省去他们去乡街上住旅社的钱，也方便客户进煤装煤。客户满意，来得多了，你的码头才会有干头。"

王小飞连连称是。

曹老板接着问王小飞道："王老板，你对你这个码头还有没有别的打算？"

王小飞想了想，说道：“码头上建好了房子，再建上一间厨房，应该可以了吧？”

曹老板笑了一下，说道：“你呀，年轻人不光要有闯劲，还要眼光往远处看才行。你不觉得码头上人工装卸煤费工又费时吗？”

王小飞就点了点头，说：“人工装卸是费时费工，可也没有别的办法啊！”

曹老板说：“好好干吧，你要是能在码头上有台铲车会怎么样呢？是不是船装得又快，你又挣了装车费？”见王小飞若有所思，曹老板接着说道，“要想更上一层楼、收益更大，你要想着往这条路上奔。”

王小飞朝曹老板竖了竖大拇指，说道：“真是一言千金，谢谢曹老板点拨俺，年后房子、铲车俺一起弄。”

一直没说话的何老三说道：“这样一来，村上来干装卸的人不就没活干了？”

曹老板说：“那样干起来，码头上的生意多起来，还愁没活干？到时候铲车卸车有铲不到的角落，要人工清理；码头场地上的煤有铲车铲不到的地方，也要人去清；还有别的铲车不能装卸的货物，还是需要人去干的。”

王小飞就有些兴奋，对曹老板说道：“曹老板，反正您的煤船十天八天的到不了家，您就在这边住上几天，现在码头不忙了，也好陪您玩玩。过几天我的一个好朋友要举行婚礼，还有王金昌跟麦香也要举办结婚仪式，您不妨跟俺一起参加他们的婚礼，也看看我们这边的风俗人情。”

曹老板爽快地应了下来，说：“麦香跟王金昌要结婚，连我这一趟煤的生意都不做了，也真是够可以的。”

王小飞就说道：“这说明两个人对结婚这件事看得重啊！”

眼见天暗了下来，码头上没了货物，王小飞便和老丈人何老三、曹老板三人一起回了家。

天冷了，窑厂上砖机、瓦机都停了下来，平时窑厂里堆码的砖坯子多,只有窑室还没有停火。王龙把各项工作安排得井井有条,很少让马大民操心。前些天马大民曾在他面前说过,待窑厂停了,就给二民把婚礼办了。现在窑厂只剩窑室没停火,窑厂上人少事少了,王龙便给马大民说:“现在窑厂上没大事了,俺自己在窑厂就中,婚事上的事不少,恁该为二民的婚事做准备了。”

于是,马大民开始操办弟弟二民的婚事。

马大民先找了弟弟二民商量婚礼的事。二民的意思是,他和谷薇薇两人的事,过去闹腾的动静那么大,在婚礼这件事上不想太过张扬,邀几个亲朋好友,办上个三桌两桌的酒席也就行了。马大民就问弟弟:“谷薇薇是咋想的?”

二民就说:“她当然是想办得越热闹越好,借此机会膈应膈应西洼村那边的人,她还是耍小孩子脾气呢。”

马大民对弟弟说:“有哥在,婚事上的事不用恁操心,办大办小恁也不用管,恁只管通知恁的朋友、同事到时候来喝喜酒就行了。恁合计合计,恁的朋友、同事能来多少,俺心里也好有个数。”

马二民就说:“哥,咱不用那么铺张,甭让人说咱炫耀摆谱。”

马大民说:“哥多少年心里都有个心愿,等恁长大了说下媳妇,无论哥是富是穷,一定要给恁把婚事办得光光面面,让咱死去的大和娘在天之灵看了也安心。甭管咋说,咱们的窑厂在那里站着,恁乡建筑队队长的名号在那里顶着,婚礼要是办得冷冷清清、小里小气的,外人会咋说咱?是咱兄弟俩为人处世人缘差,还是恁哥俺在兄弟的婚事上怕花钱、节省吝啬?再说了,恁真觉得薇薇想把婚礼办热闹是置气的话?哪个女孩子不想风风光光地出嫁?这事上恁就甭管了,前有车后有辙,王小飞的结婚排场在那摆着,恁跟他铁关系,咱不去超他,可也决不能比他办得差才行。”

听哥哥这样说,马二民心里很是感激哥哥这般操心自己的事,便说道:“哥,恁就咋好咋办吧,俺除了通知同事、朋友来喝喜酒,俺就真的啥事都不管了。”

马二民举办婚礼那日,天晴日朗。参加婚礼的人来了好多,除了乡建筑公司的领导，乡副业办公室主任裘主任、供销社主任林华玉，还有马洪光带来的矿建工处的几个朋友，马二民建筑队的工人也几乎都来了。马大民窑厂上的工人，还有街坊邻居也来了好多。郑团结和董大壮也从县城赶了回来。这把掌管来客的大老执王巨才忙得东一头西一头，他说在村里帮人执事，还从没见过喜事上来这么多的客人。

终究亲戚还是亲戚，闺女还是闺女，婚礼前两天，马大民去了西洼村谷薇薇父母那里，还有谷薇薇几个姐姐那里，邀请他们参加婚礼。礼节、台阶马大民都给了，不凑着这个茬口缓和双方的关系，还等何时？于是，在二民和谷薇薇举办婚礼这天，除了谷薇薇父亲无颜见闺女和二民外，谷薇薇母亲带着一帮闺女、女婿来到东洼村，参加马二民和谷薇薇的婚礼。

在锣鼓、喇叭的喧响声和鞭炮的炸响声中，在喜庆人群的簇拥下，在婚礼主持人刘海锋的祝福声中，马二民和谷薇薇的婚礼办得隆重、热闹、喜庆。

婚宴酒席摆了三十多桌，掌厨的几个师傅是马大民从湖东请来的有名的厨师，因为是头一回从湖东来到湖西掌厨，师傅们炒、炖、烧、炸、蒸、闷，使出了浑身的本事，把喜宴办得丰盛而味美。新郎、新娘给客人敬酒环节，当马二民和谷薇薇来到刘海锋、江红霞、苏兰朵、郑团结、王小飞、何亚莉、董大壮，还有南方客人曹老板这一桌时，看到往日的老师、同学，想起昔日的往事，马二民把心里生出的诸多感慨都付与酒中，一切尽在酒中，一切尽在不言中，他和众人连干了三杯。

为了缓解尴尬，哥哥大民带着马二民和谷薇薇来到谷薇薇母亲和几个姐姐、姐夫的桌上敬酒。马二民恭敬地给每个人都敬了酒，一桌人也都真诚地给予了祝福，都夸赞马大民为弟弟的婚礼操办得这么体面。大家彼此心近了，亲情也回来了。

晚上，马大民出了两场电影的钱，给弟弟包了电影。在村学校的操场上，一夜连着放了两部电影，让三个村的村民看了个尽兴。

两天后，王金昌和麦香也举办了婚礼。因为麦香是二婚，还带着一个女儿，在麦香的坚持下，婚礼没有像马二民那样大操大办。尽管这样,王小飞还是给他们请了响器班,王金昌父母摆下了十几桌酒席,锣鼓喧天、热热闹闹地举办了婚礼。

时光就像大湖里荷叶上的水珠滑落到水里,那么快捷干脆,转眼间就到了年底,满是期待的新年气息又来了。忙活了一年的庄稼人开始赶集上店准备年货,光景好了的庄户人不再像过去那般抠搜和俭省,家家都在杀鸡宰鸭、煮烧烹炸。平时都在忙活、很难聚到一起的村人们,三人一伙、四人一群地聚到了一起,享受着年前的清闲。他们或是在村街上,或是在家里,或是一起闲侃,或是一起打扑克。盼着过年的孩童们开始急不可耐地放起了鞭炮,村里或者外村时不时地传来一声或脆或闷的鞭炮炸响声。户户升腾起的炊烟,家家冒出来的肉香,无不透出浓浓的年味。

这里的风俗,儿子结婚头一年,无论分没分家,这一年的春节,父母都要包管两位新人,不能让两位新人单过新年。马大民也就让弟弟二民和谷薇薇二人跟着他们过年,过年的一切年货物事不用二民和谷薇薇操心,一切都有他和嫂子孙桂丽两人办理。马二民、谷薇薇两人知道哥哥的用心,也便依了哥哥。

这日,风和日暖。马大民、孙桂丽两人在家里忙活,谷薇薇想搭把手,马大民、孙桂丽两人说什么也不让她帮。见谷薇薇执拗着要帮,马大民就让弟弟二民和谷薇薇带侄子出去玩。

马二民和谷薇薇带着侄子来到村外小河边,在一个麦秸垛旁向阳而坐。有几个年轻人和孩童在小河边玩耍。眼前的场景不禁让马二民想起几年前,也是年关将至,也是在这个小河边,他和郑团结、王小飞三人在一起的情景。他还清晰地记得他们当时说的话。那时他说:“真快,一年这么快就过去了,来年又会是啥个模样呢?”郑团结当时说:“来年啥模样,谁能说得清呢?”王小飞则说:“管它呢,愿意啥模样就啥模样。”

几年过去,似乎都有些物是人非了。是啊,来年啥模样,往后的日子是啥样,谁又能预知呢?不过,马二民坚信,只要脚踏实地地往前走,未来的日子一定一年更比一年好。

单位里越是年关越忙，快要过年了郑团结还没有放假回来，王小飞在家忙着看孩子，三个人很难得再在一起自由自在、无拘无束地玩耍了。马二民呆呆地望着谷薇薇那张圆润的脸，想：人生在世，其实不需要太多，孤单时有爱人陪伴，无助时有朋友帮助，落泪时有人心疼，四季冷暖，有爱人间的相互叮咛和恩爱，就足够了。人有感情，即使身在寒冬，心里也会暖暖的，就像此时的自己。

谷薇薇见马二民呆呆地望着自己，就拍了一下马二民，说道："恁呆呆地瞎想啥呢？"

马二民就轻轻拿过谷薇薇的手贴在了自己的脸上，又亲了一下侄子，说："俺也想要个儿子了。"

此时的小河边，阳光正暖，微风不躁。

后 记

《微山湖畔》是我创作的第一部长篇小说《柳梢青》的姊妹篇。虽然小说的背景、人物依然是《柳梢青》里面的旮旮旯旯、张王李赵,可是随着世事的变迁,东洼村的人们无论是从精神上还是物质上,都有了更高的追求。《微山湖畔》的立意也就是力求把处在时代潮汐下的东洼村农民,求进步、求发展的坚韧意志和奋斗精神用我的文字反映出来。《微山湖畔》虽然是《柳梢青》的姊妹篇,却也是一部完全独立于《柳梢青》之外的小说,读者朋友即便是没有读过《柳梢青》,在读这部《微山湖畔》时也不会对小说中出现的人物存在不解之处。

我清楚地记得 2016 年 5 月的一个深夜,写罢《柳梢青》,自己并没有一种攀登后的愉悦和如释重负的轻松,反而有一种意犹未尽、表述未穷之感缭绕心头,这种感觉让我当时就产生了要续写下去的想法。产生这样的想法,完全是基于小说中的场景、人物、事件都是自己所熟悉的,并且自己甚至就是小说中某些事情的参与者和亲历者。马二民、王小飞、郑团结、董大壮、谷薇薇、苏兰朵、刘海锋、王龙、江红霞等一众人物,他们不是我的老师、朋友,就是我的邻里和同学。这些人虽然平凡得不能再平凡,普通得不能再普通,可是这些人的人生过往和经历加起来照样灿如夏花,多姿多彩。

如果说《柳梢青》是一部农村少年的成长史,那么《微山湖畔》则是一部农村年轻人的奋斗史、婚恋史,是一曲揉进了“世事有沧桑,心上无苍凉”的青春恋歌。因为与东洼村的这些朋友邻里一路同行，一起“猪往前拱、鸡往后挠”般地为生活而打拼，所以我见证了这些人在平凡的生活中的喜怒哀乐怨、酸辣苦甜咸，见证了他们婚恋中的离合悲欢。我在把他们的少年时代用我破旧的笔，磕磕巴巴、浅白薄显地反映出来时，一种要反映他们火热的青春生活或当歌当哭的曲折爱情，要为他们继续写下去的创作冲动时刻缠绕心头，挥之不去。我知道自己已别无选择，我既然让人们看到了他们懵懂青涩的少年时代，就该让人们了解他们意气飞扬、爱情似火的躁动青春。

当下反映农村人生活的小说实在是太少了，作为一个生活在底层、对农村熟路轻辙的作者，有责任，也有担当去书写一个真实的农村，去反映农村人的所思所想所为，去让读者读到一个能唤起乡愁的东洼村，读到一个个在眼前浮现的、自己熟悉或者似曾相识的马二民、王小飞……我心里清楚，为这些人继续写下去不只是基于自己的爱好了，更多的是一种责任和使命。有了这个创作欲望和念头，我便开始为创作进行酝酿和准备。要书写的人物和情节都是我所熟悉的，怎样把这些熟悉的人物和在他们身上发生的故事，用文学的形式表现出来，并且能让读者拿起来不舍、看起来共鸣，这对农村作者出身的我来说是一个极大的考验。人们常言：“道得人人意中语，千回百折费寻思。”为了尽最大可能地把小说写好、写真、写深，我凝神结想，就像一头嚼草的老牛，把吃进口里的草嚼过来嚼过去，这一嚼就是四年的时间。

在这四年的时间里，我相继创作并出版了另一部长篇小说《大边前纪》，在省级刊物上刊发了几篇中短篇小说，可从没忘记一直烂熟于心的东洼村的人和事。四年的咀嚼和构思，终于让我鼓起勇气进入写作。由于自己水平有限，加之自己还要为生计而艰辛劳作，时间上的短缺使得写作进度很是缓慢。但是，无论一天十几个小时的劳作再怎么疲惫，我都坚持每天写作，即便只是写上几百个字。在坚持每天都要写，或多写几行字、或少写几行字的同时，我时刻提醒自己，哪怕是只写一行字，都不允许出现应付和敷衍的态度。原本打算一年写就的计划，却一写就是两年。

对于绝大多数作者来说,写作是一件苦差事。特别是对于写作长篇的作者来说,那种青灯黄卷、苦行僧式的写作过程,那种熬身费神,为一个情节、为一句话甚至一个字苦思冥想的过程是相当痛苦的。对于文学修养浅薄、靠业余那点时间来写作的我来说,那种困苦和艰难更甚。但好在文字能给予我温暖,文字能给我带来清新、浪漫、记忆和遐想,能让我在自己架构的创作氛围里自由翱翔。虽然写作的过程有时会使自己痛苦、悲情,但文字带给我更多的是喜悦和欢愉。有同行说过,“在痛苦的写作的过程中,永远不要忘记取悦自己”。当我为这部小说画上最后一个句号的时候,那种如释重负的感觉,就像是从肩上卸下了一块压了自己两年的沉重的石头,那种轻松感、愉悦感、惬意感,真的是无以言说。

小说终于写完了。小说毕竟是小说,就像炒菜除了必需的食材还需要一些佐料一样,这部小说中除了一些我熟知的人和事,也加入了个人对一些事物的感慨和理解,尽管浅显单薄,却是真诚的。但愿东洼村的马二民、王小飞、郑团结、谷薇薇、江红霞们看到此小说时,能说一句“这小子基本没说瞎话,还行”,这样我心足矣!

诚谢在此书的写作过程中微山县委宣传部、微山县文联对此书给予的指导、关心和支持!

感谢文化学者侯仰军先生为此书撰序!

感谢画家、作家卜凡亚先生百忙之中为此书精心制作插图!

感谢著名书法家刘霖先生为此书题写书名!

魏留勤

2024年1月